Amante
POR UMA TARDE

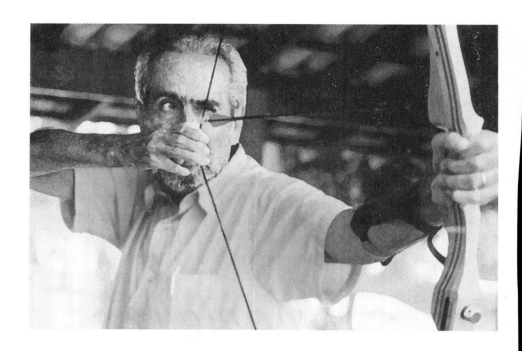

O ARQUEIRO

GERALDO JORDÃO PEREIRA (1938-2008) começou sua carreira aos 17 anos, quando foi trabalhar com seu pai, o célebre editor José Olympio, publicando obras marcantes como *O menino do dedo verde*, de Maurice Druon, e *Minha vida*, de Charles Chaplin.

Em 1976, fundou a Editora Salamandra com o propósito de formar uma nova geração de leitores e acabou criando um dos catálogos infantis mais premiados do Brasil. Em 1992, fugindo de sua linha editorial, lançou *Muitas vidas, muitos mestres*, de Brian Weiss, livro que deu origem à Editora Sextante.

Fã de histórias de suspense, Geraldo descobriu *O Código Da Vinci* antes mesmo de ele ser lançado nos Estados Unidos. A aposta em ficção, que não era o foco da Sextante, foi certeira: o título se transformou em um dos maiores fenômenos editoriais de todos os tempos.

Mas não foi só aos livros que se dedicou. Com seu desejo de ajudar o próximo, Geraldo desenvolveu diversos projetos sociais que se tornaram sua grande paixão.

Com a missão de publicar histórias empolgantes, tornar os livros cada vez mais acessíveis e despertar o amor pela leitura, a Editora Arqueiro é uma homenagem a esta figura extraordinária, capaz de enxergar mais além, mirar nas coisas verdadeiramente importantes e não perder o idealismo e a esperança diante dos desafios e contratempos da vida.

OS MISTÉRIOS DE BOW STREET
· LIVRO 2 ·

Amante
POR UMA TARDE

LISA KLEYPAS

Título original: *Lady Sophia's Lover*

Copyright © 2002 por Lisa Kleypas
Copyright da tradução © 2021 por Editora Arqueiro Ltda.

Todos os direitos reservados.
Nenhuma parte deste livro pode ser utilizada ou reproduzida sob quaisquer meios existentes sem autorização por escrito dos editores.

tradução: Ana Rodrigues

preparo de originais: Marina Góes

revisão: Camila Figueiredo e Tereza da Rocha

diagramação: Abreu's System

capa: Renata Vidal

imagem de capa: © Drunaa / Trevillion Images

impressão e acabamento: Cromosete Gráfica e Editora Ltda.

CIP-BRASIL. CATALOGAÇÃO NA PUBLICAÇÃO
SINDICATO NACIONAL DOS EDITORES DE LIVROS, RJ

K72a

    Kleypas, Lisa, 1964-
        Amante por uma tarde / Lisa Kleypas ; [tradução Ana Rodrigues]. – 1. ed. – São Paulo : Arqueiro, 2021.
        272 p. ; 23 cm. (Os mistérios de Bow Street ; 2)

    Tradução de: Lady Sophia's Lover
    Sequência de: Cortesã por uma noite
    Continua com: Prometida por um dia
    ISBN 978-65-5565-142-3

    1. Ficção americana. I. Rodrigues, Ana. II. Título. III. Série.

21-70128   CDD: 813
                                                  CDU: 82-3(73)

Leandra Felix da Cruz Candido – Bibliotecária – CRB-7/6135

Todos os direitos reservados, no Brasil, por
Editora Arqueiro Ltda.
Rua Funchal, 538 – conjuntos 52 e 54 – Vila Olímpia
04551-060 – São Paulo – SP
Tel.: (11) 3868-4492 – Fax: (11) 3862-5818
E-mail: atendimento@editoraarqueiro.com.br
www.editoraarqueiro.com.br

Para minha editora, Lucia Macro.

Agradeço pela orientação, a amizade e o entusiasmo maravilhoso por nosso trabalho juntas, o que nunca deixa de me encantar.

Às vezes, na vida, somos abençoados com a pessoa certa surgindo no momento certo...
e, em uma encruzilhada difícil da minha carreira, essa pessoa foi você.
Só uma editora com o seu talento poderia ter me ajudado a encontrar o rumo, e, mais do que isso, você me manteve nos trilhos.
Que sorte a minha ter você.

Com gratidão e amor sempre,

L.K.

CAPÍTULO 1

Já fazia muito tempo desde a última vez que levara uma mulher para a cama.

Sir Ross Cannon não conseguia pensar em outra explicação para sua reação a Sophia Sydney... uma reação tão intensa que ele se viu forçado a se sentar à escrivaninha para disfarçar a súbita e incontrolável ereção. Ficou encarando a mulher intensamente, perplexo, se perguntando como a mera presença dela provocara tamanho ardor. Ninguém jamais o pegara desprevenido daquele jeito.

Ela era encantadora, com os cabelos cor de mel e olhos azuis, mas tinha também uma característica que ia além da beleza física: um quê de paixão sob a frágil fachada de seriedade. Como qualquer homem, Ross ficava mais excitado com aspectos implícitos do que com atributos que se revelavam prontamente. E estava claro que Sophia Sydney era uma mulher de muitos segredos.

Ele se esforçou para conter a atração que sentia por ela, concentrando-se nos arranhões do tampo de mogno da escrivaninha até o ardor arrefecer. Quando finalmente foi capaz de encontrar o olhar insondável dela, continuou calado, pois aprendera, havia muito tempo, que o silêncio é um instrumento poderoso. As pessoas se sentem desconfortáveis com o silêncio – apressam-se para preenchê-lo e, assim, acabam revelando muito.

Mas Sophia não disparou a falar, nervosa, como tantos fariam. Apenas o encarou com cautela, sem dizer nada. Nitidamente, estava preparada para esperar que Ross se manifestasse.

– Srta. Sydney – falou ele por fim –, meu escrivão me disse que a senhorita não informou a razão de sua visita.

– Se eu tivesse dito a ele, não teria conseguido sequer passar pela sua porta. Vim me candidatar ao cargo que o senhor está oferecendo.

Ross raramente se surpreendia com algo, já tendo visto e vivido muita coisa durante sua carreira. No entanto, a ideia de ter aquela moça trabalhando *ali*, para ele, era nada menos do que assombrosa. Ao que parecia, ela não tinha noção do que o trabalho envolvia.

– Estou em busca de um assistente, Srta. Sydney. Alguém que atue como escrivão e arquivista em meio período. A Bow Street não é lugar para uma mulher.

– O anúncio da vaga não especifica que seu assistente precisa ser homem – argumentou ela. – Sei ler, escrever, gerenciar as despesas de uma casa e lidar com livros de contabilidade. Por que não posso ser considerada apta para a vaga?

– Quantos anos a senhorita tem? – perguntou Ross abruptamente. – Vinte e dois? Vinte e três?

– Tenho 28, senhor.

– É mesmo?

Ross não acreditou. A Srta. Sydney parecia jovem demais para já ter alcançado aquela idade em que seria considerada uma solteirona irremediável.

– Sim, é mesmo – confirmou ela.

Parecendo achar graça da reação dele, Sophia se inclinou sobre a mesa, pousando as mãos diante de Ross.

– Dê uma olhada. Sempre se pode saber a idade de uma mulher pelas mãos dela.

Ross examinou as mãos à sua frente, apresentadas sem a menor vaidade. Não eram as mãos de uma menina, mas de uma mulher habilidosa, que sabia o que era trabalhar duro. Embora as unhas estivessem escrupulosamente limpas, eram mantidas muito curtas. Os dedos eram marcados por finas cicatrizes, provavelmente fruto de cortes e arranhões acidentais, e por uma marca de queimadura em formato de crescente, provavelmente ocasionada por uma panela ou um tabuleiro.

Sophia voltou a se sentar. A luz se refletiu suavemente em seus belos cabelos castanhos.

– O senhor também não é como eu imaginava – comentou ela.

Ross arqueou a sobrancelha em uma expressão irônica de curiosidade.

– Ah, não?

– Imaginei que seria um cavalheiro mais velho e corpulento, de peruca e com um cachimbo na mão.

A imagem arrancou uma risada rouca de Ross, e ele se deu conta de que havia muito tempo não ouvia a própria risada. Por algum motivo, não conseguiu deixar de perguntar:

– Está desapontada por eu não corresponder ao que imaginou?

– Não – respondeu ela, parecendo um pouco ofegante. – Não estou desapontada.

A temperatura no escritório aumentou até o ponto de ebulição. Ross se perguntou se ela o achava atraente. Estava perto de completar 40 anos e alguns fios brancos já começavam a aparecer entre os cabelos pretos. Anos de trabalho incansável e de pouco sono deixaram suas marcas, e o ritmo exigente da vida que levava o deixara muito magro. Ross não tinha a aparência tranquila e mimada que se via em muitos homens casados da idade dele. É claro que esses homens não perambulavam pelas ruas à noite como ele fazia, investigando roubos e assassinatos, visitando prisões, contendo manifestações populares.

Ele notou que Sophia olhava ao redor com curiosidade. O escritório fora mobiliado de modo bastante modesto. Uma das paredes era coberta por mapas; outra, por estantes de livros. Só havia um quadro: uma paisagem com pedras, uma floresta, um riacho e colinas cinzentas se erguendo ao longe. Ross ficava encarando aquela pintura em momentos de agitação ou tensão. A escuridão fria e silenciosa da paisagem sempre o acalmava.

Ele retomou bruscamente a entrevista:

– Trouxe referências, Srta. Sydney?

– Não. Meu último empregador não me recomendaria.

– Por que não?

Só então a compostura dela pareceu abalada, e ela enrubesceu intensamente.

– Trabalhei por muitos anos para uma prima distante. Ela me permitiu morar em sua casa depois que meus pais faleceram, ainda que eu não fosse uma mulher de grandes recursos. Em troca desse ato de caridade, precisei trabalhar como empregada da casa, cuidando de tudo o que fosse necessário. Acredito que Ernestine ficou satisfeita com meus esforços, até…

As palavras pareceram ficar presas na garganta de Sophia e o súbito suor fez sua pele ganhar um brilho perolado.

Ross já ouvira todas as histórias possíveis de tragédia, maldade e miséria humana durante seus dez anos como magistrado-chefe da Bow Street. Embora não fosse nada insensível, tinha aprendido a guardar certo distanciamento emocional das aflições dos que se colocavam diante dele, mas a ansiedade da Srta. Sydney lhe despertou um forte impulso de confortá-la, abraçá-la e acalmá-la. *Que diabo*, pensou, surpreso e aborrecido, tentando conter a urgência indesejada de proteger a mulher à sua frente.

– Continue, Srta. Sydney – disse secamente.

Ela assentiu e respirou fundo antes de prosseguir:

– Então fiz algo muito errado. Eu tive um amante, algo que nunca havia acontecido. Ele era hóspede de uma grande propriedade próxima ao vilarejo e nós... nos conhecemos durante uma caminhada. Nunca havia sido cortejada por ninguém como ele. Eu me apaixonei, e... – Ela desviou o olhar, aparentemente incapaz de continuar encarando Ross. – Esse homem prometeu se casar comigo, e eu, tola, acreditei. Quando ele se cansou de mim, me abandonou sem pensar duas vezes. É claro que agora me dou conta de como foi absurdo de minha parte pensar que um homem na posição dele me tomaria como esposa.

– Era um aristocrata? – perguntou Ross.

Sophia manteve a cabeça baixa, os olhos fixos no piso.

– Não exatamente. Ele era... é... o filho mais novo de uma família nobre.

– Seu nome?

– Prefiro não revelar, senhor. Tudo o que aconteceu é passado agora. O fato é que minha prima soube do *affair* pela dona da propriedade em que ele se encontrava, e ela também revelou que meu amante era casado. Nem preciso dizer que foi um escândalo, e Ernestine me mandou embora.

Sophia alisou o vestido em um gesto de nervosismo, as mãos correndo pelo tecido que cobria seu colo.

– Sei que isso denota um caráter imoral, mas juro ao senhor que não me entrego facilmente a... flertes. Se o senhor ao menos pudesse relevar esse deslize...

– Srta. Sydney – disse Ross, e esperou até que ela se forçasse a encará-lo de novo. – Eu seria um hipócrita se a condenasse pelo seu *affair*. Todos cometemos erros.

– Não o senhor, com certeza.

Ross abriu um sorriso irônico.

– Eu especialmente.

Os olhos azuis dela ficaram alertas.

– Que tipo de erros comete?

Ele achou a pergunta divertida. Gostou da ousadia daquela garota, e também da vulnerabilidade que isso escondia.

– Nada que a senhorita precise saber.

Ela abriu lentamente um sorriso.

– Então, continuarei acreditando que o senhor jamais cometeu erro algum.

Aquele era o tipo de sorriso que talvez se visse no rosto de uma mulher depois de uma ardente noite de amor. Pouquíssimas eram donas de uma sensualidade tão natural, de uma vivacidade que fazia um homem se sentir como um garanhão premiado em um haras. Estupefato, Ross se concentrou mais uma vez no tampo da escrivaninha. Lamentavelmente, isso não surtiu qualquer efeito em abrandar as imagens sensuais que invadiam seus pensamentos. Queria puxá-la para cima do mogno escorregadio e arrancar sua roupa. Queria beijar os seios dela, a barriga, as coxas... desbravar o que havia no meio das pernas e enfiar o rosto nas dobras macias, sentir seu aroma pungente e lamber e sugar até ela gritar em êxtase. Quando Sophia estivesse pronta, ele abriria a calça, a penetraria fundo e arremeteria até satisfazer o desejo que o atormentava. Então...

Furioso com sua falta de autocontrole, Ross tamborilou os dedos na escrivaninha. E se esforçou para recuperar o fio da meada.

– Antes de discutirmos meu passado – disse ele –, é melhor nos atermos ao seu. Me diga, houve um filho como resultado desse *affair*?

– Não, senhor.

– Sorte a sua – disse ele.

– Sim, senhor.

– A senhorita nasceu em Shropshire?

– Não, senhor. Assim como meu irmão mais novo, nasci em uma pequena cidade em Severn. Nós...

Uma sombra de tristeza nublou a expressão dela. Ross percebeu que o passado lhe trazia muitas lembranças dolorosas.

– Nós ficamos órfãos quando nossos pais sofreram um acidente de barco e se afogaram. Eu não tinha completado 13 anos. Meu pai era visconde, mas possuíamos poucas terras e nenhum dinheiro para mantê-las. Não tínhamos parentes capazes nem dispostos a tomar conta de duas crianças praticamente pobres. Algumas pessoas do vilarejo se revezaram tomando conta de mim e do meu irmão, mas... – Ela hesitou e prosseguiu com mais cautela: – John e eu éramos bastante rebeldes. Corríamos pelo vilarejo fazendo besteiras, até que fomos pegos cometendo um pequeno furto na padaria local. Foi quando fui morar com Ernestine.

– E que fim levou seu irmão?

Ela respondeu com um olhar distante, os modos subitamente rígidos.

– Meu irmão faleceu. O título foi extinto e as terras da família estão sob custódia do Estado, já que não há nenhum homem aceitável para herdá-las.

O luto não era estranho a Ross, por isso era sensível ao sentimento. Ele compreendeu de imediato que, fosse lá o que tivesse acontecido com o irmão da Srta. Sydney, havia deixado uma cicatriz profunda em sua alma.

– Sinto muito – disse ele.

Ela permaneceu rígida, parecendo não ouvi-lo.

Depois de um longo momento, Ross falou, com voz rouca:

– Se seu pai era visconde, então eu deveria me dirigir à senhorita como "lady Sophia".

Ela abriu um sorriso amargo.

– Imagino que sim. No entanto, seria bastante pretensioso de minha parte insistir em um título de cortesia, não acha? Meus dias como "lady Sophia" terminaram. Só quero encontrar um emprego adequado e, quem sabe, conseguir recomeçar minha vida.

Ross a encarou com atenção.

– Srta. Sydney, eu não poderia em sã consciência contratar uma mulher como minha assistente. Entre outras coisas, a senhorita teria que fazer a lista de ocupantes dos veículos que fazem o transporte de prisioneiros entre Newgate e aqui, reunir os relatórios dos patrulheiros da Bow Street e colher depoimentos de uma variedade de tipos absurdos que desfilam diariamente por este prédio. Essas tarefas seriam ofensivas à sensibilidade de uma mulher.

– Eu não me importaria – disse ela com tranquilidade. – Como já expliquei, não levei uma vida protegida, nem sou inocente. Não sou jovem, nem tenho uma reputação ou posição social a preservar. Muitas mulheres trabalham em hospitais, prisões e abrigos e convivem com todo tipo de pessoas desesperadas e fora da lei. Acho que, assim como elas, posso sobreviver.

– A senhorita não pode ser minha assistente – afirmou Ross com firmeza, erguendo a mão para silenciá-la quando ela tentou interrompê-lo. – Mas minha antiga governanta acabou de se aposentar e eu estaria disposto a contratar a senhorita para substituí-la. Seria uma ocupação muito mais adequada.

– Eu poderia cuidar de alguns assuntos domésticos – concedeu ela. – Além de trabalhar como sua assistente.

– Está propondo assumir os dois cargos? – perguntou Ross, e acrescentou, em tom irônico: – Não acha que talvez seja muito trabalho para uma pessoa só?

– Dizem que o senhor faz o trabalho de seis homens – retrucou ela. – Se isso for verdade, saiba que eu certamente conseguiria fazer o trabalho de duas pessoas.

– Não estou lhe oferecendo dois cargos, Srta. Sydney. Apenas um... de governanta.

Estranhamente, o tom autoritário dele a fez sorrir. Era impossível não reconhecer o tom de desafio nos olhos dela, mas era uma provocação amigável, como se ela soubesse que ele não a deixaria escapar.

– Não, obrigada – disse Sophia. – Se não puder ter o que quero, não terei nada.

A expressão de Ross endureceu de uma forma que faria tremer até os patrulheiros mais experientes da Bow Street.

– Srta. Sydney, está claro que a senhorita não faz ideia dos perigos a que deseja se expor. Uma mulher atraente não deve de forma alguma se misturar com criminosos cujo comportamento vai de pequenos delitos a depravações que eu nem posso começar a descrever.

Ela pareceu não se abalar diante da perspectiva.

– Bem, eu estaria cercada por mais de uma centena de agentes da lei, que incluem policiais, a guarda montada e cerca de meia dúzia de patrulheiros da Bow Street. Me arrisco a dizer que seria mais seguro trabalhar aqui do que fazer compras na Regent Street.

– Srta. Sydney...

– Sir Ross – interrompeu Sophia.

Ela então se levantou e apoiou as mãos na escrivaninha. O vestido de decote alto não revelou nada quando ela se inclinou. Se estivesse usando um decote baixo, seus seios estariam expostos a ele como duas maçãs suculentas em uma bandeja. Terrivelmente excitado com a fantasia, Ross teve que se esforçar para se concentrar no rosto dela. Os lábios de Sophia se curvaram em um leve sorriso.

– O senhor não tem nada a perder em me deixar tentar – argumentou. – Me dê um mês para provar meu valor.

Ross a encarou com um olhar intenso. Havia um toque proposital no charme que ela exibia. Sophia estava tentando manipulá-lo para que ele lhe desse algo que ela queria, e estava conseguindo. Mas por que, em nome de

Deus, aquela mulher queria trabalhar para ele? Subitamente, Ross se deu conta de que não poderia deixar que ela fosse embora sem descobrir seus motivos.

– Se eu não conseguir agradá-lo, basta o senhor contratar outra pessoa.

Ross era conhecido por ser um homem extremamente racional. Não seria nada prático para ele contratar aquela mulher. Na verdade, seria uma estupidez. Ele sabia exatamente como as pessoas na Bow Street interpretariam aquilo. Presumiriam que a contratara por se sentir atraído por ela. E a verdade, por mais desconfortável que fosse, era que estariam certas. Fazia muito tempo que ele não se sentia tão intensamente atraído por uma mulher. Ross queria tê-la por perto, apreciar sua beleza e sua inteligência e descobrir se o interesse poderia ser mútuo. Ele pesou os prós e os contras de uma decisão como aquela, mas seus pensamentos foram subjugados por um ardor físico que se recusava a ceder.

E, pela primeira vez em sua carreira, Ross ignorou a razão em favor do desejo.

Carrancudo, pegou uma pilha aleatória de papéis e entregou a ela.

– Está familiarizada com o *Hue and Cry*?

Ela aceitou a pilha com uma expressão de cautela.

– Creio que seja a publicação semanal com os acontecimentos da polícia, certo?

Ross assentiu.

– Aqui temos inúmeras descrições de malfeitores e detalhes de seus crimes. É um dos instrumentos mais eficazes para capturarmos criminosos, em particular os que vêm de condados fora da minha jurisdição. Essa pilha que lhe dei tem informações dos prefeitos e magistrados de toda a Inglaterra.

Sophia examinou algumas poucas anotações no topo da pilha e as leu em voz alta.

– "Arthur Clewen, ferreiro por ofício, cerca de um metro e oitenta de altura, cabelos escuros e cacheados, voz afeminada, nariz grande, acusado de fraude em Chichester... Mary Thompson, codinome Hobbes, codinome Chiswit, jovem de constituição alta e magra, com cabelos lisos e claros, acusada de assassinato à faca em Wolverhampton..."

– Essas anotações devem ser compiladas e copiadas toda semana – informou Ross, lacônico. – É um trabalho tedioso e tenho questões muito mais importantes para resolver. Então, de agora em diante, essa será uma das suas responsabilidades.

Ele apontou para uma mesinha em um canto, em que cada centímetro da superfície arranhada estava coberto por livros, pastas e correspondência.

– A senhorita pode trabalhar ali. Será preciso dividir a sala comigo, pois não tenho outro lugar onde acomodá-la. Mas passo a maior parte do tempo fora, em investigações.

– Estou contratada, então – concluiu Sophia, a voz carregada de satisfação. – Obrigada, sir Ross.

Ele lançou a ela um olhar irônico.

– Se eu a considerar inadequada para o cargo, a senhorita aceitará minha decisão sem protestar.

– Sim, senhor.

– Mais uma coisa: a senhorita não terá a incumbência de receber o veículo com os prisioneiros toda manhã. Vickery fará isso.

– Mas o senhor disse que essa tarefa era parte da responsabilidade de um assistente, e eu...

– Está discutindo comigo, Srta. Sydney?

Ela fechou abruptamente a boca.

– Não, sir Ross.

Ele assentiu brevemente.

– O *Hue and Cry* deve estar terminado até as duas da tarde. Depois disso, vá ao número 4 da Bow Street e procure um rapaz de cabelos escuros chamado Ernest. Diga a ele onde estão os seus pertences. Ernest pegará tudo para a senhorita depois que deixar o *Hue and Cry* na gráfica.

– Não há necessidade – protestou Sophia. – Eu mesma posso ir até a hospedaria em um momento mais propício.

– A senhorita não andará mais sozinha por nenhum lugar de Londres. De agora em diante, está sob minha proteção. Se quiser ir a algum lugar, será acompanhada por Ernest ou por um dos patrulheiros.

Sophia não gostou disso e Ross viu o lampejo de ressentimento em seus olhos. Mesmo assim, ela não discutiu, ao que ele retomou o discurso em um tom profissional.

– A senhorita terá o resto do dia para se familiarizar com a corregedoria de justiça, e também com a parte residencial. Mais tarde vou apresentá-la aos colegas, quando aparecerem para as sessões na corte.

– Também serei apresentada aos patrulheiros da Bow Street?

– Duvido que consiga evitá-los por muito tempo – disse ele com ironia.

Pensar na reação dos patrulheiros à contratação de uma mulher como sua assistente fez Ross cerrar os lábios, tenso. Será que era por isso que Sophia queria trabalhar ali? Para mulheres de toda a Inglaterra, os patrulheiros eram objeto de fantasias românticas. A imaginação dessas mulheres era alimentada por romances populares que retratavam os patrulheiros como heróis. Talvez Sophia desejasse conquistar um deles. Se fosse esse o caso, não teria que se esforçar muito. Os patrulheiros eram homens cheios de vigor sexual e apenas um deles era casado.

– A propósito, não tolero qualquer envolvimento romântico na Bow Street – avisou Ross. – É proibido a patrulheiros, policiais e escrivães. Naturalmente, não farei qualquer objeção se a senhorita desejar se envolver com alguém de *fora* da corregedoria.

– E o senhor? – perguntou Sophia, baixinho, surpreendendo-o. – Também está fora de alcance?

Perplexo e cheio de desejo, Ross se perguntou que tipo de jogo aquela mulher estava pretendendo fazer. Manteve a expressão neutra ao responder:

– Naturalmente.

Ela deu um sorrisinho e foi até a pequena mesa abarrotada de trabalho por fazer.

Em menos de uma hora, Sophia já havia organizado e copiado as anotações com eficiência, em uma letra elegante que certamente encantaria o responsável na gráfica. Era tão silenciosa e discreta em seus movimentos que Ross teria esquecido sua presença, não fosse pelo perfume que pairava no ar. O aroma era uma distração tentadora que ele não conseguia ignorar. Ross respirou fundo, tentando identificar a fragrância. Detectou chá e baunilha, misturados ao elixir quente da pele feminina. Ao lançar olhares de soslaio para o perfil delicado de Sophia, viu-se fascinado pela luz refletida nos cabelos dela. As orelhas e o nariz eram pequeninos, e ela tinha um queixo bem definido e cílios longos, que projetavam pequenas sombras no rosto.

Absorta em sua tarefa, Sophia se inclinou sobre o papel e escreveu algo com cuidado. Ross não pôde deixar de imaginar como seria sentir aquelas mãos competentes no corpo dele. Seriam quentes ou frias? Ela tocaria um homem com hesitação ou com ousadia? A aparência de Sophia era delicada, dócil, mas havia um toque provocador por trás daquela fachada... uma insinuação de que ela seria capaz de se entregar ao desejo caso um homem conseguisse tocar seu coração.

Aquele pensamento fez com que a pulsação de Ross disparasse. Amaldiçoou a si mesmo. A força de seu desejo parecia preencher o escritório. Como era estranho que nos últimos meses, nos últimos anos, o celibato tivesse sido perfeitamente tolerável... até agora. De repente, tornara-se insuportável. Ross queria desesperadamente sentir a carne macia de uma mulher, o sexo quente se fechando em torno do membro dele, uma boca doce retribuindo seus beijos.

No exato momento em que o desejo alcançou um ponto excruciante, Sophia se aproximou da escrivaninha de Ross com as cópias.

– Está do seu agrado? – perguntou ela.

Ele examinou rapidamente as folhas, mal compreendendo as linhas de caligrafia elegante. Ross assentiu brevemente e devolveu os papéis.

– Entregarei a Ernest, então – disse Sophia.

Seu vestido farfalhou levemente quando ela saiu. A porta se fechou com um clique suave, dando a Ross uma privacidade de que ele precisava muito naquele momento. Soltou o ar com força e foi até a cadeira em que Sophia se sentara. Passou os dedos pelo assento e pelos braços. Movido por uma ânsia primitiva, procurou qualquer traço de calor que as mãos dela pudessem ter deixado na madeira. Respirou fundo, tentando absorver um pouco do perfume dela que ainda pairava no ar.

Sim, pensou, com uma agitação puramente masculina, o celibato tinha durado muito tempo.

Embora se visse frequentemente atormentado pelas necessidades físicas, Ross respeitava as mulheres, por isso não procurava prostitutas. Acabara conhecendo bem a profissão da perspectiva da cadeira de magistrado e não tiraria vantagem de mulheres. Mais ainda, o ato seria debochar do que ele e a esposa haviam compartilhado.

Ross havia considerado a ideia de se casar de novo, mas ainda não tinha encontrado qualquer mulher que lhe parecesse sequer remotamente adequada. A esposa de um magistrado da polícia teria que ser forte e independente. E teria que se adaptar com facilidade tanto aos círculos sociais que a família dele frequentava quanto ao mundo sombrio da Bow Street. Acima de tudo, teria que se satisfazer com a amizade dele, já que não teria seu amor. Ross não se permitiria amar de novo, não como amara Eleanor. A dor de perdê-la tinha sido grande demais, e seu coração se partira com a morte dela.

Pena que a necessidade de sexo não podia ser ignorada com a mesma facilidade que a necessidade de amor.

Por décadas, o número 4 da Bow Street servira como residência particular, corregedoria de justiça e tribunal. No entanto, quando fora indicado como magistrado-chefe, dez anos antes, sir Ross Cannon expandira seus poderes e sua jurisdição até se tornar necessário comprar o prédio adjacente. Agora, o número 4 da rua servia basicamente de residência particular para sir Ross, enquanto no número 3 funcionavam os escritórios, as salas de tribunais e de depoimentos, e no subsolo havia uma sala de detenção onde os prisioneiros eram mantidos e interrogados.

Sophia se familiarizou rapidamente com a distribuição dos cômodos do número 4 enquanto procurava pelo mensageiro. Encontrou Ernest na cozinha do térreo, almoçando pão e queijo diante de uma mesa de madeira grande. O rapaz de cabelos escuros e membros desengonçados ficou profundamente ruborizado quando Sophia se apresentou. Depois que ela lhe entregou o *Hue and Cry* e pediu a ele que fosse buscar os pertences dela em uma hospedaria próxima, Ernest saiu em disparada, como um cão terrier perseguindo um rato.

Aliviada por estar sozinha, Sophia foi até a despensa e viu prateleiras de ardósia onde era possível encontrar, entre outras coisas, uma peça de queijo, um pote de manteiga, uma jarra de leite e cortes de carne. O pequeno cômodo era escuro, cheio de sombras e silencioso, exceto pelo gotejar ritmado da água na parte das carnes. Subitamente, ela não suportou mais conter a tensão que se acumulara por toda aquela tarde e sentiu o corpo tremer até começar a bater os dentes. Lágrimas quentes se acumularam em seus olhos, e Sophia os pressionou para contê-las.

Santo Deus, como ela o odiava.

Fora preciso usar toda a sua força de vontade para permanecer sentada naquele escritório abarrotado, forçando uma aparência serena enquanto por dentro o sangue fervia de ódio. Havia escondido bem a antipatia que sentia e achava que conseguira até mesmo fazer com que ele a desejasse. Os olhos do homem haviam cintilado com um desejo relutante, que ele não conseguira disfarçar totalmente. Aquilo era bom... era o que ela esperava. Porque queria fazer algo pior do que matar sir Ross Cannon. Pretendia arruiná-lo de todas as formas possíveis e fazê-lo sofrer até que ele preferisse a morte. E, de algum modo, o destino parecia estar ajudando-a a concretizar seu plano.

Desde o momento em que vira o anúncio no *Times*, sobre a vaga de assistente para os escritórios da Bow Street, um plano completo se formara em sua mente. Conseguiria o emprego e, assim, teria acesso a registros e arquivos. Acabaria encontrando o que precisava para destruir a reputação de sir Ross e forçá-lo a se afastar do cargo.

Havia rumores de corrupção envolvendo os patrulheiros e suas atividades – relatos de batidas policiais ilegais, de brutalidade e intimidação, isso sem mencionar ações fora da jurisdição correspondente. Todos sabiam que sir Ross e sua "gente", como ele os chamava, eram a encarnação da lei. Mas uma vez que o povo, já desconfiado, recebesse provas sólidas da má conduta desses agentes, o modelo de perfeição personificado por sir Ross Cannon seria arruinado além de qualquer redenção. Sophia desencavaria qualquer informação que fosse necessária para provocar a derrocada dele.

Mas aquilo não era o bastante. Queria que a traição fosse mais profunda, mais dolorosa. Pretendia seduzir o homem conhecido como o Monge da Bow Street e levá-lo a se apaixonar por ela. Então viraria o mundo dele de cabeça para baixo.

Sophia conseguiu conter as lágrimas e se virou para encostar a testa na ardósia fria de uma das prateleiras, deixando escapar um suspiro trêmulo. Um objetivo a fazia seguir em frente: sir Ross pagaria por ter lhe tirado a última pessoa no mundo que a amara. John, cujos restos mortais tinham sido enterrados em uma vala comum, misturados aos esqueletos apodrecidos de ladrões e assassinos.

Sophia recuperou o autocontrole e repassou mentalmente o que conseguira descobrir sobre sir Ross até ali. Ele não era, de forma alguma, o que ela imaginara. Tinha esperado encontrar um homem pesado e pomposo, corrupto, vaidoso, com uma papada sob o queixo. Não queria que ele fosse atraente.

Mas sir Ross *era* belo, por mais que Sophia odiasse admitir isso. Era um homem em seu auge, alto, de ombros largos, só um tanto magro demais. Tinha feições fortes e austeras, sobrancelhas escuras e retas e os olhos mais extraordinários que ela já vira. Eram de um cinza-claro, tão brilhantes que pareciam guardar a energia do clarão de um relâmpago que tivesse sido capturado nas íris de bordas negras. E o homem tinha uma característica que a enervara, uma volubilidade intensa que ardia por trás da aparência reservada. Além disso, sir Ross se sentia confortável com a própria autoridade, era um homem capaz de tomar decisões e de conviver com elas, não importando os resultados.

Ao ouvir alguém entrando pela porta da cozinha que levava à rua, Sophia saiu da despensa. Deparou com uma mulher não muito mais velha do que ela, magra, de cabelos escuros e dentes ruins. Mas o sorriso era sincero e ela estava arrumada e limpa, com um avental bem passado. A criada responsável pela cozinha, deduziu Sophia, e dirigiu um sorriso simpático à mulher.

– Olá – disse a outra, em um tom tímido, fazendo uma mesura. – Posso ajudá-la, senhorita?

– Olá. Sou a Srta. Sydney, a nova assistente de sir Ross.

– Assistente – repetiu a mulher, confusa. – Mas a senhorita não é homem...

– De fato – confirmou Sophia em um tom tranquilo enquanto examinava a cozinha.

– Sou a encarregada da cozinha, Eliza – apresentou-se a mulher, encarando Sophia com os olhos arregalados. – Há outra criada, Lucie, e um mensageiro...

– Ernest? Sim, já o conheci.

A luz do dia entrava pelas janelas, revelando uma cozinha pequena, mas bem montada, com piso de pedra. Um fogão de tijolos, com o topo em ferro fundido e suportes de pedra, havia sido construído contra uma das paredes. Quatro ou cinco panelas poderiam ser aquecidas em temperaturas diferentes em um fogão daqueles. Um moedor de ferro cilíndrico tinha sido preso horizontalmente na parede, a abertura nivelada com o fogão para liberar o café moído.

– Ah, deve ser maravilhoso cozinhar aqui!

Eliza fez uma careta.

– Sei fazer o básico, como minha mãe me ensinou. E não me incomoda fazer compras e arrumar a casa. Mas não gosto de ficar parada na frente do fogão, cuidando de panelas... as coisas nunca parecem sair bem.

– Talvez eu possa ajudar – ofereceu Sophia. – Gosto de cozinhar.

Eliza se animou ao ouvir isso.

– Seria maravilhoso, senhorita.

Sophia examinou o armário da cozinha, com sua variedade de panelas, frigideiras, jarros e utensílios. Uma fileira de fôrmas de cobre enegrecido pendia de ganchos na lateral, claramente precisando ser muito bem areadas. Outros itens também precisavam de atenção. Os panos usados para auxiliar no preparo de gelatinas e outras sobremesas, acomodados em uma prateleira do armário, estavam manchados e precisavam ser deixados de molho. As peneiras pareciam sujas e um cheiro desagradável emanava dos ralos da pia, que precisavam ser limpos com uma boa quantidade de bicarbonato de sódio.

– Todos comemos na cozinha, o patrão, os criados e os policiais – informou Eliza, indicando a mesa de madeira que ocupava boa parte do aposento. – Não há um salão de jantar decente. Sir Ross faz as refeições aqui ou no escritório.

Sophia olhou para a prateleira do armário onde ficavam as especiarias, o chá e um saco com grãos de café. Procurou colocar um tom neutro na voz quando perguntou:

– Sir Ross é um bom patrão?

– Ah, sim, senhorita! – respondeu a criada prontamente. – Embora seja meio estranho às vezes.

– Estranho como?

– Às vezes passa dias sem fazer uma única refeição decente. E chega a dormir sentado diante da escrivaninha em vez de ir para a cama e ter uma boa noite de sono.

– Por que trabalha tanto?

– Ninguém sabe, talvez nem o próprio sir Ross. Dizem que ele era diferente antes da morte da esposa. Ela morreu ao dar à luz, e desde então ele se tornou... – Eliza buscou uma palavra apropriada.

– Distante? – sugeriu Sophia.

– Isso, distante, frio. Não tolera qualquer sinal de fraqueza em si mesmo e não se interessa por nada além dos deveres.

– Talvez ele se case de novo algum dia.

Eliza deu de ombros e sorriu.

– Ora, muitas damas elegantes ficariam felizes em tê-lo como marido! Elas aparecem no escritório de sir Ross para pedir ajuda para suas obras de caridade, ou para reclamar de batedores de carteira, coisas assim, mas é óbvio que, no fundo, querem chamar a atenção dele. Quanto menos interesse sir Ross demonstra, mais elas o perseguem.

– Sir Ross às vezes é chamado de o Monge da Bow Street – murmurou Sophia. – Isso quer dizer que ele nunca...

Ela fez uma pausa ao sentir o rosto corar.

– Só ele poderia confirmar ou desmentir isso – disse Eliza, em um tom pensativo. – Mas seria uma pena, não é? Um desperdício para um homem bom e saudável.

Os dentes tortos da moça cintilaram em um sorriso e ela piscou para Sophia.

– Mas acho que algum dia a mulher certa vai saber seduzi-lo, não acha?

Sim, pensou Sophia com satisfação. Seria ela a acabar com os hábitos de monge de sir Ross. Ganharia a confiança dele, talvez até mesmo o seu amor... e usaria isso para destruí-lo.

Como as novidades se espalhavam rápido pela Bow Street, Ross não ficou surpreso quando ouviu batidas na porta de seu escritório menos de quinze minutos depois de Sophia ter partido. Um dos assistentes de magistrado, sir Grant Morgan, entrou na sala.

– Bom dia, Cannon – cumprimentou Morgan, os olhos verdes cintilando em uma expressão bem-humorada.

Ninguém poderia duvidar de que o sujeito estava se deleitando com a vida de recém-casado. O fato de o antes impassível Morgan estar tão abertamente apaixonado pela esposa era motivo de um misto de inveja e diversão para os outros patrulheiros.

Com quase dois metros de altura, Grant Morgan era o único homem que fazia Ross ter que levantar a cabeça para encará-lo. O patrulheiro – que ficara órfão muito novo e já trabalhara na barraca de um peixeiro em Covent Garden – havia se alistado para ser guarda de rua aos 18 anos e fora rapidamente promovido ao longo de todo o escalão hierárquico, até Ross selecioná-lo para se juntar à força de elite que reunia meia dúzia de patrulheiros. Recentemente, Morgan fora designado para assumir o cargo de magistrado-assistente. Ele era um bom homem, honesto e inteligente, e uma das poucas pessoas no mundo em quem Ross confiava.

Morgan puxou a cadeira diante da escrivaninha de Ross e acomodou o corpo grande no assento de couro. Então encarou o chefe com uma expressão especulativa.

– Vi a Srta. Sydney de relance – comentou. – Vickery me disse que ela é sua nova assistente. Naturalmente respondi que ele devia estar enganado.

– Por quê?

– Porque contratar uma mulher para um cargo desses seria impraticável. Além do mais, contratar uma mulher atraente como a Srta. Sydney para trabalhar na Bow Street seria uma imensa tolice. E como nunca imaginei que lhe faltasse senso prático, ou que você fosse tolo, disse a Vickery que ele estava errado.

– Não está – murmurou Ross.

Morgan inclinou o corpo para o lado e segurou o queixo com o polegar e o indicador enquanto fitava o magistrado-chefe com curiosidade.

– Ela vai ser escrivã e arquivista? E vai colher depoimentos de assaltantes, ladrões, prostitutas que batem carteiras e...

– Sim – interrompeu Ross, irritado.

Morgan ergueu as sobrancelhas grossas em uma expressão de grande espanto.

– Só para enfatizar o óbvio, todo homem que passar por este lugar, e os patrulheiros não serão exceção, vai ficar atrás dela como uma abelha ao redor de um pote de mel. Ela não vai conseguir fazer absolutamente nada do trabalho. A Srta. Sydney é sinônimo de problemas e você sabe disso – falou Morgan, e, depois de uma pausa, acrescentou lentamente: – O que me interessa é saber por que você a contratou mesmo assim.

– Isso não é da sua conta. A Srta. Sydney é *minha* funcionária. Eu contrato quem eu quiser e é melhor que os homens a deixem em paz, caso contrário irão responder a mim.

Morgan encarou o chefe com uma expressão avaliativa de que Ross não gostou.

– Me perdoe – disse ele, tranquilo. – Vejo que está melindroso em relação a esse assunto.

– Maldição, Morgan! Não estou melindroso!

O outro reagiu com um sorriso extremamente irritante.

– Acho que é a primeira vez que vejo você praguejar, Cannon.

Ross compreendeu tarde demais o motivo da expressão divertida de Morgan. De algum modo, sua fachada normalmente fria havia rachado. Ele se esforçou para disfarçar a irritação, tamborilando os dedos na mesa em um *staccato* impaciente.

Morgan acompanhou os esforços com um sorriso. E, ao que parecia, não se conteve antes de fazer mais um comentário.

– Ora, um ponto ninguém irá discutir... ela será uma escrivã muito mais agradável aos olhos do que Vickery.

Ross o encarou com um olhar severo.

– Morgan, a próxima vez que eu estiver selecionando um funcionário, vou me certificar de contratar uma velha de dentes tortos só para agradar você, está bem? Agora, podemos falar sobre outro assunto... talvez até alguma coisa relacionada a trabalho, quem sabe?

– Claro – concordou Morgan, tranquilo. – Na verdade, vim atualizá-lo sobre Nick Gentry.

Ross estreitou os olhos ao ouvir aquele nome. De todos os criminosos que desejava capturar, julgar e mandar para a forca, Gentry era facilmente o primeiro da lista. Ele era o oposto de tudo que Ross buscava defender.

Nick Gentry e seus homens haviam se aproveitado da lei que recompensava qualquer cidadão que capturasse um ladrão, salteador ou desertor para estabelecerem um escritório em Londres e se autodesignarem como apanhadores profissionais de ladrões. Quando Gentry pegava um bandido, não apenas recebia uma comissão pela apreensão como também ficava com o cavalo, as armas e o dinheiro desse meliante. Se recuperasse bens roubados, não só ganhava mais como também recebia um percentual do valor dos bens recuperados. Quando Gentry e seus homens não conseguiam reunir provas suficientes contra alguém em particular, plantavam ou produziam evidências. Eles também arregimentavam rapazes para o crime, com o único propósito de prendê-los mais tarde e receber as recompensas.

Gentry era visto com um misto de admiração e medo no submundo, onde era rei incontesto. Seu escritório havia se tornado o ponto de encontro de todos os criminosos conhecidos da Inglaterra. Ele era culpado de todos os tipos de delito, inclusive fraude, chantagem, roubo e até assassinato. E o mais enlouquecedor de tudo é que o homem era considerado por uma grande parte do povo de Londres um benfeitor público. Ostentava uma bela figura em suas roupas elegantes e atravessava becos e vielas em um grande cavalo negro. Meninos sonhavam ser como ele quando crescessem. Mulheres de classe alta ou baixa eram seduzidas por sua aparência intrigante.

– Gostaria de ver aquele desgraçado balançando ao vento na forca – murmurou Ross. – O que você tem?

– Duas testemunhas que dizem que Gentry organizou a fuga de três homens dele de Newgate. O escrivão já colheu o depoimento de ambas.

Ross ficou absolutamente imóvel, como um predador farejando sua presa mais desejada.

– Traga-o para ser interrogado – falou. – E faça isso logo, antes que ele suma.

Morgan assentiu, sabendo que se Gentry farejasse o perigo e decidisse se esconder, seria impossível localizá-lo.

– Presumo que você mesmo vai querer interrogá-lo, certo?

Ross assentiu. Normalmente teria deixado essa tarefa nas eficientes mãos de Morgan, mas não no caso de Nick Gentry. O homem era seu adversário pessoal, e Ross empreendera muito esforço na intenção de desmascarar o astuto apanhador de ladrões.

– Muito bem, senhor – disse Morgan, levantando-se da cadeira. – Vou detê-lo assim que for localizado. Vou destacar Sayer e Gee imediatamente para cuidarem disso.

Morgan fez uma pausa e um sorriso irônico suavizou sua expressão séria e dura.

– Isto é, se não estiverem todos ocupados demais babando pela sua assistente.

Ross teve grande dificuldade de conter uma resposta ríspida e sentiu seu temperamento normalmente controlado se inflamar diante da ideia de Sophia Sydney sendo assediada pelos homens dele.

– Me faça um favor, Morgan – falou Ross entre os lábios cerrados. – Quero que todos fiquem cientes de que, se qualquer um dos patrulheiros, ou qualquer membro da guarda a pé ou montada, importunar a Srta. Sydney, vai se arrepender.

– Sim, senhor.

Morgan se virou para sair, mas não antes de Ross perceber a sombra de um sorriso em seus lábios.

– Qual é a graça, Morgan?

O outro respondeu em um tom tranquilo:

– Estava apenas pensando, senhor, que talvez acabe se arrependendo de não ter contratado uma velha de dentes tortos.

Depois de compartilhar uma refeição noturna, ensopado requentado de carneiro, Sophia arrumou seus pertences no quarto do segundo andar que lhe fora designado. Era um cômodo muito pequeno, mobiliado de forma simples. No entanto, era limpo, a cama parecia confortável, e havia outra vantagem da qual Sophia gostou. A janela do quarto dava para o lado oeste do número 3 da Bow Street, permitindo que visse diretamente o escritório de Cannon. A luz da luminária destacava o contorno da cabeça de cabelos pretos e realçou seu perfil quando ele se virou na direção das estantes de livros. Era tarde e ele já deveria ter se recolhido. No mínimo, deveria estar saboreando uma boa ceia em vez do prato sem graça de ensopado de carneiro que Eliza lhe mandara.

Sophia vestiu a camisola e voltou à janela, onde o viu esfregar o rosto e se inclinar diligentemente sobre a mesa. Pensou em todas as coisas que Eliza e Lucie haviam lhe contado sobre o magistrado-chefe. Com o típico apreço por fofocas da criadagem, haviam fornecido a Sophia uma boa quantidade de informações.

Parecia que os defensores de sir Ross, que eram muitos, o reverenciavam por sua compaixão, enquanto um número igualmente grande de críticos o denunciava por sua dureza. Cannon era o magistrado mais poderoso da Inglaterra, chegando a agir como um conselheiro não oficial do governo. Ele treinava os patrulheiros com métodos modernos e aplicava princípios científicos à manutenção da ordem pública de um modo que provocava tanto admiração quanto desconfiança no povo. Sophia achara divertido ver Eliza e Lucie tentando explicar como os patrulheiros às vezes solucionavam crimes examinando dentes, cabelos, projéteis e ferimentos. Nada daquilo fazia sentido para ela, mas, ao que parecia, as técnicas de sir Ross haviam conseguido desemaranhar mistérios tão intrincados quanto o nó górdio.

Os criados tinham sir Ross em alta conta, assim como todos os que trabalhavam na Bow Street. Sophia acabou chegando à inquietante conclusão de que o magistrado não era tão mau como ela imaginara. O que em nada alterava sua determinação de vingar a morte do irmão. Na verdade, a fidelidade exagerada aos próprios princípios provavelmente tinha sido o que levara à tragédia que havia tirado a vida de John. Sem dúvida, sir Ross pautava a vida pela carta da lei, colocando os princípios acima da compaixão e a legislação acima da piedade.

O pensamento provocou uma onda de fúria renovada em Sophia. Quem era aquele homem para decidir quem vivia ou morria? Por que ele se dava o direito de julgar os outros? Era assim tão infalível, tão sábio, tão perfeito? Ele provavelmente achava que sim, aquele desgraçado arrogante.

Mas ela ficou impressionada ao se lembrar da facilidade com que ele a perdoara naquela manhã, quando ela confessara a história do seu breve *affair*. A maior parte das pessoas a teria tachado de meretriz e diria que a dispensa dela fora merecida. Sophia esperara que sir Ross a censurasse. Em vez disso, pareceu compreensivo e bondoso, chegando a admitir que ele mesmo já cometera erros.

Perturbada, ela afastou para o lado a delicada cortina de musselina a fim de ter uma visão mais ampla da janela do escritório.

Como se pudesse sentir o olhar de Sophia, sir Ross se virou e olhou diretamente para ela. Embora não houvesse lampião ou vela acesos no quarto dela, o luar era suficiente para iluminá-la. Ele conseguiria ver que Sophia usava apenas uma camisola fina.

Sendo um cavalheiro, sir Ross deveria ter desviado os olhos imediatamente, mas não o fez. Seguiu encarando Sophia com firmeza, como um lobo faminto com os olhos fixos em um coelho que se aventurava longe demais da toca. Embora todo o corpo de Sophia ardesse de constrangimento, ela se demorou ali, deixando que ele a observasse bem. E contou silenciosamente os segundos: um... dois... três. Então se afastou devagar para o lado, fechou a cortina e levou as mãos ao rosto quente. Deveria estar satisfeita por ele ter se demorado fitando-a de camisola. Mas a verdade era que se sentia profundamente desconfortável, quase assustada, como se o plano de seduzi-lo e destruí-lo talvez acabasse fazendo o mesmo com ela.

CAPÍTULO 2

Ross começou o dia como sempre, cuidando da higiene matinal com eficiência e rapidez e vestindo um paletó escuro e calça cinza, como de costume. Prendeu a gravata de seda negra em um nó simples e penteou os cabelos até estarem bem arrumados. Ao checar rapidamente seu reflexo no espelho ao lado da bacia, viu que as olheiras estavam mais profundas do que o normal. Não havia dormido bem. Seus pensamentos tinham sido tomados por Sophia, o corpo ardendo com a consciência de que ela dormia a poucos cômodos de distância.

Tinha sido impossível parar de pensar na visão que vislumbrara pela janela, os longos cabelos soltos, a camisola diáfana à luz do luar. Ross fora absolutamente seduzido pela imagem, o sangue disparando nas veias ao imaginar como seria aquele corpo feminino por baixo da camisola.

Ross retomou a compostura e jurou para si mesmo que não haveria mais devaneios noturnos no que se referia a Sophia. Sem fantasias e, certamente, sem olhares para a janela dela. Dali em diante, se dedicaria apenas ao trabalho, como sempre.

Com uma determinação severa, desceu para a cozinha com a intenção de pegar seu primeiro bule de café e levar para o escritório. Depois disso, faria sua caminhada matinal por Covent Garden e pelas ruas ao redor, como um médico fazendo a ronda para checar o estado de seus pacientes. Independentemente do nível de detalhamento dos relatórios dos patrulheiros da Bow Street, nada se comparava a ver e ouvir as coisas por si mesmo.

Ross sentia prazer na sequência ordenada de atividades diárias da Bow Street.

Logo depois do amanhecer, os sinos da igreja de St. Paul se faziam ouvir por Covent Garden e ao longo das fachadas de lojas e residências. Os sons das carroças dos mercados faziam persianas e cortinas se abrirem, assim como os gritos dos vendedores de bolos e dos meninos jornaleiros. Às sete horas, o cheiro de pão recém-saído do forno exalava da padaria, e às oito os clientes começavam a atravessar as portas dos cafés. Quando o relógio marcava nove horas, as pessoas se reuniam diante do comissariado na Bow Street, esperando que os escrivães e policiais abrissem as portas. Às dez, o magistrado designado para o dia – que, naquele dia, por acaso seria Morgan – assumia seu lugar no tribunal.

Tudo como deve ser, pensou Ross, satisfeito.

Quando entrou na cozinha, avistou Ernest sentado diante da mesa gasta. O rapaz devorava o café da manhã como se não fizesse uma refeição decente havia meses. Sophia estava diante do fogão, ao lado da cozinheira muito magra, aparentemente ensinando como preparar o cardápio matinal.

Ela virava com traquejo as panquecas em uma frigideira. A cozinha exalava um aroma particularmente agradável naquele dia, uma mistura de bacon frito, café fresco e massa sendo assada.

Sophia parecia bem-disposta e saudável, as curvas elegantes de seu corpo destacadas pelo avental branco que cobria o vestido cinza-grafite. Os cabelos brilhantes estavam presos em um coque no alto da cabeça com uma fita azul. Um sorriso iluminou seus olhos cor de safira quando ela viu Ross parado na porta. Sophia estava tão linda que ele se sentiu como se tivesse levado um soco no estômago.

– Bom dia, sir Ross – disse ela. – Aceita o café da manhã?

– Não, obrigado – respondeu ele automaticamente. – Só vim buscar um bule de café. Eu nunca...

Ross se deteve quando a cozinheira colocou sobre a mesa a travessa com uma pilha de panquecas com calda de amoras-pretas. Ele tinha uma queda especial por amoras-pretas.

– Só uma, ou duas? – sugeriu Sophia em um tom persuasivo.

Subitamente se tornou bem menos importante para Ross se ater aos hábitos de sempre. Talvez pudesse abrir espaço para tomar um café da manhã rápido, argumentou consigo mesmo. Um atraso de cinco minutos não faria diferença na agenda dele.

Ross se viu sentado à mesa, diante de um prato de panquecas, bacon crocante e ovos quentes. Sophia encheu uma xícara com café fumegante e sorriu para ele mais uma vez antes de voltar ao seu lugar ao lado de Eliza, no fogão. Ross pegou o garfo e ficou olhando para ele como se não soubesse exatamente o que fazer.

– Está gostoso, senhor – se arriscou a dizer Ernest, enchendo a boca com tanta voracidade que parecia prestes a engasgar.

Ross deu uma mordida na panqueca encharcada de calda de fruta e tomou um gole de café quente. À medida que comia, foi sendo tomado por uma sensação estranha de bem-estar. Santo Deus, já fazia muito tempo que não comia nada além da comida lamentável que Eliza preparava.

Durante os minutos seguintes, Ross comeu todas as panquecas do prato. De vez em quando Sophia enchia novamente a xícara dele, ou oferecia mais bacon. O calor aconchegante da cozinha e a visão de Sophia andando pelo cômodo provocaram um prazer indesejado. Ross pousou o garfo, se levantou e olhou para ela sem sorrir.

– Preciso ir agora. Obrigado pelo café da manhã, Srta. Sydney.

Mais uma xícara de café foi colocada nas mãos dele e os olhos azul-escuros de Sophia o encararam.

– Vai passar o dia no escritório, senhor?

Ross balançou a cabeça, fascinado pelos fios de cabelo colados à testa dela. O calor do forno deixara o rosto de Sophia rosado e brilhante. Ele teve vontade de beijá-la, de lambê-la, de saboreá-la.

– Vou passar a maior parte da manhã fora – respondeu Ross, com voz áspera. – Estou no meio de uma investigação. Houve um assassinato na Russel Square ontem à noite.

– Tenha cuidado.

Já fazia muito tempo desde a última vez que alguém lhe dissera aquela frase. Ross se amaldiçoou por ficar tão facilmente abalado, mas lá estava ela de novo, aquela sensação gostosa da qual ele parecia incapaz de fugir. Ross assentiu brevemente e lançou um olhar cauteloso para Sophia antes de sair.

Sophia passou a primeira metade do dia cuidando de uma pilha de documentos, dossiês e correspondência que havia sido jogada em um canto do escritório de sir Ross. Enquanto arquivava a enorme quantidade de informação, ficou satisfeita com a oportunidade de se familiarizar com a sala de registros criminais, empoeirada e bagunçada. Levaria dias, talvez semanas, para organizar todas as gavetas. À medida que continuava o trabalho, Sophia pensava sobre o que descobrira sobre sir Ross até ali, inclusive a sucessão de comentários que ouvira de criados, escrivães e patrulheiros. O magistrado-chefe era um homem de um autocontrole sobrenatural, que nunca praguejava, gritava ou bebia em excesso. Algumas poucas ordens dadas em voz baixa por ele bastavam para fazer o mais destemido dos patrulheiros sair correndo para obedecê-lo. Sir Ross era admirado por todos os que trabalhavam para ele, mas, ao mesmo tempo, todos adoravam fazer piadinhas a respeito da natureza fria e metódica do chefe.

Sophia não acreditava que Ross fosse frio. Percebera algo por trás da fachada austera – uma sensualidade contida à força, que seria devastadora quando liberada. Dada a intensidade de sua natureza, ele não era do tipo que fazia amor de forma casual. Era algo importante demais, precioso demais para sir Ross – ele teria que gostar profundamente da parceira antes de dormir com ela. Se Sophia quisesse ser bem-sucedida em seu plano de seduzi-lo, teria que conquistar seu afeto. Mas como fazer um homem daqueles se apaixonar? Ela desconfiava que ele se sentiria atraído por uma mulher que garantisse a suavidade que claramente faltava em sua vida. Afinal, sir Ross não era um ser divino com força ilimitada. Era um homem que se obrigava a ir muito além dos próprios limites. E para um homem que carregava tantos fardos sobre os ombros, seria um alívio ter alguém tomando conta das necessidades *dele*.

Sophia voltou à sala de sir Ross e usou um pano para limpar a poeira da moldura da janela. Por acaso, acabou vendo o tema de seus pensamentos na rua, abaixo. Sir Ross estava parado diante da cerca de ferro fundido que ficava na frente do prédio. Parecia conversar com uma mulher que esperava no portão. Ela usava um xale marrom que cobria os cabelos e os ombros, e Sophia se lembrou de que o Sr. Vickery a havia mandado embora mais cedo, naquele dia. A mulher queria ver sir Ross e o escrivão tinha dito que voltasse no dia seguinte, já que o magistrado-chefe estava ocupado com questões mais importantes.

No entanto, sir Ross abriu o portão para a mulher e entrou com ela no número 3 da Bow Street. Sophia ficou comovida com a consideração dele por alguém que claramente era de uma classe muito mais baixa. A mulher estava malvestida e parecia abatida, mas ainda assim o magistrado lhe deu o braço da mesma forma cortês que faria com uma duquesa.

Quando sir Ross entrou com a mulher na sala dele, Sophia percebeu uma ruga de preocupação entre as sobrancelhas negras.

– Boa tarde, Srta. Sydney – disse ele, em um tom impessoal, enquanto conduzia a mulher até uma cadeira.

Ela era magra, de meia-idade, com uma aparência emaciada e os olhos vermelhos de tanto chorar.

– Essa é a Srta. Trimmer, que, pelo que entendi, foi dispensada por Vickery esta manhã.

– Creio que o Sr. Vickery estava preocupado por sua agenda já estar muito cheia, senhor – murmurou Sophia.

– Sempre posso arrumar tempo quando for necessário.

Sir Ross se encostou na escrivaninha, com os braços cruzados diante do peito. Quando voltou a falar, foi em um tom encorajador que Sophia ainda não ouvira.

– A senhorita disse que teme pela segurança de sua irmã, Srta. Trimmer. Por favor, me diga o que está causando essa preocupação.

A mulher, solteira apesar de não ser jovem, segurou com força as pontas do xale e falou com voz engasgada.

– A minha irmã mais nova, Martha, é casada com o Sr. Jeremy Fowler.

Ela fez uma pausa, evidentemente dominada pela emoção.

– E o trabalho do Sr. Fowler é?... – perguntou sir Ross, estimulando-a a continuar falando.

– Ele é farmacêutico. Eles moram em cima da loja, no mercado de St. James. Mas aconteceram alguns problemas entre eles e...

A mulher se interrompeu de novo, as mãos apertando o xale com mais força, os gestos nervosos.

– Faz cerca de um mês que minha irmã fez algo que o deixou furioso. E não a vi desde então.

– Ela está desaparecida?

– Não, senhor. O Sr. Fowler está mantendo Martha trancada em um quarto e não a deixa sair. Já faz quase quatro semanas. Ninguém pode entrar para vê-la. Eu acho que ela ficou doente e implorei que meu cunhado a soltasse, mas ele ainda está determinado a puni-la.

– Puni-la pelo quê? – perguntou sir Ross em um tom calmo.

O rosto magro da mulher ficou muito vermelho.

– Acho que Martha se envolveu com outro homem. Sei que isso foi muito errado da parte dela, mas minha irmã tem um coração bom e tenho certeza de que está arrependida do que fez. Com certeza deseja que o marido a perdoe.

Os olhos da Srta. Trimmer estavam marejados, e ela os secou com o xale.

– O problema é que ninguém quer me ajudar a tirá-la de lá, todos dizem que é assunto entre marido e mulher. O Sr. Fowler diz que está fazendo isso porque ama Martha demais e ela o magoou terrivelmente. Ninguém, nem mesmo nossos parentes, o culpa por trancafiá-la.

A expressão nos olhos de sir Ross era dura e fria.

– Sempre fico perplexo com esse suposto amor que faz os homens brutalizarem as esposas. Na minha opinião, um homem que ama de verdade uma mulher jamais a machucaria intencionalmente, por maior que fosse a traição.

O olhar dele se suavizou ao pousar na mulher desesperada à sua frente.

– Vou mandar um patrulheiro à residência dos Fowlers imediatamente, Srta. Trimmer.

– Ah, milorde – disse ela, com voz fraca, chorando de alívio. – Obrigada, abençoado seja mil vezes.

Sir Ross se voltou para Sophia.

– Sabe quais homens estão disponíveis hoje, Srta. Sydney?

– O Sr. Sayer e o Sr. Ruthven – murmurou Sophia.

Ela estava aliviada por ele ter decidido ajudar a libertar Martha. Não teria ficado surpresa se o magistrado tivesse se recusado a ajudar, já que era de senso comum que os maridos tinham o direito de fazer o que quisessem com as esposas.

– Chame Ruthven.

Sophia se apressou a obedecer e retornou rapidamente com Ruthven, um patrulheiro grande, de cabelos escuros, com o semblante rude e um temperamento agressivo. O apetite dele por combates físicos era bem conhecido e poucos homens se arriscavam a provocá-lo. Infelizmente, a mente de Ruthven não combinava com as sutilezas do trabalho investigativo, por isso sir Ross o usava para tarefas que exigiam uma natureza mais física do que mental.

– Vá com a Srta. Trimmer até o mercado de St. James – disse Ross ao patrulheiro. – Ela vai lhe mostrar os aposentos acima da Farmácia Fowler, onde a irmã vem sendo mantida em cativeiro há quase um mês. Faça o que for necessário para libertá-la, e esteja atento à possibilidade de encontrar alguma resistência por parte do marido dela.

Ao perceber que estava sendo convocado para interferir em uma briga conjugal, o patrulheiro franziu ligeiramente a testa.

– Senhor, eu estava a caminho do Tothill Bank. Houve um roubo lá, e eu...

– Você terá tempo para conseguir suas comissões particulares mais tarde – retrucou Ross. – Isso é mais importante.

– Sim, senhor – disse o homem, claramente aborrecido, e então se virou para sair da sala.

– Ruthven – murmurou Ross –, e se fosse a *sua* irmã que estivesse trancada em um quarto há um mês?

O patrulheiro pensou naquilo e se mostrou um tanto envergonhado.

– Cuidarei disso imediatamente, sir Ross.

– Ótimo – disse o magistrado. – E, Ruthven, depois que libertar a Sra. Fowler, quero interrogar o marido dela.

– Devo trazê-lo direto para a sala de detenção, senhor?

– Não, leve-o para Newgate. Ele pode esperar na prisão e aproveitar para pensar um pouco em suas ações antes de termos uma conversinha.

Enquanto o patrulheiro saía da sala com a Srta. Trimmer, Sophia se aproximou de Ross e o fitou, pensativa. Ele permaneceu na posição em que estava, encostado na escrivaninha, o que deixava o rosto dos dois no mesmo nível. A expressão dele era severa, com marcas profundas ao lado dos lábios. Embora Sophia tivesse ouvido sobre a compaixão do magistrado em relação a mulheres e crianças, ficou surpresa com a determinação dele para interferir em um conflito conjugal. As mulheres eram legalmente consideradas propriedade do marido, que poderia fazer o que bem desejasse com sua esposa, menos matá-la.

– O senhor foi muito bondoso – comentou Sophia.

Ross permaneceu com a expressão carregada.

– Gostaria de fazer Fowler sofrer da mesma forma que está fazendo a esposa sofrer. Mas só posso mantê-lo em Newgate por três dias... nem de longe é tempo suficiente.

Sophia concordava plenamente, mas não pôde resistir à tentação de bancar o advogado do diabo.

– Alguns diriam que talvez a Sra. Fowler merecesse uma punição dessas por ter dormido com outro homem – argumentou.

– Não importa o comportamento dela, o marido não tem o direito de retaliar dessa forma.

– Qual seria a *sua* reação caso sua esposa o traísse?

Ficou claro que a pergunta pegou o magistrado de surpresa. De repente, Sophia havia transformado a conversa em algo pessoal. Ross a encarou com firmeza, a súbita tensão fazendo os músculos dele se retesarem sob o tecido do paletó.

– Não sei – admitiu. – A minha esposa não era o tipo de mulher que teria sucumbido a essa tentação em particular. O assunto nunca foi uma preocupação para mim.

– E se o senhor se casasse de novo? – perguntou Sophia, observando com atenção aqueles olhos prateados muito vívidos. – Fidelidade não seria um assunto de preocupação para o senhor?

– Não.

– E por quê?

– Porque eu a manteria tão ocupada em minha cama que ela não teria tempo ou disposição para procurar a companhia de outro homem.

As palavras provocaram um frio na barriga de Sophia. Aquilo era a confissão de um apetite sexual no mínimo voraz. E confirmava tudo o que ela descobrira sobre ele até ali. Sir Ross não era homem de fazer nada pela metade. Antes que pudesse se controlar, Sophia imaginou como seria estar deitada com o corpo entrelaçado ao dele em um ato íntimo, a boca dele em seus seios, as mãos se movendo delicadamente pelo corpo dela. Um forte rubor coloriu seu rosto, em uma mistura de constrangimento e desejo.

– Perdoe-me – disse Ross baixinho. – Não deveria ter falado tão francamente.

Outra surpresa. Sophia jamais conhecera um homem, de nenhuma classe social, que se rebaixaria a se desculpar com um empregado, muito menos se fosse mulher.

– Foi culpa minha – disse ela com esforço. – Não deveria ter feito uma pergunta tão pessoal. Não sei por que fiz.

O olhar dele voltou a capturar o de Sophia, e o brilho ardente nele tornou a respiração dela difícil.

– Não sabe?

A pergunta de Sophia fora uma tentativa de descobrir mais sobre a personalidade dele, sobre como o magistrado lidava com os assuntos do coração. Tudo parte do plano de fazer com que sir Ross se apaixonasse por ela. Infelizmente, Sophia estava achando difícil ignorar a crescente atração que sentia pelo homem que planejava destruir. Era importante permanecer fria e distante quando finalmente fossem para a cama. No entanto, havia muitas coisas nele que Sophia achava sedutoras: a inteligência, a compaixão pelos vulneráveis, o desejo primitivo sob a fachada de autocontrole.

Quando começava a sentir, mesmo relutantemente, o coração amolecer em relação a ele, Sophia se lembrou do irmão morto, e sua determinação ganhou vigor renovado. John precisava ser vingado, senão sua vida teria sido completamente em vão. Deixar o passado de lado seria falhar com o irmão, e isso era algo que ela não poderia permitir que acontecesse.

Depois de pensar por um instante, Sophia admitiu, em um tom cauteloso:

– Acho que me sinto curiosa a seu respeito. O senhor raramente fala de si, ou do seu passado.

– Poucas coisas no meu passado a interessariam – garantiu ele. – Sou um homem comum, que vem de uma família igualmente comum.

A declaração deveria ter soado como falsa humildade. Afinal, sir Ross era um homem de realizações e habilidades notáveis. Certamente tinha consciência das próprias conquistas, da mente afiada, da boa aparência, da excelente reputação de que gozava. No entanto, Sophia percebeu que ele não se considerava superior a nenhum outro homem. Sir Ross exigia tanto de si mesmo que jamais conseguiria estar à altura de seus próprios padrões impossíveis de serem alcançados.

– O senhor não é comum – sussurrou Sophia. – É fascinante.

Não havia dúvida de que Ross com frequência se via diante de mulheres que tinham algum interesse pessoal nele. Sendo um viúvo bonito e abastado, e com considerável influência política e social, ele provavelmente era um dos melhores partidos de Londres. Ainda assim, a ousada declaração de Sophia claramente o pegara de surpresa. Ele a encarou, desconcertado, parecendo incapaz de formular uma resposta.

O silêncio pesou no ar. Finalmente Sophia falou, tentando soar objetiva:

– Vou cuidar do jantar. O senhor vai comer na cozinha ou aqui?

Ross concentrou o olhar na escrivaninha com atenção exagerada.

– Mande uma bandeja para cá. Tenho mais que fazer à noite.

– O senhor precisa dormir – comentou ela. – Tem trabalhado demais.

Ele pegou uma carta e rompeu o lacre.

– Boa noite, Srta. Sydney – murmurou, o olhar agora concentrado na folha de papel.

Sophia saiu da sala de sir Ross e caminhou lentamente pelo corredor, com o cenho franzido. Por que deveria se importar se ele se recusava a ter o descanso de que precisava? Que o homem trabalhasse até morrer de exaustão, pensou. Não lhe importava nem um pouco que ele arruinasse a própria saúde, o touro teimoso! Mas ela continuou irritada ao se lembrar das olheiras de cansaço que ele ostentava. E justificou para si mesma que a preocupação era fruto do seu desejo de vingança. Afinal, seria difícil seduzir um homem exausto e faminto.

~

Nos dias em que Ross servia como juiz no tribunal, Sophia levava o almoço para ele, no escritório, depois que as primeiras sessões terminavam. Enquanto ele comia na escrivaninha, ela arrumava os papéis, tirava o pó das estantes e levava laudos para a sala de registros criminais. No entanto, Ross não costumava fazer refeições com regularidade; quase sempre via a comida como uma indesejada interrupção do trabalho.

A primeira vez que ele se recusou a almoçar, dizendo a Sophia que estava ocupado demais para comer, ela oferecera o prato a Vickery, que estava copiando o laudo de um patrulheiro.

– Vickery também está ocupado – apressou-se a dizer Ross. – Pode levar o prato embora.

– Sim, senhor – respondeu Sophia, sem parecer nem um pouco perturbada. – Talvez mais tarde...

– Eu *estou* com um pouco de fome – interrompeu o escrivão.

Ele olhava com expressão de anseio para o prato coberto. Vickery era um homem robusto, com um apetite saudável, e não gostava de perder uma refeição.

– Que cheiro delicioso, Srta. Sydney... posso perguntar o que é?

– Linguiça com manjerona e batatas. E creme de ervilha.

O apetite de Ross foi despertado pelo aroma saboroso que o prato exalava. Sophia vinha passando bastante tempo na cozinha, mostrando à inepta criada, que fazia as vezes de cozinheira, como preparar refeições realmente comestíveis. Ela prestava bastante atenção ao que ele gostava e ao que não gostava, e já percebera que Ross preferia comidas bem temperadas e tinha uma queda incurável por doces. Nos últimos dias, sucumbira à tentação de uma charlote com crosta crocante e muito recheio de laranja... e também de um bolo de ameixa com melado e groselhas... maçãs em calda dentro de camadas grossas de massa doce. Não era de surpreender que ele tivesse começado a ganhar peso. O rosto encovado estava mais cheio e as roupas já não ficavam mais sobrando no corpo, o que sem dúvida agradaria à mãe dele, que com frequência se preocupava com sua magreza.

Vickery fechou os olhos e inspirou profundamente.

– Creme de ervilha... a minha mãe costumava preparar esse prato. Diga-me, Srta. Sydney, por acaso acrescenta uma pitada de noz-moscada ao creme?

– Ora, sim, eu... – começou a dizer Sophia.

– Dê a bandeja a ele – grunhiu Ross. – Caso contrário, é óbvio que não vou ter nem um momento de paz.

Sophia deu um sorriso ligeiramente contrito para ele e obedeceu.

Vickery aceitou a bandeja de almoço e abriu o guardanapo com um prazer evidente. Sorrindo, disse quando ela já saía da sala:

– Obrigada, Srta. Sydney!

Irritado, Ross estava plenamente consciente do som dos lábios de Vickery se mexendo e dos gemidos de prazer enquanto ele devorava o almoço e Ross, por sua vez, assinava mandados.

– Você precisa fazer tanto barulho? – perguntou Ross finalmente, levantando os olhos da escrivaninha, com uma expressão aborrecida.

Vickery enfiou outra colherada grande de creme de ervilha na boca.

– Perdão, senhor. Mas estou diante da refeição de um rei. Na próxima vez que quiser pular o almoço, senhor, ficarei feliz em aceitá-lo em seu lugar.

Não haveria próxima vez, jurara Ross para si mesmo, profundamente incomodado por ver outra pessoa se deliciando com o almoço *dele*. Dali em diante, seu almoço no escritório se tornaria um ritual sagrado em que ninguém ousaria interferir.

A influência de Sophia logo se estendeu a detalhes mais pessoais da vida dele. Ela garantia que a água do jarro que ele usava para se barbear pela manhã estivesse sempre bem quente e acrescentava glicerina ao sabão de barbear dele, para amaciar a barba obstinada. Quando reparou que os calçados de Ross precisavam de atenção, preparou a própria receita de graxa e com frequência lembrava a Ernest de manter os sapatos do patrão engraxados.

Certa manhã, ao descobrir que a maior parte de suas gravatas tinha desaparecido da gaveta de cima da cômoda, Ross foi até a cozinha só de camisa.

Encontrou Sophia fazendo anotações em um caderninho com lombada costurada à mão. Ao perceber que ele não estava usando paletó ou colete, ela o examinou rapidamente de cima a baixo. Diante daquele sinal discreto de interesse, Ross subitamente teve dificuldade para se lembrar do motivo por que fora até ali.

– Srta. Sydney... – começou ele, em um tom brusco.

– Suas gravatas – disse ela, e estalou os dedos delgados, evidentemente se lembrando de que as tinha tirado da cômoda dele. – Lavei e passei todas ontem, mas me esqueci de devolvê-las ao seu quarto. Vou mandar Lucy subir com elas agora mesmo.

– Obrigado.

Ross fora distraído por um cacho do cabelo dourado e sedoso que tinha escapado do coque de Sophia. E quase cedeu à tentação de esticar a mão e enrolar os fios macios ao redor do dedo.

– Antes que volte ao seu quarto, senhor, quero que saiba que algumas de suas gravatas se foram.

– Se foram? – repetiu ele, com o cenho franzido.

– Eu as vendi para o trapeiro.

Um sorriso atrevido brincou nos lábios de Sophia, desafiando-o silenciosamente a protestar.

– Várias estavam gastas e esfarrapadas. Um homem em sua posição não pode de forma alguma ser visto usando aquilo. O senhor terá que comprar gravatas novas.

– Entendo.

Interessado em falar mais sobre a impertinência dela, Ross se inclinou na direção da jovem e pousou uma das mãos no topo da cadeira onde ela estava sentada. Embora ele não a tocasse, ela não tinha como sair dali.

– Mas, Srta. Sydney, já que tomou para si a tarefa de dispor das minhas gravatas, acho que deveria ser a senhorita também a responsável por substituí-las. Ernest a acompanhará até a Bond Street esta tarde. A senhorita pode comprar gravatas novas e colocar a conta no meu nome. Vou deixar a escolha ao seu gosto.

Sophia inclinou a cabeça para trás para encontrar o olhar dele, e seus olhos cintilaram na expectativa de uma excursão de compras.

– Com prazer, senhor.

Observando o rosto erguido de Sophia, Ross se sentiu profundamente perturbado. Já fazia muito tempo desde que alguém prestara tanta atenção em assuntos tão triviais quanto as gravatas dele, ou a temperatura de sua água de barbear. Mas uma parte dele se deleitava com aquilo: a atenção quase conjugal da qual vinha se tornando dependente demais. Como fazia com tudo aquilo que não compreendia, Ross avaliou as possíveis motivações de Sophia. E não conseguiu encontrar razão alguma para que ela desejasse mimá-lo.

Sophia abaixou os cílios fartos ao olhar mais uma vez, de relance, para o pescoço exposto pela camisa. A respiração dela se acelerou ligeiramente, traindo o fato de que ele também a perturbava. Ross pensou em passar a mão pela nuca de Sophia e segurá-la com firmeza enquanto capturava sua boca. Mas já fazia muito tempo desde a última vez que fizera um avanço desse tipo em relação a uma mulher, e não tinha certeza de que ela receberia bem as suas atenções.

– Mas, Srta. Sydney – murmurou ele, encarando as profundezas suaves, cor de safira, dos olhos dela –, da próxima vez que resolver descartar minhas roupas, é melhor me avisar com antecedência.

Um sorriso travesso curvou os lábios de Ross quando ele se inclinou um pouco mais para perto de Sophia e acrescentou:

– Eu detestaria ter que descer até aqui sem calça.

Para o desgosto de Ross, ele não era o único homem na Bow Street a apreciar os consideráveis encantos de Sophia. Como Morgan previra, os patrulheiros ficavam atrás dela como um bando de lobos agitados, farejando e mordiscando os calcanhares dela. Antes de se reportarem a ele, às nove horas, todo dia, os patrulheiros esperavam na porta da cozinha por alguma sobra do café da manhã. Então brincavam e flertavam com Sophia, e contavam histórias exageradas de seus feitos.

Ao descobrirem que ela se dispunha a cuidar de pequenos ferimentos, os homens começaram a inventar dores e machucados. Depois de saber que ela havia enfaixado ao menos três tornozelos peludos torcidos, administrado dois cataplasmas e tratado de uma garganta infeccionada no espaço de uma única semana, Ross perdeu a paciência.

– Diga aos patrulheiros – esbravejou com Vickery – que, caso estejam ficando desajeitados ou adoentados, podem ir procurar um maldito médico! Estou proibindo a Srta. Sydney de tratar qualquer machucado, está entendendo?

– Sim, senhor – respondeu Vickery, que o encarou obviamente espantado. – Nunca o vi perder a calma antes, sir Ross.

– Não perdi a calma!

– O senhor está gritando e praguejando – argumentou Vickery em um tom razoável. – Se isso não é perder a calma, o que é?

Ross se esforçou para afastar a bruma vermelha de fúria que parecia nublar sua visão. Com grande esforço, modulou o tom.

– Só estava querendo ser enfático – disse entre os dentes. – A questão é que os patrulheiros não podem ficar inventando doenças e machucados como desculpa para que a Srta. Sydney cuide deles. Ela já tem muitas responsabilidades, não vou permitir que seja perturbada pelo bando de idiotas no cio que trabalham para mim.

– Sim, senhor – respondeu Vickery, desviando os olhos, mas não antes de Ross ver um sorriso malicioso curvar seus lábios.

Quando a notícia da chegada da nova e bela funcionária à Bow Street se espalhou pelos oficiais, Sophia logo se viu cercada por policiais. Ela tratava todos com a mesma cortesia amigável. Ross sentia que Sophia guardava a si mesma e o próprio coração com muito cuidado. Depois da forma sórdida como fora tratada pelo amante, qualquer homem enfrentaria uma batalha difícil para conquistar sua confiança.

Ross estava cada vez mais curioso a respeito do homem que traíra Sophia – como ele era, e o que nele a atraíra. Incapaz de se conter, finalmente perguntou a Eliza se Sophia havia confidenciado alguma coisa sobre o antigo amante. Era o dia de folga de Sophia, e ela saíra com Ernest em direção à Bond Street. A Bow Street parecia estranhamente vazia sem ela, e, embora o dia já estivesse na metade, Ross se viu olhando com impaciência para o relógio.

Um sorriso astuto surgiu no rosto da criada ao ouvir a pergunta.

– Se Sophia comentou alguma coisa sobre ele, sir Ross, foi em tom de confidência. Além do mais, o senhor chamou minha atenção no mês passado para que eu não fizesse fofocas e estou comprometida a me corrigir.

Ross a encarou com um olhar duro e firme.

– Eliza, por que logo agora, quando finalmente estou interessado em alguma de suas fofocas, você decide se corrigir?

Ela riu, os dentes tortos à mostra.

– Eu conto o que ela me disse sobre ele... se o senhor me contar por que quer saber.

Ross manteve o rosto neutro.

– Simplesmente me preocupo com o bem-estar dela.

Eliza deu uma risadinha irônica.

– Vou contar, senhor, mas por favor não diga nada, senão a Srta. Sophia vai ficar muito brava comigo. O nome dele era Anthony. Ela disse que ele era jovem e belo, e tinha cabelos claros. Ela gosta de homens de cabelos claros, sabia?

Ross recebeu a informação com o cenho ligeiramente franzido.

– Continue.

– Eles se conheceram quando a Srta. Sophia estava dando uma caminhada e ele cavalgava pelo bosque. Ele a seduziu... recitando poemas e tudo o mais.

Ross grunhiu, aborrecido. A imagem de Sophia nos braços de outro homem – um camarada de cabelos claros, declamando poesia – o incomodou como uma bolha no pé.

– E, infelizmente, ele se esqueceu de mencionar que tinha uma esposa.

– Sim. O covarde simplesmente abandonou-a depois de se aproveitar dela... nunca se deu o trabalho de dizer que era casado. A Srta. Sophia diz que nunca mais voltará a amar.

– Ela se casará algum dia – retrucou Ross, em um tom cético. – É só uma questão de tempo.

– Sim, a Srta. Sophia provavelmente se casará – concordou Eliza, em um tom prático. – Eu quis dizer que ela nunca mais voltará a *amar*.

Ross deu de ombros casualmente.

– O casamento é melhor quando é por outras razões que não o amor.

– Isso é exatamente o que a Srta. Sophia diz.

Eliza se preparou para sair, mas parou na porta e acrescentou, com demasiada sinceridade:

– Como vocês dois são sensatos!

Com uma risadinha, ela se retirou, deixando um Ross emburrado.

Depois de duas semanas de trabalho intenso, os patrulheiros Sayer e Gee finalmente conseguiram localizar Nick Gentry, o popular personagem do submundo de Londres. Todos os salões e pubs ficaram imediatamente em polvorosa com a notícia de que ele havia sido levado para a Bow Street e detido para interrogatório. No instante em que Gentry chegou à corregedoria, foi levado à sala de detenção, uma área que Sophia nunca tivera permissão de ver. Naturalmente, a curiosidade sobre a sala proibida, que ficava no nível da adega, era enorme, mas Ross ordenara que ela ficasse longe de lá.

À medida que os rumores sobre a detenção de Nick Gentry se espalhavam pelos cortiços e espeluncas de Londres, uma multidão se aglomerou do lado de fora do número 3 da Bow Street, bloqueando inteiramente a rua e impedindo a passagem de veículos. Gentry tinha influência em todos os cantos da cidade. Embora chamasse a si mesmo de apanhador de ladrões, ele na verdade tinha grande participação no crime organizado. Orientava gangues em suas atividades ilegais, dizendo aos bandidos como e quando deveriam realizar crimes que talvez não se arriscassem a cometer sem as instruções dele. Batedores de carteira, arrombadores, prostitutas e assassinos, todos se reportavam a ele, recebendo orientação em questões que iam do destino a ser dado aos bens roubados até como evitar a prisão.

Sophia tivera a esperança de dar uma espiada no famoso criminoso, mas ele fora levado à Bow Street na calada da noite. Sir Ross passara cada minuto com Gentry na sala de detenção, preparado para lá permanecer por um longo período.

– Sir Ross só pode manter Gentry detido por três dias – informou Ernest a Sophia, ofegante. – Ele vai fazer todo o possível para que o sujeito admita que ajuda os bandidos a fugir de Newgate, mas Gentry jamais cederá.

– Você parece admirar o Sr. Gentry – comentou Sophia.

O rapaz considerou a pergunta, pensativo, e ruborizou por ser foco da atenção dela.

– Ora... Nick Gentry não é de todo mau. Ele realmente ajuda as pessoas às vezes... dá emprego e dinheiro a elas.

– Que tipo de emprego? – perguntou Sophia com ironia. – Com certeza, nada dentro da lei.

Ernest deu de ombros, parecendo desconfortável.

– E ele realmente prende ladrões e saqueadores, exatamente como os patrulheiros.

– Pelo que sir Ross diz – murmurou Sophia –, o Sr. Gentry encoraja as pessoas a cometerem crimes e então as prende por isso. É como criar criminosos para seu próprio lucro, não é?

Ernest lançou um olhar na defensiva para ela, então sorriu.

– Ah, Gentry tem seus defeitos, Srta. Sydney, mas ele é um camarada especial assim mesmo. Não consigo explicar de uma forma que a senhorita entenda.

Na verdade, Sophia entendia. Às vezes um homem era tão carismático que o povo acabava fazendo vista grossa para os pecados por ele cometidos. Nick Gentry havia capturado a imaginação de aristocratas, comerciantes e batedores de carteira... todos em Londres eram fascinados pelo homem. E a rivalidade de Gentry com sir Ross só o tornava ainda mais intrigante.

Ross passou o dia inteiro na sala de detenção e fez Ernest ficar indo e voltando para pegar água, ou um determinado arquivo na sala de registros criminais. Sayer e Gee, os dois patrulheiros que haviam detido Gentry, também acompanharam o interrogatório, embora às vezes saíssem para descansar um pouco e respirar ar fresco.

Incapaz de conter a curiosidade, Sophia se aproximou de Eddie Sayer quando ele estava parado no pátio de piso de pedra, nos fundos do número 4 da Bow Street. Os chamados e gritos da multidão na frente do prédio eram irritantes; as pessoas pediam que Nick Gentry fosse liberado. Sophia se sentiu grata pela cerca de ferro que mantinha os manifestantes longe, mas temia que logo alguém acabasse decidindo pular o portão.

Sayer erguera o rosto largo para receber a brisa fresca da primavera e estava inspirando profundamente. Embora o vento estivesse carregado com os odores familiares das ruas de Londres – estrume e fuligem –, ainda assim parecia preferível à atmosfera da sala de detenção. Ao ouvir os passos de Sophia no piso de pedra, Sayer se virou e sorriu, os olhos castanhos cintilando. Ele era um rapaz grande e arrojado, que flertava com toda mulher que encontrava, independentemente de idade, aparência ou estado civil.

– Ah, Srta. Sydney... exatamente a companhia pela qual eu esperava. Sem dúvida, a senhorita veio até aqui fora para um encontro apaixonado. Finalmente vai assumir seus sentimentos por mim, não é?

– Sim.

Sophia respondeu com ironia, já tendo aprendido que o melhor modo de lidar com os patrulheiros era respondendo à altura a irreverência deles.

– Finalmente fui arrebatada pela atmosfera romântica da Bow Street. Onde teremos nosso encontro apaixonado, Sr. Sayer?

O patrulheiro alto sorriu.

– Temo ter que desapontá-la, minha bela. Cannon só me deu cinco minutos de folga... nem de longe tempo suficiente. Além do mais, não sou de me envolver romanticamente com diamantes brutos. Por favor, controle o seu desapontamento.

Sophia cruzou os braços e encarou-o com um sorrisinho.

– Como estão as coisas na sala de detenção, Sr. Sayer?

O patrulheiro suspirou, parecendo subitamente cauteloso.

– Cannon não conseguiu arrancar muito de Gentry até agora. É como tentar derrubar um carvalho usando uma faca de manteiga. Mas Cannon continua tentando dobrá-lo – acrescentou, esfregando o rosto e soltando um gemido. – Acho que está na minha hora de voltar lá para baixo.

A tarde foi passando e, ao cair da noite, o humor das pessoas aglomeradas na Bow Street começou a se tornar mais agressivo. Quando espiou pela janela, Sophia viu que alguns manifestantes seguravam porretes e atearam fogo em peças de mobília que levaram. Garrafas de bebida haviam sido distribuídas pelo The Brown Bear, o pub em frente à corregedoria. A multidão bebia livremente. Para o horror de Sophia, as residências de ambos os lados da corregedoria estavam sendo atacadas – janelas haviam sido quebradas e as pessoas batiam furiosamente com porretes e com os punhos nas portas protegidas.

Quando a noite caiu, a multidão havia perdido completamente o bom senso. Ernest apareceu no número 4 para dizer a Sophia que os criados deveriam ficar dentro de casa. Os patrulheiros tentavam dispersar a multidão. Se não tivessem sucesso, acabariam convocando ajuda dos militares.

– Não precisa se preocupar – disse Eliza, ofegante, o rosto pálido. – Os patrulheiros vão conter o tumulto. São homens bons e corajosos, vão nos manter seguros.

– Onde está sir Ross? – perguntou Sophia a Ernest, tentando permanecer calma, embora os gritos constantes da turba estivessem acabando com os nervos dela.

– Ainda com Gentry – respondeu Ernest. – Disse que ele mesmo vai dar um tiro em Gentry antes de deixar que a multidão o leve.

Quando o rapaz voltou correndo para o prédio anexo, Sophia olhou outra vez pela janela. Se encolheu ao ver que as pessoas atiravam pedras e garrafas, mirando a casa.

– Isso é loucura! – exclamou. – Sir Ross sabe quão ruins estão as coisas lá fora? Não vai demorar muito para essa gente nos reduzir a escombros!

As três mulheres deram um pulo quando uma pedra estilhaçou o vidro da janela, espalhando cacos por todo o chão.

– Meu Deus! – exclamou Eliza.

– Que os céus nos protejam – disse Lucie, com um gritinho agudo, os olhos arregalados. – O que vamos fazer?

– Ficar longe das janelas – apressou-se a dizer Sophia. – Vou até a sala de detenção.

O barulho do lado de fora era ensurdecedor, e o ar estava cáustico por causa da fumaça. Embora ninguém tivesse conseguido escalar a cerca de ferro – ainda –, Sophia viu que passavam uma escada por cima da multidão. Ela levantou as saias, atravessou o pátio correndo e abriu com força a porta que dava na sala de detenção.

A escada levava a um vácuo escuro. Sophia desceu com cuidado, já que a pedra sob seus pés era escorregadia. As paredes estavam verdes por causa do mofo e o ar tinha um fedor acre que parecia de urina. Sophia ouviu o som de vozes masculinas, a de sir Ross entre elas. Ela seguiu o brilho de uma luz fraca na base da escada e encontrou um corredor estreito que se abria para um porão. A luz do lampião tremulava, mostrando as barras de três celas e lançando a sombra das grades no piso de terra batida. No outro extremo da sala de detenção, uma mesa e algumas cadeiras tinham sido posicionadas perto de um basculante gradeado que ficava no nível da rua. O clamor incessante da turba entrava por ali.

Sophia viu dois patrulheiros, sir Ross e um homem alto e bem-vestido que estava encostado em uma pose insolente perto do basculante. O sujeito tinha um dos ombros apoiado casualmente contra a parede, as mãos enfiadas nos bolsos do paletó. Nick Gentry, pensou Sophia. No entanto, antes que pudesse ter um vislumbre do rosto dele, sir Ross se virou e se aproximou dela em poucas passadas rápidas.

– O que você está fazendo aqui?

O tom foi tão selvagem que Sophia se encolheu.

Apesar do frio na sala de detenção, Cannon não usava casaco, e a forma larga dos ombros e os músculos fortes dos braços eram visíveis através do linho branco justo. O colarinho da camisa estava desabotoado, revelando parte dos pelos do peito. O olhar assombrado de Sophia encontrou o dele, que tinha uma expressão dura, severa, os olhos cinza ardendo de fúria.

– Eu disse para não descer até aqui – disse ele, irritado.

Embora não estivesse exatamente gritando, sua voz ressoava, irada.

– Sinto muito, mas há algo que o senhor precisa saber...

– Quando eu der alguma ordem, Srta. Sydney, a *senhorita me obedeça*, não importa o que aconteça. Está entendendo?

– Sim, digníssimo milorde – retrucou Sophia com sarcasmo, a tensão e a preocupação que sentia se transformando em raiva. – No entanto, achei que o senhor deveria ser informado de que a turba de manifestantes está prestes a invadir o número 4. Os policiais não vão conseguir contê-los por muito mais tempo. Estão quebrando as janelas. Se o senhor não chamar os militares rapidamente, a multidão vai incendiar os dois prédios até não sobrar mais nada.

– Sayer – disse Ross, virando-se para o patrulheiro. – Vá dar uma espiada lá fora. Se achar que a situação exige, mande chamar uma tropa da guarda montada.

Ele voltou a olhar para Sophia.

– E *a senhorita...* suba e fique dentro de casa até que eu ordene o contrário.

Magoada com a forma dura como Ross estava falando com ela, Sophia assentiu e deixou a sala de detenção o mais rápido que seus pés conseguiram levá-la.

Quando a governanta deixou a sala de detenção, Nick Gentry, que estivera olhando pelo basculante gradeado, se virou na direção de Ross.

– Que belezinha – comentou, obviamente se referindo a Sophia. – Dando um polimento no cobre, Cannon? Acho que a aceitarei depois que você se fartar.

Como estava familiarizado com o dialeto das ruas, Ross sabia exatamente o que significava "polir o cobre". Referia-se a um estilo de cama de ferro com detalhes em cobre, e às atividades que aconteciam ali. Normalmente, as provocações de um prisioneiro não tinham efeito em Ross. No entanto, aquela pareceu ser a única ocasião em que ele não conseguiu se controlar.

A referência a Sophia como se ela fosse uma prostituta comum foi o que bastou para detonar a fúria dele.

– Ou você fecha esse buraco no meio da sua cara – bradou para Gentry – ou eu mesmo vou fazer isso.

Gentry sorriu, claramente satisfeito com o sucesso da provocação.

– Você passou o dia todo tentando me fazer falar, e agora quer calar a minha boca?

Nick Gentry estava bem-vestido e era surpreendentemente jovem. Também era belo, com cabelos escuros, olhos azuis e um sorriso fácil. Seu sotaque, embora não fosse o de um cavalheiro, era muito mais refinado do que o dialeto do East End. Quase era possível confundi-lo com um desses aristocratas que passavam o tempo apostando e correndo atrás de meretrizes enquanto esperavam por suas heranças. Mas alguma coisa em seu rosto denunciava que ele era uma criatura das ruas... uma frieza no olhar. Em algum momento no passado, Nick Gentry aprendera que a vida era uma amarga disputa por espaço. Obstinado em vencer, ele jogava segundo um conjunto de regras desconhecidas. Lealdade, justiça, piedade eram qualidades que ele não conhecia. Ross achou impressionante descobrir que um brutamontes desgraçado como Gentry tinha conseguido angariar tanto apoio entre as massas.

Gentry abriu um sorriso astuto, como se pudesse ler os pensamentos de Ross.

– Você está com um problemão esta noite, Cannon. Escute só essa multidão. Vão colocar este lugar abaixo se você não me soltar.

– Você não vai a lugar algum nos próximos dois dias – informou Ross. – Vai mofar aqui dentro pelo máximo de tempo que eu puder mantê-lo legalmente. Pode ficar à vontade.

– Nesta pocilga? – retrucou Gentry, mal-humorado. – Muito improvável.

CAPÍTULO 3

Quando Sophia deixou a sala de detenção, ficou alarmada ao descobrir que a turba finalmente saíra do controle. Homens escalavam a cerca, se jogavam para dentro e corriam como ratos na direção do prédio. Um grupo de policiais e de homens da guarda montada se esforçava para dispersá-los, mas tudo parecia surtir pouco efeito.

Sophia entrou correndo no número 3 em busca de segurança, mas infelizmente ali a situação não estava melhor. Parecia que todos os cômodos e corredores estavam cheios; as paredes reverberavam com os gritos raivosos. Os patrulheiros tinham detido os manifestantes mais violentos e estavam levando-os para as celas em grupos algemados.

Vickery andava de um lado para outro segurando o livro onde registrava as acusações criminais da noite, tentando anotar os nomes dos que estavam sendo detidos. Ao ver Sophia, gritou alguma coisa para ela, mas o barulho no corredor era ensurdecedor. *Volte*, ele parecia estar dizendo, acenando com a mão para que Sophia saísse dali.

Ela se virou para obedecer, mas mais manifestantes entraram em bandos pelas portas. Sophia recebeu esbarrões, foi empurrada para o lado, e por pouco não caiu e foi pisoteada. O corredor estava quente e barulhento, um fedor horrível de álcool e suor impregnava o ar. Sophia foi imprensada contra a parede. Cotovelos e ombros a empurraram e ela bateu a cabeça com força no painel duro de madeira.

Tentou não entrar em pânico e procurou pelo escrivão, mas ele já não estava mais visível.

– Sr. Vickery! – gritou, mas sua voz se perdeu no alvoroço. – Sr. Vickery!

Alguns manifestantes começaram a apalpar o corpete do vestido dela, mãos rudes buscando a forma dos seios de Sophia. A costura do vestido se rompeu no ombro, expondo o brilho da pele sedosa, e a visão pareceu inflamar os homens ainda mais. Sophia empurrou as mãos grosseiras, mas foi pressionada contra a parede até o ar fugir de seus pulmões. Alguém puxou os cabelos dela, arrancando-lhe lágrimas de dor.

– Chega! Chega! – gritou um patrulheiro, indignado, esforçando-se para chegar até ela. – Tirem as mãos dela, seus porcos desgraçados.

Sophia deu as costas aos invasores e pressionou a lateral do rosto contra a parede. Ela se esforçava para respirar, sufocando e arquejando ao mesmo tempo. Suas costelas estavam sendo pressionadas até parecerem prestes a quebrar. Sophie estava zonza e seus pensamentos começavam a ficar confusos.

– Saiam de perto de mim – arquejou. – Parem, parem, *parem*...

De repente, a pressão cessou e ela ouviu os homens ao redor grunhindo de dor. Surpresa, ela se virou e viu uma forma enorme e escura atravessando o mar de corpos aglomerados. Era sir Ross, os olhos cinza fixos em Sophia. Seu rosto tinha uma expressão estranha, vazia e violenta. Ele abriu caminho a todo custo entre a multidão, empurrando as pessoas com gestos brutais, sem parecer se importar por estar deixando uma trilha de narizes ensanguentados e hematomas pelo caminho.

Quando alcançou Sophia, sir Ross puxou-a para os seus braços, protegendo-a com o próprio corpo contra a parede. Ela se agarrou a ele com um suspiro de alívio, aceitando cegamente sua proteção. O magistrado continuava sem casaco, e o linho branco e fino da camisa estava impregnado do calor e do cheiro de sua pele. Sophia se aconchegou no peito largo e ouviu a voz profunda gritar para os arruaceiros que Nick Gentry permaneceria sob custódia e que todos os que se aventurassem a invadir a corregedoria seriam presos e mandados para Newgate. Suas palavras tiveram efeito imediato. Os invasores que estavam mais próximos das portas começaram a sair rapidamente, já que não tinham a menor vontade de se ver encarcerados no "jarro de pedra", como era chamada a famosa prisão.

– Jensen, Walker, Gee – ordenou Ross –, levem os detidos para o pub do outro lado da rua e tranquem todos na adega. Flagstad, mande chamar mais guardas montados para dispersar a multidão. Vickery, deixe para anotar os nomes depois. Vá lá fora agora e leia o artigo que proíbe "assembleia desordeira" o mais alto que você puder.

– Senhor, não me lembro das palavras exatas do artigo – confessou o escrivão, ansioso.

– Então invente alguma coisa – grunhiu Ross.

A declaração pareceu divertir a maior parte dos manifestantes e as risadas se espalharam pelo corredor. Conforme os patrulheiros passaram a colocar os homens para fora, a pressão dos corpos começou a diminuir.

Sophia se encolheu ao sentir uma mão tentando subir por baixo de sua saia. Ela pressionou o corpo com mais força contra o de Ross e abraçou-o pela cintura. Antes que pudesse dizer uma palavra, ele percebeu o que estava acontecendo.

– Você! – bradou Ross para o homem atrás dela. – Encoste de novo nessa mulher e vai perder a mão... junto de outras partes da sua anatomia.

Mais risadas foram ouvidas ao redor.

Em segurança nos braços de Ross, Sophia ficou encantada com o modo como ele era capaz de dominar uma multidão com sua mera presença. O caos havia se instalado e, em menos de um minuto, ele restaurara a ordem. Os músculos de suas costas se flexionaram quando ele puxou Sophia para o meio das coxas, abraçando-a de encontro à proteção de seu corpo.

Ela manteve o rosto pressionado no peito dele, sentindo o pulsar firme e acelerado do coração. Suas narinas se encheram com o aroma revigorante da espuma de barbear dele misturado ao cheiro de café e ao toque salgado e intenso de suor. Os pelos grossos e escuros do peito de Ross faziam cócegas no rosto dela. O peito de Anthony era totalmente liso. Como seria ser abraçada junto àqueles pelos másculos? Ela engoliu com dificuldade e olhou de relance para a sombra da barba por fazer que cobria o maxilar e o alto do pescoço dele. A mão grande de Ross estava apoiada nas costas dela, e Sophia imaginou como seria senti-la nos seios, aqueles dedos longos envolvendo sua carne, o polegar acariciando seus mamilos...

Meu Deus – as palavras atravessaram a mente dela, frenéticas –, *não pense nisso, não pense*. Mas sentia o corpo dominado por uma ânsia estranha e só conseguia respirar em arquejos. Foi preciso muito autocontrole para não colar a boca à dele, sem o menor pudor.

– Está tudo bem – sussurrou ele no ouvido dela. – Não precisa ter medo.

Ross havia interpretado o tremor dela como medo. Ótimo. Era muito melhor que a considerasse uma covarde tola e não desconfiasse da verdade. Mortificada, Sophia tentou se acalmar. Ela umedeceu os lábios e falou junto à frente da camisa dele.

– Fico feliz que o senhor finalmente tenha decidido fazer alguma coisa – disse, tentando soar atrevida. – Esperou muito tempo.

Ross fez um som que poderia ser interpretado como irritação ou como uma risada contida.

– Estava ocupado com Gentry.

– Achei que seria esmagada – disse ela, trêmula.

E foi pega de surpresa quando ele a aconchegou mais junto ao corpo.

– Você está segura agora – murmurou Ross. – Ninguém vai lhe fazer mal.

Ao perceber que ele estava disposto a confortá-la, Sophia se deu conta de que aquela era uma oportunidade de ouro para apelar para o lado protetor de Ross. Àquela altura, ela já conhecia o magistrado bem o bastante para saber que ele não conseguiria resistir ao apelo de uma donzela em perigo. Embora parte dela se envergonhasse do que estava fazendo, Sophia continuou a se agarrar a ele como se estivesse morrendo de medo.

– Chamei o Sr. Vickery, mas ele não conseguiu me ouvir por causa da gritaria – disse ela, forçando um tom de lamento na voz.

Ele murmurou baixinho e esfregou as costas dela para confortá-la. Embora Sophia tentasse ignorar o prazer que o toque dele provocava, sentiu todo o corpo esquentar. Ela fechou os olhos e se perguntou por quanto tempo conseguiria se conter para não reagir às carícias lentas da mão de Ross. Seus seios pareciam cheios e pesados contra o peito dele, os mamilos já estavam rígidos.

Sir Ross arrumou com gentileza um cacho de cabelos atrás da orelha dela. O roçar da ponta dos dedos dele na pele de Sophia espalhou uma nova onda de calor por seu corpo.

– Você se machucou?

– Estou… um pouco dolorida.

Ela fingiu estar abalada, passou os braços ao redor do pescoço dele e o abraçou com força. A proximidade do corpo grande de Ross fazia com que se sentisse segura, protegida. Sophia teve vontade de ficar parada ali, daquele jeito, para sempre. Sir Ross era o inimigo, lembrou a si mesma… mas naquele momento aquilo não importava tanto quanto deveria.

Ele olhou rapidamente ao redor, conforme o corredor começava a se esvaziar. Sophia arquejou quando ele se inclinou para erguê-la no colo.

– Ah, milorde, isso não é necessário. Eu consigo caminhar, estou…

Ele ignorou os protestos dela e levou-a pelo corredor. Para uma mulher acostumada a tomar conta de si mesma, era extremamente embaraçoso fazer o papel de donzela indefesa. Mas aquilo era necessário se quisesse atingir seu objetivo. Ruborizada, Sophia se agarrou aos ombros firmes dele. Por sorte, os policiais e os agitadores algemados estavam ocupados demais para prestar atenção no magistrado carregando a assistente escada acima.

Quando chegaram ao escritório dele, Ross colocou-a cuidadosamente no chão.

– A senhorita está bem?

Ela assentiu, com o coração disparado.

– Quero falar sobre uma coisa com a senhorita – disse ele, em voz baixa. – Quando apareceu lá embaixo, mais cedo, acabou interrompendo um momento tenso no interrogatório, e eu...

– Sinto muito.

Um súbito sorriso curvou os lábios dele.

– Posso terminar? Nunca conheci ninguém com tanta propensão a me interromper.

Sophia fez um esforço para manter a boca fechada, e o sorriso dele se alargou.

– Interrogar Gentry dificilmente pode ser descrito como uma atividade agradável. Passei a tarde toda com um humor terrível e vê-la lá embaixo foi a gota d'água. Raramente perco a calma e lamento ter feito isso na sua frente.

Sophia achou impressionante que um homem na posição dele se desculpasse com ela por uma falta tão pequena. Um tanto enervada, ela umedeceu os lábios e perguntou:

– Por que é tão importante que eu fique longe de lá?

Com cuidado, ele tocou em uma mecha de cabelo que caíra no ombro dela. Seus dedos longos correram pelos fios sedosos, como se liberassem o perfume de uma pétala.

– Prometi a mim mesmo quando a contratei que iria protegê-la. Há certas coisas às quais uma mulher jamais deveria ser exposta. Algumas das pessoas mais odiosas da terra passam por aquela sala.

– Como Nick Gentry?

Sir Ross franziu a testa.

– Sim. Já é ruim o bastante que a senhorita seja exposta aos baderneiros que cruzam as portas do escritório da Bow Street diariamente. Não vou permitir que se aproxime de homens como Gentry.

– Certamente não sou uma criança que precisa ser protegida. Sou uma mulher de 28 anos.

Por algum motivo, a declaração fez os olhos dele cintilarem, bem-humorados.

– Bem, apesar de sua idade avançada, gostaria de preservar o máximo possível a sua inocência.

– Mas não sou inocente e o senhor sabe disso. Eu contei sobre o meu passado.

Ele soltou a mecha e segurou o rosto dela com as pontas dos dedos.

– Você *é* inocente, Sophia. Como eu disse desde o começo, você não deveria estar trabalhando aqui. Deve se casar com um homem que tome conta de você.

– Não quero me casar, jamais.

Para a surpresa de Sophia, ele não zombou dela, nem riu.

– Não? Por causa da sua decepção amorosa? Com o tempo, isso vai passar.

– Vai? – perguntou ela.

Sophia não acreditava nisso. Não foi o que descobriu sobre Anthony que a tornou cética sobre o amor, mas o que descobrira sobre si mesma.

– Há muitos homens em que vale a pena confiar – disse Ross, sério. – Homens que vão tratar a senhorita com o respeito e a honestidade que merece. Algum dia vai encontrar um assim e se casar com ele.

Sophia o encarou com uma expressão sedutora por entre os cílios.

– Mas se eu for embora da Bow Street, quem tomará conta do senhor?

Ross deixou escapar uma risada rouca e afastou a mão do rosto dela. Mas seu olhar intenso continuou fixo no dela e Sophia sentiu o corpo ficar tenso.

– Você não pode passar o resto da vida trabalhando para um magistrado velho e rabugento na corregedoria da Bow Street – disse ele.

Sophia sorriu diante da descrição de sir Ross de si mesmo. No entanto, em vez de argumentar, ela recuou um passo e lançou um olhar crítico para o escritório dele.

– Vou arrumar isso aqui.

Sir Ross balançou a cabeça.

– Já é tarde. Você precisa descansar. Seu trabalho pode esperar até amanhã.

– Muito bem, então. Eu me recolho para ir dormir... se o senhor fizer o mesmo.

Ele pareceu vagamente aborrecido com a sugestão.

– Não, ainda tenho muito que fazer, Srta. Sydney. Boa noite.

Sophia sabia que deveria obedecer sem discutir. Mas as olheiras sob os olhos e as marcas de cansaço na lateral dos lábios dele eram provas de que o homem estava exausto. Santo Deus, por que ele precisava se cobrar tanto?

– Não tenho mais necessidade de sono do que o senhor. Se vai ficar acordado até tarde, posso muito bem fazer o mesmo. Também tenho trabalho a fazer.

Ele franziu a testa em uma expressão austera.

– Vá para a cama, Srta. Sydney.

Sophia não se abalou.

– Não até que o senhor também vá.

– Minha hora de dormir não tem qualquer relação com a sua – disse ele, bruscamente. – A menos que esteja sugerindo irmos para a cama juntos.

O comentário claramente fora feito com a intenção de intimidá-la e silenciá-la.

Uma resposta atrevida surgiu na mente de Sophia, tão ousada que ela teve que morder a língua para não falar. Então, pensou, *Por que não?* Era hora de deixar claro seu interesse sexual por ele... hora de avançar mais um passo em seu plano de sedução.

– Muito bem – apressou-se a dizer. – Se é isso que preciso fazer para que o senhor tenha o descanso de que necessita... que seja.

A expressão que surgiu no rosto dele foi difícil de interpretar. No longo silêncio que se seguiu, ficou evidente quanto ela o havia surpreendido. *Meu Deus*, pensou Sophia, subitamente em pânico. *Agora estraguei tudo.* Ela não tinha ideia de como sir Ross reagiria. Como um cavalheiro reconhecidamente celibatário, ele provavelmente recusaria a sugestão dela. No entanto, havia algo na expressão de Ross, um brilho nos olhos cinzentos, que fez Sophia se perguntar se ele aceitaria o convite. Se isso acontecesse, ela teria que seguir em frente e dormir com ele. A ideia a abalou até o fundo da alma. Tinha sido isso que ela planejara, esse sempre fora seu objetivo, mas ela ficou subitamente apavorada.

Apavorada ao se dar conta de quanto o desejava.

Sir Ross se aproximou lentamente dela, avançando conforme ela recuava um passo, então outro, até Sophia se ver encostada na parede. O olhar atento não se desviou do rosto ruborizado dela enquanto pousava as mãos na porta, uma de cada lado da cabeça de Sophia.

– No meu quarto ou no seu? – perguntou ele, baixinho.

Talvez ele esperasse que ela voltasse atrás, balbuciasse, fugisse. Sophia cerrou os punhos, tensa.

– Qual você prefere? – devolveu.

Sir Ross inclinou a cabeça e a examinou, os olhos estranhamente ternos.

– A minha cama é maior.

– Ah – foi só o que ela conseguiu sussurrar.

O coração dela, disparado, parecia prestes a escapar do peito, e o ar saía com dificuldade dos pulmões.

Ele a encarou como se conseguisse ler cada um de seus pensamentos e emoções.

– No entanto – murmurou ele, recuando –, se nos recolhermos juntos, duvido que qualquer um de nós vá descansar.

– Provavelmente não – concordou ela, com voz trêmula.

– Portanto, suponho que seria melhor se mantivéssemos nosso arranjo de sempre.

– Nosso...

– Você vai para a sua cama e eu vou para a minha.

O alívio invadiu Sophia, deixando-a fraca, mas não lhe escapou a ponta de desapontamento que sentiu.

– O senhor não vai ficar acordado até tarde, então? – perguntou.

Ele sorriu diante da perseverança dela.

– Santo Deus, você é obstinada. Não, eu não vou contrariá-la. Tenho medo das consequências disso.

Sir Ross se afastou e abriu a porta para ela.

– Srta. Sydney, só mais uma coisa.

Sophia parou antes de sair.

– Sim?

Ele passou a mão ao redor do pescoço dela e puxou-a para si. Sophia estava perplexa demais para se mover ou até mesmo para respirar, e sentiu todo o corpo ficar tenso quando a cabeça dele se inclinou na direção da dela. Ross a tocou apenas com os lábios e com a mão na nuca, mas Sophia se sentiu tão impotente como se estivesse presa a ele por correntes de ferro.

Ela não tivera tempo de se preparar... e se viu à mercê dele, surpresa, incapaz de controlar sua reação. A princípio, os lábios de Ross foram gentis, deliciosamente carinhosos, como se ele tivesse medo de machucá--la. Então, ele a persuadiu a se entregar mais, a boca colada com firmeza à dela. O sabor dele, o gosto íntimo da boca misturado a um toque de café, surtiu o efeito de uma droga. Ross deixou a ponta da língua deslizar além dos dentes dela, explorando-a sensualmente. Saboreou o interior da boca de Sophia em uma carícia. Anthony nunca a beijara daquele jeito, alimentando o desejo crescente dela, como se colocasse lenha em uma fogueira. Totalmente entregue à habilidade dele, Sophia vacilou, zonza, e se agarrou ao pescoço musculoso.

Ah, se ao menos ele a abraçasse com força, se colasse toda a extensão do corpo ao dela... Mas Ross continuava a tocá-la apenas com uma das mãos e devorava a boca de Sophia com uma voracidade paciente. Ao sentir a força da paixão dele sendo contida com tamanha determinação, Sophia buscou instintivamente um modo de aliviá-la. Levou as mãos à face dele e acariciou a pele áspera sob a barba por fazer.

Ross deixou escapar um gemido baixo. E, subitamente, segurou-a pelos ombros e afastou-a, ignorando o murmúrio de protesto dela. O olhar de Sophia ficou preso ao dele por um longo momento de encanto e ardor. A imobilidade era quebrada apenas pela respiração ofegante de ambos. Nenhum homem jamais a havia fitado daquela forma, como se quisesse possuir cada centímetro do seu corpo, cada recanto da sua alma. Ela estava assustada com a força da própria reação, com os desejos indizíveis que a chocaram.

Sir Ross continuou a encará-la e disse, sem sorrir:

– Boa noite, Sophia.

Ela murmurou uma resposta e apressou-se a sair, andando o mais rápido possível sem correr. Sua mente estava um caos quando chegou ao número 4 da Bow Street. Mal reparou que a turba começava a se dispersar e que a rua estava em ordem de novo. Diante do prédio, guardas a cavalo atravessavam de um lado para o outro dispersando a multidão com gestos bruscos.

Quando entrou na residência particular, Sophia viu que Eliza e Lucie tinham varrido o vidro quebrado e estavam ocupadas cobrindo o buraco na janela.

– Srta. Sophia! – arquejou Eliza, ao ver o vestido rasgado e os cabelos desarrumados da outra. – O que aconteceu? Um desses manifestantes sujos a agarrou?

– Não – respondeu Sophia, distraída. – Houve o início de uma confusão dentro do número 3, mas sir Ross resolveu a situação a tempo.

Ao ver a vassoura encostada em um canto, Sophia a pegou automaticamente, mas as duas outras mulheres a afastaram, insistindo que fosse descansar um pouco. Sophia concordou com relutância e acendeu um toco de vela para levar para o quarto.

Ao subir a escada, sentiu as pernas pesarem. Quando chegou aos seus aposentos, fechou a porta com muito cuidado e pousou o castiçal de ferro sobre a mesa de cabeceira.

As lembranças enchiam sua mente: os olhos cinza brilhantes e sorridentes de sir Ross, o modo como o peito dele se movia quando ele respirava, o calor de sua boca, o prazer ardente do beijo dele...

Anthony havia se gabado de sua experiência com as mulheres, de sua habilidade como amante, mas agora ela entendia quão vazias tinham sido aquelas declarações. Em questão de poucos minutos, sir Ross havia despertado nela um desejo que ia muito além de qualquer coisa que tivesse experimentado com Anthony... e a deixara com a promessa silenciosa de mais. Era assustador perceber que ela não conseguiria se manter insensível quando finalmente fossem para a cama. Ao mesmo tempo furiosa e desesperada, Sophia se perguntou por que sir Ross não podia ser o tolo arrogante e corpulento que ela imaginara que fosse. Do jeito que estavam as coisas, ele tornaria terrivelmente difícil para ela traí-lo. Sophia não sairia daquela experiência ilesa.

Abatida, ela vestiu a camisola, escovou os cabelos e lavou o rosto com água fria. Seu corpo ainda estava sensível, todos os nervos clamando pelo estímulo delicioso das mãos e dos lábios de sir Ross. Sophia suspirou, levou uma vela até a janela e afastou a cortina para o lado. A maior parte do número 3 da Bow Street estava escura agora, mas a luz de um lampião cintilava na janela do escritório de sir Ross. Sophia conseguiu distinguir a silhueta escura da cabeça dele, sentado diante da escrivaninha.

Ainda trabalhando, disse a si mesma, subitamente irritada. Ele não iria cumprir a promessa de descansar um pouco?

Como se sentisse o olhar dela, sir Ross se levantou, espreguiçou-se e voltou os olhos para a janela. Seu rosto estava parcialmente oculto nas sombras quando ele olhou para Sophia. Um instante depois, com uma mesura zombeteira, ele se virou e apagou o lampião sobre a escrivaninha, deixando o escritório às escuras.

CAPÍTULO 4

Ross interrogou Nick Gentry por três dias, no estilo persistente e implacável que normalmente arrancava confissões das figuras mais empedernidas. No entanto, Gentry pertencia a uma categoria diferente de qualquer outra que o magistrado-chefe já tivesse encontrado. Era inflexível e ao mesmo tempo estranhamente tranquilo, como um homem que não tinha nada a temer e nada a perder. Ross tentou em vão descobrir o que era importante para ele, algum ponto fraco, mas não conseguiu arrancar qualquer informação. Por horas a fio, Ross confrontou Gentry em relação às supostas atividades do apanhador de ladrões, seu passado, suas associações com várias gangues criminosas em Londres. O resultado foi tão parco que era de enlouquecer.

Como toda Londres sabia que Gentry estava detido na Bow Street, e como todos os olhos estavam neles, Ross não ousou manter o jovem lorde do crime no comissariado nem um minuto a mais do que os três dias permitidos. Na terceira manhã, ordenou que a libertação de Gentry fosse efetivada pouco antes do amanhecer, bem cedo, a fim de evitar manifestações de vitória dos apoiadores que se reuniam ali todos os dias.

Ross disfarçou seu péssimo humor por trás de uma máscara inexpressiva e foi direto para o escritório, sem parar para o desjejum. Não queria comer, nem se sentar no calor aconchegante da cozinha, nem aproveitar o prazer das pequenas atenções de Sophia. Queria apenas se sentar diante da escrivaninha e mergulhar na pilha de trabalho que o esperava.

Naquele dia, sir Grant Morgan era o magistrado responsável por assumir o tribunal da Bow Street, um fato pelo qual Ross sentia-se profundamente grato. Não estava com o menor humor para ouvir casos, avaliar testemunhos e interrogar inocentes e culpados. Ross queria ficar de mau humor, sozinho, em sua sala.

Como de hábito, Morgan apareceu na sala de Ross para conversar por alguns minutos antes de assumir o tribunal. Ross ficou satisfeito com a companhia, porque Morgan era um dos poucos homens que entendiam e compartilhavam sua determinação de denunciar Nick Gentry. Ao longo dos últimos seis meses, desde que fora promovido de patrulheiro a assistente de magistrado, Morgan havia mais do que justificado a confiança que Ross depositara nele. Como patrulheiro, Morgan fora conhecido por seu temperamento explosivo e por sua impulsividade, além da inteligência e da coragem. Alguns críticos haviam alertado Ross, dizendo que Morgan não tinha um temperamento adequado para se tornar um magistrado da Bow Street.

– Sua fraqueza – dissera Ross a ele mais de uma vez – é seu hábito de chegar a conclusões muito rapidamente, antes de levar em consideração todas as evidências.

– Eu sigo os meus instintos – esquivara-se Morgan.

– O que é ótimo – dissera Ross com certo sarcasmo –, mas você precisa estar aberto a todas as possibilidades. Nenhum instinto é infalível.

– Nem o seu? – foi a pergunta objetiva.

– Nem o meu.

Morgan amadurecera rapidamente e se tornara um homem mais ponderado e flexível. Como magistrado, talvez fosse um pouco mais duro do que Ross em seus julgamentos, mas tomava todo o cuidado para ser extremamente justo. Algum dia, quando se aposentasse, Ross entregaria a corregedoria da Bow Street – e o comando dos patrulheiros – a Morgan, sem nenhuma preocupação. Mas isso seria dali a muito tempo. Ross não tinha pressa alguma de se afastar.

Os dois homens ainda conversavam quando ouviram batidas leves na porta.

– Entre – disse Ross, em um tom seco.

Sophia entrou na sala com um bule de café bem quente. Ross tentou reprimir uma onda imediata de prazer ao vê-la. Ela usava um vestido cinza, com uma peliça de mangas longas abotoada elegantemente sobre o corpete. A cor da peliça, azul-escura, fazia os olhos dela reluzirem como safiras. Os cabelos dourados e brilhantes estavam praticamente ocultos por um *bonnet* e Ross teve vontade de arrancar aquela coisa na mesma hora.

Depois do beijo da noite da véspera, Ross e Sophia haviam concordado tacitamente em evitar um ao outro. Por um lado, Ross precisara se concentrar no trabalho de interrogar Gentry. Por outro, era óbvio que Sophia havia ficado nervosa com o episódio. Ela não fora capaz de olhá-lo nos olhos desde então, e Ross vira as mãos dela tremerem ao servir o café na manhã seguinte.

No entanto, Sophia não parecera desgostar do beijo. Na verdade, fora o oposto. Ela reagira a Ross com uma doçura muito... agradável. Excitante. Ross ficara surpreso a princípio por ela parecer tão inexperiente e hesitante. Talvez o amante que tivera não gostasse de beijá-la, ou não fosse muito habilidoso nisso, porque Sophia não aprendera muito. Ainda assim, ela era a mulher mais desejável que Ross já conhecera.

– Bom dia – disse Sophia.

Seu olhar cauteloso fixou-se primeiro em Morgan e então em Ross. Ela encheu a xícara em cima da escrivaninha dele.

– Achei que gostaria de um café recém-passado antes que eu saia.

– Aonde vai? – perguntou Ross, aborrecido ao se dar conta de que era o dia de folga dela.

– Vou ao mercado, já que Eliza não poderá ir. Ela tropeçou na escada essa manhã e machucou o joelho. Acredito que vá se curar rapidamente, mas neste meio-tempo ela não pode fazer esforço.

– Quem vai ao mercado com a senhorita?

– Ninguém, milorde.

– Nem Lucie?

– Ela foi visitar a família no campo – lembrou Sophie a ele. – Hoje cedo.

Ross conhecia muito bem o mercado de Covent Garden e a grande variedade de batedores de carteiras, ladrões e libertinos do teatro, isso sem falar dos rapazes cheios de luxúria que se reuniam na praça da galeria comercial. Não era seguro para uma mulher como Sophia ir até lá sozinha, especialmente sendo ainda tão nova na cidade. Sophia poderia ser abordada, estuprada ou roubada com uma facilidade tão absurda que só de pensar nisso o coração dele pareceu falhar uma batida.

– A senhorita não vai sozinha – informou Ross a Sophia bruscamente. – Será importunada por cada grosseirão e patife das redondezas.

– Eliza vai sozinha com frequência e nunca houve qualquer problema.

– Como não posso responder a isso sem fazer um comentário desabonador sobre Eliza, não vou me pronunciar. De toda forma, *a senhorita* não irá a Covent Garden sozinha. Será acompanhada por um dos patrulheiros.

– Todos eles saíram – intercedeu Morgan, olhando de Sophia para Ross com uma expressão de interesse nos olhos.

– *Todos* eles? – perguntou Ross, claramente aborrecido.

– Sim. O senhor mandou Flagstad ao Banco da Inglaterra. Está na época dos dividendos trimestrais. Ruthven está investigando um arrombamento, e Gee está...

– E Ernest?

Morgan abriu as mãos em um gesto que indicava que aquela também não era uma opção.

– Saiu para levar o *Hue and Cry* à gráfica.

Ross voltou a atenção para Sophia.

– Espere até Ernest voltar e ele a acompanhará ao mercado.

– Ele só voltará no meio da manhã – disse ela, indignada. – Não posso esperar tanto tempo. As melhores mercadorias terão acabado a essa altura. Na verdade, as barracas já devem estar lotadas neste momento.

– É uma pena – disse Ross, sem um pingo de remorso. – Porque a senhorita não irá sozinha. Essa é a minha última palavra em relação ao assunto.

Sophia se inclinou por cima da escrivaninha. Pela primeira vez em dois dias, ela encontrou diretamente o olhar dele. Ross teve consciência do prazer profundo que atravessou seu corpo quando viu as centelhas de desafio nos olhos azuis de Sophia.

– Sir Ross, quando nos conhecemos, eu achei que o senhor não tinha defeitos. Agora descobri que tem.

– É mesmo? – perguntou ele, arqueando uma sobrancelha. – E quais seriam eles?

– O senhor é controlador e absurdamente teimoso.

Morgan interrompeu com uma risadinha abafada.

– A senhorita levou um *mês* inteiro trabalhando aqui para chegar a essa conclusão, Srta. Sydney?

– Não sou controlador – retrucou Ross, sereno. – Por um mero acaso, sei o que é melhor para todos.

Sophia riu e ficou olhando para ele com uma expressão pensativa no silêncio que se seguiu. Ross esperou pelo próximo movimento dela, fascinado pela ruguinha que apareceu entre as elegantes sobrancelhas femininas. Então a expressão se desanuviou quando ela pareceu ter chegado a uma conclusão satisfatória.

– Muito bem, sir Ross, não irei ao mercado desacompanhada. Vou levar comigo o único acompanhante disponível, que parece ser o senhor. Pode me encontrar na porta em dez minutos.

Como não teve direito a resposta, Ross observou Sophia sair da sala. Estava sendo manipulado, pensou ele com certa irritação, e com habilidade, maldita fosse. Por outro lado, já fazia muito tempo que uma mulher tentara manipulá-lo, e mais tempo ainda que alguma tivera sucesso. E, por alguma razão, ele estava gostando imensamente daquilo.

Quando a porta se fechou silenciosamente atrás de Sophia, Morgan se virou para olhar para Ross. Os olhos astutos do outro estavam cheios de curiosidade.

– Por que está me olhando assim? – resmungou Ross.

– Nunca vi você envolvido em briguinhas domésticas.

– Não estava envolvido em uma briguinha doméstica. Estava tendo uma discussão.

– Que envolvia uma briguinha doméstica – insistiu Morgan –, e de um jeito que poderia ser encarado até como um flerte.

Ross ficou muito sério.

– Eu estava discutindo uma questão de segurança, Morgan, o que é muito diferente de um flerte.

Morgan deu um sorriso irônico.

– Como queira, senhor.

Ross levou a xícara aos lábios e bebeu metade do café em um gole. Então se levantou da cadeira, pegou o paletó e vestiu.

Morgan o encarou com surpresa.

– Aonde vai, Cannon?

Ross empurrou uma pilha de documentos que estava em cima da mesa na direção do outro.

– Ao mercado, é claro. Pode checar esses mandatos para mim, por favor?

– Mas... mas...

Ross não se lembrava de ter visto Morgan sem fala antes.

– Eu preciso me preparar para o tribunal!

– A primeira sessão é só daqui a quinze minutos – argumentou Ross. – Pelo amor de Deus, de quanto tempo você precisa?

O magistrado-chefe conteve um sorriso ao sair do escritório, sentindo-se estranhamente leve.

∼

Como já acompanhara Eliza a Covent Garden em algumas ocasiões, Sophia estava familiarizada com a famosa praça, que tinha dois lados com arcadas chamadas de *piazzas*. As melhores barracas de flores, frutas e legumes ficavam localizadas embaixo dessas *piazzas*, onde nobres, ladrões, artistas, escritores e prostitutas socializavam livremente. Todas as distinções de classe pareciam desaparecer em Covent Garden, criando uma atmosfera jovial de festa enquanto eram conduzidos negócios de vários tipos.

Naquele dia, uma trupe de artistas de rua andava pela praça; dois malabaristas, um acrobata com maquiagem de palhaço e até um engolidor de espadas. Sophia observou, horrorizada, enquanto o homem deslizava uma espada garganta abaixo e voltava a tirá-la com habilidade. Ela se encolheu, esperando que ele caísse morto ali mesmo, vítima de lesões internas. Em vez disso, o homem riu e se inclinou em uma mesura para ela, usando o chapéu com destreza para pegar a moeda que sir Ross jogou para ele.

– Como ele faz isso? – perguntou Sophia ao magistrado.

Ele sorriu diante dos olhos arregalados dela.

– Na maior parte das vezes, eles já engoliram um pedaço de cano antes. O cano age como uma bainha quando enfiam a espada garganta abaixo.

– Argh.

Sophia estremeceu, deu o braço a ele e puxou-o na direção das barracas de frutas.

– Precisamos nos apressar. Ficarei surpresa se ainda restar uma maçã a esta altura.

Sir Ross a acompanhava de boa vontade conforme Sophia ia de uma barraca a outra. Ele não interferiu nas negociações, apenas esperou pacientemente enquanto a jovem barganhava pelos melhores preços nos produtos de melhor qualidade. Ross aguentou com facilidade o peso razoável da cesta de compras, que ela enchia cada vez mais com uma variedade de frutas e vegetais, um queijo e um belo linguado enrolado em papel pardo.

No instante em que a multidão no mercado percebeu que o renomado magistrado-chefe da Bow Street estava ali, vozes com forte sotaque do East End londrino se ergueram em uma alegre cacofonia. Os donos das barracas e comerciantes tinham sir Ross em alta conta e passaram a chamá-lo, estendendo a mão para tocar a manga do paletó dele. Todos pareciam conhecê-lo pessoalmente, ou ao menos fingiam conhecer, e Sophia acabou tendo vários pequenos presentes empurrados em suas mãos: uma maçã extra, uma penca de arenques defumados, um ramo de sálvia.

A frase "Sir Ross, por favor, aceite este agrado" se repetia com frequência em um sotaque tão carregado que Sophia não compreendia as palavras e teve de perguntar a ele o que significavam.

– Estão dizendo que é um agrado para mim, um pequeno presente, normalmente considerado um luxo, como a retribuição de um favor.

– O senhor fez favores a todas essas pessoas? – perguntou ela.

– A muitas delas – admitiu ele.

– Que tipos de favores?

Ele deu de ombros.

– Algumas têm filhos ou sobrinhos que tiveram problemas com a lei: roubo, vandalismo, coisas assim. A punição usual para esse tipo de crime é chicotear o rapaz, enforcá-lo ou mandá-lo para a prisão, onde ele será ainda mais corrompido. Mas acabei tendo a ideia de mandar alguns deles para a marinha, ou para o serviço mercante, para treiná-los como criados dos oficiais.

– E, assim, dar a eles a oportunidade de ter um novo tipo de vida – disse Sophia. – Que ideia fantástica.

– Tem funcionado bem até agora – confirmou ele, casualmente, e procurou mudar de assunto. – Olhe só, uma banca de peixe defumado. Você sabe fazer *kedgeree*?

– Peixe defumado, arroz e ovo cozido? Com certeza – respondeu Sophia. – Mas o senhor não terminou de contar os seus bons atos.

– Não fiz nada tão louvável assim. Só usei um pouco de bom senso. É óbvio que jogar um rapaz que cometeu um único delito na prisão junto a criminosos experientes vai acabar corrompendo-o ainda mais. Mesmo que a lei não faça distinção entre criminosos adultos e jovens, acho que devemos ter alguma consideração com os garotos.

Sophia deu as costas a ele, fingindo examinar uma fileira de barracas. Quis, na verdade, esconder a fúria cega que a consumia. Ela se sentia quase enjoada e teve que sufocar a raiva e as lágrimas. Então ele encontrara um modo de evitar mandar os mais jovens para a prisão – já não os condenava mais à tortura dos cascos dos navios prisionais. *Tarde demais!*, pensou Sophia com ódio renovado. Se sir Ross tivesse tido aquela ideia antes, o irmão dela ainda estaria vivo. Sophia sentiu vontade de gritar, de atacá-lo, por causa da injustiça da situação. Queria John de volta, queria apagar cada momento excruciante que ele vivera no navio prisional que o levara à morte. Mas não havia volta. Ela estava só. E sir Ross era o responsável.

Sophia manteve o rosto rígido de raiva concentrado em uma carroça de flores cheia de botões de todos os tipos, inclusive prímulas cor-de-rosa, lilases roxos, esporinhas azuis e frágeis camélias brancas. Ela inspirou o ar perfumado e se forçou a relaxar. Algum dia, confortou-se silenciosamente, sir Ross teria a punição que merecia. E seria ela a responsável por aplicá-la.

– Me diga – falou Sophia, debruçando-se sobre as flores perfumadas –, como um homem que nasceu em uma família tão distinta acabou trabalhando como magistrado?

O olhar de sir Ross fixou-se no perfil dela quando ele respondeu:

– Meu pai insistiu em que eu me preparasse para uma profissão em vez de levar uma vida de indolência. Estudei Direito para agradá-lo. No meio da minha formação, ele morreu em um acidente de caça e nesse momento eu abandonei os estudos para assumir o lugar de chefe da família. Só que o meu interesse no Direito permaneceu. Para mim estava claro que havia muito a ser feito em relação aos métodos usados pela polícia e pela justiça como um todo. Acabei aceitando um cargo no escritório da Great Marlboro Street e logo depois fui convidado a assumir a liderança dos patrulheiros.

A mulher responsável pela carroça encarou Sophia com um largo sorriso que acentuava as linhas em seu rosto já idoso.

– Bom dia, queridinha. – Ela estendeu um buquê de violetas para Sophia e falou com sir Ross: – Bela rapariga, ela. Vai dar uma patroa e tanto.

Sophia encaixou o pequeno buquê de violetas na lateral do *bonnet* e enfiou a mão na bolsinha que levava presa à cintura, com a intenção de pagar a florista.

Sir Ross a deteve com um leve toque no braço e entregou algumas moedas que tirou do próprio bolso.

– Quero uma rosa perfeita – disse a ela. – Cor-de-rosa.

– Sim, sir Ross.

A mulher voltou a sorrir, revelando uma fileira de dentes escuros e quebrados, e entregou a ele uma adorável rosa cor-de-rosa prestes a desabrochar, as pétalas ainda cintilando com o orvalho da manhã.

Sem jeito, Sophia aceitou a rosa da mão de sir Ross e levou-a ao nariz. O aroma intenso preencheu suas narinas.

– É linda – disse ela, muito séria. – Obrigada.

Enquanto se afastavam da carroça da florista, Sophia seguiu pisando com cuidado em um trecho quebrado da calçada. Ela sentiu a mão forte de sir Ross em seu braço, firmando-a, e precisou se esforçar para não se desvencilhar dele.

– Aquela mulher me chamou de rapariga? – perguntou, ponderando se deveria ficar ofendida.

Sir Ross deu um sorrisinho.

– No dialeto das ruas, é um cumprimento. Não há qualquer conotação negativa na palavra.

– Entendo. Ela disse mais alguma coisa... O que significa "dar uma boa patroa"?

– Patroa por aqui é o mesmo que esposa.

Sentindo-se desconfortável, Sophia se concentrou no chão diante de si enquanto continuavam a caminhar.

– O jeito de falar do East End é fascinante, não? – disse ela, apenas tentando preencher o silêncio. – Quase parece outro idioma, na verdade. Devo confessar que não entendo metade das coisas que escuto no mercado.

– O que provavelmente é uma boa coisa – foi o comentário irônico dele.

Quando voltaram à cozinha do número 4 da Bow Street, Eliza estava esperando, com um sorriso encabulado no rosto.

– Obrigada, Srta. Sophia. Sinto muito por não ter podido ir ao mercado.

– Imagine – falou Sophia, tranquila. – Você precisa cuidar do seu joelho para que ele se cure direito.

Os olhos de Eliza se arregalaram quando ela viu que sir Ross havia acompanhado Sophia.

– Ah, senhor... que gentileza da sua parte! Lamento demais ter causado tanto problema!

– Não foi problema algum – disse ele.

O olhar de Eliza se fixou atentamente na rosa na mão de Sophia. Embora a criada se abstivesse de fazer qualquer comentário, a curiosidade em seus olhos era óbvia. Eliza tirou com cuidado alguns objetos da cesta e seguiu mancando em direção à despensa. Sua voz veio de lá:

– Eles tinham todos os ingredientes para o bolo de sementes, Srta. Sophia? A alcarávia, o centeio e a groselha para a cobertura?

– Sim – respondeu Sophia vendo a criada desaparecer dentro da despensa. – Mas não conseguimos encontrar groselhas vermelhas, e...

De repente, as palavras se perderam quando Sophia se viu sendo puxada para os braços de sir Ross. Os lábios dele encontraram os dela em um beijo tão terno e sensual que Sophia não conseguiu se manter insensível. Pega de surpresa, ela se esforçou para se agarrar ao ódio que sentia por ele, para se lembrar dos erros que ele cometera no passado, mas... os lábios de Ross eram tão quentes e tentadores que os pensamentos dela se dispersaram completamente. A rosa caiu de seus dedos trêmulos. Sophia oscilou contra o corpo dele e se agarrou aos ombros firmes em uma tentativa fútil de se equilibrar. A língua de Ross acariciou sua boca em uma intimidade doce... deliciosa. Sophia inspirou fundo e inclinou a cabeça para trás, rendendo-se completamente, toda a sua existência concentrada naquele único momento ardente.

Por cima do som da pulsação retumbando em seus ouvidos, escutou ao longe a voz preocupada de Eliza ecoando da despensa.

— Não encontrou groselhas vermelhas? Então o que vamos colocar no topo do bolo de sementes?

Sir Ross libertou a boca de Sophia, deixando seus lábios úmidos e macios do beijo, mas manteve o rosto junto ao dela. Sophia teve a sensação de estar se afogando nas piscinas prateadas que eram aqueles olhos. Ross pousou a mão na face dela e acariciou com o polegar o canto de sua boca. Sophia conseguiu dar um jeito de responder a Eliza.

— Trouxemos g-groselhas douradas em seu lugar...

Assim que as palavras saíram da boca de Sophia, sir Ross beijou-a de novo, a língua explorando, provocando. Os dedos dela tatearam até encontrar a nuca dele, onde as pontas dos cabelos negros se encaracolavam. O desejo disparou por todo o corpo de Sophia, fazendo a pulsação dela disparar. Ross se aproveitou da entrega e beijou-a mais intensamente, mais fundo, querendo mais. Quando os joelhos de Sophia não aguentaram mais, ele passou os braços ao redor dela para sustentá-la enquanto continuava a explorar sua boca.

— Groselhas douradas? — veio a voz descontente de Eliza. — Bem, o sabor não vai ser exatamente o mesmo, mas é melhor do que nada.

Sir Ross soltou Sophia e firmou-a com as mãos na cintura dela. Enquanto ela o fitava, ainda zonza, ele deu um breve sorriso e deixou a cozinha bem no momento em que Eliza saiu da despensa.

— Srta. Sophia, onde está o saco de açúcar refinado? Achei que tivesse levado para a despensa, mas... — Eliza parou e olhou ao redor. — Onde está sir Ross?

— Ele... — Sophia se abaixou para recuperar a rosa que caíra. — Ele já foi.

Ela sentia o corpo latejar em lugares extremamente sensíveis. Sentia-se febril, desejando os beijos e as carícias de um homem que odiava. Ela era uma hipócrita, uma devassa.

Uma tola.

– Srta. Sydney – disse Ernest, entrando na cozinha com um embrulho de papel –, um homem deixou isto para a senhorita há dez minutos.

Sophia, que estava sentada diante da mesa tomando chá, no meio da manhã, recebeu o pacote com uma exclamação de surpresa. Não tinha feito compra nenhuma, nem encomendado nada para a casa. E a prima distante que a abrigara depois da morte dos pais não era do tipo que mandaria presentes inesperados.

– Não faço ideia do que pode ser – murmurou em voz alta enquanto examinava o pacote.

O nome dela e o endereço da Bow Street estavam escritos no papel pardo do embrulho, mas não havia qualquer indicação de remetente.

– Não havia nenhum bilhete preso ao pacote? – perguntou a Ernest.

Ele balançou a cabeça negativamente, ao que ela pegou uma faca para cortar o grosso cordão que envolvia o pacote.

– Talvez haja algum dentro. Posso abrir para a senhorita? O cordão parece duro demais. A faca pode escorregar e acabar arrancando um dos seus dedos. Deixe-me ajudar.

Sophia sorriu para o rosto curioso do rapaz.

– Obrigada, Ernest, é muito gentil da sua parte. Mas se não estou enganada, sir Grant lhe pediu que pegasse os frascos de tinta que ele encomendou no laboratório, certo?

– Sim, é mesmo.

Ernest deixou escapar um suspiro de profunda exaustão, como se já tivesse sido extremamente explorado naquele dia.

– É melhor que os frascos já estejam à espera quando sir Grant voltar do tribunal.

O sorriso de Sophia se abriu ao se despedir dele. Então ela voltou a atenção para o pacote misterioso, cortou com habilidade o cordão e desembrulhou. Camadas de papel de seda delicado envolviam algo macio e farfalhante. Curiosa, Sophia afastou o papel.

E ficou sem ar ao se ver diante de um vestido. Não um vestido comum como os outros que possuía, mas um de seda e renda. Um vestido de baile. Mas por que alguém lhe mandaria uma roupa daquelas? Sentiu as mãos começarem a tremer subitamente enquanto procurava por um bilhete.

Ou o remetente se esquecera de incluí-lo ou não o fizera de propósito. Ela ergueu o vestido e ficou olhando para ele, confusa. Havia algo familiar e perturbador em relação àquela peça, algo que evocava lembranças muito, muito distantes...

Meu Deus, era parecido com um vestido de sua mãe! Quando era pequena, Sophia adorava experimentar os vestidos, sapatos e joias da mãe, e passava horas brincando de princesa. Seu vestido favorito era de uma cor muito diferente, de uma seda cintilante que parecia lilás ou prateada, dependendo da incidência da luz. O vestido em suas mãos era do mesmo tom raro, com o mesmo decote baixo e mangas bufantes arrematadas com uma renda branca delicada. Mas aquele não era o vestido da mãe dela, era uma cópia, feita em um estilo moderno, com a cintura um pouco mais baixa e as saias mais amplas.

Profundamente abalada, Sophia embrulhou o vestido no papel pardo. Quem poderia ter lhe mandado aquele presente, e por quê? Era uma mera coincidência que se parecesse com o da mãe dela?

Sophia deixou a cozinha instintivamente, levando o pacote com ela, e foi em busca da pessoa em quem mais confiava. Mais tarde, ela se perguntaria por que havia se voltado para sir Ross sem hesitar, tendo passado tantos anos contando apenas consigo. Isso era sinal de que sofrera uma mudança significativa e Sophia se sentiu desconfortável demais com a ideia para pensar a respeito dela naquele momento.

A porta de sir Ross estava fechada e o som de vozes indicava que ele estava no meio de uma reunião. Desapontada, Sophia parou do lado de fora da porta.

Foi então que o Sr. Vickery passou por ela.

– Bom dia, Srta. Sydney – disse o escrivão. – Acho que sir Ross ainda não está pronto para começar os depoimentos.

Sophia segurou o pacote com força contra o peito.

– Eu... queria falar com ele sobre um assunto pessoal. Mas já vi que ele está ocupado e com certeza não quero incomodar.

Vickery franziu o cenho e fitou-a com uma expressão pensativa.

– Srta. Sydney, sir Ross deixou muito claro que se a senhorita tiver algum problema, ele deseja saber na mesma hora.

– Posso esperar – insistiu ela com firmeza. – É um assunto trivial. Eu volto mais tarde, quando sir Ross estiver disponível. Não, *não*, Sr. Vickery, *por favor*, não bata nessa porta.

Sophia gemeu, aflita, quando o escrivão ignorou seus protestos e bateu com firmeza.

Para a consternação de Sophia, quando a porta foi aberta, ela viu que sir Ross acompanhava um visitante que saía. O cavalheiro de cabelos grisalhos era baixo, mas ainda assim imponente. Usava roupas elegantes, a gravata branca com um nó elaborado por cima de uma camisa com peitilho de renda. Os olhos escuros e atentos do homem se fixaram em Sophia e ele se virou com um sorriso irônico para sir Ross.

– Agora entendo, Cannon, por que estava tão ansioso para concluirmos a nossa reunião. A companhia desta criatura encantadora sem dúvida é preferível à minha.

Ross torceu os lábios e não negou a declaração.

– Tenha um bom dia, lorde Lyttleton. Vou examinar a minuta do seu projeto com todo o cuidado. Mas não espere que eu mude o meu ponto de vista.

– Quero o seu apoio, Cannon – disse o cavalheiro em um tom baixo e significativo. – E se o tiver, você verá que sou um amigo muito útil.

– Disso eu não tenho dúvida.

Os dois trocaram mesuras e Lyttleton desapareceu, as solas dos sapatos de couro emitindo o som da riqueza no piso gasto de madeira.

Os olhos de sir Ross cintilaram quando ele encarou Sophia.

– Entre – disse em um tom suave, e guiou-a para dentro do escritório.

O toque da mão dele nas costas dela era quente e leve. Sophia se sentou na cadeira que o magistrado indicou, as costas muito eretas, enquanto ele se acomodava em seu lugar, atrás da enorme escrivaninha de mogno.

– Lyttleton – disse ela, repetindo o nome do cavalheiro que acabara de ir embora. – Com certeza não se trata do mesmo Lyttleton que é secretário de Estado de Guerra, certo?

– Ele mesmo.

– Ah, não – disse Sophia, profundamente ruborizada. – Espero não ter interrompido sua reunião. Ah, eu vou matar o Sr. Vickery!

– A senhorita não interrompeu nada. Lyttleton já devia ter ido embora há meia hora, sua chegada foi muito oportuna. Agora me diga o que a traz aqui. Desconfio que tenha alguma coisa a ver com o pacote em seu colo.

– Em primeiro lugar, me desculpe por incomodá-lo. Eu...

Ross a encarou com firmeza.

– Sophia, eu estou sempre disponível para você. Sempre.

Ela não conseguiu desviar o olhar do dele. O ar ao redor parecia carregado e opressivo, como acontece antes de uma tempestade de verão. Sophia se inclinou para a frente, constrangida, e pousou o pacote sobre a mesa.

– Ernest me entregou isto agora há pouco. Ele disse que um homem entregou na Bow Street e saiu sem informar quem o havia enviado.

Sir Ross examinou o endereço na frente do pacote. Quando afastou o papel pardo para o lado, o vestido lilás cintilou e farfalhou no ambiente espartano do escritório. Seu rosto permaneceu impassível, mas ele ergueu uma sobrancelha escura enquanto examinava o belo traje.

– Não sei quem pode ser o remetente – disse Sophia, ansiosa. – E há uma coisa bem peculiar a respeito do vestido.

Ela explicou a semelhança com o vestido da mãe.

Quando Sophia terminou de falar, sir Ross, que a escutara atentamente, se recostou na cadeira e a fitou de um modo pensativo que não a agradou nem um pouco.

– Srta. Sydney... é possível que esse vestido seja um presente do seu antigo amante?

A ideia provocou um sobressalto de surpresa em Sophia, mas também um riso amargo.

– Ah, não. Ele não faz ideia de que estou trabalhando aqui. Além do mais, não teria motivo algum para me mandar um presente.

Sir Ross deixou escapar um murmúrio neutro e pegou um punhado de tecido lavanda cintilante. A visão dos dedos longos dele esfregando a seda delicada provocou um tremor peculiar e íntimo em Sophia. Ele abaixou os cílios negros e cheios enquanto examinava o vestido mais atentamente – as costuras, a renda, a bainha.

– É um traje caro – concluiu. – Bem feito, com material de excelente qualidade. Mas não há etiqueta de modista presa a ele, o que não é comum. Eu me arrisco a dizer que quem lhe mandou o vestido não queria que a modista fosse rastreada, para que não revelasse a identidade dele... ou dela.

– Então não temos como descobrir o remetente?

Ross ergueu os olhos do vestido.

– Terei que mandar um dos patrulheiros conversar com Ernest sobre o mensageiro, e também pedir que investigue quais seriam as modistas que mais provavelmente poderiam ter feito o vestido. O tecido é incomum... isso vai ajudar a reduzir a lista.

– Obrigada.

Mas o sorriso hesitante de Sophia desapareceu diante da pergunta seguinte dele.

– Sophia, você teve algum encontro recente com algum homem que pudesse ter se interessado por você? Alguém com quem tenha tido um flerte, ou com quem possa ter conversado no mercado, ou...

– Não! – Sophia não sabia bem por que a pergunta a deixara tão agitada, mas sentiu o rosto quente. – Eu lhe garanto, sir Ross, não encorajaria qualquer cavalheiro dessa forma... isto é...

Ela se interrompeu, confusa, ao se dar conta de que *havia* encorajado um homem em particular daquela forma... o próprio sir Ross.

– Está tudo bem, Sophia – disse ele baixinho. – Eu não a culparia se você tivesse feito isso. Você é livre para fazer o que quiser.

Irritada, ela falou sem pensar.

– Bem, fique sabendo que não tenho admiradores e não me comportei de forma a atrair nenhum. Minha última experiência certamente é algo que não desejo repetir.

O olhar dele assumiu uma expressão de alerta, como o de um lobo.

– Por causa do modo como ele a deixou? Ou porque não encontrou prazer nos braços dele?

Sophia se espantou diante daquela pergunta tão íntima. Ficou ainda mais corada.

– Não vejo o que isso possa ter a ver com a questão de quem mandou o vestido.

– Não tem nada a ver – admitiu ele. – Só estou curioso.

– Então vai continuar curioso!

Sophia se esforçou para recuperar a compostura.

– Posso ir agora, milorde? Tenho muito que fazer, ainda mais com Eliza machucada. Lucie está exausta.

– Sim – disse ele bruscamente. – Vou mandar Sayer investigar a questão do vestido, e manterei a senhorita informada do desenrolar dos fatos.

– Obrigada.

Sophia se levantou e foi em direção à porta enquanto Ross seguia bem trás dela. Ele estendeu a mão para a maçaneta, mas parou quando Sophia se concentrou no pesado painel de carvalho da porta e falou, sem olhar para ele:

– Eu... não encontrei prazer nos braços dele. Mas talvez tenha sido mais culpa minha do que dele.

Sophia sentiu o toque quente do hálito dele contra os cabelos, muito próximos do topo da cabeça dela. A proximidade de Ross encheu-a de desejo. Sophia abriu a porta cegamente e saiu do escritório, recusando-se a olhar para ele.

~

Ross fechou a porta, voltou para a escrivaninha e apoiou as mãos sobre o tampo abarrotado. Deixou escapar um suspiro tenso. O desejo que mantivera em rédea curta por tanto tempo havia saído de controle com uma voracidade tremenda. Toda a força de vontade dele, as necessidades físicas e a natureza obsessiva naquele momento estavam concentradas em uma única direção: Sophia. Ele mal suportava ficar no mesmo cômodo que ela sem tocá-la.

Ross fechou os olhos e absorveu a atmosfera familiar do escritório. Havia passado a maior parte dos últimos cinco anos cercado por aquelas paredes, cercado por mapas, livros e documentos. Tinha se aventurado a sair para investigações ou outros negócios oficiais, mas sempre voltava para aquele cômodo, para a sala que era o epicentro da força da lei em Londres. De repente, Ross ficou surpreso por ter passado tanto tempo completamente devotado ao trabalho.

O vestido lilás cintilava, precioso, sobre a escrivaninha. Ross imaginou como Sophia ficaria nele... a cor combinaria lindamente com os olhos azuis e os cabelos louro-escuros dela. Mas quem o teria mandado? Ele se viu dominado por uma onda de ciúme e de possessividade tão violenta que se assustou. Queria ter direitos exclusivos para dar a Sophia o que ela desejasse, qualquer coisa que a deixasse feliz.

Ross suspirou pesadamente, tentando entender a mistura de alegria e profunda relutância que fervilhava dentro dele. Havia jurado nunca mais se apaixonar. Não se esquecera de como era horrível gostar de alguém tão profundamente, temer por sua segurança, desejar a felicidade dessa pessoa mais do que a própria. Ele precisaria dar um jeito de impedir que isso acontecesse, de satisfazer o desejo sem limites que sentia por Sophia sem entregar seu coração a ela.

CAPÍTULO 5

No início da noite, quando estava certa de que sir Ross se encontrava fora, em uma investigação, Sophia pediu ajuda a Lucie para virar o colchão da cama dele e trocar os lençóis.

– Sim, senhorita – disse Lucie, com um sorriso contrito, a expressão constrangida. – Mas na verdade há um problema. Eu não consegui fazer minhas mãos pararem de sangrar desde que ariei as peças de cobre essa tarde.

– Suas o quê? Suas mãos? Deixe-me vê-las.

Sophia arquejou ao ver as mãos da pobre criada, esfoladas e sangrando por causa da pasta de ácido e areia usada para ariar as panelas.

– Ah, Lucie, por que não me disse antes?

Ela repreendeu carinhosamente a jovem, sentou-a diante da mesa da cozinha e foi até a despensa. Depois de pegar vários frascos, voltou e misturou glicerina, água de flor de sabugueiro e azeite em uma tigela, e mexeu bem a mistura com um garfo.

– Mantenha as mãos aqui dentro por meia hora. Você vai precisar dormir de luvas hoje.

– Não tenho nenhuma, senhorita.

– Não tem luvas?

Sophia pensou nas próprias luvas, o único par que possuía, e se encolheu por dentro diante da ideia de sacrificá-las. Mas na mesma hora sentiu uma pontada de vergonha de si mesma ao olhar de novo para as mãos esfoladas da criada.

– Vá ao meu quarto, então – disse –, e pegue as minhas na cesta embaixo da mesa de cabeceira.

Lucie a encarou, preocupada.

– Mas não posso arruinar suas luvas, senhorita.

– Suas mãos são muito mais importantes do que um par de luvas, Lucie.

– E quanto ao colchão de sir Ross?

– Não se preocupe com isso. Eu mesma cuidarei do assunto.

– Mas é difícil virá-lo sem ajuda.

– Sente-se e coloque as mãos aí dentro – disse Sophia, tentando soar firme. – Cuide delas, senão você não será prestativa para ninguém amanhã.

Lucie sorriu para ela, grata.

– Com todo o respeito, Srta. Sydney... a senhorita é um amor. De verdade.

Sophia afastou as palavras com um aceno e correu para limpar o quarto de sir Ross antes que ele voltasse. Pousou uma pilha de roupas de cama limpas em cima de uma cadeira e olhou ao redor. O quarto já tinha sido espanado e varrido, mas o colchão precisava ser virado e as roupas que ele usara no dia anterior ainda não tinham sido colocadas para lavar.

O quarto combinava muito bem com o ocupante. A bela mobília de mogno era valorizada pelo brocado verde-escuro aplicado no estofamento e nas cortinas. Uma das paredes era enfeitada por uma tapeçaria antiga e desbotada. Em outra Sophia viu pendurada uma série de três gravuras. Eram caricaturas, retratando sir Ross como um poderoso deus do Olimpo, com políticos e oficiais do governo sentados em seu colo como se fossem crianças. Em uma das mãos, ele segurava cordões ligados a alguns patrulheiros da Bow Street, retratados como marionetes com os bolsos cheios de dinheiro. Ficava claro que as caricaturas tinham a intenção de criticar o tremendo poder que sir Ross e seus patrulheiros haviam acumulado.

Sophia entendia muito bem o motivo do ressentimento do artista. A maior parte dos homens ingleses abominava a ideia de ter uma força policial poderosa e organizada, alegando se tratar de um arranjo perigoso e inconstitucional. Sentiam-se mais confortáveis com o antigo sistema de polícia comunitária, que convocava cidadãos comuns, sem treinamento, para atuar como policiais, cada um pelo período de um ano. No entanto, os agentes comunitários tinham sido incapazes de lidar com a proliferação de roubos, estupros, assassinatos e fraudes que assolavam a populosa cidade de Londres. O parlamento se recusara a autorizar uma força policial propriamente dita e, assim, os patrulheiros da Bow Street haviam tomado para si o cumprimento da lei, com poderes que, em sua maioria, eram autodesignados. O único homem a quem respondiam era sir Ross, que acabara tornando seu cargo muito mais poderoso do que jamais se pretendera.

Quando vira as caricaturas tão críticas pela primeira vez, Sophia havia se perguntando por que ele escolhera pendurá-las em seu quarto. Agora sabia que aquele era o modo dele de lembrar a si mesmo que cada decisão e cada ação que tomasse estariam sob o escrutínio público e, portanto, seu comportamento deveria ser irrepreensível.

Sophia afastou da mente esses pensamentos e recolheu a roupa da cama enorme. Foi difícil virar o colchão pesado sozinha, mas, depois de grande esforço e de terminar arfando, conseguiu ajeitá-lo no lugar. Sophia tinha orgulho de sua habilidade de fazer uma cama bem feita. Ela esticava tão bem os lençóis que era possível fazer uma moeda quicar sobre eles. Depois de alisar a colcha e afofar os travesseiros, Sophia voltou a atenção para a pilha de roupas em cima da cadeira. Dobrou a gravata de seda preta sobre um braço e pegou a camisa de linho branco descartada.

Um aroma agradável e ligeiramente terroso subiu da peça de roupa. O cheiro da pele de sir Ross. Curiosa, Sophia levou a camisa ao rosto e aspirou o aroma de suor e sabão de barbear misturado com o cheiro de um homem viril e saudável. Até aquele momento, nunca achara o cheiro de um homem tão excitante. Apesar de seu suposto amor por Anthony, nunca havia de fato reparado nesse tipo de detalhe a respeito dele. Desgostosa de si, Sophia se deu conta de que provavelmente havia se apaixonado pela *ideia* de Anthony, pela fantasia que ele representava, não pelo homem de verdade. Quisera um príncipe de conto de fadas que a arrebatasse, e Anthony se dispusera a fazer esse papel até não lhe interessar mais.

A porta foi aberta.

Surpresa, Sophia soltou a camisa, pálida de culpa. E ficou ainda mais consternada ao ver sir Ross entrar no quarto, o corpo grande vestido em um paletó e calça pretos. Uma onda de vergonha a dominou. Meu Deus, ele provavelmente a flagrara cheirando e abraçando a camisa dele!

Mas o habitual olhar atento de sir Ross parecia ter lhe faltado naquele momento. Na verdade, seus olhos pareciam ligeiramente desfocados, e Sophia se deu conta de que ele não havia reparado nela. Confusa, Sophia se perguntou se ele andara bebendo. Apesar de não parecer algo que ele faria, era a única razão possível para a instabilidade do passo com que ele entrou no quarto.

– Milorde voltou mais cedo da sua investigação em Long Acre – disse ela. – Eu… só estava arrumando seu quarto.

Ele balançou a cabeça como se para desanuviá-la e se aproximou de Sophia.

Ela recuou em direção à cômoda e olhou para ele com preocupação crescente.

– Está se sentindo mal, senhor?

Sir Ross apoiou as mãos na cômoda, uma de cada lado do corpo de Sophia.

O rosto dele estava muito pálido, contrastando fortemente com os cabelos, sobrancelhas e cílios negros.

– Encontramos o homem que procurávamos escondido em uma casa na Rose Street – disse ele, ao que uma mecha de cabelo caiu sobre a testa pálida e suada. – Ele subiu no telhado... e pulou para a casa seguinte antes que Sayer conseguisse agarrá-lo. E, então, nós dois corremos atrás do sujeito, não podíamos deixá-lo escapar.

Sophia estava horrorizada.

– Vocês estavam perseguindo um homem pelos telhados da cidade? Mas isso é perigoso! O senhor poderia ter se machucado.

Sir Ross pareceu encabulado e seu corpo vacilou.

– Na verdade, quando eu o alcancei, ele sacou uma pistola de dentro do paletó.

– Ele atirou no senhor?

Sophia examinou o paletó preto freneticamente.

– Ele atirou no senhor? Santo Deus...

Ela passou as mãos pela frente do paletó de lã feito sob medida e descobriu que a lateral esquerda estava fria e viscosa. Um grito abafado escapou de seus lábios ao ver a palma da mão suja de sangue.

– Foi de raspão.

– O senhor contou a alguém? – indagou Sophia, apressando-se a levá-lo para a cama. – Mandou chamar um médico?

– Posso cuidar disto sozinho – retrucou ele, irritado. – Como eu disse, foi de raspão e...

Ross grunhiu de dor quando Sophia afastou o paletó de seus ombros e puxou-o pelos braços.

– Deite-se!

Ela estava horrorizada com a quantidade de sangue que manchara todo o lado esquerdo da camisa de um vermelho forte. Sophia desabotoou a camisa, afastou o tecido do ombro dele e perdeu o ar ao ver o buraco da bala.

– Isso não é um arranhão, é um *buraco*! Não ouse se mover. Por que, em nome de Deus, o senhor não falou a respeito com ninguém?

– É só um machucado bobo – repetiu ele, rabugento.

Sophia pegou a camisa que ele usara na véspera e pressionou-a com firmeza contra o sangue que escorria. A respiração de sir Ross saiu sibilante por entre os dentes cerrados.

– Que homem teimoso – disse Sophia, afastando a mecha de cabelo que se colara à testa úmida dele. – O senhor não é de aço, apesar do que o senhor e todos os outros da Bow Street parecem pensar! Segure isso aqui em cima da ferida enquanto mando chamar um médico.

– Mande chamar Jacob Linley – murmurou Ross. – A esta hora da noite ele costuma estar no Tom, no outro lado da rua.

– Na cafeteria do Tom?

Sir Ross assentiu, os olhos já se fechando.

– Ernest vai encontrá-lo.

Sophia saiu em disparada do quarto, gritando por socorro. Os criados apareceram em menos de um minuto, todos parecendo aturdidos com a informação de que sir Ross fora ferido.

Como os criados do número 4 da Bow Street estavam acostumados a emergências de um modo geral, foram rápidos em se colocar em ação. Ernest saiu correndo para localizar o médico, Eliza foi pegar lençóis e panos limpos e Lucie correu até a porta ao lado para informar a sir Grant da situação.

Sophia voltou ao quarto de sir Ross e seu coração disparou de medo ao vê-lo tão imóvel na cama. Ela afastou gentilmente a mão dele do pano manchado de sangue e aplicou mais pressão ao ferimento. Ross deixou escapar um gemido rouco e abriu ligeiramente os olhos.

– Faz anos desde a última vez que levei um tiro – murmurou. – Já tinha esquecido como dói.

Sophia estava morrendo de preocupação.

– Espero que doa mesmo – declarou, com veemência. – Talvez isso o ensine a não sair correndo pelos telhados! Onde estava com a cabeça para fazer uma coisa dessas?

Sir Ross a encarou com os olhos semicerrados.

– Por algum motivo, o suspeito não quis descer para que eu pudesse capturá-lo com mais facilidade.

– Eu achei que eram os *patrulheiros* que deveriam caçar bandidos – retrucou ela, em um tom ácido. – Pensei que o *senhor* deveria permanecer em segurança e dizer a eles o que fazer.

– Nem sempre é assim que funciona.

Sophia conteve outra resposta aborrecida e se inclinou para abrir os punhos da camisa dele.

– Vou tirar sua camisa. Acha que consegue puxar o braço da manga ou prefere que eu pegue a tesoura?

Sir Ross estendeu o braço em resposta e Sophia abriu o punho com cuidado. Ela despiu a camisa do lado bom, revelando o peito coberto de pelos. Ele era mais musculoso do que ela esperara, os ombros e o peito bem desenvolvidos, o abdômen definido. Sophia nunca vira um corpo masculino tão imponente. Ela sentiu o rosto arder quando se inclinou acima dele e passou o braço com gentileza por sua nuca.

– Vou levantá-lo só um pouco, para tirar a camisa das costas – avisou.

– Eu consigo fazer isso sozinho.

Os olhos cinza nublados de dor se fixaram nos dela enquanto ele pressionava a nuca contra o braço de Sophia.

– Por favor, não faça isso – insistiu ela. – Assim vai acabar aumentando o sangramento.

Sophia ergueu lentamente a cabeça dele para puxar a camisa. E sentiu o hálito de sir Ross contra o queixo.

– Quando me via na cama com você – murmurou ele –, não era assim que imaginava.

Ela deixou escapar uma risadinha de surpresa.

– Vou fingir que não ouvi esse comentário, sem dúvida o senhor está delirando por causa da perda de sangue.

Sophia ficou grata ao ver Eliza entrar no quarto com um jarro de água quente e uma pilha de panos limpos dobrados. Sir Ross resmungou, mas não se moveu enquanto as duas mulheres lavavam o sangue do seu peito e do pescoço.

– Parece que a bala ainda está no ombro dele – declarou Eliza em um tom prático, trocando o pano que pressionava a ferida por outro limpo. – O Dr. Linley vai precisar removê-la. Por sorte, o tiro não foi perto do coração.

Sophia se inclinou por cima de sir Ross e ajeitou o travesseiro atrás da cabeça dele. A bala poderia facilmente ter atingido o coração se o suspeito tivesse a mira um pouco melhor. Ela ficou impressionada com a própria reação diante daquela possibilidade, uma mistura de medo e angústia que a dominou.

– Estou bem – disse sir Ross bruscamente, como se lesse os pensamentos dela. – Em um ou dois dias vou estar de pé de novo.

– Ah, não vai, não – retrucou Sophia. – O senhor vai ficar nessa cama até estar completamente curado, não importa o que eu precise fazer para mantê-lo aqui.

Ela não se deu conta de que alguma conotação sexual poderia ser imputada à promessa até ver o súbito brilho zombeteiro nos olhos de sir Ross. Sophia o encarou com seriedade, emitindo um alerta silencioso, e ele ficou quieto, embora seus lábios se curvassem em um sorriso maroto. Eliza, por sua vez, desenvolvera um súbito interesse por dobrar todos os panos que levara em quadrados minúsculos.

A tensão no quarto foi quebrada pela bem-vinda chegada do médico, Jacob Linley. O Dr. Linley era um homem belo e esguio, com cabelos loiros brilhantes e um sorriso simpático. Sophia já ouvira falar dele, já que com frequência era chamado à Bow Street quando alguém precisava de cuidados ou de sua opinião. No entanto, aquela era a primeira vez que ela realmente via o Dr. Linley.

– Cannon – disse o médico com tranquilidade, erguendo a pesada valise de couro marrom e pousando-a em cima da cadeira ao lado da cama. – Parece que você teve um pouco de aventura esta noite.

Ele foi imediatamente até onde estava sir Ross, a atenção concentrada no ferimento.

– Hum. Um disparo de arma de fogo a uma distância bem próxima, a julgar pela marca de pólvora ao redor do ferimento. Como isso aconteceu?

Sir Ross franziu ligeiramente a testa.

– Estávamos perseguindo um suspeito de assassinato.

– Por cima dos telhados – acrescentou Sophia, incapaz de manter o silêncio.

O médico se virou na direção dela. Seus olhos castanhos tinham um brilho amigável.

– Telhados, a senhorita disse? Ora, acho que é melhor sir Ross permanecer no chão de agora em diante, concorda?

Sophia respondeu com um vigoroso aceno de cabeça.

Ainda sorrindo, o Dr. Linley se inclinou em uma mesura breve e cortês.

– Presumo que seja a Srta. Sydney, a assistente de quem tanto ouvi falar, certo? Admito que achei que as descrições entusiasmadas dos patrulheiros fossem exageradas, mas agora estou vendo que na verdade eles a subestimaram.

Antes que Sophia pudesse responder, a voz irritada de sir Ross se fez ouvir da cama.

– Pretende ficar tagarelando a noite toda, Linley, ou vai remover essa bala?

O médico piscou para Sophia e encarnou sua versão profissional.

— Vou precisar de água quente, um sabão bom e forte, um pote de mel e um copo de conhaque. E também de mais luz.

Sophia saiu, apressada, para pegar tudo o que ele pedira enquanto Eliza cuidava dos lampiões e velas.

Quando Sophia voltou da cozinha, o quarto estava claro como se fosse meio-dia. Ela arrumou de maneira organizada o jarro de água, o sabão, o mel e o conhaque no lavatório. Então se aproximou da cama e viu que o médico enxugava cuidadosamente alguns instrumentos de prata com um pedaço de feltro.

Linley sorriu ao reparar no óbvio interesse dela.

— Um ferimento tem menos probabilidade de gangrenar se estiver bem limpo, embora ninguém saiba explicar o motivo. De toda forma, mantenho os meus instrumentos e as minhas mãos o mais limpos possível.

— Para que é o mel?

— O mel é excelente para curativos e parece ajudar na cicatrização. Também impede que o ferimento grude no tecido quando o curativo é trocado.

— E o conhaque?

— Ah, isso eu pedi porque estou com sede — respondeu Linley, em um tom alegre. — Agora, Srta. Sydney, depois que eu lavar as mãos vou procurar a bala. O... procedimento é bem desagradável, e sir Ross pragueja como um marinheiro. Eu a aconselho a esperar em outro cômodo, se tem estômago fraco.

— Não tenho — apressou-se a dizer Sophia. — Quero ficar.

— Muito bem.

Linley pegou uma agulha de sondagem longa e fina e se sentou na beirada da cama.

— Tente ficar imóvel — disse ele a sir Ross em um tom calmo. — Caso se sinta desconfortável demais, posso mandar chamar sir Grant para ajudar a mantê-lo deitado.

— Não vou me mover — garantiu o magistrado, mal-humorado.

A pedido do médico, Sophia segurou o lampião acima do ombro dele. Manteve os olhos fixos no rosto tenso de sir Ross em vez de observar o trabalho diligente do Dr. Linley. O único sinal da dor que ele deveria estar sentindo era o espasmo ocasional de um músculo do rosto, ou um leve arquejo quando a agulha de sondagem entrava mais fundo. Finalmente o instrumento encostou na bala, que estava alojada contra um osso.

– Achei – disse Linley calmamente, o rosto brilhando com uma camada de suor. – É uma pena que tenha uma constituição tão forte, Cannon. Teria sido melhor que desmaiasse antes de eu extrair essa coisa.

– Eu nunca desmaio – murmurou Ross.

O olhar dele buscou o rosto de Sophia, que deu um sorriso encorajador para os olhos escurecidos pela dor.

– Srta. Sydney – murmurou Linley –, segure esta agulha de sondagem exatamente como está posicionada, sem alterar o ângulo de inclinação.

– Sim, senhor.

Sophia obedeceu na mesma hora, e o médico pegou um instrumento delicado, com duas pontas, parecido com uma pinça.

– A senhorita tem mãos firmes – comentou Linley, elogioso.

Então retomou a agulha de sondagem e começou a extrair a bala com destreza.

– E um belo rosto também. Se algum dia se cansar de trabalhar na Bow Street, Srta. Sydney, contrato a senhorita como *minha* assistente.

Antes que Sophia pudesse responder, sir Ross intercedeu.

– Não – grunhiu. – Ela é minha.

E com essas palavras ele desmaiou imediatamente, os cílios muito negros pousando no rosto pálido.

CAPÍTULO 6

A remoção do projétil do ombro de Ross provocou um jato de sangue vivo alarmante. Sophia mordeu o lábio enquanto observava o Dr. Linley pressionar o ferimento com um pano limpo. As palavras do grunhido baixo de sir Ross, "Ela é minha", pareciam pairar no ar. Constrangida, Sophia tentou explicar a frase.

– Que gentil da parte de sir Ross expressar tamanha apreciação em relação ao meu trabalho.

– Não foi a isso que ele se referiu, Srta. Sydney – retrucou o Dr. Linley, em um tom irônico, os olhos ainda concentrados no trabalho. – Acredite em mim. Sei muito bem o que ele quis dizer.

Quando terminou de fazer o curativo no ombro de Ross, o médico olhou primeiro para Sophia, então para Eliza, que estava recolhendo uma pilha de panos usados para serem lavados.

– Quem vai cuidar dele?

A pergunta foi respondida com silêncio enquanto as duas mulheres se entreolhavam.

Sophia mordeu o lábio, porque desejava desesperadamente tomar conta dele. Ao mesmo tempo, estava assustada com a onda de carinho que se espalhava por seu peito. O asco que antes sentira em relação a sir Ross desaparecera rapidamente. Ela parecia já não conseguir alimentar o ódio por ele, e se dar conta disso a encheu de desespero. *Sinto muito, John*, pensou, desolada. *Estou falhando. Você merece mais do que isto.* Por ora, ela não tinha escolha a não ser deixar de lado os planos de vingança. Mais tarde pensaria sobre aquilo e decidiria o que fazer.

– Eu posso tomar conta dele – disse Sophia. – Só me dê as instruções, Dr. Linley.

Ele respondeu prontamente:

– O curativo deve ser trocado duas vezes ao dia. Cubra o ferimento como me viu fazer e se perceber a liberação de algum líquido purulento ou odor ruim, ou se o ombro dele ficar vermelho e inchado, mande me chamar. Se a área ao redor do ferimento estiver mais quente do que o normal, me avise imediatamente.

O médico parou de falar e sorriu para sir Ross, que começava a se mexer e a piscar.

– Sirvam a ele a comida que costumam dar aos doentes: caldo de carne, torrada molhada no leite, ovos mexidos. E, pelo amor de Deus, reduzam a quantidade de café para que ele consiga descansar.

Ainda sorrindo, Linley se inclinou para pousar uma das mãos no ombro bom de sir Ross.

– Já acabei meu trabalho com você esta noite, meu amigo, mas voltarei em um ou dois dias para atormentá-lo mais um pouco, está bem? Agora vou avisar a sir Grant que ele tem permissão para vê-lo. Desconfio que ele esteja bem impaciente lá embaixo.

O médico deixou o quarto, os passos silenciosos para um homem tão alto.

– Que cavalheiro agradável – comentou Sophia.

– Sim – concordou Eliza com uma risadinha –, e o Dr. Linley também é solteiro. Muitas damas elegantes de Londres estão atrás dos serviços dele, tanto pessoais quanto profissionais. A mulher que fisgá-lo será muito sortuda.

– Como assim, serviços pessoais? – perguntou Sophia, perplexa. – Certamente não está se referindo a...

– Ah, sim – respondeu a criada em um tom travesso. – Dizem que o Dr. Linley é tão talentoso nas artes da alcova quanto...

– Eliza – interrompeu sir Ross, rabugento –, se pretende se dedicar a fofocas lascivas, por favor, faça isso em um lugar onde eu não seja obrigado a escutar.

Ele encarou as duas mulheres com uma expressão severa, mas seu olhar se fixou em Sophia.

– Com certeza deve haver algum assunto melhor para vocês duas conversarem do que "as artes da alcova".

O olhar risonho de Sophia encontrou o de Eliza.

– Ele tem toda a razão. Não vamos nos rebaixar a ficar fazendo fofocas na frente de sir Ross – disse ela, e fez uma pausa antes de acrescentar, em um tom malicioso: – Você pode me contar mais sobre o Dr. Linley quando estivermos na cozinha, Eliza.

~

Por mais que a dor no ombro já não fosse aguda, o desconforto ainda era constante, e Ross aceitou a ajuda de Sophia para se despir. Fez o máximo possível sozinho, mas o esforço logo o deixou exausto. Ela passou uma camisa de dormir de linho branco pela cabeça dele e o ajudou a enfiar o braço machucado pela manga. Ao final do esforço, Ross estava dolorido e esgotado.

– Obrigado – murmurou enquanto se recostava nos travesseiros com um gemido de dor.

Sophia ajeitou as cobertas e cobriu-o até a cintura. Nos olhos escuros dela havia preocupação e alguma outra emoção indecifrável.

– Sir Grant está esperando do lado de fora do quarto. Vai vê-lo agora ou devo pedir que volte mais tarde?

– Peça a ele que entre.

Ross deixou escapar um suspiro. Não queria conversar com Morgan nem com ninguém. Queria silêncio, paz e a presença gentil de Sophia ao lado dele.

Ela começou a estender a mão instintivamente para tocá-lo, mas hesitou. Não pela primeira vez, Ross percebeu que Sophia travava um conflito interno entre proximidade e repulsa, como se estivesse determinada a se negar algo que queria desesperadamente. Ela decidiu, então, tocar a testa dele e alisou os cabelos para trás com as pontas dos dedos frios.

– Não demorem muito – murmurou. – O senhor precisa descansar. Voltarei logo com o jantar.

– Não estou com fome.

Ela ignorou as palavras dele e saiu. Ross deu um sorriso melancólico, constatando que ela não desistiria até que ele comesse alguma coisa.

Sir Grant Morgan entrou no quarto, baixando a cabeça para passar pelo umbral. O olhar dele avaliou Ross, demorando-se no curativo volumoso em seu ombro.

– Como você está? – perguntou em um tom tranquilo enquanto se sentava na cadeira ao lado da cama.

– Nunca estive melhor – disse Ross. – Isto aqui é bobagem. Estarei de volta ao trabalho amanhã ou no máximo depois de amanhã.

Por alguma razão, Morgan deixou escapar uma gargalhada.

– Maldição, Cannon. Gostaria de saber o que *você* diria a *mim* se eu tivesse me arriscado do jeito tolo que você se arriscou hoje.

– Se eu não tivesse ajudado, Butler teria conseguido fugir.

– Ah, sim – retrucou Morgan, irônico. – Sayer disse que você ofereceu um espetáculo impressionante. Segundo ele, você subiu no telhado como um maldito gato e perseguiu Butler até o prédio ao lado. Deu um salto de um metro e meio entre os parapeitos, mesmo com a morte certeira esperando você lá embaixo se errasse o pulo. E depois que Butler atirou ninguém viu que você foi atingido, porque você continuou correndo até pegar o sujeito. Sayer está dizendo que você foi um herói – disse Morgan em um tom que deixava clara a sua desaprovação.

– Eu não caí – argumentou Ross –, e tudo terminou bem. Vamos deixar esse assunto morrer.

Embora Morgan ainda estivesse controlando bem seu temperamento difícil, o rubor em seu rosto o traía.

– Deixar o assunto morrer? Que direito você tinha de arriscar a vida assim, Cannon? Sabe o que seria da Bow Street se você tivesse morrido esta noite? Não preciso lembrá-lo de todas as pessoas que adorariam usar sua morte como desculpa para desmantelar os patrulheiros e entregar Londres aos apanhadores de ladrões particulares e aos lordes do crime, como Nick Gentry.

– Você não deixaria isso acontecer.

– Eu não teria como impedir – retrucou Morgan. – Não tenho sua habilidade, seu conhecimento, sua influência política... Ao menos não ainda. A sua morte comprometeria tudo pelo que você trabalhou. E pensar que você se arriscou tanto por causa de uma *mulher*, pelo amor de Deus.

– Como é? – perguntou Ross, irritado. – Você acha que eu subi naquele telhado por causa de uma mulher?

Os olhos verdes de Morgan se fixaram nele sem vacilar.

– Por causa da Srta. Sydney. Você mudou desde que ela chegou aqui, e esta noite é um ótimo exemplo disso. Embora eu não vá fingir que sei o que você está pensando.

– Obrigado – murmurou Ross, em um tom sombrio.

– Está bem claro que você está se debatendo com algum problema. Meu palpite é que tem a ver com seu interesse na Srta. Sydney.

A expressão de Morgan relaxou quando ele fixou um olhar perspicaz em Ross.

– Se você a quer, fique com ela – disse, em um tom mais calmo. – Todo mundo já sabe que ela o aceitaria, é bem óbvio.

Ross ficou em silêncio, remoendo, mas não respondeu. Ele não era um homem muito autocentrado, preferia avaliar os motivos e emoções de outras pessoas. E foi com surpresa e certo desconforto que se deu conta de que Morgan estava certo. Realmente agira com imprudência, movido por frustração, por desejo não correspondido e talvez até por uma pontada de culpa. Parecia fazer muito tempo que a esposa dele morrera, e o sofrimento que carregara por cinco anos havia se apagado. Ultimamente, Ross passava dias sem se lembrar dela, embora tivesse amado Eleanor sinceramente. Às lembranças haviam se tornado distantes e pálidas desde que Sophia entrara na vida dele. Ross não conseguia se lembrar se havia sentido tanta paixão em relação à esposa. Sem dúvida era indecente compará-las, mas ele não conseguia evitar. Eleanor, tão esguia e graciosa, tão pálida e frágil... e Sophia, com sua beleza dourada, sua vitalidade feminina.

Ele se virou para encarar Grant Morgan, sem qualquer expressão no rosto.

– Meu interesse na Srta. Sydney é problema meu – disse, em um tom neutro. – E quanto ao meu comportamento meio precipitado, prometo que de agora em diante tentarei limitar minhas atividades às de natureza mais intelectual.

– Exato. Deixe os ladrões por conta dos patrulheiros... como *eu* fui ensinado a fazer – reforçou Morgan, em um tom duro.

– Tudo bem, mas me permita corrigir você em um ponto, Morgan: eu não sou insubstituível. Não vai demorar muito até que você seja capaz de ocupar facilmente o meu lugar, ou, como dizem por aqui, de calçar os meus sapatos.

Morgan sorriu e baixou os olhos para os próprios pés gigantescos.

– Talvez você tenha razão. Já o camarada que tiver que calçar os *meus* sapatos terá uma dificuldade maior.

Eles ouviram batidas suaves na porta e Sophia entrou, com uma expressão cautelosa. Parecia meio nervosa e hesitante, os cabelos soltos dos grampos. Trazia uma bandeja pequena com um prato coberto e um copo que parecia conter água de cevada. Apesar da fraqueza, Ross sentiu o ânimo melhorar diante da presença dela.

Sophia deu um sorriso simpático para Morgan.

– Boa noite, sir Grant. Se desejar jantar também, não seria problema algum trazer outra bandeja.

– Não, obrigado, Srta. Sydney – respondeu Morgan, em um tom agradável. – Vou voltar para casa, minha esposa está me esperando.

Ele se despediu de Ross e de Sophia e se preparou para partir, mas parou na porta, e seu olhar encontrou o de Ross por cima da cabeça de Sophia.

– Pense no que eu disse – insistiu, em um tom significativo.

A dor no ombro de Ross tornava difícil descansar. Ele acordava com frequência e considerou a possibilidade de tomar uma colher do opiáceo em xarope que tinha sido deixado na mesa de cabeceira. Acabou desistindo, porque não gostava de se sentir entorpecido. Pensou em Sophia, que dormia a alguns cômodos de distância, e cogitou várias desculpas que poderia usar para chamá-la. Estava entediado, desconfortável, e queria tê-la por perto. A única coisa que o impediu de chamá-la foi a consciência de que ela também precisava descansar.

Quando a aurora se insinuou timidamente pela cidade, lançando sua luz cinzenta e fraca através das cortinas entreabertas, Ross ficou aliviado ao ouvir sons de pessoas se agitando pela casa. O passo leve de Sophia indo ao quartinho de Ernest no sótão para acordá-lo, as criadas carregando baldes de carvão e limpando as lareiras, o passo manco de Eliza indo em direção à cozinha.

Finalmente, com o rosto lavado e cintilando, os cabelos penteados para trás em uma trança grossa enrolada e presa em um coque na nuca, Sophia entrou no quarto. Trouxe consigo uma bandeja com itens para o curativo, que deixou na mesa de cabeceira antes de ir até a beirada da cama.

– Bom dia.

Sophia pousou a mão com delicadeza na testa de Ross, depois pressionou-a contra o espaço sob o maxilar, onde a pele dele estava áspera por causa da barba por fazer.

– O senhor está um pouco febril. Vou trocar o curativo e pedirei às criadas que preparem um banho morno. O Dr. Linley disse que o senhor poderia se lavar, desde que não molhasse o curativo.

– Você vai me ajudar? – perguntou Ross, se deliciando com o rubor que coloriu o rosto dela.

– Meus deveres de enfermeira não se estendem a tanto – foi a resposta recatada de Sophia, embora a sombra de um sorriso curvasse os cantos de seus lábios. – Se precisar de ajuda, Ernest estará à disposição.

Ela o encarou com atenção, aparentemente fascinada com a visão do rosto sombreado pela barba.

– Nunca o vi sem estar barbeado antes.

Ross passou a mão pelo maxilar áspero.

– Acordo espetando como um porco-espinho.

Ela o encarou com uma expressão de apreciação.

– Na verdade, achei bastante vistoso. Parece um pirata.

Ele ficou observando Sophia se agitar pelo quarto, abrir as cortinas para deixar a luz do dia entrar, derramar água quente em uma bacia e lavar cuidadosamente as mãos. Embora tentasse encarar a situação com normalidade, estava claro que ela não tinha o costume de ficar sozinha com um homem no quarto dele. Seus olhos não encontraram os de Ross quando ela voltou à beirada da cama e separou o material necessário para refazer o curativo.

– Sophia – murmurou Ross –, se estiver se sentindo desconfortável...

– Não – apressou-se a responder, o olhar agora encontrando o dele. – Quero ajudá-lo.

Ross não conseguiu conter um sorriso zombeteiro.

– Seu rosto está vermelho.

O rubor permaneceu, e naquele momento surgiu também uma covinha no canto do rosto dela. Sophia removeu a tampa de um pote de mel e derramou o líquido âmbar em um quadrado de feltro.

– Se eu fosse você, não implicaria com alguém que está prestes a cuidar do seu curativo.

Ross se manteve em um silêncio comedido enquanto ela estendia a mão para os botões da camisa de dormir e começava a desabotoá-los. Cada centímetro de pelos que se revelava em seu torso a deixava ainda mais vermelha. Sophia continuou com cuidado, tendo certa dificuldade para abrir os botões. Ross estava terrivelmente consciente do som da própria respiração. Esforçou-se para manter o movimento dos pulmões lento e regular, embora sentisse a pulsação começando a disparar em um ritmo insano. Não conseguia se lembrar da última vez que uma mulher o despira. Aquela parecia ser a experiência mais erótica de sua vida: Sophia inclinada sobre ele, em um quarto silencioso, a testa franzida de concentração. O cheiro do mel pairava no ar, se misturando ao aroma fresco e feminino dela.

Sophia soltou o último botão entalhado da camisa de dormir e afastou-a para o lado, expondo o curativo no ombro. Fitou o peito nu, mas permaneceu inexpressiva. Ross se perguntou se Sophia preferia homens de peito liso. O amante dela tinha cabelos claros e recitava poesia... Ross era moreno como um sátiro e, maldito fosse, não conseguia se lembrar de um único verso de um poema. Ross endireitou o corpo na cama, sentindo-se desconfortável, a atmosfera agora quente e tensa. O peso das cobertas escondia o corpo dele da cintura para baixo, mas ainda assim a ereção crescente já criava um volume considerável. Sophia perceberia facilmente se olhasse naquela direção.

Ross ouviu a respiração de Sophia se alterar quando ela levou a mão ao ombro dele para encontrar a extremidade do curativo. Subitamente, aquilo tudo foi de mais para ele. Aquela mulher cheirosa e delicada, a cama, o corpo dele seminu. A racionalidade de Ross foi vencida por uma ânsia masculina primitiva. Ele se viu dominado pela necessidade de tomar, de conquistar, de reivindicar para si. Então deixou escapar um som rouco, pegou Sophia pela cintura e puxou-a para a cama junto dele.

Ela arquejou quando Ross se virou um pouco de lado e a prendeu sob seu corpo.

– *Ah...* Sir Ross, o que...

Sophia levou as mãos ao peito dele, agitando-se como um pássaro em pânico, com as asas presas. Queria empurrá-lo, mas não queria machucar ainda mais o ombro dele.

– Não quero machucá-lo...

– Então não se mova – disse Ross, com voz rouca, e abaixou a cabeça.

Ele capturou os lábios dela e foi em busca de sentir profundamente o gosto daquela mulher. A princípio, Sophia ficou imóvel. Ross saboreou o fogo delicado da boca feminina, ajustou a inclinação dos lábios, e o beijo se tornou úmido e mais flexível. Ela gemeu e se rendeu quase em um passe de mágica, beijando-o como se quisesse devorá-lo.

A saia volumosa de Sophia se amontoava entre eles. Ross puxou-a com impaciência, então enfiou uma perna entre as dela. Nesse momento, sentiu os dedos dela investigando seu peito, deslizando em meio aos pelos negros até encontrar os músculos firmes por baixo.

Aquele toque simples provocou nele um prazer tão gigantesco que beirava a agonia. Ross beijou a lateral do pescoço dela com voracidade, deixando a boca correr da altura da orelha até o ponto em que o pescoço se encontra com ombro. Ela arqueou o corpo contra o dele, os olhos fechados, o rosto ruborizado.

– Alguém pode entrar...

– Ninguém vai entrar – disse Ross, distraindo-a com beijos enquanto seus dedos se moviam com urgência pelos botões do vestido dela. – Se alguém se aproximar, o piso vai ranger.

Enquanto Sophia permanecia deitada sob ele, respirando com dificuldade, Ross abriu o vestido dela e desfez o laço da camisa de baixo. A mão grande se insinuou pela abertura na musselina e encontrou a pele absurdamente macia na curva suave do seio. Ele deixou o polegar correr sobre o mamilo delicado e muito rosado até que estivesse rijo.

Sophia virou o rosto contra o pescoço de Ross, a respiração acelerada acariciando a pele dele.

– Ross...

O som do próprio nome nos lábios dela era excitante demais. Ele inclinou a cabeça sobre o seio dela e, com a ponta da língua, traçou um círculo úmido ao redor da aréola delicada, onde o tom rosado do mamilo encontrava a palidez da pele ao redor. Intumescido, o mamilo pequeno ficou mais escuro e todo o corpo de Sophia se retesou. Ross se pôs a lamber lentamente, em movimentos sedutores que fizeram com que ela levantasse mais o corpo contra o dele.

– Por favor... – Ela passou as mãos ao redor da nuca dele, puxando-o mais para baixo. – Por favor, Ross.

– Quer mais?

– Sim. Quero isso de novo, *isso, assim...*

Ela gemeu quando ele se inclinou e capturou o mamilo com a boca. Ross sugou a carne delicada em um ritmo constante e mordiscou-a enquanto seus dedos brincavam com o bico rígido do outro seio. Sophia enfiou os dedos entre os cabelos dele e puxou a cabeça de Ross para perto da dela. Então beijou-o com uma intensidade quase chocante, como se não existisse nada no mundo além dos dois naquela cama. As mãos dela desceram pelas costas dele, explorando cada detalhe de sua musculatura.

– Sophia – disse Ross, com voz atormentada. – Por quantos anos de solidão eu esperei por você...

Os olhos azuis dela o encararam, atordoados, as pupilas dilatadas enquanto sentia as mãos dele puxarem a saia para cima. Ross encontrou o joelho dela, a faixa justa da cinta-liga, a borda do calção de baixo, de musselina. Subiu a palma da mão até encontrar a maciez entre as coxas dela. Os pelos daquela área pinicavam suavemente através do tecido, e Ross envolveu-a com a mão, delicadamente, antes de passar para a curva da barriga de Sophia. Encontrou as fitas que prendiam o calção de baixo, soltou-as e enfiou a mão por dentro do tecido. Então sussurrou palavras suaves contra a pele dela enquanto as pontas dos dedos desciam até seu ponto úmido.

– Você é tão linda, Sophia, tão doce... como você é macia. Se abra para mim. Isso, assim...

Ele afastou com cuidado as dobras quentes da carne feminina e enfiou a ponta do dedo gentilmente entre elas. Sophia teve um leve sobressalto, e Ross imediatamente parou de mover a mão.

– Não, não – sussurrou ele –, não vou machucar você. Deixe-me continuar.

Ross beijou-a por um longo tempo até Sophia voltar a relaxar. Feito isso, deslizou os dedos novamente por entre as pernas dela. E, dessa vez, Sophia não resistiu. Ele roçou beijos nos lábios entreabertos dela, então levou a boca à orelha dela e capturou o lóbulo delicado entre os dentes.

– Eu quero fazer amor com você – murmurou Ross.

Sophia escondeu o rosto no pescoço forte enquanto a mão dele continuava a brincar delicadamente mais abaixo.

– Sim – disse ela, e começou a chorar.

A súbita explosão de emoção pegou Ross desprevenido. Ele deduziu que Sophia estava com medo de que aquela experiência terminasse como a anterior. Por isso aconchegou-a nos braços e beijou cada lágrima em seu rosto. Quando falou, a voz dele estava carregada de remorso:

– Não chore. Quer esperar? Está tudo bem se você preferir assim, Sophia.

Ela abraçou-o com uma força surpreendente e pressionou o corpo contra o dele sem qualquer recato.

– Não quero esperar. Eu quero você agora. *Agora*.

Ela pressionou o ventre com força contra a mão de Ross. O gesto o inflamou e o fez responder com um gemido de desejo. Ross deixou o dedo deslizar para dentro dela e arremeteu fundo, sentindo a carne úmida o envolver. Sophia soluçou e se contorceu, e pressionou a boca contra o pescoço dele em vários beijos ardentes. Ross recolheu o dedo e ela ergueu o corpo com um grito de protesto.

– Calma – sussurrou Ross. – Seja paciente, meu bem.

– Por favor – implorou ela. – Eu preciso de você. Por favor.

O membro rígido de Ross oscilou pesadamente enquanto ele se posicionava acima dela. Ross encaixou a ponta firme contra a umidade de Sophia, e seu coração disparou quando começou a penetrá-la.

– Passe os braços ao meu redor – pediu ele, com voz rouca.

De repente, Ross ouviu um som baixo... o ranger traiçoeiro do piso do corredor, indicando que alguém vinha em direção ao quarto.

Desesperado, ele considerou seriamente a possibilidade de matar quem quer que fosse. Depois de anos de espera, finalmente havia encontrado a mulher para ele, a parceira dele, e ela estava em sua cama. Ross não estava com a menor disposição de ser interrompido. Ele rolou para o lado e sentiu uma pontada forte no ombro. Mas a dor excruciante foi bem-vinda, já que ajudou a distraí-lo do latejar que o atormentava mais abaixo.

Sophia se agarrou desesperadamente a ele.

– Não pare, não, não...

Ross puxou-a mais para perto e colou os lábios à testa dela. Quando conseguiu falar, a voz saiu tensa, frustrada.

– Sophia, está vindo alguém. A porta está destrancada. Se não quiser ser vista assim comigo, precisa sair da cama.

Sophia demorou alguns segundos para entender as palavras dele. Então, abruptamente, ficou muito pálida e pulou da cama completamente apavorada, revirando lençóis, cobertas e a saia desarrumada.

Ross puxou rapidamente os lençóis até a cintura e virou de bruços. Então, abafou um grunhido de fúria no colchão. Enquanto tentava, sem sucesso, aplacar a ereção tremenda, ouviu Sophia tentando ajeitar a própria roupa. Ela correu até a tina e começou a lavar as mãos com exagerada dedicação, como se estivesse ocupada se preparando para trocar o curativo.

Eles ouviram batidas rápidas na porta e o rosto animado de Ernest surgiu. O rapaz estava completamente alheio à tensão que adensava a atmosfera do quarto.

– Bom dia, sir Ross! Eliza me mandou avisar que a sua mãe chegará logo. Um mensageiro acabou de trazer o recado.

– Que maravilha – disse Ross entre os dentes. – *Obrigado*, Ernest.

– Por nada, senhor!

O rapaz se foi, mas deixou a porta escancarada.

Ross levantou a cabeça para olhar para Sophia, que se recusou a se virar para encará-lo. O barulho das mãos sendo lavadas cessou, mas ela ainda encarava a água agitada na bacia quando falou:

– Eu acabei de me dar conta de que faz mais sentido trocar seu curativo depois que você tomar banho. Vou pedir a Ernest que suba com o seu café da manhã, e a Lucie que prepare o banho.

– Sophia – disse Ross baixinho. – Vem aqui.

Ela ignorou o chamado e se virou para sair, falando em uma voz aguda, conforme se afastava:

– Voltarei logo...

Apesar da profunda frustração, Ross não conseguiu conter uma risada trêmula.

– Pode ir – disse ele, deixando a cabeça cair sobre o travesseiro novamente. – Você não vai poder me evitar para sempre.

Sophia correu para o quarto e fechou a porta, e seu coração batia com tanta violência que chegava a doer.

– Ai, meu Deus – sussurrou.

Ainda zonza, foi até o pequeno espelho retangular sobre a cômoda. Estava descabelada, com os lábios inchados. A lateral do pescoço ardia. Curiosa, tocou o ponto da ardência e percebeu uma marca que tinha sido deixada pela barba por fazer de sir Ross. Como era estranho ter a pele marcada pelos beijos de um homem, um sinal físico do verdadeiro desejo dele.

Sophia apoiou os braços na cômoda, fechou os olhos e gemeu. Nunca se sentira tão torturada, o corpo febril de desejo frustrado, o coração pesado com a consciência de que era uma traidora, uma mulher fraca. Depois que Ross começara a beijá-la, ela se entregara às sensações sem pensar duas vezes. É claro que ela sempre tivera a intenção de se tornar sua amante, mas seu desejo de vingança desandara desastrosamente. Ela já não queria mais punir Ross, não importava quanto ele merecesse. Queria amá-lo, dar a ele cada parte de si... Coisas que não levariam *ele* à ruína: levariam *ela*.

Depois que Ross se banhou e tomou o desjejum, Sophia se aventurou mais uma vez a subir até o quarto dele. Ele estava deitado e parecia impaciente, seus dedos reviravam a roupa de cama recém-trocada. Ela ficou fascinada com a visão do rosto úmido e barbeado, os cabelos penteados para trás, a pele morena contrastando com os travesseiros muito brancos. O veludo azul-acinzentado do roupão fazia os olhos dele parecerem o clarão do luar.

Ross encontrou o olhar de Sophia sem sorrir.

– Não sei quanto tempo mais vou aguentar isso – murmurou.

A princípio, ela achou que ele estava se referindo à intimidade entre os dois, e ruborizou fortemente. Então percebeu que Ross estava reclamando do fato de estar de cama.

– O descanso extra vai lhe fazer bem – comentou Sophia. – O senhor não passa tempo suficiente na cama.

– Algo que você poderia remediar.

– Estou me referindo a *dormir* – disse Sophia, deixando escapar uma risada nervosa. – Sir Ross, se insistir em me constranger, terei que pedir a Eliza que troque seu curativo.

– Não – disse ele, dando um sorrisinho. – Vou me comportar.

Ross manteve a promessa e permaneceu imóvel enquanto ela fazia um novo curativo em seu ombro. Terminada a tarefa, Sophia franziu a testa, notando que o ferimento parecia vermelho e inchado, embora não houvesse sinal de pus. Ela tocou a testa de Ross, que parecia seca e quente.

– Sua febre está um pouco mais alta. Como se sente?

– Com vontade de sair da cama e fazer alguma coisa.

Sophia balançou a cabeça.

– O senhor vai ficar onde está até que o Dr. Linley diga o contrário. Neste meio-tempo, acho que não deve permitir que as visitas o cansem.

– Ótimo – retrucou ele, irônico. – É uma excelente desculpa para eu me livrar da minha família, caso contrário eles vão passar o dia inteiro aqui, tagarelando.

– Devo preparar um lanche? – perguntou Sophia.

– Deus, não. Isso fará com que se demorem mais.

– Sim, senhor.

Embora não olhasse para Ross, ela sentiu que ele a fitava com intensidade.

– Sophia – chamou Ross baixinho –, qual é o problema?

Ela se forçou a dar um sorriso animado e rígido.

– Nada!

– Sobre o que aconteceu mais cedo...

Para o profundo alívio de Sophia, ele foi interrompido pelo som de passos e o burburinho de vozes animadas no corredor. De repente, Eliza apareceu na porta.

– Sir Ross – falou –, a Sra. Cannon e o Sr. Matthew chegaram.

– Querido!

Uma mulher alta, de cabelos grisalhos, passou rapidamente por Eliza e foi até a beirada da cama. Usando um vestido de seda verde-água sobre o corpo esguio, deixou o rastro de um perfume exótico em seu caminho. Quando a Sra. Cannon acariciou o rosto de Ross com a mão longa, os anéis em seus dedos cintilaram. Sophia se afastou para um canto do quarto e ficou observando a Sra. Catherine Cannon com interesse discreto. A mãe de Ross não era exatamente uma beldade, mas era tão elegante e dona de si que o efeito geral era estupendo.

Ross murmurou alguma coisa para a mãe, que riu e se sentou na beirada da cama.

– Meu menino querido, achei que fosse encontrá-lo pálido e abatido – exclamou. – Mas está melhor do que nunca. E estou vendo que você ganhou peso... uns bons cinco quilos, que lhe caíram muito bem!

– Pode agradecer à Srta. Sydney por isso – comentou Ross, buscando Sophia com o olhar. – Sophia, venha cá... Quero apresentá-la à minha mãe.

Sophia permaneceu onde estava, mas se inclinou em uma mesura e deu um sorriso tímido para Catherine.

– Como vai, Sra. Cannon?

A mulher a examinou com um olhar simpático.

– Ora, mas que jovem encantadora – comentou, virando-se para Ross com uma sobrancelha arqueada. – Na verdade, bela demais para trabalhar em um lugar como a Bow Street.

– Exatamente – disse uma voz irônica da porta. – Imagino quais foram os motivos para que o meu irmão virtuoso contratasse uma moça tão atraente.

O irmão mais novo de Ross, Matthew, permaneceu parado junto ao batente da porta, em uma pose calculada, o peso apoiado em uma das pernas. Era fácil ver a semelhança física entre os dois, a pele morena e o corpo longo e forte. No entanto, as feições de Matthew eram menos angulosas do que as de Ross, o nariz era menor, e o queixo, menos definido. Talvez alguma mulher pudesse achar Matthew o mais bonito dos dois, já que seu ar jovial lhe garantia certo encanto. No entanto, Sophia achou que ele parecia uma versão inacabada do irmão mais velho. Ross era um homem de verdade, elegante, experiente, firme. Matthew era uma imitação, ainda estava amadurecendo.

Ela olhou para o rapazola na porta e inclinou a cabeça muito brevemente.

– Sr. Cannon – murmurou.

Ross olhou para o irmão com a testa franzida.

– Pare de fazer cena e entre logo no quarto, Matthew. Onde está a sua esposa?

A mãe respondeu por ele.

– A pobre Iona está resfriada e teve medo de passar para você. Pediu que eu dissesse que deseja sua pronta recuperação.

Sophia se adiantou para sair do quarto, inclinando-se mais uma vez em uma cortesia.

– Vou deixar que tenham um pouco de privacidade – disse ela. – Por favor, toque a campainha se precisar de alguma coisa, sir Ross.

Quando Sophia saiu do quarto, Ross olhou especulativamente para o irmão. Não gostou do modo como Matthew se referira a ela, nem do modo como olhara para ela. Irritado, se perguntou quando o irmão pararia de olhar para todas as mulheres do mundo como conquistas em potencial.

Embora a esposa de Matthew, Iona, fosse uma jovem adorável, estava claro que ele não abandonara o interesse por outras mulheres. Se de fato dormira com alguém fora do casamento, isso ainda era motivo de especulação. Mas se havia uma coisa que talvez o mantivesse na linha era a certeza de que Ross não levaria com tranquilidade uma denúncia de infidelidade da parte do irmão. Ross era o responsável por cuidar dos interesses financeiros da família Cannon, e sustentava o irmão mais novo com uma mesada. Se algum dia tivesse qualquer prova de que Matthew estava sendo infiel, Ross não hesitaria em discipliná-lo com todos os meios de que dispunha, inclusive fechando com força e rapidamente os cordões da bolsa de dinheiro.

– Há quanto tempo *ela* trabalha aqui? – perguntou Matthew.

– Dois meses, aproximadamente.

– Bastante inapropriado da sua parte, não? Contratar uma mulher? Você sabe o que as pessoas vão dizer... que ela está servindo você de outras maneiras também.

– Matthew – protestou a mãe, perplexa –, esse tipo de insinuação não é necessário!

Matthew respondeu com um sorrisinho afetado.

– Mamãe, há certas coisas que um homem sabe só de olhar para uma mulher. É óbvio que, além da aparência, a Srta. Sydney é uma perdida qualquer.

Ross teve dificuldade para conter a onda de fúria que o dominou, e apertou com força as cobertas, o punho cerrado.

– Você sempre foi um péssimo juiz de caráter, Matthew. Aconselho você a manter a boca fechada... e a se lembrar de que é um homem casado.

Matthew encarou o irmão com um olhar cauteloso.

– Que diabos você está querendo dizer com isso?

– Estou querendo dizer que você parece demonstrar um interesse indevido pela minha assistente.

– Isso *não* é verdade – foi a resposta indignada de Matthew. – Eu só disse que...

– Parem vocês dois, estou pedindo – interveio Catherine, com uma risada alarmada. – Fico extremamente aborrecida com essas discussões de vocês.

Ross lançou um olhar firme e gelado para o irmão.

– Não vou permitir que Matthew insulte as pessoas que trabalham nesta casa.

Matthew reagiu com um olhar furioso.

– Pois então, Ross, conte-nos qual é *de fato* o seu relacionamento com a Srta. Sydney, para que você saia tão prontamente em defesa dela.

Antes que Ross pudesse responder, Catherine deixou escapar um murmúrio irritado.

– Matthew, por que diabos você está tentando aborrecer Ross de propósito? O relacionamento do seu irmão com a Srta. Sydney é problema dele, não nosso. Agora, por favor, espere do lado de fora e nos permita alguns momentos de paz.

– Com prazer – retrucou Matthew, mal-humorado. – Nunca gostei muito de ficar em quartos de doentes, de qualquer modo.

Assim que o filho mais novo deixou o cômodo, Catherine se inclinou para a frente, com uma expressão determinada no rosto.

– Agora, Ross, de fato. Qual é o tipo de relacionamento que você tem com a Srta. Sydney?

Ross não conseguiu conter uma gargalhada.

– A senhora acabou de dizer que isso era problema meu!

– Ora, e é, mas sou sua mãe e tenho o direito de saber se você estiver desenvolvendo interesse por alguém.

Ele sorriu da curiosidade ávida dela.

– Nada a declarar.

– *Ross* – protestou Catherine, revirando os olhos e sorrindo. – Bem, já faz muito tempo desde que ouvi você dar uma gargalhada. Estava começando a achar que você já tinha se esquecido de como fazer isso. Mas, sinceramente, querido… uma criada? Quando você poderia ter escolhido entre todas as herdeiras bem-nascidas da Inglaterra?

Ross encontrou o olhar da mãe, ciente de que a mera ideia de se casar com um membro da criadagem era considerada uma vergonhosa transgressão social. Relacionamentos sociais com criadas eram aceitáveis, mas um cavalheiro jamais deveria se casar com uma delas. Ross não dava a menor importância para esse tipo de coisa. Depois de anos interagindo com todo tipo de gente, desde membros da realeza até os mais pobres, ele tinha certeza de que a consciência de classe da alta sociedade era pura hipocrisia. Ross sabia que havia nobres capazes de cometer crimes terríveis, e que mesmo o mendigo mais indigente nas ruas às vezes se comportava com honra.

– A Srta. Sydney é filha de um visconde – disse Ross à mãe. – Embora não me importasse nem um pouco se o pai dela fosse um trapeiro.

A mãe fez uma careta.

– Acho que todos esses anos trabalhando na Bow Street deixaram você com ideias democráticas – disse ela, marcando um comentário que claramente não pretendia ser um elogio. – No entanto… filha de um visconde? Poderia ser pior, eu acho.

– A senhora está fazendo suposições, mamãe – disse Ross, irônico. – Eu não disse que tenho qualquer intenção em relação a ela.

– Mas você tem – retrucou Catherine em um tom presunçoso. – As mães sabem dessas coisas. Agora me conte como uma jovem supostamente de sangue nobre acabou vindo trabalhar na Bow Street.

Ross ergueu as sobrancelhas, ainda transparecendo ironia.

– Não vai perguntar sobre o meu ferimento?

– Juro que você vai acabar com *outro* ferimento se não me contar mais sobre a Srta. Sydney!

CAPÍTULO 7

Sophia ficou horas sem aparecer no quarto de Ross, depois que a mãe e o irmão dele foram embora. Ele mal conseguia conter a impaciência, perguntando-se que tarefas domésticas seriam mais importantes do que atendê-lo. Sophia mandara Lucie levar para ele a bandeja do jantar e o remédio, além de um livro para distraí-lo, mas Ross estava sem apetite e com princípio de dor de cabeça. Quando o sol se pôs, deixando o cômodo escuro e abafado, ele ficou inquieto. Sentia calor, sede e dor por todo o corpo, principalmente no ombro. E o mais enlouquecedor: sentia-se solitário. O resto do mundo continuava seguindo seu rumo enquanto ele estava ali, confinado ao leito. Tirou, com dificuldade, a camisa de dormir e ficou deitado com os lençóis até a cintura, morrendo de tédio.

Quando Sophia apareceu, por volta das oito horas, ele estava mal-humorado e exausto, deitado de bruços apesar da dor que a posição lhe causava.

– Sir Ross? – perguntou ela, aumentando um pouco a luminosidade do lampião. – Está dormindo? Vim trocar seu curativo.

– Não, não estou dormindo – resmungou ele. – Estou quente e meu ombro dói, e estou cansado de ficar deitado nesta maldita cama.

Sophia se inclinou para sentir a temperatura da testa dele.

– Ainda febril. Vamos, vou ajudá-lo a se virar. Não é de estranhar que seu ombro esteja doendo, deitado nessa posição.

Os braços magros e fortes de Sophia apoiaram o peso do corpo de Ross, que se virou com um murmúrio irritado. Nesse momento, os lençóis deslizaram até seus quadris. Sophia manteve um braço ao redor da nuca dele e levou um copo aos seus lábios. Ross bebeu a água de cevada fria e doce em grandes goles. O perfume fresco que ela exalava de repente se sobrepôs ao ar rançoso do quarto.

– Quem fechou as janelas? – perguntou ela.
– Minha mãe. Ela diz que o ar de fora é ruim para a febre.
– Não acho que um pouco de ar noturno possa fazer qualquer mal.

Ela foi até a janela, abriu-a e deixou a brisa fresca entrar.

Ross se recostou nos travesseiros, apreciando a atmosfera renovada do quarto.

– Você esteve longe o dia todo – comentou ele.

Irritado, Ross puxou as cobertas até o peito, se perguntando se ela teria percebido que estava nu por baixo.

– O que andou fazendo?

– Eliza, Lucie e eu fizemos uma limpeza geral na cozinha, lubrificamos as ferragens, lavamos roupa e costuramos. Depois, passei o resto da tarde fazendo geleia de groselha com Eliza.

– Deixe Eliza cuidar dessas coisas amanhã. Fique comigo.

– Sim, senhor – murmurou Sophia, sorrindo do tom autoritário dele. – Se queria a minha companhia, bastava pedir.

Ross permaneceu emburrado, mas não disse nada enquanto ela trocava o curativo no ombro dele. A irritação foi aplacada pela visão do rosto sereno de Sophia, os cílios escuros sombreando os olhos azuis enquanto se concentrava na tarefa. Ao se lembrar da reação doce e ardente dela às suas carícias, Ross experimentou uma sensação de triunfo. Apesar do medo, ela quisera aquilo tanto quanto ele. Ross não a pressionaria naquele momento, não até que estivesse recuperado. Mas depois... Ah, aí então...

Sophia terminou de amarrar as pontas da atadura e mergulhou um pedaço de tecido em uma tigela com água.

– Nenhum sinal de infecção – disse, torcendo o pano. – Acho que o ferimento está cicatrizando. Talvez sua febre não demore a passar, e aí o senhor se sentirá mais confortável.

Ela passou o pano frio pelo rosto e pela testa quente dele. A brisa que entrava pela janela soprou na pele úmida de Ross, fazendo-o estremecer de prazer.

– Está com frio? – perguntou Sophia, com voz gentil.

– Não – sussurrou ele, de olhos fechados. – Não pare. Está gostoso.

Ela umedeceu novamente o pano. Ross deixou escapar um suspiro lento enquanto sentia o frescor descer pelo pescoço e chegar ao peito. Há quanto tempo ninguém cuidava dele? Ele nem conseguia se lembrar. Sentindo-se grato, ouviu a voz alegre de Sophia murmurando uma canção.

– Conhece a letra dessa música? – perguntou Ross, meio grogue.

– Um pedaço.

– Cante para mim.

– Minha voz não é muito boa – avisou Sophia. – Vai se decepcionar profundamente se espera algo além do medíocre.

Ele segurou os dedos delgados que estavam em seu peito.
– Você jamais me decepcionaria.
Sophia ficou em silêncio por um longo tempo, com os dedos parados sob os dele. Por fim, cantou, em uma espécie de sussurro melódico e tranquilizador, a música que falava sobre o prazer de encontrar o verdadeiro amor e de recebê-lo com o rufar de sinos e tambores.

Quando eu tiver encontrado meu verdadeiro amor
Vou recebê-lo com doçura dia e noite;
Pois os sinos estarão tocando,
e os tambores estarão soando
Para receber meu verdadeiro amor com milhares de alegrias.

Quando Sophia parou de cantar, Ross abriu os olhos e viu a expressão melancólica em seu rosto, como se ela estivesse pensando em um coração partido no passado. Ele sentiu um misto de ciúme e preocupação e buscou uma forma de afastá-la daquelas lembranças ruins.
– Você tem razão – disse Ross. – Sua voz não é nada de mais.
Ele sorriu quando Sophia o encarou com uma expressão ameaçadora, e acrescentou:
– Mas gosto muito dela.
Sophia pousou o pano úmido na testa dele.
– Agora é *sua* vez de *me* entreter – disse, atrevida. – Pode começar quando quiser.
– Eu não sei cantar.
– É, eu não esperava mesmo que cantasse, com uma voz como a sua.
– Qual é o problema com a minha voz?
– É muito rouca. Ninguém esperaria que cantasse como um barítono.
Ela deu uma risadinha gentil ao ver a expressão ofendida de Ross. Então passou a mão pela nuca dele e levou novamente a água de cevada aos seus lábios.
– Vamos, beba mais um pouco.
– Há anos eu não tomava água de cevada – comentou ele, fazendo careta.
Sophia deixou o copo de lado.
– Eliza disse que o senhor nunca fica doente. Na verdade, a maior parte dos patrulheiros está espantada com o fato de ter sido ferido. Os homens

parecem achar que as balas teriam ricocheteado do seu corpo como gotas de chuva.

Ross abriu um sorriso melancólico.

– Nunca aleguei ser um super-homem.

– Ainda assim, é o que eles acreditam que o senhor seja – disse ela, observando-o com atenção. – Que está acima das necessidades e fraquezas humanas. Que é invulnerável.

Os dois permaneceram imóveis, os olhos fixos um no outro, e Ross se deu conta subitamente de que ela estava fazendo algum tipo de pergunta.

– Não sou – falou. – Tenho necessidades. E fraquezas.

Sophia baixou o olhar para a colcha e alisou com todo o cuidado uma dobra no tecido.

– Mas não demonstra.

Ross segurou os dedos dela e passou o polegar pela superfície aveludada das unhas curtas.

– O que quer saber, Sophia?

Ela ergueu os olhos.

– Por que não voltou a se casar depois que sua esposa faleceu? Já faz tanto tempo... E o senhor ainda é relativamente jovem.

– Relativamente? – repetiu ele, fingindo aborrecimento.

Sophia sorriu.

– Quero entender por que o chamam de Monge da Bow Street, quando poderia prontamente ter encontrado uma nova esposa.

– Eu não queria me casar de novo. Vivia bem o bastante sozinho.

– O senhor amava sua esposa? – perguntou ela.

– Era fácil amar Eleanor.

Ross tentou invocar a imagem da esposa, o rosto pálido e delicado, os cabelos loiros sedosos. Mas teve a sensação de que a conhecera em outra vida. Com surpresa, se deu conta de que Eleanor já não era mais totalmente real para ele.

– Ela era refinada, inteligente, muito gentil. Nunca falava de forma rude com ninguém – disse, sorrindo ante a recordação. – Eleanor odiava ouvir alguém praguejar. E se empenhou profundamente em me curar desse hábito.

– Deve ter sido uma mulher especial.

– Ela era – concordou Ross. – Mas era uma mulher fisicamente frágil... frágil demais. Na verdade, a família não queria que ela se casasse.

— Não? Por quê?

— Porque ela ficava doente com muita facilidade. Depois que a levei para um passeio no parque, em uma tarde de outono, por exemplo, ela pegou um resfriado e teve que ficar de cama por uma semana. Os pais temiam que as exigências do casamento a sobrecarregassem demais, isso para não mencionar as atenções do marido. Temiam que uma gravidez pudesse matá-la — disse ele, com culpa na voz. — Consegui persuadi-los de que protegeria Eleanor, de que nenhum mal jamais se abateria sobre ela.

Ross não olhou para Sophia quando ela pousou novamente o pano na testa dele.

— Fomos felizes por quase quatro anos. Achávamos que Eleanor era infértil, porque ela nunca engravidou, mas eu, na verdade, me sentia aliviado com a ideia.

— Não queria ter filhos?

— Não fazia diferença tê-los ou não. Tudo o que eu queria era manter Eleanor saudável e em segurança. Mas um dia ela me disse que estava grávida; estava fora de si de tanta alegria. Disse que nunca tinha se sentido tão bem. E então eu me convenci de que ela e o bebê ficariam bem.

Ross parou de falar, abalado demais para continuar. Qualquer menção a Eleanor era terrivelmente difícil, muito íntima. Ainda assim, ele não queria omitir de Sophia nenhuma parte de seu passado.

— O que aconteceu? — perguntou ela em um sussurro.

Ross teve a sensação de que desbloqueava algo em sua cabeça. Todo o autocontrole, sempre tão rígido, pareceu se dissolver. Ele começou a contar a Sophia coisas que nunca confessara a ninguém. Parecia impossível esconder qualquer coisa dela.

— No dia em que ela começou a sentir as dores do parto, eu imediatamente percebi que havia alguma coisa errada. Eleanor não conseguia suportar a dor, logo ficou fraca demais para fazer a força necessária. Ela já estava em trabalho de parto havia vinte e quatro horas, e quando o segundo dia começou... Deus, foi um pesadelo. Eu mandei chamar mais médicos, e os quatro debateram sobre o que fazer pela minha esposa. Ela estava sentindo dores terríveis... Ela... me implorava que a ajudasse. Eu teria feito qualquer coisa. Qualquer coisa...

Ross não fazia ideia de que fechara as mãos com força até sentir Sophia as acariciando, massageando os músculos tensos.

– A única coisa em que os médicos concordavam era que o bebê era grande demais. Eu precisei fazer uma escolha. É claro que pedi que salvassem Eleanor, mas isso significava que teriam que...

Respirando com dificuldade, Ross parecia incapaz de contar o que acontecera a seguir. Não encontrava as palavras.

– Havia muito sangue. Eleanor gritava e me implorava que mandasse os médicos pararem. Dizia que queria morrer, queria dar ao bebê a oportunidade de viver, mas eu não abri mão dela. E então os dois...

Ross parou e se esforçou para controlar a respiração entrecortada.

Sophia não fez qualquer movimento, não deixou escapar qualquer som. Ross imaginou se teria falado demais, dito algo que a incomodara. Ela devia estar horrorizada.

– Eu fiz a escolha errada – murmurou Ross. – E os dois morreram por causa disso.

O frescor do quarto, tão agradável antes, agora o levou a estremecer. Ele estava entorpecido, enjoado. Congelado.

Sophia removeu o pano da testa dele e acariciou seu rosto.

– Não foi culpa sua – disse ela. – Você deve saber disso.

Ela nitidamente não havia entendido direito. Ross tentou mostrar a ela a profundidade de seu egoísmo.

– Eu não deveria ter me casado com Eleanor. Ela ainda estaria viva se eu a tivesse deixado em paz.

– Você não tem como saber isso. Mas se for verdade, se você nunca tivesse se casado com ela, como teria sido a vida dela? Enclausurada, isolada do mundo, frustrada, sem o amor de um homem.

Sophia puxou as cobertas mais para cima sobre Ross e se afastou para pegar uma colcha pesada na gaveta de baixo da cômoda. Ela arrumou a coberta sobre ele e voltou a se sentar na cama.

– Você não obrigou Eleanor a se casar. Tenho certeza de que sua esposa tinha noção do risco que estava correndo. Só que para ela o risco valia a pena, porque durante o tempo em que vocês foram casados ela foi feliz e amada. Eleanor viveu como desejou. Tenho certeza de que ela não gostaria de vê-lo se culpando pelo que aconteceu.

– Não importa se ela não teria me culpado – disse ele, em um tom sombrio. – Sei... que a culpa disso tudo é minha...

– Naturalmente que pensaria assim – retrucou ela, irônica. – Você parece acreditar que é onipotente, que tudo de bom e ruim deve ser atribuído à sua pessoa. Como deve ser difícil aceitar que algumas coisas simplesmente estão além da sua influência, não é?

A zombaria carinhosa foi curiosamente reconfortante. Quando olhou nos olhos de Sophia, Ross se deu conta de que uma breve sensação de alívio começava a invadi-lo. Embora não quisesse aceitá-la, também não conseguiu ignorá-la.

– No fim das contas, você é só um homem – acrescentou ela. – Não um deus.

Só um homem.

É claro que Ross sabia disso. No entanto, só naquele momento se permitiu reconhecer o peso que vinha carregando por ter convencido o mundo todo do contrário. Fizera tudo o que era humanamente possível para provar que era invulnerável e, de um modo geral, tivera sucesso nisso. As pessoas queriam acreditar que o magistrado-chefe da Bow Street era o todo-poderoso, queriam a certeza de que, enquanto descansavam em suas camas à noite, ele estava trabalhando sem cessar para protegê-las. Por conta disso, Ross vivera isolado por anos. Ninguém o conhecia ou o compreendia de verdade. Mas, pela primeira vez em sua vida adulta, ele encontrara alguém que não o olhava com reverência. Sophia o tratava como um homem comum.

Ela se levantou e andou pelo quarto, arrumando tranquilamente os artigos de higiene no lavatório, dobrando roupas e toalhas usadas. Ross a observou com uma intensidade predadora, pensando no que faria com ela quando recuperasse as forças. Com certeza Sophia não fazia a menor ideia do teor dos pensamentos dele, senão não estaria tão calma.

CAPÍTULO 8

— O senhor é um paciente *terrível*! – exclamou Sophia quando viu Ross vestido e fora da cama. – O Dr. Linley disse que deveria ficar de repouso por pelo menos mais um dia.

– Ele não sabe de tudo – retrucou Ross enquanto calçava os sapatos.

– Nem o senhor!

Exasperada e preocupada, Sophia acompanhou os movimentos de Ross enquanto ele ia até a cômoda e começava a procurar uma gravata na gaveta de cima.

– O que está planejando fazer?

– Vou até o escritório. Volto em uma hora, no máximo.

– Eu tenho certeza de que vai passar o dia inteiro trabalhando!

Nos últimos quatro dias desde que Ross havia sido alvejado, Sophia havia penado para fazê-lo descansar. À medida que se sentia mais forte e o ombro melhorava, Ross ansiava por voltar ao ritmo acelerado de trabalho de sempre. Para mantê-lo quieto, Sophia levara até o quarto pilhas de documentos que pegara no escritório, e usara resmas de papel para fazer anotações que ele ditava da cama ou sentado em uma cadeira perto da lareira. Ela servira as refeições de Ross e passara horas lendo para ele. Com frequência, observava-o durante os cochilos, capturando cada detalhe do rosto sereno, o modo como os cabelos caíam na testa, as linhas relaxadas da boca.

Sophia se acostumara ao perfume dele, ao modo como seu pomo-de-adão se movia quando tomava café, ao toque firme dos músculos do torso quando trocava o curativo dele. O queixo áspero antes do barbear. A risada rouca, como se ele não estivesse acostumado a deixar escapar aquele som. A rebeldia das mechas negras antes que Ross se penteasse toda manhã. O modo como ele a surpreendia com beijos quando ela recolhia a bandeja de comida ou endireitava os travesseiros atrás dele. Beijos que transmitiam uma cumplicidade agradável e secreta, as mãos dele segurando-a com insistência gentil.

E, em vez de se negar, Sophia se entregava.

Para seu profundo constrangimento, tinha começado a ter fantasias eróticas com ele. Certa noite sonhara que havia subido na cama de Ross e deitado o corpo nu sobre toda a extensão do dele. Ao acordar, Sophia descobrira os lençóis úmidos de suor, o coração disparado e uma vibração no meio das coxas. Pela primeira vez na vida, ela tocara aquele pontinho pulsante e o acariciara gentilmente. Foi inundada por uma onda de prazer ao imaginar Ross tocando-a de novo, sugando seus seios, enfiando os dedos com habilidade entre suas coxas. Cheia de vergonha e culpa, ela continuou a estimular o próprio corpo, descobrindo que quanto mais roçava aquele ponto, mais agudo se tornava o prazer. Por fim, foi tomada por uma onda de calor que arrancou um gemido trêmulo de seus lábios.

Sophia se virou de bruços e ficou deitada ali, zonza e confusa. A sensação se prolongou por algum tempo. Quando sentiu um peso agradável tomar todo o seu corpo, ela se perguntou como conseguiria encarar Ross no dia seguinte. Nunca experimentara nada parecido, uma necessidade física tão urgente que a assustava.

Além da atração sexual, era inegável que Sophia também sentia afeto por Ross. As peculiaridades do caráter dele a fascinavam. Quando confrontado com uma tarefa desagradável, ele não tentava evitá-la; pelo contrário, lançava-se a ela com determinação singular. O dever significava tudo para Ross. Se fosse necessário usar uma túnica de cilício pelo bem de quem dependia dele, Ross o faria sem questionar.

Sophia achava divertido o fato de que, embora nunca mentisse, Ross moldava a verdade para adequá-la a seus propósitos. Se ele erguia a voz, por exemplo, explicava que não estava gritando, mas sendo "enfático". Ele negava ser teimoso e se descrevia como "firme". Também não era dominador, apenas "decidido". Sophia ria abertamente dessas declarações e descobriu, para seu enorme prazer, que Ross não sabia bem como reagir. Ele não era o tipo de homem de quem as pessoas ousassem caçoar, e Sophia sentia que suas brincadeiras o divertiam, mesmo que com cautela.

Durante as conversas tarde da noite, Sophia compartilhara algumas lembranças de sua infância: a sensação das costeletas do pai quando ele lhe dava um beijo de boa-noite, um piquenique em família, as histórias que a mãe lia para ela. E a ocasião em que ela e o irmão mais novo haviam misturado água no pó facial da mãe e brincado com aquela pasta… e como os dois tinham sido mandados para a cama sem jantar.

Ross conseguiu arrancar mais confissões de Sophia, apesar do esforço que ela fazia para guardá-las para si. Antes que se desse conta, estava contando a ele sobre os meses depois da morte dos pais, quando ela e John haviam ficado soltos pelo vilarejo.

– Éramos dois diabinhos – contara Sophia, sentada ao lado da cama, com as pernas recolhidas, os pés sobre a cadeira e os braços passados ao redor dos joelhos. – Fazíamos brincadeiras cruéis, vandalizávamos lojas e casas, roubávamos...

Ela parou e esfregou a testa, com uma súbita dor de cabeça.

– O que vocês roubavam?

– Comida, basicamente. Estávamos sempre morrendo de fome. As famílias que tentaram tomar conta de nós não tinham uma condição muito boa. Quando passamos a nos comportar de um modo além do tolerável, lavaram as mãos em relação a nós – disse ela, e nesse momento abraçou os joelhos com mais força. – Foi culpa minha. John era jovem demais para ter noção do que estava fazendo, mas não havia desculpa para o meu comportamento. Eu deveria tê-lo orientado, ter tomado conta dele...

– Você era uma criança – disse Ross com muito cuidado, como se compreendesse o peso da culpa que ameaçava esmagá-la. – Não é culpa sua.

Ela deu um sorriso sem graça, inconsolável.

– Sophia – chamou ele baixinho –, como John morreu?

Sophia ficou tensa enquanto lutava contra a tentação de contar a ele. Aquele homem de voz suave e profunda estava pedindo a chave da alma dela. Se ela desse o que Ross queria, ele zombaria dela e a puniria, e ela definharia até desaparecer.

Em vez de responder, Sophia apenas riu e inventou uma desculpa qualquer para sair do quarto.

Agora, enquanto Ross pegava uma gravata de seda escura da gaveta da cômoda, os pensamentos dela foram forçados a voltar ao presente. O fato de ele ter decidido deixar a cama dera a ela uma distração bem-vinda, e Sophia se agarrou a essa distração com prazer.

– Assim vai acabar tendo um colapso, e eu não vou sentir pena alguma. Deveria dar ouvidos ao seu médico e descansar!

Parado diante do espelho, Ross deu o nó na gravata e se encolheu ligeiramente de dor.

– Não vou ter um colapso no escritório – disse, em um tom tranquilo. – Se eu não sair deste quarto, aí, sim, vou acabar enlouquecendo.

Os olhos cinza dele encontraram os dela no espelho.

– Só existe uma maneira de você conseguir me fazer voltar para a cama... E acho que ainda não está pronta para isso.

Sophia desviou os olhos na mesma hora, com o rosto ardendo de constrangimento. O fato de Ross declarar tão abertamente o desejo que sentia por ela era um sinal de como haviam ficado mais íntimos.

– Você precisa ao menos tomar um café da manhã reforçado – falou Sophia. – Vou para a cozinha ver se Eliza fez o café.

Os cantos dos lábios dele se inclinaram em um sorriso irônico, e ele terminou de dar o nó na gravata com um puxão habilidoso.

– Obrigado.

Mais tarde naquela manhã, Sophia arquivou relatórios e depoimentos na sala de registros criminais enquanto Ross tinha reuniões em seu escritório. Ao arrumar as pilhas de papel à sua frente, Sophia suspirou, desanimada. Durante seu primeiro mês no emprego, ela começara a copiar informações que acreditava que seriam prejudiciais à corregedoria da Bow Street e a todos que trabalhavam ali. A maior parte delas dizia respeito a erros que alguns poucos patrulheiros e policiais haviam cometido, que iam de equívocos processuais a manuseio incorreto de provas. Ross optara por disciplinar seus homens em particular, já que a última coisa que a corregedoria precisava era de um escândalo potencialmente desastroso.

Sophia sabia que precisava reunir muito mais do que isso se quisesse ter munição suficiente para destruir Ross e seus patrulheiros. Durante as últimas três semanas, no entanto, ela não fizera nada para avançar nesse sentido. E se odiava por não ter tido coragem para tal. Não queria mais atingir Ross. Desprezava a si mesma pela própria fraqueza, mas não seria capaz de se convencer a traí-lo. Passara a gostar profundamente dele apesar dos esforços para evitar isso. O que significava que a morte do seu pobre irmão jamais seria justificada e, portanto, a curta vida de John teria sido em vão.

Melancólica, Sophia continuou a arrumar os arquivos até Ernest aparecer subitamente e interromper seu trabalho.

– Srta. Sydney, sir Ross quer vê-la.

Ela encarou o rapaz, imediatamente preocupada.

– Por quê?

– Não sei, senhorita.

– Onde ele está? Ele está bem?

– Está no escritório, senhorita.

O rapaz saiu em sua pressa costumeira para realizar outras tarefas.

Sophia sentiu o estômago dar uma cambalhota de ansiedade enquanto se perguntava se Ross teria exigido demais de si mesmo. Era possível que ele tivesse aberto o ferimento de novo, ou que a febre tivesse voltado, ou que tivesse se exaurido pelo excesso de atividades. Ela foi até o escritório em um passo acelerado, ignorando os rostos surpresos dos advogados e escrivães quando os empurrou para passar pelo corredor estreito.

A porta já estava aberta e Sophia entrou, apressada. Ross estava sentado diante da escrivaninha, pálido e parecendo um pouco cansado, e levantou os olhos quando ela entrou.

– Sophia, o que...

– Eu sabia que era cedo demais para o senhor voltar ao trabalho! – exclamou ela, indo até ele.

Em um impulso, Sophia estendeu as mãos para sentir a temperatura da testa e do rosto dele.

– Está com febre? O que aconteceu? Seu ombro voltou a sangrar ou é...

Ross segurou as mãos dela nas dele, os polegares apoiados nas palmas macias. Um sorriso tranquilizador curvou seus lábios.

– Eu estou bem, Sophia. Não precisa se preocupar.

Ela o fitou com atenção, certificando-se de que ele dizia a verdade.

– Então por que mandou me chamar? – perguntou ela, sem entender.

O olhar de Ross se fixou em um ponto além do ombro dela. Para sua súbita consternação, Sophia percebeu que eles não estavam sozinhos. Ela se virou, olhou para trás e viu que sir Grant estava sentado na grande poltrona de couro destinada aos visitantes. O gigante observava os dois com interesse, surpreso. Sophia puxou as mãos de volta e fechou os olhos, sentindo-se profundamente constrangida.

– Sinto muito – murmurou, desejando poder desaparecer. – Sei que passei dos limites, sir Ross. Perdão.

Ele sorriu do constrangimento dela e se dirigiu a sir Grant.

– Morgan, tenho algo para tratar com a Srta. Sydney.

– Estou vendo – foi o comentário irônico de Morgan.

Ele fez uma breve mesura e os olhos verdes cintilaram quando olhou para Sophia. Então saiu e fechou a porta.

Sophia cobriu o rosto ruborizado com as mãos. Sua voz saiu por entre os dedos.

– Meu Deus, o que ele deve estar pensando de mim?

Ross saiu de trás da mesa e parou diante dela.

– Sem dúvida, que você é uma mulher boa e atenciosa.

– Desculpe – repetiu ela. – Não percebi que ele estava aqui. Eu não deveria ter ido até você de forma tão impetuosa, também não deveria... É que peguei o hábito de...

– De me tocar?

Ela se encolheu, constrangida.

– Acho que nos aproximamos demais. Agora que está bem de novo, é melhor que as coisas voltem a ser como antes.

– Bem, eu espero que não – retrucou ele, baixinho. – Gosto da proximidade com você, Sophia.

Ross estendeu a mão para ela, mas Sophia recuou rapidamente.

Ela desviou os olhos e perguntou, em um tom mais contido:

– *Por que* mandou me chamar?

Um longo momento se passou antes que ele respondesse.

– Acabei de receber um recado da minha mãe dizendo que há uma grande crise em andamento na casa dela.

– Alguém doente?

– Temo que o problema seja bem mais sério do que esse – comentou Ross em um tom sardônico. – Tem a ver com uma festa de aniversário que ela está organizando para o meu avô.

Perplexa, Sophia levantou os olhos para o rosto moreno enquanto ele continuava.

– Pelo que entendi, a governanta da minha mãe, a Sra. Bridgewell, se casou de repente. Parece que ela vinha se encontrando com um sargento do exército, que a pediu em casamento quando soube que seria transferido para a Irlanda. Naturalmente, a Sra. Bridgewell quis acompanhar o marido em seu novo posto. Nós desejamos tudo de bom a ela, mas infelizmente sua ausência aconteceu em meio às preparações do aniversário de 90 anos do meu avô.

– Meu Deus... Quando será o evento?

– Em uma semana exatamente.

– Meu Deus... – repetiu Sophia.

Pela experiência adquirida na enorme casa em que havia trabalhado em Shropshire, Sophia sabia que esse tipo de evento grandioso exigia um planejamento meticuloso e uma execução quase perfeita. Comida, flores, acomodação dos convidados. Uma imensa quantidade de trabalho envolvida. Ela sentiu pena dos criados menos preparados que teriam que assumir a tarefa de coordenar tudo.

– Quem vai organizar as coisas para a sua mãe, então?

– Você – murmurou Ross, com uma expressão aborrecida. – Ela quer você. A carruagem está esperando do lado de fora. Se estiver disposta a assumir a tarefa, peço que vá imediatamente para Berkshire.

– Eu? – Sophia estava aturdida. – Com certeza existe outra pessoa que possa assumir o lugar da Sra. Bridgewell.

– De acordo com a minha mãe, não existe. Ela pediu a sua ajuda.

– Não posso! Eu não tenho experiência em tomar conta desse tipo de coisa.

– Você administra muito bem os criados aqui.

– *Três* criados – lembrou Sophia, aflita. – A sua mãe deve ter dezenas.

– Cerca de cinquenta – confirmou Ross, de forma propositalmente despreocupada, como se o número fosse insignificante.

– Cinquenta! Não posso administrar cinquenta pessoas! Com certeza deve haver alguém mais qualificado para isso.

– Se a partida da governanta tivesse sido menos precipitada, talvez eles tivessem conseguido encontrar outra pessoa. Na atual circunstância, você é a melhor aposta da minha mãe.

– Tenho pena dela, então – comentou Sophia, com sinceridade.

Ross deu uma súbita risada.

– É só uma festa, Sophia. Se tudo correr bem, minha mãe sem dúvida ficará com o crédito por tudo. Se acabar sendo um desastre, colocaremos toda a culpa na ausência da Sra. Bridgewell. Não há nada com que se preocupar.

– E quanto a você? Quem tomará conta de você e organizará tudo por aqui enquanto eu estiver fora?

Ross estendeu a mão, levou um dedo à gola branca do vestido azul-escuro dela e roçou a pele macia sob o queixo.

– Bem, parece que terei que me virar sem você – disse ele, baixando a voz para um tom íntimo. – Imagino que será uma longa semana, realmente.

Eles estavam tão próximos um do outro que Sophia conseguia sentir o cheiro intenso do sabão de barbear no rosto dele, o toque de café em seu hálito.

– Toda a sua família estará lá? – perguntou ela.

A perspectiva de dormir sob o mesmo teto que Matthew não era nada atraente.

– Duvido. Matthew e Iona preferem os prazeres da vida na cidade. O campo é calmo demais para eles. Creio que devem esperar até o fim de semana e chegarão junto dos outros convidados.

Sophia considerou a situação com cuidado. Parecia não haver uma forma gentil de recusar o pedido da mãe de Ross. Ela suspirou, abatida com a missão hercúlea que tinha à frente.

– Tudo bem, então – disse, tensa. – Farei tudo que estiver a meu alcance para que a festa do seu avô seja um sucesso.

– Obrigado.

Ele passou a mão ao redor do pescoço de Sophia e seus dedos roçaram o coque trançado em sua nuca. Então pegou uma delicada mecha de cabelo dela e a acariciou gentilmente.

Sophia deixou escapar um suspiro trêmulo.

– Vou arrumar as minhas coisas.

O polegar de Ross traçou lentamente um pequeno círculo na lateral do pescoço dela.

– Não vai me dar nem um beijo de despedida?

Ela umedeceu os lábios secos.

– Acho que não seria sábio da nossa parte voltar a... fazer isso. Não é apropriado. Esta semana longe será oportuna. Assim as coisas poderão voltar a ser como eram antes.

Ross segurou entre os dedos outra mecha de cabelo dela.

– Você não gosta de me beijar?

– Isso não vem ao caso – disse Sophia. – A questão é que não devemos.

Os olhos dele cintilaram com uma expressão de desafio.

– Por quê?

– Porque... porque temo que...

Sophia reuniu coragem antes de deixar escapar de supetão:

– Não posso ter um *affair* com você.

– Não lhe pedi que tivesse um *affair* comigo. O que quero de você é...

Sophia levou a mão impulsivamente aos lábios dele. Não sabia o que Ross estava prestes a dizer, mas não queria ouvir. Fossem quais fossem suas intenções, ela morreria se ele as colocasse em palavras.

– Por favor – implorou Sophia. – Vamos ficar separados por uma semana. Depois que você tiver tempo para refletir, tenho certeza de que seus sentimentos mudarão.

A língua de Ross tocou o espaço entre os dedos de Sophia, que recolheu rapidamente a mão.

– Tem certeza? – perguntou ele, baixando a cabeça.

Ross roçou os lábios nos dela, e o misto de calor e umidade a preencheu com um prazer indescritível. Ela sentiu a ponta da língua dele em seu lábio inferior, provocando de leve. Qualquer resistência que pretendesse demonstrar se desfez. Sem ar, Sophia se esticou e se viu colada ao corpo firme de Ross, com uma das mãos dele sob suas nádegas. Ela passou o braço ao redor do pescoço dele e o beijou com voracidade. Era incapaz de negar a atração entre eles, o que era, é claro, exatamente o que Ross pretendia provar naquele momento. Ele a recompensou com um beijo ainda mais profundo, a língua invadindo sua boca até que Sophia se deixou cair contra o corpo dele, inundada de prazer.

De repente, ele a soltou. Surpresa, Sophia levou os dedos aos lábios úmidos.

A expressão de Ross refletia arrogância e bom humor, e o rosto dele também estava ruborizado.

– Adeus, Sophia – disse, com voz rouca. – Vejo você em uma semana.

O veículo providenciado pelos Cannons era de longe o mais luxuoso em que Sophia já andara, com janelas francesas e cortinas de veludo, o exterior em laca verde-escura, decorado com folhas douradas; a parte interna, forrada de couro marrom lustroso. Graças ao bom amortecedor, o veículo cruzou tranquilamente a distância de quarenta quilômetros entre Londres e Berkshire.

Embora a perspectiva de organizar o fim de semana festivo fosse intimidadora, Sophia estava ansiosa para conhecer a propriedade no campo onde Ross passara a infância. O condado de Berkshire e seus arredores eram exatamente como ele os descrevera, com pastos abundantes, florestas e cidadezinhas com pontes sobre os rios Kennet e Tâmisa. Os aromas de terra úmida, de brisa, de rio e de relva se misturavam em uma fragrância agradavelmente terrosa.

A carruagem deixou a estrada principal e seguiu por uma bem menor, as rodas saltando e sacudindo à medida que a pavimentação se tornava mais gasta e irregular. Conforme se aproximavam de Silverhill, o cenário se tornou ainda mais pitoresco, com ovelhas gordas pastando nas planícies e chalés em estilo enxaimel pontilhando as encostas verdes. A estrada seguia através de uma série de portões antigos, cobertos por hera e rosas. A carruagem contornou os arredores de Silverhill e começou a descer por uma longa avenida particular. Eles atravessaram os portões de pedra da propriedade Cannon, que Ross dissera a Sophia ter cerca de mil e quinhentos acres.

Ela ficou impressionada com a exuberância dos bosques de carvalhos e faias, e de um lago artificial que cintilava sob o céu muito azul. Por fim a silhueta da mansão em estilo jacobino se ergueu, com um telhado que se arqueava em uma profusão de frontões e pequenas torres. A fachada de tijolos polidos era tão magnífica que Sophia sentiu uma pontada dolorosa de ansiedade apertar seu estômago.

– Meu Deus – sussurrou.

A entrada imponente da mansão de Silverhill Park era protegida por sebes de quase cinco metros de altura e ladeada por calçadas com enormes canteiros de prímulas e rododendros. Uma fileira de imensos plátanos orientais levava a um laranjal mais ao sul. Nem em seus sonhos mais extravagantes Sophia teria imaginado que a casa de campo dos Cannons seria tão impressionante.

Dois pensamentos a assaltaram ao mesmo tempo. Primeiro, por que um homem com aquele tipo de riqueza se contentaria em viver nas acomodações espartanas da Bow Street? Segundo, como sobreviver aos próximos sete dias? Era óbvio que ela era totalmente inadequada para a tarefa que tinha à frente. Era inexperiente demais para dirigir um exército de criados. Eles não a respeitariam. Não a escutariam.

Sophia pressionou as mãos contra o estômago, sentindo-se enjoada.

A carruagem parou diante da entrada principal. Sophia estava pálida, mas reuniu toda a sua determinação quando aceitou a ajuda do criado para descer do veículo e o acompanhou até a porta. O criado bateu duas vezes com a mão enluvada, e a porta de carvalho foi aberta com o silêncio da dobradiça bem lubrificada.

O saguão de entrada de piso de pedra era imenso, com uma grande escadaria central que se dividia em duas no segundo piso, levando às alas leste e oeste da mansão. As paredes eram cobertas por gigantes tapeçarias de lã em tons de damasco, ouro-escuro e azul desbotado. Sophia se interessou ao ver duas salas de recepção, uma de cada lado do saguão de entrada. A da esquerda era decorada em um estilo masculino, com mobília elegante, escura, em tons de azul, enquanto a da direita era predominantemente feminina, com as paredes cobertas de seda cor de pêssego, a mobília delicada e dourada.

Um mordomo levou Sophia à sala cor de pêssego, onde a mãe de sir Ross a aguardava.

Catherine Cannon era uma mulher alta e elegante, e usava um vestido de dia simples e presilhas de ametista que arrumavam os cabelos grisalhos no alto da cabeça. O rosto era anguloso e os olhos verdes encararam Sophia com gentileza.

– Srta. Sydney – exclamou ela, se adiantando. – Seja bem-vinda a Silverhill Park. Obrigada por vir me salvar de um terrível desastre.

– Espero poder lhe ser útil – disse Sophia enquanto a mulher mais velha pegava suas mãos e as apertava com carinho. – Mas, como expliquei a sir Ross, tenho pouca experiência nesses assuntos.

– Ah, tenho toda a confiança na senhorita! Me parece ser uma jovem muito capaz.

– Sim, mas eu...

– Pois bem, uma das criadas vai lhe mostrar suas acomodações, assim poderá se refazer da longa viagem. Depois circularemos pela casa e eu a apresentarei aos criados.

Sophia foi levada a um quarto pequeno, mas perfeitamente adequado, que fora usado pela antiga governanta da Silverhill Park. Ela trocou a gola branca do vestido escuro por uma limpa, alisou as saias e sacudiu a poeira delas, depois lavou o rosto com água fria. Quando retornou ao andar de baixo, ficou encantada com a beleza do que viu ao seu redor. Tetos de vigas entrecruzadas e painéis pintados, galerias cheias de esculturas e fileiras intermináveis de janelas que mostravam a linda vista dos jardins.

Sophia se juntou novamente a Catherine Cannon e a acompanhou em uma visita geral pela casa, esforçando-se para memorizar cada detalhe do lugar. Sentia-se vagamente confusa com o tratamento dispensado pela mãe de Ross, muito mais solícito do que o comumente dispensado a uma criada. À medida que atravessavam a casa, a Sra. Cannon contou a Sophia histórias sobre Ross; as peças que ele pregava no mordomo quando era menino, e como empurrava os amigos por toda parte no carrinho de mão do jardineiro.

– Parece que sir Ross nem sempre foi tão sério e solene – comentou Sophia.

– Por Deus, não! Ele só ficou assim depois da morte da esposa – disse a Sra. Cannon, subitamente triste. – Uma tragédia. Todos nós ficamos devastados.

– Sim – falou Sophia baixinho. – Sir Ross me contou a respeito.

– É mesmo?

Catherine parou de repente no meio de um enorme salão de visitas cujas paredes eram cobertas por papel branco e dourado, com padronagem francesa. Encarou Sophia com uma expressão atenta.

Sophia devolveu o olhar, sentindo-se desconfortável, e temeu ter dito alguma coisa errada.

– Ora – murmurou a Sra. Cannon com um sorrisinho. – Nunca soube de meu filho falando uma palavra sequer sobre Eleanor a ninguém. Ross é um homem extraordinariamente reservado.

Pensando que talvez a Sra. Cannon estivesse tirando conclusões equivocadas, Sophia tentou esclarecer qualquer mal-entendido.

– Sir Ross mencionou algumas coisas sobre o passado quando estava febril. E só porque estava fraco, se sentindo mal...

– Não, minha cara – retrucou Catherine com gentileza. – O meu filho obviamente confia em você e preza a sua companhia.

Ela fez uma pausa e acrescentou, em um tom enigmático:

– E qualquer mulher que seja capaz de arrancar o meu filho daquele mundo sórdido da Bow Street terá a minha benção.

– Não está satisfeita com a posição dele como magistrado-chefe, Sra. Cannon?

As duas voltaram a caminhar, atravessando o salão de visitas.

– Meu filho dedicou dez anos de sua vida ao serviço público e tem sido extremamente bem-sucedido. Naturalmente tenho imenso orgulho dele, mas acho que chegou a hora de Ross voltar sua atenção para outras questões. Ele precisa se casar de novo, ter filhos. Eu sei bem que Ross passa a impressão de ser um homem de natureza fria, mas garanto que ele tem as mesmas necessidades que qualquer homem. De ser amado. Ter a própria família.

– Ah, sir Ross não tem uma natureza fria de forma alguma. Qualquer criança seria afortunada de ter um pai como ele. E estou certa de que, como marido, ele seria...

Subitamente ciente de que estava tagarelando como um papagaio, Sophia se calou.

– Sim – concordou Catherine com um sorriso. – Ele foi um excelente marido para Eleanor. Quando meu filho se casar novamente, tenho certeza de que a escolhida terá poucas reclamações.

Ao perceber o desconforto de Sophia, Catherine retomou bruscamente o assunto anterior.

– Vamos para o salão de jantar? Há uma antessala anexa a ele... uma área bastante conveniente para mantermos os pratos quentes durante uma refeição longa.

~

Durante o dia, Sophia se via tão ocupada que tinha pouco tempo para pensar em Ross. No entanto, não havia como escapar da saudade e da tristeza que a dominavam nas horas tranquilas da noite. Totalmente derrotada, ela se viu obrigada a admitir para si mesma que havia se apaixonado pelo homem que pretendera arruinar. Fora vencida pelo próprio coração. Não havia nada a fazer senão abandonar para sempre os planos de vingança. Não haveria sedução, nenhuma vitória suja. Ela teria que abandonar o cargo que assumira na Bow Street assim que possível e tentar seguir com sua vida.

A determinação necessária para admitir isso a deixou esgotada, mas ao mesmo tempo em paz. Sophia se concentrou com determinação redobrada na festa que aconteceria no fim de semana.

Vinte e cinco quartos da mansão seriam ocupados por convidados, assim como outros doze em uma casa de hóspedes anexa, reservada para uso dos solteiros. Famílias vindas de Windsor, Reading e cidades ao redor compareceriam ao baile de máscaras na noite de sábado, aumentando o número de convidados para 350.

Infelizmente, as anotações e os esquemas de planejamento da antiga governanta, a Sra. Bridgewell, deixavam muito a desejar. Com certa ironia, Sophia ponderou se a ausente Sra. Bridgewell não estivera muito mais preocupada com os próprios assuntos românticos do que com o fim de semana festivo que se aproximava. Sophia se ocupou em fazer um inventário da louça e dos utensílios de mesa a serem usados, do que havia na despensa do mordomo e na adega, na despensa geral e nos armários de toalhas e guardanapos. Depois de conversar com a cozinheira e com a Sra. Cannon, anotou algumas sugestões de cardápio e qual tipo de louça seria adequado para cada prato. Teve reuniões com o mordomo e com o chefe dos jardineiros e definiu metas de desempenho para as criadas. O açougueiro do vilarejo, o dono do mercado e o leiteiro foram chamados e Sophia lhes entregou pedidos para a festa.

No meio de toda aquela atividade, Sophia conheceu o Sr. Robert Cannon, o cavalheiro cujo aniversário de 90 anos era o motivo para tanta agitação. A mãe de Ross tentou preparar Sophia para a excessiva franqueza do patriarca.

– Gostaria que não ficasse desconcertada com as maneiras do meu sogro, quando conhecê-lo. Ele foi se tornando muito direto com o passar dos anos. Por favor, não se aborreça com nada que ele disser. Robert é um homem muito querido, mesmo que lhe falte um pouco de discrição.

Quando voltava do depósito de gelo, que ficava afastado da casa principal, Sophia viu um senhor idoso sentado sob um toldo de lona no roseiral. Uma mesinha com alguns petiscos havia sido colocada ao lado dele. A cadeira em que estava acomodado tinha um apoio para a perna, e Sophia se lembrou de a Sra. Cannon ter mencionado que o sogro era constantemente perturbado por crises de gota.

– Você, menina – chamou ele, imperativo. – Venha cá. Não conheço você.

Sophia obedeceu.

– Bom dia, Sr. Cannon – falou, fazendo uma mesura respeitosa.

Robert Cannon era um belo senhor, com cabelos brancos cheios e um rosto enrugado, mas distinto. Seus olhos tinham o azul-acinzentado do aço.

– Imagino que você seja a moça de quem a minha nora falou. A que veio da Bow Street.

– Sim, senhor. Espero sinceramente ser capaz de ajudar a tornar a celebração do seu aniversário agradá...

– Sim, sim – interrompeu o homem com impaciência, acenando com a mão para indicar que o evento não passava de uma bobagem qualquer. – Minha nora é capaz de arrumar qualquer desculpa para dar uma festa. Agora, me conte como exatamente são as coisas entre você e meu neto.

Sophia foi totalmente pega de surpresa pela solicitação e ficou encarando o avô de Ross, boquiaberta.

– Senhor – disse, com cautela –, temo não ter entendido a sua pergunta.

– Catherine diz que ele está interessado em você... o que é uma notícia muito bem-vinda. Quero ver nossa linhagem continuar, e Ross e o irmão são os últimos homens da família Cannon. Ele já tomou alguma providência?

Sophia estava chocada demais para dar qualquer resposta. Como aquele homem chegara a uma conclusão daquelas?

– Sr. Cannon, o senhor está totalmente enganado! Eu... eu não tenho intenção de... de... e sir Ross não...

Ela se interrompeu enquanto sua mente buscava sem sucesso as palavras. Robert a encarava com um sorriso cético.

– Catherine disse que a senhorita é uma Sydney – comentou ele. – Conheci muito bem seu avô, Frederick.

A revelação deixou Sophia ainda mais surpresa.

– É mesmo? O senhor foi amigo do meu avô?

– Eu não disse que fomos amigos – retrucou Cannon, com voz áspera. – Só disse que o conheci muito. Não nos dávamos bem, porque nós dois acabamos apaixonados pela mesma mulher, Srta. Sophia Jane Lawrence.

– Minha avó – disse Sophia lentamente.

Ela balançou a cabeça, impressionada com a inesperada conexão entre as famílias.

– Fui batizada em homenagem a ela.

– Sua avó era uma mulher adorável e muito educada. Você se parece com ela, embora ela tivesse a aparência um pouco mais refinada. E um ar régio que lhe falta.

Sophia sorriu subitamente.

– É difícil ser régia sendo uma criada, senhor.

Os olhos azuis dele permaneceram fixos nos dela, e as feições enrugadas pareceram se suavizar.

– Você tem o sorriso dela. A neta de Sophia Jane, uma criada! Os Sydneys enfrentaram tempos difíceis, não é? Sua avó teria se saído melhor se tivesse se casado comigo.

– E por que ela não se casou?

Ele gesticulou para uma cadeira próxima.

– Venha se sentar perto de mim e eu lhe contarei.

Sophia lançou um olhar preocupado para a casa principal, pensando no trabalho que tinha a fazer.

O velho à sua frente deixou escapar um muxoxo irritado.

– Isso pode esperar, minha jovem. Afinal, o fim de semana supostamente é para ser em minha homenagem, e aqui estou eu, largado. Gostaria de alguns minutos da sua companhia... É pedir muito?

Sophia se sentou prontamente.

Cannon se recostou na cadeira.

– Sua avó, Sophia Jane, foi a moça mais adorável que já conheci. A família dela não era abastada, mas tinham uma boa linhagem e desejavam que a única filha fizesse um bom casamento. Depois que Sophia debutou, me dediquei a conquistar sua mão. A ausência de um dote substancial não era obstáculo para mim, já que os Cannons são uma família rica. Mas, antes que eu pudesse persuadir os Lawrences a concordar com o noivado, seu avô, lorde Sydney, a pediu em casamento. Eu não tive como competir com a sedução do título. Embora Cannon seja um sobrenome distinto, nunca fui nobre. E, assim, Sophia Jane acabou ficando com lorde Sydney.

– Mas qual de vocês dois a minha avó amava? – perguntou Sophia, fascinada com aquele pedaço, até então desconhecido, da história de sua família.

– Não tenho certeza – respondeu Cannon, surpreendendo-a. – Talvez nenhum dos dois. Mas desconfio que, com o tempo, Sophia Jane tenha se arrependido de sua escolha. Lorde Sydney era um camarada bastante agradável, mas não parecia haver muita coisa além do superficial. Eu era um partido muito melhor.

– E modesto, também – disse Sophia, com uma súbita risada.

Cannon pareceu apreciar a ousadia dela.

– Conte-me, criança, seus avós tiveram um casamento feliz?

– Acho que sim – respondeu ela lentamente. – Embora eu não me lembre de tê-los visto juntos com muita frequência. Meus avós pareciam levar vidas separadas.

Sophia ficou um tempo em silêncio, pensando no passado. Em retrospecto, os avós não pareciam especialmente afeiçoados um ao outro.

– Felizmente, o senhor encontrou outro amor – comentou, tentando dar um final feliz à história.

– Não, não encontrei – retrucou Robert sem rodeios. – Eu admirava a minha esposa, mas meu coração sempre foi de Sophia Jane – disse, os olhos cintilando subitamente. – Ainda a amo, embora ela tenha partido há tanto tempo.

Sophia foi tomada por uma onda de melancolia ao pensar no que ele dissera. Sem dúvida era assim que sir Ross sempre se sentiria em relação à esposa, Eleanor.

Ela não percebeu ter verbalizado o pensamento até Robert Cannon responder com uma fungadinha irritada.

– Aquela florzinha frágil! Nunca entendi a atração que meu neto sentia por ela. Eleanor era uma moça agradável, mas Ross precisa de uma mulher cheia de vigor, que lhe dê filhos fortes – disse ele, e então examinou Sophia com uma expressão avaliadora. – Você parece à altura da tarefa.

Preocupada com o rumo que a conversa estava tomando, Sophia se levantou rapidamente.

– Bem, Sr. Cannon, foi um prazer conhecê-lo, mas, se eu não cuidar das minhas responsabilidades, temo pelo sucesso da sua festa – disse Sophia, e então acrescentou um tom de flerte à voz. – Infelizmente não sou paga para conversar com belos cavalheiros, mas para trabalhar.

Ficou evidente que Cannon tentava manter a expressão rabugenta, mas não conseguiu conter uma risada.

– Você realmente está à altura da sua avó – comentou. – Poucas mulheres são capazes de dizer não a um homem ao mesmo tempo que alimentam a vaidade deles.

Sophia se inclinou mais uma vez em uma cortesia.

– Desejo-lhe um ótimo dia, senhor. Mas preciso repetir que está enganado sobre sir Ross. Não há qualquer possibilidade de um pedido de casamento da parte dele, e eu também não aceitaria.

– Veremos – murmurou Robert, erguendo o copo de limonada enquanto Sophia se afastava, apressada.

CAPÍTULO 9

Sophia esfregou os olhos cansados enquanto examinava seu caderno de anotações. Era sexta-feira de manhã e logo os convidados chegariam. Criados de várias famílias já haviam chegado, trazendo baús e valises para deixar tudo arrumado para seus patrões e patroas. Ela estava sentada diante da enorme mesa de madeira na sala anexa à cozinha. Em outros tempos, o espaço fora usado para preparar medicamentos para os moradores da casa, mas naquele momento servia como despensa de ervas secas, marzipã, bolos de especiarias e conservas.

– Muito bem, Lottie – disse Sophia para a chefe das criadas, responsável por transmitir suas as instruções para as demais criadas –, eu passei o cronograma de quando e como os quartos devem ser limpos depois que os hóspedes se levantarem toda manhã.

– Sim, senhorita.

– Lembre-se apenas de não deixar nenhuma das moças ir sozinha limpar os aposentos dos solteiros, na casa anexa. Elas devem trabalhar sempre em duplas.

– Por que, senhorita?

– Porque um dos solteiros pode ser acometido do que certa vez me foi descrito como um "ardor matinal". Eles podem tentar tirar alguma vantagem de uma criada e fazer avanços indesejados, ou coisa pior. Será muito menos provável que isso aconteça se duas moças trabalharem juntas.

– Sim, senhorita.

– Como alguns convidados vão chegar daqui a pouco, coloque baralhos novos na sala de jogos. Suponho que alguns cavalheiros talvez queiram visitar o pavilhão de pesca, no lago, portanto peça, por favor, a Hordle que arrume cadeiras, mesas e deixe um pouco de vinho lá, está bem?

– Srta. Sydney... – começou Lottie, então olhou por cima do ombro de Sophia e deu uma risadinha. – Ah, Deus!

A moça levou a mão à boca, dando risadinhas envergonhadas.

– O que foi? – perguntou Sophia.

Sophie se virou na cadeira e ficou de pé em um pulo ao ver a silhueta alta de sir Ross na porta da sala. Seu coração disparou. Ele parecia viril e absurdamente belo trajando um casaco em um lindo tom de azul e calça marrom.

— Vou falar com o Sr. Hordle — disse a criada, ainda dando risadinhas, e saiu, apressada, da sala.

Ainda encarando os olhos cinza e sorridentes de Ross, Sophia umedeceu os lábios. Ele certamente não havia chegado há muito tempo em Silverhill Park. Sem dúvida fora procurá-la assim que chegou. A semana que passaram separados só servira para intensificar ainda mais os sentimentos de Sophia por ele, e ela teve que se conter para não se jogar em seus braços.

— Bom dia, sir Ross — disse, sem fôlego. — O senhor... parece bem.

Ross se aproximou dela e pousou uma das mãos grandes em sua face. As pontas dos dedos dele a acariciaram por um breve momento.

— Como tem passado, Sophia?

— Muito bem — disse ela, com dificuldade.

— Minha mãe não para de elogiar você. Está muito satisfeita com os seus esforços.

— Obrigada, senhor.

Sophia baixou os olhos, com medo de que fosse fácil demais perceber o anseio violento que a dominava. Arrasada com a força da própria reação, ela se afastou e passou os braços ao redor do próprio corpo.

— Descobriu alguma coisa sobre o vestido? — perguntou, esforçando-se para recuperar o autocontrole.

Na mesma hora Ross entendeu que ela se referia ao vestido de baile lilás.

— Ainda não. Baseado na qualidade do trabalho e no tecido, Sayer reduziu as possibilidades a três modistas. Vou interrogar pessoalmente cada uma delas quando voltar a Londres.

— Obrigada — disse ela, dando um sorrisinho. — Acho justo oferecer alguma recompensa. O senhor pode abater do meu salário, ou...

— Sophia — interrompeu Ross com uma expressão aborrecida, como se ela o tivesse ofendido. — Eu jamais aceitaria pagamento da sua parte. É minha responsabilidade proteger você e todos que trabalham para mim.

Sophia quase perdeu a compostura diante das palavras dele.

— Preciso voltar ao trabalho — disse ela, muito séria. — Antes disso, há algo que deseje, sir Ross? Algo para comer ou beber, ou talvez um café?

— Não, apenas você.

A declaração dita em um tom tranquilo deixou bambos os joelhos de

Sophia. Ela se esforçou para manter a voz calma. Como se a boca não estivesse seca de desejo. Como se o corpo não pulsasse. E procurou mudar o rumo da conversa.

– Como está o ombro?

– Está se recuperando bem. Quer conferir?

Ele levou os dedos ao nó da gravata, como se estivesse disposto a se despir para ela ali mesmo. Sophia o encarou, assustada, e viu pelo brilho de seus olhos que aquilo era uma provocação.

Se ela realmente quisesse colocar fim nessa dinâmica de atração entre eles, teria que fazer isso imediatamente.

– Sir Ross, agora que está recuperado e que eu tive alguns dias para pensar a respeito do nosso... do nosso...

– Relacionamento – completou ele, prestativo.

– Sim. Cheguei a uma conclusão.

– E que conclusão seria?

– Um... um relacionamento íntimo não seria inteligente para nenhum de nós dois. Estou satisfeita em ser sua criada, nada mais – disse Sophia, ligeiramente hesitante. – De agora em diante, não vou mais aceitar qualquer avanço da sua parte.

Os olhos cinza se fixaram nos dela por algum tempo. Por fim, Ross falou, em um tom baixo e gentil:

– Discutiremos esse assunto mais tarde. Depois do fim de semana. Aí poderemos chegar a um acordo.

Sophia respirava com dificuldade quando começou a se ocupar dos artigos que estavam em uma prateleira próxima. Acabou reduzindo a pó um ramo de ervas secas que encontrou ali, tamanho o seu nervosismo.

– Não vou mudar de ideia.

– Pois eu acho que vai – disse ele, baixinho.

E saiu.

Nobres, políticos e empresários transitavam pelos cômodos comuns da casa e pelos jardins nos fundos. Grupos de damas jogavam cartas e fofocavam enquanto bordavam ou liam revistas, ou saíam para caminhar pelas trilhas bem pavimentadas. Os cavalheiros se reuniam no salão de bilhar, liam jornais na biblioteca ou saíam em caminhadas até o pavilhão, no lago. Era um dia quente de junho, e a brisa não bastava para aplacar o calor descomunal.

Nos bastidores, os criados se ocupavam limpando, preparando a comida, passando e arejando as muitas mudas de roupas necessárias para cada dia de um fim de semana festivo como aquele. A cozinha estava abafada e pairava no ar um aroma delicioso, os fornos de pão estavam cheios, aves giravam nos espetos, além de carne de boi e presuntos enormes. Sob a direção da cozinheira, as criadas embrulhavam em folhas de parreira as codornas envoltas em tiras de bacon e as enfiavam nos espetos. As aves seriam servidas em uma refeição no fim da tarde, para manter os convidados saciados até o jantar, que seria servido às dez da noite.

Satisfeita por tudo estar correndo tranquilamente, Sophia foi até as enormes janelas no alto da grande escadaria e ficou olhando os convidados socializando no gramado abaixo. Imediatamente localizou Ross. A figura morena era facilmente distinguível dos outros. Embora ele se mostrasse confortável com a autoridade que tinha, era um homem de feitos quase lendários, e os convidados estavam claramente encantados em tê-lo ali.

Sophia sentiu uma pontada de ciúme ao ver o modo como as mulheres se aglomeravam ao redor dele, empolgadas e nervosas, tagarelando, sorrindo, lançando olhares sedutores. Ao que parecia, a reputação de sir Ross como um cavalheiro de vida casta não aplacava o ardor feminino; pelo contrário, o atiçava até transformá-lo em uma chama vigorosa. Sophia estava certa de que muitas mulheres ali presentes, não importava a idade ou a circunstância, adorariam reivindicar para si o mérito de terem conquistado o interesse do viúvo arredio.

O som de passos na escada de mármore despertou Sophia, que logo avistou dois criados carregando um baú enorme, os rostos vermelhos com o esforço. Matthew Cannon vinha atrás deles, acompanhando uma moça loira muito bonita. Nenhum dos dois pareceu reparar em Sophia até chegarem ao patamar da escada.

Ela se inclinou em uma cortesia e murmurou:

– Boa tarde, Sr. Cannon.

Matthew a encarou com óbvia surpresa. Sophia se deu conta de que não tinham avisado a ele que ela estaria ali e achou graça. Mas questões envolvendo criados certamente não seriam do interesse dele.

– O que faz aqui? – perguntou Matthew em um tom rude.

Sophia manteve o olhar baixo e a atitude humilde ao responder:

– Fui convocada pela Sra. Cannon para ajudar nos preparativos da festa, já que a governanta anterior saiu do emprego sem aviso prévio.

A jovem loira levantou os olhos para Matthew.

– Quem é essa?

Ele deu de ombros.

– Só a criada do meu irmão. Venha, Iona, não é apropriado ficarmos perdendo tempo no patamar da escada.

Interessada na cena, Sophia observou o casal se afastar. A esposa de Matthew era a clássica beldade inglesa, de cabelos dourados e pele clara, os olhos de um azul pálido, a boca pequena e rubra como um botão de rosa. Iona parecia fria e distante, como se fosse incapaz de ter um ataque de mau humor na vida. Sophia sentiu pena dela. Ter como marido um rapaz desagradável e mimado como Matthew não devia ser fácil.

Muito mais tarde naquela noite, os hóspedes entraram no salão de jantar, dominado por uma enorme lareira de mármore. Grandes arcos de pedra emolduravam uma série de janelas de mosaicos pré-rafaelitas que cintilavam sob a luz das velas. Sophia se manteve o mais longe de vista possível, e ocasionalmente dava instruções aos criados que serviam a refeição de oito pratos, que incluía carne assada, peixe-galo, pato e coelho assados e um embutido de faisão. Após uma longa sucessão de pratos, foi servida uma seleção de gelatinas, bolos e sorvetes.

No fim do jantar, os criados retiraram todos os pratos e usaram facas de prata limpas para remover qualquer migalha da toalha de mesa. As damas se retiraram para o café no salão de visitas. A maioria dos cavalheiros permaneceu à mesa para apreciar o vinho do Porto e ter conversas masculinas, mas alguns se encaminharam logo ao salão de bilhar, para fumar. Depois de meia hora separados, homens e mulheres e juntaram novamente no salão de visitas, para tomar chá e se entreterem com jogos e passatempos.

Sophia entrou discretamente no salão e olhou para Catherine Cannon, para ver se ela estava satisfeita. Quando os olhos das duas se encontraram, Catherine sorriu e gesticulou para que Sophia fosse até ela.

Sophia obedeceu rapidamente.

– Pois não, Sra. Cannon?

– Sophia, os hóspedes desejam brincar de assassinato.

– Perdão? – perguntou Sophia, ligeiramente assustada.

Catherine riu da expressão dela.

– Assassinato é a sensação do momento. Você nunca ouviu falar? Os jogadores escolhem uma tira de papel em uma tigela que diz qual será o papel deles. Em uma das tiras está escrito "assassino", em outra "investigador", e todo o resto são vítimas em potencial. A casa deve estar escura e todos se escondem. O assassino sai em busca das vítimas enquanto o investigador tenta descobrir a identidade dele... ou dela.

– Como um esconde-esconde.

– Exatamente! Então peça ajuda a uma ou duas criadas e escureça a casa, por favor, Sophia. E avise aos criados que cumpram suas tarefas sem se colocarem no caminho de quem estiver brincando.

– Sim, Sra. Cannon. Posso perguntar que áreas da casa devo escurecer?

Uma das pessoas ao lado de Catherine, uma mulher de meia-idade com os cabelos louro-avermelhados presos em um penteado elegante, respondeu, com desdém:

– A casa toda, é claro! A brincadeira não será nem de longe tão animada se não pudermos usar a casa toda.

Sophia ignorou a mulher, baixou a cabeça e murmurou para Catherine:

– Sra. Cannon, posso sugerir que a cozinha permaneça acesa, já que as criadas têm uma grande quantidade de louça para lavar?

Os olhos de Catherine cintilaram, bem-humorados.

– Sábia sugestão, Sophia. Pode manter a cozinha acesa. Mas, por favor, se apresse, as pessoas já aguardam, impacientes, que a brincadeira comece.

– Sim, milady.

Quando Sophia já se afastava, ouviu a mulher ruiva dizer a Catherine:

– Não gostei dos modos dela, Cathy. Orgulhosa demais, se quer saber a minha opinião. Nada apropriada para uma governanta.

As orelhas de Sophia arderam com a crítica.

– Ninguém pediu a sua opinião – murmurou baixinho.

Por mais que tentasse, Sophia não conseguia evitar pensar que, se o destino tivesse sido mais gentil, talvez ela estivesse ali como convidada. Afinal de contas, nascera na mesma condição social que aquelas pessoas, e tinha pouca paciência para pessoas que agiam com tamanha pretensão. Na verdade, seu sangue era mais azul do que o dos Cannons, embora no momento isso não fizesse a menor diferença.

Depois de orientar as criadas para que escurecessem os cômodos, Sophia diminuiu ela mesma a intensidade da luz dos lampiões em uma das salas de estar do andar de cima. A luz do luar cintilava através da janela e ela começou a puxar os painéis de veludo para escurecer ainda mais o cômodo.

De repente, alguém entrou na sala. Sophia hesitou, ainda envolta pela luz da lua, quando se virou na direção da porta. À primeira vista, a silhueta do homem na sombra parecia a de Ross, e seu coração disparou em expectativa. Mas, assim que ouviu a voz, ficou imediatamente abatida.

– Que gatinha esperta você é – declarou Matthew Cannon, em um tom desdenhoso. – Se infiltrando na vida do meu irmão e agora na casa da família. Deve estar muito satisfeita consigo mesma.

Sophia se esforçou para não demonstrar qualquer emoção, apesar de se sentir ultrajada. Que direito aquele homem tinha de segui-la até ali e insultá-la?

– Não sei a que se refere, Sr. Cannon. Só espero ter deixado a sua mãe satisfeita.

Ele deixou escapar uma risada gutural.

– Com certeza você deixou. Sem dúvida também agradou o meu irmão, em mais de uma maneira.

– Perdão? – disse Sophia, fingindo não entender a insinuação, e começando a se dirigir para a saída. – Por favor, se me der licença...

Mas Matthew se colocou na frente da porta, bloqueando a passagem. Um sorriso desagradável se abriu no rosto redondo.

– Ross deve ter sido um alvo fácil – comentou ele. – Depois de todos esses anos vivendo como um monge, meu irmão deve ter caído em cima de você como um cachorro faminto diante do osso.

– O senhor está enganado – disse Sophia, sem se estender. – Por favor, me deixe passar, Sr. Cannon.

– E agora parece que ele está na palma da sua mão – debochou Cannon. – É o assunto da família. A minha mãe está dizendo até que... ora, não importa. Não vou valorizar essas especulações tolas verbalizando-as. Só entenda uma coisa, sua meretriz gananciosa. Você nunca será parte desta família.

À medida que Matthew se aproximava, as sombras brincavam com suas mãos erguidas, fazendo com que parecessem garras.

– Esse tipo de ideia nunca me passou pela cabeça – disse Sophia. – Acredito que tenha bebido demais, senhor.

A negação pareceu aplacá-lo.

– Desde que você não alimente qualquer ilusão de se tornar uma Cannon, não tenho qualquer problema com você. Na verdade...

Matthew fitou Sophia com uma expressão carregada de especulação, os lábios entreabertos.

– Você logo vai se cansar das atenções do meu irmão, se é que isso já não aconteceu. Aposto que não é nada empolgante ir para a cama com um homem tão insípido. Por que não experimenta um homem capaz de mostrar alguma novidade?

– Suponho que esse homem seria o senhor – retrucou Sophia com acidez.

Matthew abriu bem as mãos e deu um sorrisinho presunçoso.

– Ao contrário do modelo de perfeição para quem você trabalha, sei como agradar uma mulher – disse ele, dando uma risada rouca, e voltou a falar baixinho, em um tom de confidência: – Poderia fazê-la sentir coisas que você jamais imaginou serem possíveis. E se você me satisfizer, vou recompensá-la com todos os presentes que uma mulher pode desejar. Bem melhor do que o que você tem agora, não é?

– O senhor me enoja.

– É mesmo?

Matthew se adiantou dois passos e segurou Sophia pela nuca, os dedos se enfiando dolorosamente em meio ao cabelo preso.

– Então por que você está tremendo? – murmurou, a boca pairando sobre a dela. – Está excitada, não está?

Sophia girou o corpo, deixando escapar um som de repulsa. Os dois lutaram por um instante até que Matthew congelou ao perceber que mais alguém havia entrado na sala. Para o horror de Sophia, ela viu que era Ross. Embora a sala estivesse na penumbra, os olhos dele cintilavam como os de um gato. O olhar dele pousou primeiro em Matthew, depois em Sophia.

– O que estão fazendo aqui? – perguntou, em um tom brusco.

– Eu estava procurando um lugar para me esconder – retrucou Matthew, e soltou Sophia abruptamente. – Infelizmente, sua preciosa Srta. Sydney decidiu demonstrar seu interesse por mim. Como previ, não passa de uma meretriz. Desejo que aproveite bem.

E assim, Matthew saiu imediatamente, deixando a porta aberta.

Sophia permaneceu paralisada, encarando a forma escura e enorme de Ross. O silêncio tenso foi quebrado pelos sons dos convidados rindo enquanto corriam pela casa em busca de um esconderijo.

– O que aconteceu? – perguntou Ross, baixinho.

Sophia abriu a boca para contar a verdade, mas de repente lhe ocorreu uma ideia assustadora. Matthew Cannon acabara de oferecer a desculpa perfeita para que ela rompesse qualquer relacionamento com Ross. Absoluta e completamente. Se Ross acreditasse que ela tentara seduzir o irmão dele, perderia o interesse nela. E a deixaria ir sem hesitar. O que seria infinitamente mais fácil do que a única alternativa: discutir, confessar seu passado e como ela planejara arruiná-lo, vendo a dor no rosto de Ross quando descobrisse que havia mandado o irmão dela para a morte. Talvez fosse melhor fazê-lo pensar que nunca a conhecera de verdade, que ela não era digna do afeto ou da confiança dele. Que tinha sorte por se ver livre dela.

Sophia reuniu todas as suas forças e disse em uma voz fria e firme.

– Seu irmão acaba de lhe dizer.

– Você tentou seduzi-lo? – perguntou Ross, incrédulo.

– Sim.

– O diabo que tentou!

Ross a agarrou de uma forma muito parecida com o que o irmão fizera, a mão se fechando ao redor da nuca de Sophia enquanto a outra segurava as costas dela.

– O que está acontecendo, Sophia? Não gosto de joguinhos, e não vou tolerá-los vindo de você.

Ela permaneceu impotente sob as mãos dele, e virou o rosto.

– Me solte! Não importa em que você acredita. A verdade é que não o quero! Agora tire as mãos de mim!

Sophia empurrou os ombros musculosos de Ross, então se deu conta de que havia pressionado o lugar do ferimento. Ross grunhiu com o desconforto, mas não afrouxou as mãos. O hálito dele, cheirando a vinho, queimava a pele dela como vapor.

– Alguém vai acabar entrando aqui – disse Sophia em um arquejo.

Ross não pareceu se importar. Sua mão grande puxou a cabeça dela para trás, expondo toda a extensão do pescoço pálido. Quando seus corpos se colaram, Sophia sentiu a firmeza da ereção dele, apesar do volume da saia. Ross lambeu os lábios dela, então capturou-os em um beijo abrasador. O prazer envolveu Sophia como uma onda de lava. Ela deixou escapar um gemido e se debateu contra ele, impotente.

Ross segurou os seios dela por cima do corpete justo do vestido.

– Você não consegue mentir para mim – murmurou no ouvido dela. – Eu a conheço bem demais. Me fale a verdade, Sophia.

Sophia deixou o corpo cair contra o dele, totalmente perdida. Já não tinha mais o controle das próprias palavras e ações. Estava totalmente dominada por emoções que iam até o fundo de sua alma, deixando-a absolutamente exposta.

– Não posso – disse, arrasada. – Porque a verdade vai fazer com que você me odeie, e não consigo suportar essa ideia.

– Odiar você? – falou Ross, com voz rouca. – Meu Deus, como pode pensar isso? Sophia...

Ross se interrompeu e inspirou profundamente ao ver as lágrimas nos olhos dela. De repente, sua boca estava colada à de Sophia, exigente e firme, e ele puxava a roupa dela como se quisesse arrancar cada camada entre eles. Sophia sucumbiu aos lábios e às mãos de Ross, se deixando afogar naquelas sensações, perdendo qualquer fio de racionalidade no êxtase daquela entrega. Ross enfiou a língua na boca macia dela, brincando com a textura sedosa. Sophia perdeu o equilíbrio e se agarrou com mais força ao pescoço dele. Ross era a única coisa sólida em um mundo cada vez mais volátil, instável. De repente, ela sentiu o chão acarpetado contra as costas e se deu conta do que ele pretendia fazer.

– Ah, não – sussurrou.

Mas, enquanto acomodava o corpo grande sobre o dela, Ross a silenciou com mais beijos doces e intensos.

Então ele levantou o vestido até a cintura e puxou o calção de baixo. Sophia se contorceu ao sentir a mão de Ross no alto de sua coxa, acima da cinta bem presa. Ele deixou o polegar correr pela pele quente e delicada, subindo cada vez mais até alcançar os pelos entre suas pernas.

Em algum lugar da casa, uma mulher deu um gritinho, fingindo medo, enquanto o assassino fazia sua ronda. O grito provocou uma onda de risadas entre os participantes da brincadeira.

– As pessoas vão nos ver – disse Sophia, se contorcendo freneticamente sob o corpo de Ross. – Não, não faça isso...

Ross deslizou os dedos suavemente pelo espaço entre as coxas dela, e o polegar encontrou o ponto mais sensível do sexo. Sophia gemeu e estremeceu enquanto os dedos dele a penetravam em um movimento habilidoso e gentil, ao passo que a boca devorava a dela com um fervor desesperado.

– Não podemos – gemeu Sophia. – Aqui, não...

Ross calou Sophia com outro beijo e apoiou a cabeça dela na dobra do braço. Então retirou os dedos, e Sophia sentiu que ele abria a frente da calça. Ross montou em Sophia, usando as coxas para afastar as pernas dela. Sophia virou o rosto contra o braço musculoso; sua respiração saía em arquejos curtos, e seu corpo estava rígido de expectativa.

Ross deslizou a mão grande por baixo das nádegas dela.

– Relaxe – sussurrou. – Vou fazer tudo com gentileza. Só preciso que você se abra para mim. Isso... assim...

Começou a penetrá-la com extremo cuidado, abrindo-a, preenchendo-a com o membro macio e quente, acendendo todo o seu corpo.

Eles ouviram o som de passos apressados diante da porta... uma risada animada... os convidados procurando novos lugares para se esconder...

Seriam pegos certamente. Em pânico, Sophia levantou o corpo e se debateu em um súbito esforço para se libertar. Ross saiu de dentro dela, e o peso de sua ereção deslizou, úmido, pelo corpo de Sophia. Ele prendeu-a pelos punhos no carpete, arquejando fortemente.

– Shhh... – sussurrou no ouvido dela.

– Vamos tentar aqui? – perguntou uma voz feminina, parando bem do lado de fora da porta.

– Não – respondeu uma voz masculina. – Óbvio demais. Vamos continuar pelo corredor.

Os passos do casal se afastaram da porta, e Sophia rolou para longe de Ross no momento em que ele soltou seus punhos. Ela ficou em pé, cambaleando, e puxou a roupa para ajeitá-la. O rosto de Sophia estava profundamente ruborizado quando ela se abaixou para subir o calção de baixo e amarrou os laços soltos. Braços e pernas tremiam de nervosismo e medo, e o corpo ardia de paixão interrompida. Nunca experimentara tamanho desejo, uma espécie de chama inextinguível, que queimava com ferocidade enlouquecedora.

Ross fechou a calça e se aproximou dela por trás. O toque gentil em seus ombros fez Sophia se encolher. Ela queria segurar as mãos dele e puxá-las para cima de seus seios, queria implorar pelo alívio que ansiava. Mas ficou parada, rígida como uma estátua, enquanto Ross enfiava o rosto em seus cabelos desalinhados.

– Obviamente não faço isso há algum tempo – disse ele, com a voz carregada de ironia. – Minha noção de tempo costumava ser bem melhor.

– Não devíamos ter ido tão longe – falou Sophia, sentindo os lábios inchados. – Por... por sorte não fomos até o fim.

Ele apertou os ombros dela com mais força.

– Mas nós iremos muito em breve, juro por Deus. Irei até o seu quarto mais tarde.

– Não – retrucou Sophia na mesma hora. – Minha porta vai estar trancada. Eu... eu não quero falar sobre isso, nunca mais. No que diz respeito a mim, isso nunca aconteceu.

– Sophia...

Ross tentava falar com paciência calculada, mas, aflita, Sophia se debatia e sentia-se perto de explodir. Toda vez que tentava falar, a garganta parecia se fechar e os ombros tremiam contra as mãos de Ross.

– Por favor – sussurrou ela por fim, embora não tivesse ideia do que estava pedindo.

Ross deixou a mão deslizar pela base do pescoço dela até chegar ao centro do peito, onde pôde sentir o coração batendo através do tecido grosso do vestido.

– Vamos resolver isso – disse ele com gentileza. – Não há nada a temer, Sophia.

Ela se desvencilhou dele com um movimento brusco.

– Há, sim – disse, com voz rouca, e se afastou dele. – Você só não sabe ainda.

CAPÍTULO 10

Sophia foi correndo para o quarto e tentou se recompor. Lavou o rosto com água fria e esfregou a pele até ficar rosada. Depois de escovar os cabelos e prendê-los em um coque exageradamente apertado, retornou aos afazeres sentindo-se zonza e frenética.

A brincadeira de assassinato logo chegou ao fim e os convidados começaram a se entreter com um jogo de adivinhação em que imitavam estátuas clássicas. Gargalhadas recompensavam cada esforço. Como estudara história da arte, Sophia não entendia qual era a graça do jogo. Com o pensamento distante, pediu aos criados que recolhessem os pratos dos acompanhamentos do chá e os cálices de vinho do Porto. Diante da pia da cozinha, criadas lavavam utensílios, cristais e centenas de pratos. Felizmente, todos os outros criados pareciam ocupados demais para reparar nos modos desatentos de Sophia.

Por volta das duas da manhã a maioria dos convidados se recolhera aos seus quartos, onde valetes e camareiras aguardavam para assisti-los. Exausta, Sophia supervisionou a limpeza das salas comuns e elogiou os criados pelo trabalho bem feito. Finalmente ela mesma se recolheu, carregando um lampião de metal no formato de uma xícara, com vários furinhos. Embora seu semblante demonstrasse calma, a mão trêmula fazia o lampião projetar pontinhos nas paredes, como uma nuvem de vagalumes.

Quando chegou ao quarto, Sophia fechou a porta e pousou o lampião com cuidado sobre a mesinha rústica no canto. Só então, na privacidade dos aposentos, conseguiu se permitir externar as emoções que se esforçara tanto para conter. Ela se apoiou na beira da mesa, inclinou a cabeça e soltou um suspiro. Então encarou a luz com a visão borrada de lágrimas e relembrou os momentos de intimidade arrebatada nos braços de Ross.

– Ross... – sussurrou. – Como eu vou fazer para deixar você?

Uma voz se fez ouvir das sombras.

– Jamais vou permitir uma coisa dessas.

Com um grito preso na garganta, Sophia se virou bruscamente. A luz vacilante do lampião brincou com os contornos firmes do rosto de Ross. Ele estava deitado na cama pequena, tão imóvel e silencioso que ela não o vira ao entrar no quarto.

– Você quase me matou de susto!

Ele deu um sorrisinho e levantou o corpo grande da cama.

– Desculpe – murmurou, indo até Sophia e deixando os dedos correrem pelo rastro de lágrimas em seu rosto. – Que história é essa de me deixar? Não tive a intenção de aborrecer você hoje. Ainda é cedo demais... Eu não devia ter abordado você daquela maneira.

O comentário provocou mais lágrimas nela.

– Não é isso...

Ross levou a mão à nuca de Sophia e soltou seus cabelos, deixando os grampos caírem no chão.

– Então o quê? Você pode me contar qualquer coisa – disse ele, enfiando os dedos pelos cabelos dela e soltando as mechas que caíram, pesadas, sobre os ombros. – Já deveria saber disso a esta altura. Pode me contar, eu vou resolver.

Aquelas palavras fizeram com que Sophia tivesse vontade de se jogar nos braços dele e chorar, uivar. Mas ela fechou o rosto e desviou os olhos. Então forçou as palavras por entre os lábios tensos.

– Algumas coisas não podem ser resolvidas.

– Que coisas?

Ela passou a palma da mão pelo rosto para enxugar as lágrimas e enrijeceu o maxilar para que parasse de tremer.

– Por favor, não me toque... – disse, em um sussurro rouco.

Ross ignorou a súplica e passou o braço ao redor dela, puxando-a contra o peito largo.

– Você sabe como eu sou teimoso, Sophia.

Ele pousou a mão na base das costas dela. Embora fosse um toque leve, Sophia sabia que seria impossível se desvencilhar dele. Os lábios de Ross roçaram em sua testa quando ela voltou a falar.

– Vou arrancar a verdade de você mais cedo ou mais tarde. Poupe esse tempo a nós dois e me conte logo.

Desesperada, Sophia percebeu que Ross insistiria até ter as respostas que queria, a menos que ela encontrasse um modo de detê-lo.

– Por favor, saia do meu quarto – pediu ela de modo direto. – Senão vou começar a gritar e dizer a todos que você está forçando suas atenções.

– Vá em frente.

Ross esperou, parecendo calmo e relaxado diante de uma Sophia trêmula e nervosa. Um sorriso ligeiramente arrogante curvou os lábios dele.

– Vai ser bom você aprender logo que é inútil tentar blefar comigo.

– Maldito – sussurrou ela.

– Acho que você quer me contar – disse ele, roçando o nariz no alto da cabeça dela. – Sei que você está escondendo coisas de mim desde que chegou à Bow Street. Está na hora de esclarecermos tudo, Sophia. Depois disso não haverá mais nada a temer.

Ela agarrou com força os braços musculosos de Ross, com a respiração entrecortada. Enfim era chegada a hora de confessar. Ela teria que contar tudo e encarar as consequências. Soluços intensos subiram por sua garganta... gritos arranhados de uma vingança arruinada e de um amor sem esperança.

– Não – murmurou Ross, acalentando-a no peito. – Não, meu bem. Não fique assim, vai dar tudo certo.

A ternura dele era insuportável. Sophia se desvencilhou dos braços de Ross e cambaleou até a cama. Então se sentou e estendeu a mão cegamente para mantê-lo a distância. O gesto, por mais débil que fosse, serviu para detê-lo. Ross ficou parado nas sombras, o corpo grande quase bloqueando o brilho do lampião.

– Não vou conseguir contar se você me tocar – disse Sophia, com voz embargada. – Fique aí.

Ele ficou parado, em silêncio.

– Lembra que contei sobre os meses depois da morte dos meus pais – disse Sophia em um sussurro arrasado –, quando John e eu fomos pegos roubando e eu fui levada para a casa da minha prima Ernestine?

– Lembro.

– Pois bem, John não quis ir. Em vez disso, fugiu para Londres. E continuou a... a roubar e a fazer coisas erradas, ele...

Sophia fechou os olhos com força, mas as lágrimas escaparam mesmo assim.

– Ele se envolveu com uma gangue de batedores de carteiras. E acabou sendo preso e acusado de roubo sem agravantes – explicou ela, esfregando o rosto úmido com as mãos e fungando.

– Aqui.

Sophia viu pelo canto dos olhos que ele lhe estendia um lenço. O rosto dele estava muito sério, deixando claro quão difícil era para ele vê-la tão abalada e não poder tocá-la.

Sophia aceitou o lenço, enxugou o rosto e assoou o nariz. Então, com voz cansada, retomou a explicação.

– Ele foi levado diante de um magistrado que o sentenciou a um ano em um navio prisional. Foi uma sentença excepcionalmente rígida para um crime tão banal. Quando eu soube o que havia acontecido com John resolvi ir a Londres para procurar o magistrado e implorar que reduzisse a pena. Mas quando cheguei John já tinha embarcado.

Sophia se viu dominada por um torpor estranho e, subitamente, pareceu mais fácil falar. Era como se visse toda a cena de longe, como se fosse uma peça sendo encenada diante dela.

– Passei meses atormentada, pensando no meu irmão a cada minuto, imaginando o que ele estaria passando. Não sou inocente a ponto de não ter ideia do que acontece em um navio prisional, mas, independentemente do que acontecesse com John naquele lugar, eu prometi a mim mesma que tomaria conta dele e o ajudaria a se curar quando a pena acabasse. Se ele sobrevivesse.

Houve um longo momento de pesado silêncio, carregado de emoção.

– Mas isso não aconteceu... – disse Ross finalmente.

Sophia balançou a cabeça.

– Cólera. Esses navios são sempre assolados por uma doença ou outra, então... foi só uma questão de tempo até John ficar doente e morrer. Ele foi enterrado em uma cova comunitária perto do navio, sem lápide, sem nada que o distinguisse. Eu... eu nunca mais fui a mesma desde então. A morte de John influenciou cada emoção, cada experiência, cada pensamento e desejo da minha vida adulta. Eu convivi com o ódio dentro de mim por anos.

– Ódio de quem?

Ela o encarou, então, incrédula.

– Do homem que sentenciou John. Do magistrado que não teve piedade de um rapaz órfão e o enviou para a morte.

As sombras obscureciam o rosto de Ross, a não ser pelo brilho nos olhos semicerrados.

– O nome dele... – indagou, a voz tensa traindo a terrível suspeita.

Sophia já não se sentia mais entorpecida. Agora era como se estivesse com uma ferida exposta.

– Ross Cannon – sussurrou. – Foi você quem mandou John para o navio prisional.

Embora Ross permanecesse imóvel, Sophia percebeu o tremendo impacto que suas palavras provocaram, a onda de choque e a angústia sob a fachada firme. Ela soube que a mente de Ross vasculhava rapidamente registros do passado, tentando resgatar um entre milhares de casos que haviam surgido diante dele como juiz.

O resto da confissão escapou dela como veneno sendo purgado.

– Eu quis me vingar de você – disse Sophia, sem inflexão na voz. – Achei que se conseguisse persuadi-lo a me dar o emprego, poderia encontrar um modo de destruir você. Passei algum tempo copiando vários arquivos da sala de registros criminais, procurando alguma coisa que desacreditasse você ou os patrulheiros. Mas não era só esse o meu plano. Eu também queria magoar você da maneira mais profunda possível. Queria... queria deixar você tão devastado quanto eu me sentia. Queria fazer com que se apaixonasse por mim só para que eu pudesse feri-lo de modo que você nunca mais se recuperasse.

Sophia deixou escapar uma risada fora do tom.

– Mas de repente todo esse ódio desapareceu. Eu fracassei totalmente.

Sophia ficou em silêncio e fechou os olhos para não ver o rosto de Ross. Ela esperou pelo desprezo dele, pela raiva e, pior de tudo, pela rejeição. O silêncio a envolvia. Arrasada, Sophia esperou pelo golpe final do destino. À medida que o silêncio se prolongava, ela teve uma sensação quase onírica e se perguntou se Ross simplesmente sairia do quarto, deixando-a ali, sozinha e devastada.

Sophia não percebeu qualquer movimento, mas subitamente Ross estava parado atrás dela, com as mãos pousadas em seus ombros, as pontas dos dedos tocando a base de seu pescoço. Ele poderia estrangulá-la ali mesmo, sem o menor problema. E Sophia quase desejou que isso acontecesse. Aceitaria qualquer coisa para não ter de enfrentar o estado de desolação que a consumia. Dócil e impotente, ela engoliu, sentindo a pressão suave dos dedos dele.

– Sophia – disse Ross sem emoção –, você ainda quer se vingar?

A respiração ficou presa na garganta dela.

– Não.

Os dedos de Ross começaram, então, a acariciar as laterais e a frente do pescoço dela, deixando todos os sentidos de Sophia em alerta. Ela começou a arquejar sob o toque revigorante dele e se viu inclinando a cabeça para trás até se apoiar no abdômen firme. Achou que nunca mais seria capaz de se mover sem o impulso das mãos dele, como se fosse uma marionete.

Ross voltou a falar:

– Quando foi que você mudou de ideia?

Que Deus a ajudasse, porque Sophia já não era mais capaz de esconder nada dele. Ross a despiria de todo o orgulho e a deixaria destruída. Sophia tentou se manter em silêncio, mas os dedos sedutores dele pareceram arrancar as palavras dela, mesmo contra sua vontade.

– Quando você se feriu – disse, com voz incerta. – Eu quis ajudar você. Desejei que nada de mal acontecesse de novo com você, especialmente um mal provocado por mim.

A respiração dela estava acelerada demais para que pudesse continuar falando. Um gemido saiu do fundo de seu peito quando sentiu os dedos cálidos de Ross deslizarem para dentro do corpete do vestido. Ele segurou um dos seios e passou o dedo com delicadeza pelo mamilo até deixá-lo rígido. Ross parecia tocá-la não para causar excitação, mas como um lembrete dos momentos íntimos que os dois tinham vivido poucas horas antes. Sophia sentiu a pele quente e se encostou mais nele, já sem forças no corpo.

Ross se sentou na cama e virou-a com muito cuidado em sua direção. Quando Sophia ergueu os olhos, viu que os lábios dele estavam cerrados, como se ele tivesse sofrido um golpe físico.

– Não sei o que houve no passado – falou Ross, com voz rouca. – Não me lembro do seu irmão, mas prometo que vou descobrir exatamente o que aconteceu. Se, no fim das contas, eu for mesmo culpado das suas acusações, vou aceitar a culpa e todas as consequências que ela trouxer.

As mãos dele continuaram a brincar com o seio dela, como se Ross não conseguisse se impedir de tocá-la.

– Mas, por enquanto, só vou pedir uma coisa. Fique comigo até descobrirmos a verdade. Você pode fazer isso, Sophia?

Ela assentiu, emitindo um som trêmulo de concordância.

Ross afastou as mechas úmidas de cabelo que tinham se colado ao rosto dela. Então se inclinou e colou a boca à dela em um beijo firme e ardente. Sophia se esforçou para conseguir pensar acima do latejar do próprio coração.

– Mas o modo como eu o enganei... – disse ela, insegura. – Não é possível que você ainda me queira.

– O que a leva a pensar que tenho mais controle sobre isso do que você? – murmurou Ross.

Ele puxou-a mais para perto, abraçando-a junto ao corpo forte, enquanto Sophia estremecia com imensurável alívio. Ross sabia a verdade e não a rejeitara. Era difícil compreender isso. Sophia enfiou o rosto no paletó dele, que guardava um leve aroma de tabaco da fumaça do salão de bilhar.

Ross a embalou gentilmente.

– Esses sentimentos que você carregou por anos... não vai ser fácil deixá-los para trás.

Sophia suspirou e descansou a cabeça no ombro dele.

– Eles já se foram. Durante todo esse tempo eu quis vingança contra alguém que não existia. Você não tem nada a ver com o homem que imaginei.

– Velho e corpulento, de peruca e segurando um cachimbo – disse ele, se lembrando da descrição dela no dia que em se conheceram.

Sophia abriu um sorriso cansado.

– Dia após dia você foi arruinando meu plano, tornando impossível não gostar de você.

A declaração pareceu não dar qualquer prazer a Ross.

– E se acabarmos descobrindo que realmente fui eu quem sentenciou seu irmão? – perguntou ele, com os olhos muito sombrios e abalados. – Quando eu me tornei membro do judiciário, dez anos atrás, não tinha qualquer experiência prática. Por algum tempo, baseei meus julgamentos na atuação de magistrados mais velhos. Eu achava que seria melhor seguir os procedimentos que eles já haviam adotado. Só mais tarde passei a seguir meus instintos e a agir como eu queria no tribunal. Não tenho dúvida de que fui rigoroso demais com muitos réus que apareceram diante de mim no começo – explicou ele, deixando escapar um suspiro profundo. – Mesmo assim, não consigo acreditar que teria mandado um mero batedor de carteiras para um navio prisional.

Sophia não soube o que dizer.

Os dedos de Ross traçaram as curvas finas das sobrancelhas dela.

– Nunca me permiti desejar ter o poder de mudar o passado. Desejar isso é uma coisa sem propósito, os arrependimentos me levariam à loucura. Mas, pela primeira vez, todo o meu futuro está em suspenso, à mercê de um erro que eu posso ter cometido há anos.

Ross se apoiou em um dos cotovelos, e uma mecha de cabelo caiu em sua testa quando ele baixou o olhar para Sophia.

– Como posso pedir que você me perdoe pela morte do seu irmão? É impossível me redimir de uma coisa dessas, mas a ideia de perder você é mais do que sou capaz de suportar.

– Eu já perdoei – sussurrou Sophia. – Conheço o homem que você é. Você se pune com mais dureza do que qualquer outra pessoa seria capaz de fazer. Além do mais, como não dar o meu perdão quando você me ofereceu o seu tão francamente?

Ross balançou a cabeça com um sorriso melancólico.

– Independentemente de quais eram as suas intenções no começo, você não fez nada além de cuidar de mim.

– Eu estava tentando fazer com que você se apaixonasse por mim – disse ela. – Só para partir seu coração depois.

– Eu não faço objeções à primeira parte do plano – informou ele, irônico. – Embora não fosse gostar muito da segunda.

Um sorriso hesitante surgiu nos lábios de Sophia. Ela passou os braços ao redor do pescoço dele e encostou o rosto na pele quente.

– Eu também não.

Ross beijou-a gentilmente, e a paixão entre eles pareceu se intensificar com a consciência de que o caminho para a felicidade não seria fácil. Exigiria perdão, comprometimento e confiança irrestrita. Sophia começou a aprofundar o beijo, mas Ross recuou e segurou o rosto dela entre as mãos.

– Não vou ficar com você esta noite – sussurrou ele, acariciando as têmporas dela com os polegares. – Quando finalmente dormirmos juntos, não quero que haja qualquer possibilidade de arrependimento depois.

– Não vou me arrepender de nada, agora que sei que não vai me culpar pelo que tentei fazer com você – disse ela, ansiando por ele. – Era isso que eu mais temia. Por favor, fique comigo esta noite.

Ross balançou a cabeça.

– Não, Sophia. Não até eu descobrir a verdade sobre a morte do seu irmão. Depois que tivermos todas as informações sobre os fatos, decidiremos o que fazer.

Sophia virou o rosto contra a mão dele e beijou a palma quente.

– Faça amor comigo, Ross. Eu quero esquecer todos os momentos da minha vida antes de você.

– Meu Deus, Sophia...

Ross soltou-a com um gemido selvagem e saiu da cama como se ela fosse um instrumento de tortura.

– Desejo você mais do que sou capaz de suportar. Não torne isto ainda mais difícil.

Sophia sabia que deveria ajudá-lo a manter a compostura, mas se viu incapaz de frear as palavras ousadas:

– Deite aqui comigo. Não precisamos dormir juntos se você não quiser. Só me abrace por um tempo.

Ross deixou escapar um grunhido de frustração e seguiu em direção à porta.

– Você sabe o que aconteceria se tentássemos fazer só isso. Em cerca de cinco minutos você estaria embaixo de mim, com as pernas para o alto.

A imagem rude fez o estômago de Sophia se apertar de prazer.

– Ross...

– Tranque a porta depois que eu sair.

Ele abriu a porta e se foi sem olhar para trás.

Depois de dormir até tarde, o irmão de Ross decidiu passar o dia jogando cartas no pavilhão à beira do lago. No entanto, antes que Matthew pudesse atravessar as portas francesas nos fundos da mansão, Ross o interpelou.

– Olá, Matthew – disse, em um tom agradável. Ross pousou a mão no ombro do irmão e, quando este tentou se desvencilhar, intensificou o toque. – Vejo que finalmente está de pé. Por que não vem comigo até o estúdio? Estou com um súbito desejo de sua companhia.

Matthew o encarou com cautela.

– Talvez mais tarde, irmão. Preciso fazer as vezes de anfitrião para os meus amigos. Tenho certeza de que você não desejaria que eu fosse rude.

Ross abriu um sorriso frio.

– Eles podem sobreviver sem você por um tempo – disse Ross, lançando o mesmo olhar frio para os três rapazes que acompanhavam Matthew. – Sigam com seus planos, cavalheiros. Meu irmão encontrará vocês mais tarde.

E assim, sob protestos, Ross arrastou o irmão até um estúdio privado.

– Que diabos está acontecendo? – perguntou Matthew, irritado, ainda tentando se desvencilhar da mão de Ross em seu ombro. – Me solte, Ross! Você está arruinando o meu paletó!

– Entre aqui.

Ross o empurrou para dentro do cômodo e fechou a pesada porta de carvalho para garantir que teriam privacidade. Claramente nervoso, Matthew fez uma cena alisando as lapelas e as mangas do paletó.

Ross observou o ambiente. O estúdio permanecia exatamente como o pai deles havia deixado. A sala masculina e aconchegante era pequena e as paredes eram cobertas por estantes de carvalho. Uma mesa francesa dobrável e uma cadeira estavam posicionadas diante de um trio de janelas. Ross ficou muito sério ao se lembrar da frequência com que vira o pai redigindo cartas ou debruçado sobre livros de contabilidade diante daquela mesa. Não conseguia evitar a sensação de que falhara com ele ao permitir que o irmão se tornasse aquela criatura mimada e egoísta.

Matthew franziu a testa.

– Você está me olhando como se eu fosse um batedor de carteiras que você está prestes a mandar para Newgate.

– Newgate seria um palácio cheio de prazeres se comparado ao lugar para onde eu gostaria de despachar você.

Ao ouvir a fúria implacável na voz do irmão, Matthew deu um suspiro exagerado.

– Está bem, está bem. Peço desculpas por ontem à noite... Suponho que a Srta. Sydney tenha lhe dado a versão dela da história, se colocando no papel da vítima virtuosa. E admito que eu já havia bebido além da conta. Meu amigo Hatfield tinha aberto um conhaque sensacional, e a bebida me subiu à cabeça.

Matthew adotou um ar de indiferença, foi até o globo terrestre no canto e começou a girá-lo lentamente.

– Isso não é o suficiente, Matthew. Sim, quero falar sobre o seu comportamento na noite passada, mas primeiro vamos tratar de outro assunto.

Matthew pareceu surpreso.

– O que quer dizer?

– Tive uma reunião com Tanner hoje de manhã.

– Quem é Tanner?

Ross balançou a cabeça, aborrecido.

– Nosso agente imobiliário, Matthew. O homem que administrou nossas terras e propriedades pelos últimos dez anos.

– E você já teve uma reunião com ele essa manhã? Santo Deus, você nunca descansa? A última coisa que eu quero é discutir algum assunto trivial de negócios...

– Não é um assunto trivial – interrompeu Ross bruscamente. – E não diz respeito aos negócios. Parece que um dos nossos arrendatários abordou Tanner alegando que a filha solteira dele estava em estado avançado de gravidez.

A expressão no rosto de Matthew agora era cautelosa.

– E o que eu tenho a ver com o fato de uma camponesa vagabunda qualquer estar de barriga cheia?

– A família dela alega que você é o pai.

Ross observou com atenção a expressão no rosto do irmão, e seu coração afundou no peito quando viu a culpa nos olhos verde-acinzentados de Matthew. Ele praguejou antes de continuar.

– O sobrenome da família é Rann. Você seduziu a moça ou não?

O rosto de Matthew se contorceu em uma careta desagradável.

– Não seduzi ninguém. Era recíproco. Ela me desejava, eu dei o que ela queria e ninguém saiu na pior.

– *Ninguém saiu na pior?* – repetiu Ross, incrédulo. – Tanner diz que a moça não tem nem 16 anos, Matthew! Você tirou a inocência dela, deixou a menina com um filho sem pai... e ainda traiu Iona.

Matthew não parecia nem um pouco arrependido.

– Todo mundo faz isso. Posso listar uma dúzia de homens que foram buscar prazer fora do leito matrimonial. Uma criança bastarda é uma consequência infeliz. Mas isso é problema dela, não meu.

Em algum lugar em meio à fúria que o dominava, Ross se pegou chocado com a insensibilidade do irmão. E não lhe escapou que Matthew fizera exatamente a mesma coisa que o amante de Sophia: usara a jovem, a ludibriara e a abandonara.

– Meu Deus! O que eu vou fazer com você? Você não tem qualquer consciência, nenhum senso de responsabilidade?

– Consciência e responsabilidade são prerrogativas suas, irmão – disse Matthew, girando novamente o globo, que quase saltou do eixo. – Você sempre se colocou diante de mim como um exemplo supremo de moralidade. Sir Ross, o paradigma da masculinidade. Ninguém na terra seria capaz de alcançar os padrões que você estabelece, e pode ter certeza de que eu nem pretendo tentar. Além do mais, não invejo essa sua vida estéril, sem alegria. Ao contrário de você, tenho paixões, necessidades masculinas. E, por Deus, vou satisfazer todas elas até estar morto e enterrado!

– Por que não as satisfaz com a sua esposa? – sugeriu Ross, em um tom ácido.

Matthew revirou os olhos.

– Eu já estava entediado com Iona um mês depois de nos casarmos. Não se pode esperar que um homem fique satisfeito com uma única mulher para sempre. É como dizem: diversidade é o tempero da vida.

Ross se sentiu muito tentado a esquentar as orelhas do irmão com um sermão rigoroso. Mas a expressão obstinada no rosto de Matthew deixava claro que ele não se arrependeria. Jamais encararia espontaneamente as consequências de seus atos.

– De quanta "diversidade" você desfruta exatamente?

Ao ver a expressão confusa do irmão, Ross esclareceu a pergunta, com impaciência:

– Quantas moças você já seduziu além dessa?

Uma expressão vagamente presunçosa se insinuou no rosto de Matthew.

– Não sei... umas nove ou dez, acho.

– Quero uma lista com o nome de todas.

– Por quê?

– Para descobrir se você é pai de mais algum bastardo. E, se for, você vai prover o sustento e a educação de todos.

O irmão mais novo suspirou, irritado.

– Não tenho dinheiro para desperdiçar assim. A menos que você adiante a minha mesada.

– *Matthew* – falou Ross, com um olhar ameaçador.

Matthew levantou as mãos em um gesto zombeteiro.

– Tudo bem, tudo bem, eu me rendo. Vasculhe o campo atrás da minha cria ilegítima. Pode pegar o pouco dinheiro que eu tenho. Agora, posso me juntar aos meus amigos?

– Ainda não. Há mais uma coisa que você precisa saber. A partir deste momento, vou me certificar de que esse seu modo de vida indolente esteja encerrado. Chega de passar o dia inteiro no clube bebendo, chega de apostas e de perseguir mulheres. Se tentar visitar seus redutos habituais, vai descobrir que já não é mais bem-vindo neles. E terá crédito recusado onde quer que vá, porque vou deixar claro tanto para os donos de loja quanto para os agentes de apostas que já não vou mais me responsabilizar pelas suas dívidas.

– Você não pode fazer isso! – explodiu Matthew.

– Ah, posso, sim – garantiu Ross. – De agora em diante, você vai trabalhar para ter direito à sua mesada.

– Trabalhar? – perguntou Matthew, repetindo a palavra que lhe era pouco familiar. – Fazendo *o quê*? Não tenho jeito para trabalho. Eu sou um cavalheiro!

– Vou encontrar um trabalho apropriado para você – prometeu Ross, em um tom soturno. – Vou ensinar você a ter responsabilidade, Matthew, não importa o que eu precise fazer.

– Se nosso pai ainda estivesse vivo, isso nunca teria acontecido!

– Se nosso pai ainda estivesse vivo, isso teria acontecido anos atrás – retrucou Ross. – Infelizmente, grande parte da culpa é minha. Estive ocupado demais na Bow Street para prestar atenção no que você anda fazendo. Mas isso vai mudar.

Uma sucessão de impropérios saiu dos lábios de Matthew enquanto ele ia até um armário e procurava por um copo e uma garrafa de bebida. Quando achou o conhaque, se serviu de uma dose, virou-a de uma só vez, como se fosse remédio, e voltou a se servir. A bebida pareceu acalmá-lo.

– Você vai contar para Iona?

– Não, mas também não vou mentir se algum dia ela vier me perguntar sobre a sua fidelidade.

– Ótimo, então. Sei que ela jamais perguntaria. Ela não quer ouvir as respostas.

– Que Deus a ajude – murmurou Ross.

Depois de tomar outro gole do conhaque, Matthew girou o líquido no copo e soltou um suspiro aborrecido.

– Isso é tudo?

– Não – disse Ross. – Temos mais um assunto a tratar... seu comportamento com a Sra. Sydney.

– Eu já pedi desculpas. Não posso fazer mais do que isso. A menos que queira que eu corte os pulsos.

– Isso não será necessário. Só quero enfatizar que você vai passar a tratá-la com o mais absoluto respeito a partir de agora.

– Há um limite para o respeito com que posso tratar uma criada, irmão.
– Ela não continuará sendo uma criada por muito tempo.
Matthew ergueu uma sobrancelha com certo interesse.
– Você vai dispensá-la, então?
Ross o encarou com uma expressão severa e determinada.
– Vou me casar com ela. Se ela me aceitar.
Matthew o encarou de volta, como se não tivesse entendido.
– Santa Mãe de Deus – disse ele com a voz rouca.
Matthew se jogou na cadeira mais próxima. Largado no assento, fitou o irmão, com os olhos arregalados.
– Você está falando sério? Mas isso é loucura, Ross. Você vai se tornar motivo de piada. Um Cannon se casando com uma criada! Pelo bem da nossa família, encontre outra pessoa. Ela é só uma mulher... Há centenas de outras que poderiam facilmente ocupar esse lugar.
Ross precisou de toda a sua força de vontade para não agredir o irmão. Em vez disso, apoiou as mãos na mesa, fechou os olhos por um momento e procurou se acalmar. Depois, virou-se para Matthew com um olhar abrasivo.
– Depois de todos esses anos sozinho, você está me pedindo que abra mão da única mulher que faz com que eu me sinta completo?
Matthew mediu bem as palavras.
– A questão é justamente essa. Depois de tantos anos de celibato, a privação deve ter deixado você meio louco. Qualquer mulher pareceria desejável. Acredite em mim, aquela criatura não vale o seu afeto. Ela não tem sofisticação, não tem estilo, não tem família. Faça dela sua amante, se ela o agrada. Mas meu conselho é que não se case com a criada. Porque garanto que você logo se cansará dela, e aí já estará preso na armadilha.
A raiva de Ross desapareceu de repente. Não sentia mais nada pelo irmão a não ser pena. Matthew jamais encontraria o amor verdadeiro, ou uma paixão verdadeira, apenas imitações vazias. Ele passaria o resto da vida se sentindo insatisfeito, sem nunca saber como preencher o vazio que o invadia. E acabaria sempre buscando prazeres artificiais, tentando se convencer de que estava satisfeito.
– Não vou tentar convencer você do valor de Sophia – disse Ross, tranquilo. – Mas saiba que se disser uma única palavra a ela que possa ser vista como crítica ou condescendência, vou castrar você. Lentamente.

CAPÍTULO 11

Na noite de sábado, máscaras de seda simples, pretas ou brancas, foram oferecidas aos convidados que não haviam levado nenhuma para o baile. A maior parte deles, no entanto, usava lindas criações, feitas especialmente para o evento. Sophia estava encantada com a variedade: enfeitadas com penas, pedras, bordadas e pintadas à mão. As pessoas interagiam e flertavam sem pudor, aproveitando o anonimato. A retirada das máscaras aconteceria à meia-noite, e depois disso seria servida uma ceia farta.

Sophia, à porta do salão de visitas, olhou ao redor e sorriu, satisfeita com a visão esplêndida dos convidados dançando um minueto formal, executando inclinações e cortesias com graça e habilidade. As damas usavam vestidos nas cores fortes da moda e quase todos os cavalheiros estavam deslumbrantes nos trajes de noite em preto e branco. O piso, que tinha sido polido e encerado recentemente, refletia a luz cintilante dos candelabros, envolvendo os convidados em um brilho quase mágico. O aroma das flores e do perfume dos convidados adensava o ar, mas a brisa da noite, vinda das estufas e das antessalas, aliviava um pouco a sensação.

A série de cômodos que se estendia a partir do salão de visitas estava cheia de convidados jogando cartas ou bilhar, bebendo champanhe e experimentado iguarias como patê de ostra, tortinhas de lagosta e bolos embebidos em rum. Preocupada com a refeição principal, que logo seria servida, Sophia decidiu voltar para a cozinha e se certificar de que tudo estava de acordo com o programado. Foi discretamente pela calçada que contornava a lateral da casa. O ar da noite estava fresco, com cheiro de primavera, e Sophia suspirou de alívio e afrouxou a gola apertada do vestido escuro.

Ao passar pela estufa aberta, ficou surpresa ao ver o velho Sr. Cannon ali dentro, sentado em uma cadeira de rodas, observando o baile de uma janela grande. Um criado aguardava por perto; evidentemente fora recrutado para atender às necessidades do rabugento aniversariante.

Sophia se aproximou dele com um sorriso hesitante.

– Boa noite, Sr. Cannon. Posso perguntar por que está sentado aqui sozinho?

– Muito barulho e aborrecimento lá dentro. Além do mais, os fogos vão começar à meia-noite e aqui é o melhor lugar para vê-los – disse o Sr.

Cannon, observando Sophia com uma expressão especulativa. – Fique aqui para assistir comigo.

Robert Cannon se virou para o criado e acrescentou, em um tom brusco:

– Vá pegar champanhe. Duas taças.

– Senhor – disse Sophia –, lamento, mas não posso...

– Sim, eu sei. Você tem responsabilidades. Mas hoje é meu aniversário e, portanto, deve fazer a minha vontade.

Sophia deu um sorriso irônico e se sentou no banco de pedra ao lado da cadeira dele.

– Se eu for vista bebendo champanhe e assistindo aos fogos de artifício com o senhor, provavelmente serei demitida.

– Se isso acontecer, eu contratarei você como minha dama de companhia.

Ainda sorrindo, Sophia cruzou as mãos no colo.

– Não vai usar máscara, senhor?

– Por que eu usaria? Dificilmente enganaria alguém, sentado neste negócio.

Ao ver os dançarinos pela janela, Cannon deu uma fungadinha sarcástica.

– Se eu já não gostava de bailes de máscara quando estavam na moda, quarenta anos atrás, agora gosto ainda menos.

– Eu gostaria de ter uma máscara – disse Sophia, com um sorriso pensativo. – Poderia fazer ou dizer o que quisesse e ninguém me reconheceria.

O olhar do velho cavalheiro se voltou para ela.

– Por que está usando uma roupa tão sem graça em uma noite como esta? – perguntou ele, bruscamente.

– Não há necessidade de eu usar um vestido elegante.

O Sr. Cannon soltou uma risadinha zombeteira.

– Bobagem. Até a Sra. Bridgewell usava um bom vestido preto de cetim em ocasiões especiais.

– Não tenho nenhum vestido mais elegante do que este, senhor.

– Por que não? O meu neto não lhe paga um salário decente?

A conversa foi interrompida quando o criado reapareceu com as taças de champanhe em uma bandeja.

– Ah, ótimo – disse Cannon. – É Rheims? Deixe a garrafa aqui e vá ser útil para alguém lá dentro. A Srta. Sydney me fará companhia.

O criado obedeceu e inclinou o corpo respeitosamente antes de se afastar. Sophia aceitou a taça que o Sr. Cannon lhe entregou, segurando-a pela base e olhando com curiosidade para o líquido claro cor de âmbar.

– Já bebeu champanhe antes? – perguntou o senhor.

– Uma vez – admitiu Sophia. – Quando morava com a minha prima, em Shropshire, uma vizinha me deu uma garrafa quase vazia. O champanhe já estava quente àquela altura, e confesso que fiquei desapontada com o sabor. Imaginei que fosse mais doce.

– Este é original, francês... você vai gostar. Está vendo como as borbulhas sobem em linhas verticais? Sinal de uma boa safra.

Sophia aproximou a taça do rosto e se divertiu com a sensação das bolhas frias fazendo cócegas perto do nariz.

– O que faz com que tenha bolhas? – perguntou ela, perdida em devaneios. – Parece magia.

– Na verdade é um processo de fermentação dupla – explicou ele, de modo tão objetivo e seco que fez Sophia se lembrar de Ross. – É chamado de "vinho do diabo", por causa da natureza explosiva.

Hesitante, ela tomou um gole da bebida seca e efervescente e em seguida torceu o nariz.

– Ainda não gosto – declarou Sophia, e o Sr. Cannon riu.

– Tente de novo. Vai acabar desenvolvendo o gosto.

Embora se sentisse tentada a argumentar que nunca teria oportunidade de adquirir um gosto como esse, Sophia assentiu e bebeu.

– Gosto do formato da taça – comentou ela enquanto sentia a bebida descer pela garganta.

– Gosta? – perguntou ele, com um brilho malicioso cintilando em seus olhos. – Este formato é chamado *coupe*. Foi feito com inspiração nos seios de Maria Antonieta.

Sophia o encarou com reprovação.

– O senhor é muito malicioso, Sr. Cannon – disse ela.

O velho deu uma gargalhada, encantado com Sophia. Nesse momento, uma nova voz entrou na conversa.

– A taça *não* teve como inspiração os seios de Maria Antonieta. Meu avô está tentando chocá-la.

Ross surgiu diante deles, sua beleza austera envolta em trajes de noite, a máscara negra pendurada nos dedos. Seus dentes cintilaram em um sorriso tão fácil e encantador que Sophia ficou sem fôlego. Não havia nenhum homem que pudesse rivalizar com ele naquela noite; nenhum outro tinha aquela mistura de elegância e masculinidade.

Para tentar disfarçar sua reação à visão dele, Sophia tomou um grande gole do champanhe gelado e engasgou.

– Boa noite, sir Ross – falou com a voz áspera e os olhos lacrimejantes.

E então se levantou, constrangida, e procurou um lugar para pousar a taça com o champanhe pela metade.

– Ora, vovô – continuou Ross –, eu deveria ter imaginado que o senhor estaria fazendo todo o possível para corromper a Srta. Sydney.

– Eu dificilmente chamaria uma boa garrafa de Rheims de *corromper* – retrucou Cannon na defensiva. – É um tônico para a saúde, ora essa! Como dizem os franceses, champanhe é o remédio universal.

– Esta é a primeira vez que o escuto concordar com os franceses.

Ainda havia humor nos olhos de Ross quando ele pegou Sophia pelo pulso, impedindo-a de ir embora.

– Fique e termine seu champanhe, querida – disse baixinho. – No que diz respeito a mim, você pode ter o que quiser.

Sophia enrubesceu e puxou o braço, consciente de que o Sr. Cannon prestava atenção à cena.

– Preciso voltar aos meus afazeres, sir Ross.

Para o espanto dela, Ross levou sua mão à boca e beijou a palma, bem na frente do avô. Nem se Ross tivesse anunciado em um palanque o relacionamento entre os dois teria ficado mais claro.

– Sir Ross – disse ela baixinho, chocada.

Ele sustentou o olhar dela, informando-a silenciosamente de que já não iria mais disfarçar seus sentimentos.

Nervosa, Sophia entregou a taça a ele.

– Preciso ir – disse, ofegante. – Por favor, com sua licença.

Sophia saiu às pressas, deixando Ross ali com o avô, observando-a com tamanha intensidade que Sophia sentiu o calor do olhar dele em suas costas.

Ross olhou de relance para o avô e ergueu as sobrancelhas em expectativa.

– E então?

– Um belo casal – disse Cannon, servindo-se de mais champanhe com óbvio prazer. – Ela é uma jovem agradável, despretensiosa. Lembra muito a avó. Já experimentou os encantos dela?

Ross sorriu diante da pergunta abrupta.

– Se tivesse experimentado, não lhe diria.

– Acho que experimentou – comentou o velho cavalheiro, observando o neto por cima da borda da taça. – E se ela se parece ao menos um pouco com a avó, você teve muito prazer.

– Sua raposa velha. Não diga que o senhor e Sophia Jane...

– Ah, sim...

A lembrança parecia ser deliciosa. Perdido em reflexões, Robert girou delicadamente a haste da taça entre os dedos castigados pelo tempo.

– Eu a amei por anos – disse baixinho. – Deveria ter me empenhado mais em conquistá-la. Não deixe ninguém se colocar entre você e a mulher que ama, meu rapaz.

O sorriso sumiu do rosto de Ross e ele respondeu, muito compenetrado:

– Não deixarei, senhor.

Quando atravessava o piso de pedra e mármore do grande saguão, Sophia viu uma figura escura saindo das sombras de uma alcova em arco. Era um homem que, como os demais convidados, trajava roupas de noite e usava uma máscara de seda preta. Era jovem e robusto, com ombros largos e a cintura estreita, a mesma constituição extraordinariamente forte da maioria dos patrulheiros da Bow Street. O que aquele homem estaria fazendo ali, longe do salão de visitas? Sophia parou, sem saber bem o que fazer.

– Senhor? Posso ajudá-lo?

Ele levou um longo tempo para responder. Finalmente se aproximou e parou bem perto dela. Os olhos por trás da máscara eram de um azul cintilante, como uma pedra preciosa, e de uma intensidade impressionante. Quando o homem falou, sua voz era baixa e rouca.

– Estava procurando por você.

Confusa, Sophia inclinou a cabeça enquanto olhava para ele. Alguma coisa naquele homem a deixava inquieta, tensa, com uma sensação de perigo iminente. A máscara ocultava quase todo o rosto dele, mas não havia como disfarçar a saliência marcante do nariz ou o formato generoso da boca. Os cabelos eram castanhos, cortados curtos e caprichosamente escovados, e a pele, mais morena do que se costumava ver em um cavalheiro.

– Em que posso ajudá-lo? – perguntou ela, em um tom cauteloso.

– Qual é o seu nome?

– Srta. Sydney, senhor.

– Você é a governanta, aqui?

– Só por esta noite. Trabalho para sir Ross Cannon, na Bow Street.

– A Bow Street é um lugar perigoso demais para você – comentou ele, parecendo aborrecido.

Sophia achou que ele estava bêbado e recuou um passo.

– Você é uma solteirona? – perguntou o homem, seguindo-a lentamente.

– Sou uma mulher solteira – corrigiu ela.

– Por que uma mulher como você não se casaria?

As perguntas eram estranhas e inapropriadas. Sentindo-se desconfortável, Sophia decidiu que seria mais inteligente sair dali o mais rápido possível.

– É gentil de sua parte se preocupar comigo, senhor. Mas tenho deveres a cumprir. Se me der licença...

– Sophia – sussurrou ele, encarando-a com o que pareceu ser anseio.

Surpresa, Sophia se perguntou como ele sabia seu primeiro nome. Ela o encarou com os olhos arregalados, mas então um barulho súbito a distraiu. Era o som de risos e aplausos, acompanhados pelo som da música alta e a cacofonia das explosões de fogos. Lampejos de luz ofuscante iluminaram o céu e cintilaram através das janelas. Sophia se deu conta de que já devia ser meia-noite. Era hora de os convidados tirarem as máscaras. Ela se virou automaticamente na direção do som.

O estranho se colocou atrás dela em um gesto tão rápido e silencioso que Sophia só se deu conta da proximidade dele quando sentiu alguma coisa fria contra o peito. Ela levantou a mão e tateou o objeto estranho e pesado, então ouviu um clique, como se algo tivesse sido colocado em seu pescoço.

– Adeus – sussurrou uma voz cálida perto de seu ouvido.

Quando Sophia se virou, ele já havia desaparecido.

Confusa, ela levou as mãos ao peito e sentiu pedras e metal. Um colar. Mas por que um estranho faria uma coisa daquelas? Perplexa e assustada, ela se pegou saindo da casa rapidamente. Então virou o colar pesado, procurando pelo fecho, mas não conseguiu soltá-lo.

Aflita, Sophia correu até a estufa aberta, onde deixara Ross e o avô dele. Uma multidão se aglomerava ao redor deles, e muitos outros se encaminhavam para lá, saindo do salão de baile. Fogos enchiam o céu em lampejos de cor, explosões em formatos de árvores e animais caíam em cascatas. A cena era caótica e ensurdecedora.

Sophia ficou apoiada contra a lateral da casa, tentando sem sucesso cobrir com as mãos o brilho do colar precioso. Embora certamente não pudesse vê-la ou ouvi-la, Ross voltou a cabeça na direção dela, como se sentisse sua presença. Ao ver o rosto muito pálido de Sophia, reagiu na mesma hora. Atravessou a multidão entusiasmada, com os olhos fixos nela o tempo todo, e alcançou-a em poucas passadas. O barulho tornava impossível qualquer diálogo.

Ross pegou uma das mãos de Sophia e, ao afastá-las do pescoço, Sophia revelou os diamantes do colar. Ross estreitou os olhos enquanto Sophia continuava puxando a joia, agoniada, tentando removê-la. De repente, sentiu os dedos de Ross em sua nuca. O fecho foi aberto e o peso do ouro e das pedras preciosas deslizou por seu pescoço. Ross guardou o colar no bolso, pegou Sophia pela mão e levou-a para dentro da casa.

Ele não parou até chegarem a uma sala azul, anexa ao saguão central. Depois do barulho ensurdecedor e do brilho ofuscante dos fogos de artifício, a quietude da sala era quase chocante.

– O que aconteceu? – perguntou Ross, tenso, fechando a porta.

Sophia tentou explicar de forma coerente.

– Eu estava indo para a cozinha quando um homem mascarado me interceptou. Disse que estava procurando por mim. Tenho certeza de que nunca o vi antes, mas ele sabia o meu nome.

Abalada, ela descreveu a estranha conversa com o homem e o gesto absurdo dele de prender um colar de diamantes ao redor do pescoço dela antes de desaparecer.

Enquanto Sophia falava, Ross acariciava delicadamente a lateral do pescoço dela, como se estivesse apagando o toque do outro homem.

– Como ele era?

– Tinha cabelos castanhos e olhos azuis. Era alto, mas não tanto quanto você. A princípio, pensei que fosse um dos patrulheiros. Era um homem realmente forte, parecia até se mover como um patrulheiro... quero dizer, parecia ágil demais para alguém tão grande. Usava roupas elegantes, como um dos convidados... mas não acho que era esse o caso.

– Ele tinha alguma marca ou cicatriz?

Sophia balançou a cabeça.

– Não que eu conseguisse ver.

Muito sério, Ross tirou o colar do bolso e o colocou sobre a mesa de mogno. Sophia ficou parada ao seu lado e fitou a joia, horrorizada. Nunca vira uma coisa tão magnífica como aquele colar, com fileiras de flores de diamantes e folhas de esmeralda.

– É verdadeiro? – perguntou ela em um sussurro.

– Certamente sim – respondeu Ross.

– Deve valer uma fortuna.

– Cerca de três ou quatro mil libras, é o meu palpite. – Ross examinou o colar. – Seu admirador é um homem muito rico, ou um ladrão talentoso.

– Por que isso está acontecendo comigo? – perguntou ela em um sussurro. – Não fiz nada para encorajar o interesse de ninguém. O que ele quer? Por que um estranho faria uma coisa dessas?

Ao ouvir a ponta de pânico na voz dela, Ross se inclinou e beijou sua têmpora, para acalmá-la.

– Eu vou descobrir. Não precisa ter medo. Não vou permitir que nada de mal lhe aconteça.

Ela fechou os olhos e inspirou o perfume familiar, fortalecendo-se na solidez dele.

– Vamos – murmurou Ross. – Vou acompanhar você até a cozinha.

– E então?

– Então vou recrutar alguns criados para me ajudarem a fazer uma busca pela propriedade, ver se esse homem ainda está espreitando por aí. Embora eu duvide que ele seja tão tolo – disse Ross, guardando a joia no bolso. – Um colar como este não aparece do nada. É uma joia única, valiosa. Acho que não vai ser difícil rastrear sua origem e isso nos leva a uma interessante conclusão. Seu admirador quer que você descubra a identidade dele, caso contrário não teria lhe dado uma evidência tão gritante.

– Acha que é a mesma pessoa que mandou o vestido lilás?

– Presumo que sim.

Os lábios cerrados de Ross traíam sua ânsia de ir logo atrás do convidado misterioso. No entanto, quando viu a tensão no rosto de Sophia, ele a abraçou com tanta força que os pés dela quase saíram do chão. Ross passou o braço musculoso pela nuca de Sophia e colou os lábios aos dela em um beijo possessivo.

Diante do comando silencioso, Sophia abriu os lábios para receber a língua dele com seus movimentos sensuais. O beijo logo se tornou exigente, a língua ardente invadindo-a aos poucos, a coxa de Ross se enfiando entre as pernas dela. Qualquer pensamento racional, qualquer traço de preocupação, desapareceu. Só havia Ross, sua boca e suas mãos lembrando-a da intimidade ardente que haviam compartilhado na noite da véspera. Sophia sentiu os joelhos fracos e começou a arquejar, as mãos deslizando, agitadas, pelas costas do paletó dele. Ela se viu possuída por uma urgência de rasgar a própria roupa e a de Ross até estarem ambos nus.

– Ross – gemeu, e arqueou o pescoço enquanto a língua dele deslizava por sua pele.

Ele ergueu a cabeça e sorriu com uma expressão de satisfação máscula quando viu os lábios macios entreabertos e os olhos azuis enevoados de paixão.

– Você é minha, Sophia. Eu jamais vou permitir que alguma coisa aconteça com você. Entendeu?

Ela assentiu, ainda zonza, e oscilou um pouco quando Ross passou um braço ao seu redor e a guiou para fora da sala.

O homem misterioso não foi encontrado no terreno de Silverhill Park, o que Ross já esperava. No entanto, a pista que ele deixara para trás finalmente levaria a sua captura. Ross estava impaciente para retornar à Bow Street e começar a investigar o caso. A ideia de que alguém tivesse escolhido assediar Sophia daquela forma desagradável trazia à tona seus instintos masculinos mais primitivos. Ele não ficaria satisfeito até encontrar o desgraçado, passar o braço ao redor de seu pescoço e arrancar dele uma confissão detalhada.

Grato porque as comemorações já teriam terminado pela manhã, Ross fez o valete arrumar quanto antes a maior parte de seus pertences, preparando-se para que partissem cedo. Enquanto o homem dobrava suas roupas e as guardava com capricho no baú, Ross andou pela mansão escura. Ainda restavam alguns pontos de atividade: um casal se abraçando em um canto escuro, um jogo de cartas no salão de bilhar, homens na biblioteca com seus charutos pela metade.

Sophia provavelmente estaria no quarto dela. Ross estava louco de vontade de procurá-la. Nunca se vira em uma situação tão perturbadora antes. Ele havia magoado alguém de quem gostava e, mesmo que desejasse se redimir, percebia que não havia nada que pudesse fazer para tal. Além de trazer John Sydney de volta dos mortos, nada mais alteraria a situação.

O fato de Sophia o ter perdoado não era alívio algum. O peso das ações dele no passado estaria sempre entre os dois. Com um suspiro tenso, Ross continuou andando sem rumo, pensando nos acontecimentos das últimas vinte e quatro horas. Os sentimentos dele por Sophia haviam se intensificado de tal forma que nada o satisfaria a não ser possuí-la completamente. Ele a queria de forma permanente, irrevogável. Se ela o aceitasse, tentaria fazê-la tão feliz que a lembrança do irmão não interferiria nos sentimentos mútuos.

Ross se pegou diante da porta do quarto destinado à governanta, perto da cozinha, o cômodo pequeno que Sophia estava ocupando. Ergueu a mão duas vezes para bater na porta de madeira, mas desistiu. Sabia que deveria voltar para o quarto e esperar pacientemente até descobrir a verdade sobre o que acontecera no passado. Deveria pensar mais nas necessidades de Sophia do que nas próprias. Mas a queria com tamanho desespero que os escrúpulos e a consciência já não importavam mais. Dividido entre o dever e o desejo, Ross ficou parado na porta, com os punhos cerrados, o corpo ardendo de desejo.

Bem no momento em que sua consciência relutante o convencia a partir, a porta foi aberta e os olhos azuis de Sophia encararam os dele. Ela usava uma camisola recatada, fechada por uma fileira de botões. Ross teve vontade de abrir lentamente cada um deles e lamber sua pele macia.

– Vai ficar parado aí a noite toda? – perguntou Sophia, baixinho.

Ross apoiou a mão no batente da porta, devorando-a com o olhar. O desejo explodia dentro dele, tornando difícil pensar com coerência.

– Vim ver se você estava bem.

– Não estou – respondeu ela, levando a mão pequena à frente do colete dele e puxando-o para perto. – Estou solitária.

Ross respirava com dificuldade quando deixou que ela o puxasse para dentro do quarto. Ele fechou a porta e baixou os olhos para o rosto sério de Sophia. Os lábios vermelhos dela pareciam aveludados sob a luz suave da vela.

– Existem boas razões para esperar... – começou Ross, em um tom ríspido, dando a ela uma última chance de recuar.

Mas qualquer outra palavra ficou presa em sua garganta quando Sophia pressionou o corpo delgado contra o dele e ficou na ponta dos pés para se moldar melhor ao abraço.

– Ao menos uma vez, não faça a coisa certa... – sussurrou Sophia.

Ela passou os braços macios ao redor do pescoço dele. Ross sentiu os dentes delicados mordiscarem o lóbulo de sua orelha pouco antes de ela sussurrar, com ternura:

– Eu o desafio.

As poucas lembranças que Sophia tinha de seu primeiro amante desapareciam como fumaça à medida que se via consumida pelo fogo lento e deliberado das carícias de Ross. Ele se despiu e em seguida a despiu demoradamente, parando com frequência para colar a boca à de Sophia em beijos lânguidos. Fascinada, ela se perguntou como um homem que conduzia a própria vida em um ritmo tão acelerado era capaz de fazer amor tão lentamente, como se o tempo tivesse perdido todo o sentido. Quando Ross finalmente tirou a camisa de baixo de Sophia, ela pressionou o corpo nu contra o dele, com um gemido de alívio. A pele de Ross era quente e macia, e o peito, coberto por pelos negros grossos que faziam cócegas nos seios dela. Sophia sentiu a pressão forte do sexo dele contra a barriga e tocou seu membro com cuidado, ainda muito inexperiente na arte de fazer amor.

O membro era cheio de veias, com a pele fina e sedosa esticada sobre a rigidez de aço. Diante do toque hesitante dos dedos dela, o órgão pesado se moveu como se tivesse vontade própria. Sophia prendeu a respiração.

– Ah.

A voz de Ross soou rouca de desejo e de algo que se parecia muito com uma risada quando ele falou:

– Não precisa ter medo – disse ele, guiando os dedos dela para a ponta do membro. – Toque aqui, onde é mais sensível.

Sophia acariciou a ponta larga e brincou com ela até sentir uma gota de umidade escapar da pequena fenda. Aquilo deixou a superfície do sexo dele mais escorregadia e ela roçou os dedos ao redor da ponta e deslizou-os para baixo, para explorar os testículos rígidos e frios.

De repente, Ross segurou sua mão com gentileza, afastando-a dali.

– Por ora, já basta – disse ele, com dificuldade.

– Por quê?

– Porque estou prestes a perder o controle.

– Essa era a minha intenção – falou Sophia, e Ross deu uma risada rouca.

– Vamos fazer isso do meu jeito – murmurou ele, levantando Sophia e deitando-a na cama estreita. – Pretendo fazer com que dure um bom tempo.

Ross acomodou o corpo ao lado dela, mais de um metro e oitenta de masculinidade rígida e poderosa, e Sophia rolou na direção dele, com uma ansiedade trêmula. Ele a deitou de costas e se inclinou sobre ela, e seu hálito encontrou os seios macios. Ross passou a ponta da língua pelo mamilo dela e Sophia agarrou os ombros largos dele, empurrando o corpo para cima, em súplica. Ele mordiscou e sugou de leve, deixando o bico rígido, então se moveu para o outro seio, fazendo com que ela se contorcesse.

– Ross – pediu Sophia, desesperada.

– Sim?

– Eu quero mais... eu quero...

Ela sentiu a mão dele descer até a barriga e arqueou os quadris, ainda pedindo o que tanto queria.

Ross ergueu a cabeça, com os olhos cintilando de satisfação ao ver o rubor no rosto dela. Sophia gemeu de gratidão ao sentir os dedos dele deslizando até o ponto mais sensível do sexo dela, que parecia arder de desejo. Para a decepção de Sophia, o toque foi breve.

– Ah, Ross, não pare, por favor...

– Quero outra coisa.

Ele deixou a mão deslizar mais para baixo enquanto depositava um rastro de beijos pelo corpo dela. Quando estava com o rosto no meio das coxas de Sophia, ele parou.

E de repente ela sentiu os lábios deles pousarem na parte interna de suas coxas. Quando se deu conta do que Ross pretendia fazer, Sophia se sobressaltou e tentou levantar o corpo.

– Espere... – disse em um arquejo, segurando a cabeça dele. – Espere... Aí não...

A mão de Ross se moveu pela perna dela, em uma carícia suave.

– Nunca fez isso antes?

– É claro que não! Eu nem sequer imaginei que alguém poderia...

Sophia parou e o encarou com a testa franzida em uma expressão de perplexidade.

– Duvido que Anthony soubesse da existência de uma coisa dessas.

Ele deu uma risada e beijou o joelho dela.

– Tenho vontade de fazer isso com você desde o dia em que a conheci.

– Ah, é? – perguntou ela, profundamente espantada.

– Bem no meu escritório. Tive vontade de jogar você em cima da escrivaninha e enfiar a cabeça debaixo da sua saia.

– Não – disse Sophia, duvidando, incapaz de acreditar que sob aquela aparência tão distante Ross pudesse estar pensando uma coisa dessas. – Mas você estava tão circunspecto!

– Tão circunspecto quanto poderia estar um homem com uma ereção plena.

– O quê? Mas como...

Ela arquejou quando Ross enfiou a cabeça mais uma vez entre suas coxas.

– Ah, Ross, espere...

– Depois desta noite – disse ele, em um murmúrio aveludado –, você vai esquecer tudo sobre Anthony.

Sophia sentiu os dedos dele nas dobras inchadas do sexo, a língua tocando o minúsculo ponto de prazer. Os cotovelos já não sustentavam mais o peso do corpo, e Sophia se deixou cair na cama com um gemido e ficou encarando cegamente a escuridão. Ah, Deus, ele estava *lambendo* o sexo dela, em movimentos longos e sinuosos que a faziam estremecer com um prazer desesperado.

Sophia não conseguiu conter o balançar sinuoso dos quadris, que seguia no ritmo dos movimentos dele. Ross deslizou as mãos por baixo do corpo dela, guiando-a enquanto sua língua tocava, lambia, seduzia. Quando as sensações chegavam a um ápice insuportável, Ross ergueu a cabeça e posicionou o corpo sobre o dela.

– Ai, meu Deus... – disse Sophia em um gemido, à beira do clímax. – Por favor, *por favor*...

Ele a penetrou com uma arremetida profunda. Sophia gritou e seus músculos se contraíram instintivamente diante da invasão suave, mas implacável. Sentiu-se esticar por dentro, incapaz de conter Ross. Tentou desesperadamente acomodá-lo dentro de si, mas parecia impossível.

Ross roçou a boca na dela e sussurrou:

– Calma. Não vou machucar você. Relaxe, meu bem.

Então deixou a mão deslizar por entre seus corpos e Sophia sentiu que ele a acariciava enquanto continuava a penetrá-la devagar, em um movimento tranquilo e cuidadoso. Cada arremetida do membro dele arrancava um gemido do fundo da garganta de Sophia, que precisou morder o lábio para abafar os sons. De repente, Ross estava todo dentro dela, bem fundo, deslizando e enterrando cada centímetro do membro rígido no corpo dela.

Então ele recuou até quase sair e a penetrou novamente, com uma lentidão desesperadora, os pelos do peito roçando nos mamilos dela, o abdômen liso colado ao dela. Sophia ergueu o corpo, acompanhando com os quadris o ritmo das arremetidas longas e deliciosas, até se ver implorando:

– Por favor, não precisa ser tão gentil, não... Por favor, eu quero mais forte, *por favor*...

Ross colou a boca à dela, abafando seus gritos. O corpo de Sophia estremeceu com espasmos violentos e seu sexo se contraiu ao redor do dele até Ross deixar escapar um gemido, segurá-la pelos quadris com ambas as mãos e despejar sua paixão dentro dela.

O corpo de Sophia continuou estremecendo e se contorcendo de prazer. Ross aconchegou-a nos braços e beijou-a de novo. Invadida pela língua e pelo sexo dele, ela foi dominada por outra onda de sensações e gemeu e estremeceu com um segundo orgasmo.

Depois de um longo tempo, Ross se moveu para o lado, tomando cuidado para não esmagá-la com seu peso. Sophia se esticou voluptuosamente contra ele.

– Ross... – murmurou ela, com voz sonolenta. – Eu preciso contar uma coisa. Talvez você não acredite, mas juro que é verdade.

– Sim?

– Eu não teria conseguido seguir adiante com o plano.

– Com o plano de partir meu coração? Sim, eu sei disso.

– Sabe?

Ele passou a mão pelos cabelos dela, espalhando-os sobre o próprio peito.

– Não é da sua natureza ferir ninguém. Você não teria conseguido se obrigar a me trair.

Sophia estava surpresa com a fé que Ross tinha nela.

– Como você pode ter tanta certeza?

– É muito fácil ler você – respondeu ele, brincando com o lóbulo dela. – Faz algum tempo que eu já sabia que você sentia algo por mim. Mas só tive certeza da intensidade dos seus sentimentos quando você me viu depois de ficarmos separados por uma semana. Seu rosto me mostrou tudo que você sentia.

Perturbada pela revelação, Sophia se sentou e se inclinou por cima dele, os seios nus mal disfarçados pelos cachos rebeldes dos cabelos.

– Se sou tão transparente assim, em que estou pensando agora?

Ross examinou-a por um momento, e um sorriso lento curvou seus lábios.

– Você está se perguntando quanto vai demorar para que eu faça amor com você de novo.

Antes que ela pudesse responder, ele puxou-a para cima de seu corpo, montando-a sobre ele. Para a surpresa de Sophia, o sexo de Ross estendeu-se, vibrante, pressionando a carne sensível dela.

– E esta é a resposta – murmurou ele, puxando-a para um beijo.

Exausta do fim de semana agitado, Sophia se aconchegou no colo de Ross e cochilou durante quase todo o trajeto de volta a Londres. Ao olhar para o rosto adormecido contra o seu ombro, Ross ficou encantado com a incrível mudança que acontecera em sua vida. Ele havia se acostumado tanto a viver só que esquecera como era preciso de alguém daquele jeito. Agora todos os desejos que reprimira por tanto tempo – sexo, afeto e companhia – haviam se libertado com a intensidade de uma vingança. E o perturbava que Sophia tivesse tanto poder sobre ele, um poder que ele mesmo dera a ela. Que Deus o ajudasse quando ela se desse conta disso. Ainda assim, Ross não conseguia suportar a ideia de omitir qualquer coisa dela.

O corpo de Sophia se balançava no colo dele a cada solavanco da carruagem, deixando-o excitado e com a mente cheia de fantasias. Ross segurou a cabeça dela contra o peito e observou a expressão em seu rosto adormecido: a ruguinha entre as sobrancelhas escuras, o movimento inquieto da boca. Os sonhos de Sophia não estavam sendo nada tranquilos. Ross acariciou sua face e murmurou baixinho até a ruga se desfazer. Sem conseguir se conter, deslizou a mão até o seio de Sophia e envolveu a curva voluptuosa. Mesmo dormindo, Sophia reagiu, arqueando o corpo na direção dele com um murmúrio sonolento. Ross pressionou os lábios contra a testa dela e aconchegou-a enquanto ela se espreguiçava e bocejava.

– Desculpe – disse ele, fitando as profundezas dos olhos dela, ainda sonolentos. – Não quis acordar você.

Sophia piscou para afastar o sono.

– Já estamos chegando?

– Em meia hora, no máximo.

A expressão nos olhos dela era de cautela.

– O que vai acontecer amanhã? – perguntou.

– Vou descobrir se fui quem mandou seu irmão para aquele navio tantos anos atrás.

Ela enfiou os dedos por dentro do colete dele, buscando o calor da pele.

– Seja lá o que você descubra, não vai importar.

– É claro que vai – retrucou ele, tenso.

– Não vai, não.

Sophia ergueu o corpo, passou a mão pela nuca de Ross e colou os lábios aos dele, explorando sua boca com ousadia. Ross resistiu por exatos cinco segundos, então reagiu com um gemido baixo. O sabor da boca de Sophia se misturou ao da dele, e o beijo se tornou mais ardente e profundo enquanto ele mergulhava na doçura dela.

– Sophia – disse Ross, afastando a boca.

Embora não fosse o momento nem o lugar que ele havia planejado para aquilo, Ross não conseguiu conter as palavras.

– Eu quero me casar com você.

Ela ficou imóvel, o rosto a centímetros do dele. Claramente não esperava ouvir aquilo. A agitação fez com que ela piscasse diversas vezes e levasse a ponta da língua ao lábio superior.

– Cavalheiros na sua posição não se casam com criadas.

– Já aconteceu antes.

– Sim, e os homens que cometem esse tipo de erro são ridicularizados e, às vezes, caem no ostracismo. Você vive sob o escrutínio do povo. Tenho certeza de que seus críticos serão implacáveis!

– Já fui criticado publicamente incontáveis vezes – declarou Ross com firmeza. – A esta altura já estou bastante acostumado. E você está falando como se eu fosse um membro da realeza, quando não passo de um profissional exercendo o meu trabalho.

– Um profissional com uma família abastada que tem laços com a aristocracia.

– Bem, se vamos começar com rótulos, devo lembrar que você é filha de um visconde.

– Mas não fui educada dessa forma. Depois que meus pais morreram eu parei de estudar. Não sei montar a cavalo, nem dançar, nem tocar um instrumento. E não aprendi nada de etiqueta e de modos aristocráticos...

– Nada disso importa.

Ela riu, incrédula.

– Talvez não para você, mas para mim importa.

– Então você vai aprender o que for necessário.

Sophia brincou com uma dobra da camisa dele.

– Não posso me casar com você.

Ross deixou os lábios correrem pela testa dela, descendo até a têmpora, e perguntou:

– Isso significa que você não quer?

– Significa que sua família não aprovaria um casamento entre nós.

Ross beijou o pescoço dela.

– Aprovaria, sim. Minha mãe deixou claro que vai aceitar você de braços abertos. O restante da família, ou seja, tias, tios e primos, vai seguir a deixa. E o meu avô praticamente ordenou que eu a pedisse em casamento.

– Não! – exclamou Sophia, perplexa.

– Ele disse que você é a mais bela de todas a damas e, além de tudo, é terreno fértil para ser semeado. Segundo ele, é melhor que eu me dedique a isso imediatamente.

– Meu Deus! – exclamou Sophia, dividida entre o riso e o constrangimento. – Imagino o que mais ele disse.

– Meu avô me contou quanto amou sua avó durante toda a vida, e quanto desejava simplesmente ter raptado Sophia Jane e fugido para se casar com ela. É um arrependimento com o qual ele convive há décadas. Que Deus me poupe de passar pelo mesmo.

As feições delicadas de Sophia se tornaram pensativas.

– Ficarei com você pelo tempo que me quiser. Talvez a melhor solução seja eu me tornar sua amante.

Ross balançou a cabeça, decidido.

– Não é disso que eu preciso, Sophia. Não sou o tipo de homem que mantém uma amante. E você não é o tipo de mulher que ficaria feliz com um arranjo desses. Não há motivo para transformar o nosso relacionamento em algo vergonhoso. Quero que você seja minha esposa.

– Ross, eu não posso.

– Por favor – murmurou ele.

De repente, Ross sentiu que a pressionara cedo demais. Deveria ter esperado a hora certa.

– Não precisa responder ainda. Pense um pouco a respeito.

– Não há o que pensar – respondeu ela. – Eu realmente não acho...

Ross colou a boca à dela, calando Sophia por um longo tempo, até que ela esquecesse o que pretendia dizer.

CAPÍTULO 12

Assim que chegaram, Ross foi direto para o número 3 da Bow Street. Morgan tinha concordado em se mudar temporariamente para a corregedoria durante os três dias de ausência de Ross, e a lamparina em cima da escrivaninha iluminava a sala enquanto a noite caía em Londres. Quando Ross entrou, Morgan ergueu os olhos do trabalho e suspirou, claramente aliviado.

– Graças a Deus você voltou.

– Foi tão ruim assim? – perguntou Ross com um sorrisinho, e ficou parado com as mãos enfiadas nos bolsos do paletó. – Aconteceu alguma coisa diferente?

Morgan esfregou os olhos, parecendo cansado.

– Não, o de sempre. Cumprimos dez mandados, prendemos um desertor e investigamos um assassino naquele covil de ladrões a leste de Covent Garden. E investigamos o caso de um bacalhau que fugiu do Lannigan's.

– De um quê?

Apesar do evidente cansaço, um sorriso curvou os lábios da boca generosa de Morgan.

– Parece que um menino chamado Dickie Sloper desenvolveu apreço por um bacalhau em particular na loja. Dickie prendeu um gancho nas guelras do peixe, a outra ponta da linha no botão de seus calções e saiu andando. O peixeiro ficou compreensivelmente assustado quando viu o bacalhau pular da mesa e deslizar porta afora, parecendo ter vida própria. Quando o jovem Dickie foi pego, jurou que era inocente e que o peixe o seguia por vontade própria.

Ross abafou uma risada.

– Lannigan vai dar queixa?

– Não. O peixe foi recuperado inteiro e Lannigan se deu por satisfeito depois que Dickie passou a noite na sala de detenção da Bow Street.

Ross fitou Grant, agora sem conseguir conter um sorriso.

– Bem, parece que vocês conseguem sobreviver sem mim, afinal.

Morgan lançou um olhar irônico para o chefe.

– Você não diria isso se visse a quantidade de trabalho acumulado em cima da sua mesa. A pilha chega à altura do meu peito. Fiz o melhor que pude, mas não consegui colocar tudo em dia. Mas agora que você está aqui, vou para casa. Estou casado, morrendo de fome e não vou para a cama com minha esposa há dias. Em outras palavras, tenho levado a sua vida há três dias e não consigo aguentar nem mais um minuto.

– Morgan – disse Ross, sério. – Preciso lhe pedir um favor pessoal.

Ross nunca tinha feito um pedido assim antes. Morgan o encarou com tensão renovada e se recostou na cadeira.

– É claro – disse, sem hesitar.

Ross se aproximou da mesa enquanto pegava o colar de esmeraldas e diamantes no bolso e o colocava com cuidado na superfície gasta de mogno. Mesmo sob a luz fraca, as pedras cintilaram com um brilho sobrenatural.

O olhar espantado de Morgan encontrou o de Ross antes de retornar para o colar. Seus lábios soltaram um assovio baixo.

– Meu bom Jesus! De onde veio isso?

– É exatamente o que eu quero que você descubra.

– Por que não pede a um dos patrulheiros? Sayer poderia lidar tranquilamente com essa tarefa.

– Não tão rapidamente quanto você – retrucou Ross. – E quero respostas logo.

Embora Morgan tivesse passado boa parte do ano no banco de juiz, ainda dispunha de mais experiência e habilidade do que qualquer patrulheiro. Ninguém conhecia Londres como Grant Morgan, e Ross confiava que ele resolveria o assunto da melhor forma.

– Como esse colar foi parar nas suas mãos? – perguntou Morgan.

Ross explicou todos os detalhes, o que fez o assistente encará-lo com uma expressão pensativa.

– A Srta. Sydney está bem?

– Ela está bem, embora compreensivelmente ansiosa. Quero esse assunto resolvido quanto antes, Morgan, para poupá-la de uma preocupação desnecessária.

– É claro.

Morgan pegou uma pena e bateu algumas vezes com ela na mesa, em movimentos rápidos que contradiziam a fachada impassível.

– Cannon – disse ele em um tom calmo –, suponho que tenha considerado a possibilidade de que a Srta. Sydney possa estar envolvida com alguém, certo? Esses presentes podem ter vindo de um amante...

Ross balançou a cabeça antes mesmo que Morgan terminasse de falar.

– Não – retrucou com firmeza. – Ela não tem um amante.

– Como você tem certeza disso?

Irritado com a persistência do amigo, Ross o encarou com severidade.

– Estou em posição de saber.

Grant pareceu relaxar. Pousou a pena e descansou os dedos entrelaçados sobre a barriga. Então encarou Ross com um olhar que era um misto de especulação e bom humor.

– Hum... Vejo que você finalmente a levou para a cama.

Ross manteve a expressão impassível.

– Isso não tem relevância no que diz respeito ao colar.

– Não – concordou Morgan, também impassível, parecendo se divertir com o desconforto de Ross. – Mas já faz um bom tempo que você não sabia o que era isso, não é?

– Eu não disse que a levei para a cama – falou Ross, sem se estender além do necessário. – Tenho enorme respeito pela Srta. Sydney. Além do mais, seria inteiramente inapropriado da minha parte me aproveitar de uma mulher que trabalha para mim.

– Sim, senhor – disse Grant, e fez uma pausa antes de perguntar, com uma expressão contida: – E então... como foi?

Ele sorriu quando Ross lhe lançou um olhar de alerta.

Para o aborrecimento de Ross, o comentário de Morgan sobre a pilha na mesa dele fora um eufemismo. Relatórios, arquivos, correspondências e uma variedade de documentos formavam uma montanha de equilíbrio precário. Ross deixou escapar um suspiro pesado ao entrar na sala. Pouco tempo antes, ele não teria dado a menor importância a uma pilha daquele tamanho. Agora, parecia absurdo que um único homem tivesse que cuidar de tanta coisa. Um ano antes, Ross havia aceitado comissões para servir como juiz em Essex, Kent, Hertfordshire e Surrey, além das responsabilidades que já tinha em Westminster e Middlesex. Isso o tornara o magistrado mais importante da Inglaterra, e ele tivera grande satisfação em ver crescer a autoridade que exerce. Até aquele momento. Agora, Ross queria se livrar daquela implacável enxurrada de responsabilidades e ter uma vida. Queria uma esposa, um lar... até mesmo filhos algum dia.

O problema é que ele não conhecia homem algum que aceitasse assumir o posto dele na Bow Street, nem mesmo Grant. Embora Morgan fosse ambicioso e dedicado, jamais permitiria que a profissão fosse mais importante do que seu casamento. Ross simplesmente precisaria encontrar alguém que o ajudasse a administrar o escritório da Bow Street, onde o trabalho era demasiado para um homem só. No mínimo, teria que dividir seus encargos com outros três juízes e precisaria contratar mais meia dúzia de patrulheiros. Além disso, seria necessário abrir mais duas ou três corregedorias em Westminster. Ao imaginar a recepção que *essa* ideia teria no Parlamento, bem como a solicitação do investimento necessário, os lábios de Ross se curvaram em um sorriso sombrio.

O sorriso logo sumiu enquanto ele vasculhava a mesa em busca da chave da sala de registros criminais. Quando a encontrou, Ross seguiu pelo corredor, destrancou a porta, entrou na sala e pousou um lampião em cima da mesa. O cômodo cheirava a poeira e pergaminho, e partículas de pó pairavam preguiçosamente no ar. Depois de uma busca breve, Ross encontrou a gaveta onde era mais provável estar o arquivo de John Sydney. Com um misto de medo e determinação, o magistrado-chefe folheou os documentos, mas não conseguiu encontrar nada relacionado ao caso de um batedor de carteiras de sobrenome Sydney.

Ross fechou a gaveta e ficou olhando para a fileira de armários, pensativo. Ao que parecia, o caso tinha sido insignificante demais para merecer um arquivo próprio. No entanto, deveria haver alguma menção nos registros do tribunal. Franzindo a testa, Ross se virou na direção de outro armário e abriu-o com determinação.

Uma voz baixa interrompeu sua busca.

– Já procurei aí.

Ross olhou para a porta e viu a silhueta esguia de Sophia. Ela se adiantou e a luz brincou em suas belas feições. Um sorriso melancólico curvou os lábios fartos.

– Procurei em todos os armários e gavetas desta sala – murmurou ela. – Não há qualquer menção a John.

Ross foi assolado pela culpa e pela preocupação, mas manteve o rosto impassível enquanto refletia acerca do problema.

– Os registros do tribunal com mais de dez anos são levados para um depósito no último andar. Vou procurar lá.

– Depois – disse Sophia com gentileza. – Você pode pedir ao Sr. Vickery que procure amanhã.

Como sabia que Sophia estava ainda mais ansiosa do que ele para encontrar aquela informação, Ross se aproximou e passou o braço ao redor de sua cintura. Sophia cedeu na mesma hora e ele a beijou. Então deixou a boca correr pelo pescoço dela até achar o ponto onde a pulsação latejava.

– E neste meio-tempo? – perguntou, pressionando-a contra a forma rígida do membro ereto.

Sophia passou os braços ao redor do pescoço de Ross e roçou os lábios nos dele, na promessa de um beijo.

– Neste meio-tempo, vou manter você bem ocupado.

– No meu quarto ou no seu? – perguntou ele.

Sophia deu uma risadinha ofegante quando se lembrou da última vez que Ross fizera essa mesma pergunta, no meio do escritório dele.

– Em qual você prefere?

Ross encostou a boca no ouvido dela e sussurrou:

– A minha cama é maior.

Como haviam esquecido de fechar as cortinas na noite anterior, a luz forte do sol invadiu o quarto pela manhã. Ainda não totalmente desperta, Sophia pensou que o sol devia estar muito forte para conseguir atravessar a névoa de fumaça de carvão que pairava sobre a cidade.

Ela sentiu um movimento ao seu lado na cama e rolou o corpo, apoiando-se no cotovelo. Ross se espreguiçou e ergueu os cílios muito escuros, revelando os olhos cinza sonolentos. Estava tão bonito com os cabelos bagunçados e o rosto ainda ruborizado que Sophia quase perdeu o ar.

Ross fora insaciável durante a noite. Ele tocara, beijara e saboreara cada centímetro do corpo dela, com mãos gentis, a boca insistente. As lembranças íntimas preencheram Sophia e ela sentiu o rosto ruborizar. Sophia se remexeu, hesitante, e descobriu que os músculos da parte interna de suas coxas estavam doloridos, bem como os ombros e a nuca.

Ao ver a careta que ela não conseguiu disfarçar, Ross se sentou e se inclinou acima dela, franzindo a testa.

– Eu machuquei você ontem?

Ela pousou as mãos nos braços dele e acariciou a superfície coberta de pelos.

– Nada que um banho não consiga curar.

Ninguém teria reconhecido o magistrado-chefe da Bow Street, tão autoritário e reservado, se o visse olhando para Sophia com tanta ternura.

– Você fica linda iluminada pelo sol – disse ele com voz rouca.

O sorriso de Sophia desapareceu na mesma hora e ela despertou completamente ao ver a intensa claridade sobre os lençóis muito brancos. Sentiu um arrepio de ansiedade.

– Dormimos demais – disse, horrorizada. – Meu Deus, Ross. Nós sempre acordamos antes de todo mundo, ao raiar do dia, e agora... Meu Deus, já é quase meio-dia!

Em pânico, Sophia se levantou e Ross pressionou o corpo dela de volta contra o colchão.

– Calma – disse ele, baixinho. – Respire fundo.

– Todos já acordaram – disse Sophia, olhando para ele com os olhos arregalados. – Já passou muito da hora do café da manhã. Ai, meu Deus, nunca perdi a hora antes!

– Nem eu.

– E agora, o que vamos fazer?

– Imagino que sair da cama e nos vestir – disse Ross, embora não parecesse particularmente empolgado com a ideia.

Sophia gemeu, cada vez mais aflita.

– Os criados, os escrivães e os patrulheiros... todos já devem saber que estamos juntos no seu quarto.

Sophia puxou uma ponta do lençol para cobrir o rosto e desejou poder se esconder para sempre.

– Eles sabem o que estávamos fazendo e... Ross, não se atreva a rir!

Ross fez o possível para obedecer, mas seus olhos cintilavam, travessos.

– Infelizmente, arruinamos qualquer chance de agir com discrição. Agora só nos resta ir trabalhar como sempre.

– Não vou conseguir – disse Sophia, com voz abafada. – Ter que encarar todo mundo...

Ross puxou o lençol de cima do rosto dela, desvencilhando o tecido dos dedos contraídos de Sophia.

– Você não precisa encarar ninguém – disse ele. – Vamos só ficar aqui o dia todo.

Ela olhou para ele, franzindo a testa.

– Gostaria que você estivesse falando sério!

Ross abafou uma risada.

– Mas eu *estou* falando sério.

Embaixo de Ross, Sophia se contorceu, impaciente.

– Ross, precisamos levantar agora!

– Eu já levantei...

Ross levou a mão de Sophia à extensão rígida do membro ereto. Sophia arquejou e afastou os dedos na mesma hora.

– Se você acha que vou fazer *isso* com você agora, em *plena luz do dia*, com todo mundo sabendo que estamos aqui em cima...

Ross deu uma risada sugestiva e abriu as pernas dela.

– Pare com isso! – sussurrou Sophia com determinação, dando um jeito de se desvencilhar e arrastar o corpo até a beirada da cama. – Alguém vai ouvir a gente e... ah!

Ela ficou sem fôlego ao sentir a mordidinha brincalhona na nádega direita.

Ross pegou-a pela cintura, puxou-a para trás e começou a beijar toda a extensão nua das costas dela, subindo da lombar à nuca.

– Estou dolorida – protestou ela, embora tenha sentido um arrepio de prazer percorrer seu corpo quando ele mordiscou um lugar sensível sob as omoplatas.

Ross ergueu o corpo e sussurrou contra a nuca dela:

– Vou ser gentil. Só mais uma vez, Sophia...

Ela estremeceu ao sentir os lábios dele roçando em sua pele.

– Eu... espero que este não seja seu ritmo usual. Três vezes ontem à noite e mais uma agora... Não vai ser assim sempre, certo?

– Não – respondeu ele, colocando um travesseiro embaixo dos quadris dela para elevá-los. – Mas eu passei muito tempo em privação. Em algum momento eu vou recuperar o tempo perdido e diminuir o ritmo para uma vez por noite.

– E quando vai ser esse momento? – perguntou Sophia, e Ross riu baixinho.

Ela pressionou o rosto contra o colchão e fechou os olhos.

– Ross...

Sophia gemeu e contraiu o corpo quando ele deslizou os dedos para dentro de sua abertura inchada.

O movimento era extremamente suave, os dedos mal se moviam dentro dela. Os lábios de Ross passearam pelo pescoço dela, em beijos leves como asas de borboletas, e o hálito quente deixou Sophia arrepiada. As sensações se acumulavam, cada vez mais intensas, até que Sophia deixou escapar um arquejo e tentou se virar.

– Não se mova – disse ele em um sussurro ardente, bem junto ao ouvido dela.

– Mas eu quero você... – disse Sophia, se contorcendo ao sentir os dedos dele entrando mais fundo.

Era uma tortura ficar ali deitada, sentindo o peso de Ross sobre ela, os pelos do peito roçando em suas costas. Sophia sentiu a ponta da língua dele tocar o lóbulo de sua orelha e gemeu e se contorceu de novo, e seus músculos íntimos se contraíram ao redor dos dedos de Ross. Quando buscou algo em que se agarrar, Sophia encontrou a beirada do colchão e segurou com força até os nós dos dedos ficarem brancos.

De repente, Sophia sentiu as pernas de Ross se enfiarem entre as dela.

– Abra as pernas – murmurou Ross. – Isso... assim, isso...

Ele retirou os dedos e deixou a ponta do pênis penetrá-la. Então ergueu os quadris dela ainda mais para cima, ajustando meticulosamente a posição para preenchê-la por inteiro. Já dentro dela, Ross ficou praticamente imóvel, penetrando-a bem fundo, e nesse momento levou a mão para a região do ventre dela. Tateou em meio aos pelos úmidos entre as coxas até encontrar o ponto que latejava com intensidade.

E então se pôs a arremeter bem devagar, o movimento coordenado com as carícias que os dedos faziam no ponto mais sensível de Sophia, recusando-se a ceder às arremetidas longas pelas quais ela tanto ansiava. O autocontrole dele estava levando Sophia à loucura. Ela enterrou o rosto no colchão e abafou os próprios gritos enquanto projetava os quadris para cima. O calor se acumulou no abdômen dela e se irradiou por toda parte, em ondas e mais ondas de prazer. Toda a atenção de Sophia se concentrava no lugar onde o corpo de Ross se unia ao dela, no membro intumescido e pulsante que alimentava cada vez mais seu desejo ardente. Em pouco tempo, todos os sentidos de Sophia se perderam em uma explosão final de prazer.

Quando as contrações trêmulas de Sophia envolveram seu sexo, Ross gemeu alto contra as costas dela e deixou seu clímax se derramar. Com a respiração ofegante, se manteve acima dela até os braços começarem a tremer. Então deixou o corpo cair de lado, mantendo-a bem junto dele, uma vez que ainda estava mergulhado nas profundezas de seu corpo. Os dois ficaram ali, banhados pela luz do sol, em meio aos lençóis emaranhados e imersos no aroma do sexo.

Um longo tempo se passou antes que Ross voltasse a falar.

– Vou mandar prepararem um banho. Nós dois estamos precisando.

Sophia se virou e enterrou o rosto nos pelos do peito dele.

– Neste ritmo, vamos passar o dia todo aqui – murmurou ela, pesarosa.

– Assim espero – retrucou Ross enquanto erguia o rosto dela para roubar mais um beijo.

Para a surpresa de Sophia, os empregados da Bow Street se esforçaram para fingir que nada estava acontecendo. Ninguém foi capaz de encará-la, mas era nítido que todos ardiam de curiosidade. O respeito que sentiam por Ross – para não mencionar o medo de provocar a ira dele –, no entanto, impediu que comentassem uma palavra sequer sobre o fato de Sophia obviamente ter dividido a cama com ele.

O Sr. Vickery recebeu a tarefa de descobrir qualquer menção a John Sydney nos registros mais antigos do tribunal, embora Ross não tenha dado justificativa alguma a ele. Era um trabalho cansativo, pois exigia que o escrivão examinasse página após página de anotações com a tinta quase apagada. Provavelmente seriam necessários vários dias para percorrer todos os registros.

– Sir Ross – comentou Vickery com muito interesse –, não pude evitar reparar no sobrenome do réu. Posso perguntar se ele tem algum tipo de parentesco com a Srta. Sydney?

– Prefiro não comentar – respondeu Ross, tranquilo. – E lhe peço que mantenha esse nome em segredo e não mencione os registros para mais ninguém aqui na Bow Street.

– Nem para sir Grant? – perguntou Vickery, com evidente surpresa.

– Ninguém – enfatizou Ross, lançando um olhar significativo para o escrivão.

Enquanto Vickery seguia em sua busca, Sophia ajudou Ross com uma montanha de trabalho. Além das responsabilidades de sempre, ele estava envolvido no planejamento de uma série de batidas nos arredores de Londres, a fim de remover bandos de desocupados. Ross também fora chamado inesperadamente para atuar como árbitro em um protesto por salários mais altos, organizado pelos alfaiates de Londres.

Solidária, mas achando graça de tudo aquilo, Sophia ouviu os resmungos de Ross enquanto ele se preparava para deixar o escritório.

– Vai demorar muito para resolver essa reivindicação? – perguntou ela.

– É melhor que não demore – disse Ross, irritado. – Não estou com humor para tolerar horas de discussão.

Ela sorriu diante da expressão rabugenta dele.

– Você vai se sair bem. Não tenho dúvida de que é capaz de convencer qualquer um a concordar com qualquer coisa.

A expressão dele se suavizou quando a puxou para um beijo.

– Você é a prova disso, não é? – murmurou.

No entanto, bem no momento em que Ross se preparava para sair, o Sr. Vickery bateu à porta. Sophia sentiu um nó no estômago ao ver o brilho triunfante no rosto do escrivão. Ele segurava uma pasta amarela de arquivo.

– Sir Ross – disse ele, visivelmente satisfeito –, por um golpe de sorte encontrei a informação que me pediu. Poderia ter levado semanas, mas por acaso me vi diante da caixa certa antes mesmo de checar um quarto dos registros. Agora, talvez o senhor possa me dizer por que...

– Obrigado – disse Ross em um tom neutro, e se adiantou para pegar a pasta. – Isso é tudo, Vickery. Você se saiu muito bem.

O escrivão demonstrou estar profundamente desapontado ao se dar conta de que não teria qualquer informação extra.

– Sim, sir Ross. Imagino que o senhor vá ler isso depois que voltar da negociação com os alfaiates.

– Os alfaiates podem esperar – disse Ross com firmeza. – Feche a porta quando sair, Vickery.

Obviamente perplexo com o fato de um registro antigo do tribunal ser mais importante do que a negociação com os alfaiates, o Sr. Vickery obedeceu lentamente.

O clique silencioso da porta se fechando fez com que Sophia se encolhesse. Ela ficara olhando para o arquivo nas mãos de Morgan com mórbida satisfação e o rosto muito pálido.

– Você não precisa ler isso agora – disse ela, com voz rouca. – Deve cuidar de suas responsabilidades.

– Sente-se – murmurou Ross, adiantando-se e pousando a mão no ombro dela.

Sophia cedeu à pressão gentil, afundou na cadeira mais próxima e agarrou os braços de madeira com força. Seu olhar permaneceu fixo no rosto impassível de Ross enquanto ele ia até a escrivaninha e abria a pasta sobre a superfície marcada de mogno. Ainda de pé, Ross apoiou as mãos lado a lado dos papéis e se inclinou para examiná-los.

O silêncio na sala era tão tenso quanto o olhar dele sobre as páginas. Sophia precisou se esforçar para manter a respiração sob controle e se perguntou por que estava tão nervosa. Afinal, tinha quase certeza das informações que os registros revelariam e, como dissera a Ross, aquilo já não importava mais. Ela o havia perdoado e encontrara certa paz no processo. No entanto, naquele momento seu corpo parecia um relógio que recebera corda em excesso, e Sophia cravou as unhas nos braços da cadeira quando viu Ross franzir a testa.

Quando Sophia achou que estava prestes a enlouquecer, Ross falou, o olhar ainda nos papéis:

– Agora eu me lembro. Eu era o magistrado designado naquele dia. Depois de ouvir o caso, sentenciei John Sydney ao navio prisional. Considerando o crime dele, era a punição mais branda que eu poderia dar. Qualquer sentença menor teria provocado tamanha revolta que eu teria sido forçado a abandonar a cadeira de juiz.

– Dez meses em um navio prisional por roubar uma carteira? – perguntou Sophia, incrédula. – Com certeza é uma punição totalmente desproporcional!

Ross não olhou para ela.

– O seu irmão não era um batedor de carteiras, Sophia. Nem se juntou a um grupo de ladrõezinhos. Ele era um bandoleiro.

– Um bandoleiro? – repetiu Sophia, balançando a cabeça em perplexidade. – Não. Isso não é possível. A minha prima me disse...

– Ou a sua prima não sabia a verdade ou achou que seria mais gentil escondê-la de você.

– Mas John tinha só 14 anos!

– Ele se juntou a uma gangue de bandoleiros e embarcou em uma sequência de roubos cada vez mais violentos até os quatro membros da gangue serem trazidos a mim sob a acusação de assassinato. Por alguma razão, Sydney nunca mencionou que possuía um título. Ele se identificou como um cidadão comum.

Sophia ficou encarando Ross, estupefata.

Ele encontrou o olhar dela, com o rosto tão impassível quanto o tom de sua voz, e continuou:

– Eles detiveram uma carruagem particular que levava duas mulheres, uma criança pequena e um homem de idade. Não só roubaram os relógios e joias das damas como um dos bandoleiros, Hawkins, pegou uma mamadeira de prata da criança. De acordo com o depoimento das mulheres, a criança começou a chorar tão desconsoladamente que o avô exigiu que devolvessem a mamadeira. Nesse momento começou uma briga e Hawkins o acertou com o cabo da pistola. O homem caiu no chão e não se sabe ao certo se morreu do ferimento ou em virtude da agitação provocada pelo evento. Quando a gangue foi capturada e trazida a mim, o povo estava muito revoltado. Ordenei que os três mais velhos permanecessem detidos e aguardassem julgamento. Todos foram presos e executados em pouco tempo. No entanto, levando em consideração a idade de John Sydney e o fato de ele não ter atacado pessoalmente o homem na carruagem, consegui proferir uma sentença mais branda. Fiz com que fosse mandado para o navio prisional. O que provocou a fúria do povo e muitas críticas, já que a maioria pedia a sentença de morte para ele.

– Nada disso parece coisa do meu irmão – sussurrou Sophia. – Não acredito que John teria sido capaz de cometer crimes assim.

Ross respondeu com grande cuidado.

– Um rapaz não conseguiria sobreviver incólume no submundo de Londres. Seu irmão deve ter ficado calejado com as experiências que teve em antros de bandidos. Qualquer um se corrompe com uma vida assim.

As revelações deixaram Sophia enjoada, além de dolorosamente constrangida.

– Eu passei esse tempo todo culpando você por uma injustiça – disse ela com dificuldade –, quando na verdade você fez de tudo para ajudar o meu irmão.

Ross ficou olhando para o pergaminho frágil diante dele, passando os dedos longos pelas letras desbotadas.

– Eu lembro que parecia haver alguma coisa nele que valia a pena salvar – comentou Ross, distraído. – Estava claro que ele havia se envolvido em algo que tinha fugido do controle.

Os olhos cinza de Ross se estreitaram enquanto ele continuava a fitar os documentos do tribunal.

– Mas algo nesse caso me incomoda. Eu sinto que deixei escapar alguma coisa... sinto que ainda há alguma conexão a ser feita, mas, por mais que me esforce, não consigo descobrir o que é.

Sophia balançou lentamente a cabeça.

– Eu sinto muito...

Ele levantou os olhos e sua expressão se tornou terna.

– Por quê?

– Por ter me infiltrado na sua vida. Por ter vindo atrás de vingança quando não havia nada a ser vingado. Por ter colocado você em uma posição tão delicada.

Sophia se levantou com grande esforço, de cabeça baixa, com a garganta tão contraída que ela mal conseguia respirar.

Ross contornou a mesa e tentou abraçá-la, mas Sophia o afastou com gentileza.

– A melhor coisa que eu poderia fazer por você seria desaparecer... – disse ela.

Ross envolveu os braços de Sophia com seus dedos longos e a sacudiu delicadamente. Havia um toque de medo ou raiva em sua voz quando pediu, em um tom urgente:

– Sophia, olhe para mim. Maldição, olhe para mim! Se você desaparecesse, eu a encontraria. Não importa quão rápido partisse, quão longe fosse. Portanto, pode tirar essa ideia da cabeça.

Ela assentiu, perdida nos olhos cinza penetrantes, enquanto a mente fervilhava com especulações amargas.

– Agora me prometa que enquanto eu estiver fora hoje, você não vai fazer nenhuma besteira – exigiu ele, a voz tensa. – Fique aqui e, quando eu voltar, vamos acertar as coisas. Combinado?

Como Sophia não respondeu, Ross a ergueu até os pés dela quase não tocarem mais o chão.

– Combinado? – repetiu ele, em um tom firme.

– Combinado – sussurrou ela. – Estarei aqui.

CAPÍTULO 13

Depois que Ross saiu, não restou muito para Sophia adiantar no escritório, por isso ela decidiu fazer o inventário da despensa. A revelação sobre o passado de crimes de John tinha sido inesperada e perturbadora. Sophia não conseguia pensar direito, então seguiu com suas tarefas mecanicamente, sentindo-se derrotada e cansada, até que finalmente alguma coisa a fez sair daquele torpor.

Um cheiro horrível emanava da prateleira de ardósia em que eram guardadas carnes e peixes. Enojada, Sophia ficou sem fôlego enquanto procurava a origem do fedor.

– Meu Deus, o que é isso? – perguntou.

Eliza se aproximou da despensa mancando para ver o que estava acontecendo.

Não demorou muito para que Sophia descobrisse que o cheiro podre vinha de um salmão que passara muito do seu momento de frescor.

– Podemos mergulhar a peça em vinagre e água de cal – sugeriu Eliza, hesitante. – Vai remover quase todo o mau cheiro... Bem, isso se o peixe não estiver passado demais.

Sophia teve ânsias de vômito enquanto jogava um pano por cima do salmão viscoso e o tirava da prateleira.

– Eliza, *nada* poderia salvar este peixe. "Passado demais" é um conceito distante neste caso. O bicho está podre da cabeça à cauda.

– Me dê aqui, vou embrulhá-lo.

Eliza pegou um jornal da véspera e embrulhou o salmão com habilidade até o cheiro passar.

Sophia observou-a, irritada.

– Lucie comprou esse peixe no Lannigan's hoje de manhã, não foi?

– Foi. O peixeiro disse a ela que estava fresco.

– Fresco! – exclamou Sophia, com uma risadinha cínica.

– Vou fazer com que ela devolva, então – disse Eliza, franzindo a testa. – O problema é que eu a mandei novamente à rua para pegar sementes de capuchinha, para fazermos picles.

– Eu mesma vou até lá devolver.

Sophia sabia que o joelho de Eliza não estava bom o suficiente para que ela fosse andando até a peixaria. Além do mais, gostou da oportunidade de esticar as pernas e, quem sabe, clarear um pouco a mente.

– Tenho algumas coisas a dizer ao Sr. Lannigan. Como ele ousa vender um salmão dessa qualidade para a casa de sir Ross?

– Srta. Sydney, acho que terá que esperar. Ernest não pode acompanhá-la, ele saiu para resolver algumas coisas para sir Grant.

– Eu vou sozinha. Não é longe, estarei de volta antes que alguém se dê conta de que saí.

– Mas sir Ross já disse muitas vezes que a senhorita só deve sair acompanhada. Se alguma coisa acontecer com...

Eliza estremeceu com o pensamento que lhe passou.

– Não vai acontecer nada comigo. Não é como se eu estivesse indo visitar um antro de bandidos. Vou só até a peixaria.

– Mas sir Ross...

– Pode deixar que eu me entendo com sir Ross – disse Sophia, já saindo para pegar o *bonnet*.

~

Diante da indignação justificada de Sophia, e depois de ser lembrado de tudo o que sir Ross fizera por ele no passado, o Sr. Lannigan se desculpou profusamente.

– Foi um erro – murmurou ele em seu forte sotaque do East End de Londres.

O peixeiro evitava a todo custo encarar Sophia. Seu rosto redondo estava vermelho de vergonha.

– Eu jamais mandaria um salmão podre para a Bow Street! Empurrar uma peça dessas para sir Ross... Seria estupidez da minha parte fazer algo assim, a senhorita não acha? – perguntou ele, e de repente pareceu menos tenso quando uma possível explicação lhe ocorreu. – Foi aquela tonta da Lucie. Ela pegou o *peixe errado*, foi isso!

– Muito bem, então – retrucou Sophia, muito séria. – Eu gostaria de trocá-lo pelo peixe correto, por favor.

– Sim, senhorita.

O peixeiro pegou o embrulho da mão dela e saiu com pressa exagerada para os fundos da loja, murmurando consigo mesmo.

– Só o melhor para sir Ross, é o que sempre digo...

Enquanto esperava que o novo salmão fosse embrulhado, Sophia percebeu uma pequena comoção do lado de fora da loja. Curiosa, foi até a janelinha de vidro grosso e viu uma aglomeração ao redor da entrada do prédio do outro lado da rua.

– O que será que estão olhando?

Lannigan respondeu com uma entonação diferente, algo que soava estranhamente como orgulho.

– Gentry saiu à caça de novo.

– Nick Gentry?

Sophia olhou para o homem por cima do ombro, com as sobrancelhas erguidas em uma expressão de surpresa.

– Está dizendo que ele está tentando capturar alguém?

Lannigan alisou um retângulo de papel pardo e pousou o peixe com reverência em uma das extremidades.

– Gentry é como uma raposa. O apanhador de ladrões mais esperto e de pés mais ligeiros desde Morgan, fique a senhorita sabendo.

Ele embrulhou o peixe com gestos hábeis.

Sophia voltou a prestar atenção na cena que se desenrolava lá fora e deduziu que as pessoas esperavam que o famoso Nick Gentry saísse do prédio.

– O Sr. Gentry pode até ser um apanhador de ladrões – comentou ela, em um tom altivo –, mas também é um criminoso. Eu não insultaria sir Grant fazendo uma comparação dessas, já que ele é o mais honrado dos homens.

– Sim, senhorita – disse Lannigan, passando um barbante ao redor do pacote com um floreio. – Mas, ainda assim, Gentry é um patife esperto.

A profunda admiração do povo por aquele homem deixava Sophia confusa. Como o magnetismo e o suposto encanto de Gentry faziam com que as pessoas deixassem de enxergar seus crimes?

Lannigan foi até a janela e entregou o embrulho a Sophia.

– Srta. Sydney, a senhorita chegou a ver Gentry quando ele foi levado para a Bow Street?

– Na verdade, não...

Sophia franziu a testa, pensativa, lembrando-se da fúria de Ross quando ela entrara de repente na sala de detenção. Tudo o que conseguira ver na ocasião foram as costas do notório lorde do crime.

– Eu já trabalhava lá, mas não o vi.

— A carruagem dele parou bem na esquina — informou Lannigan, em um tom travesso. — Se a senhorita esperar aqui, vai conseguir vê-lo.

Sophia se forçou a dar uma risadinha.

— Ah, tenho coisa melhor a fazer do que ficar esperando só para dar uma espiada em um canalha como Nick Gentry.

Mas, depois que saiu da loja, Sophia hesitou, olhou de relance para o beco e seu olhar recaiu sobre uma carruagem de laca preta cheia de ornamentos em ouro. O veículo puxado por seis cavalos era exatamente o tipo de extravagância de mau gosto que seria comprada com dinheiro ilegal. O cocheiro esperava em seu posto, com o rosto entediado e cansado sob a cartola, enquanto um criado armado aguardava ao lado da porta.

Sophia não sabia por que sua curiosidade em relação a Gentry era tão forte. Talvez fosse pelo fato de Ross o odiar profundamente. Gentry era o oposto de tudo em que Ross acreditava. Embora declarasse ser um apanhador de ladrões profissional e, portanto, estar do lado da lei, Gentry na verdade era um criminoso cruel. Chantagem, desvio de informação, associação criminosa, incriminação e roubo eram crimes cometidos por Nick Gentry. O sujeito era um ultraje à moralidade. No entanto, a maioria das pessoas o considerava heroico, e os que não o consideravam tinham medo de cruzar o caminho dele.

Enquanto pensava sobre todas as transgressões atribuídas a ele, Sophia viu que a multidão do outro lado rua abria espaço para permitir que uma única figura alta passasse. O homem tinha um modo arrogante de andar, uma autoconfiança que ficava clara na postura e no passo leve e ágil. Enquanto passava pelas pessoas, mãos se estendiam para lhe dar um tapinha nos ombros e nas costas, e aplausos calorosos soavam em seu rastro.

— Palpite certeiro, nosso nobre!

— Um viva para o Black Dog!

Black Dog? Sophia torceu o nariz com desprezo pelo apelido de "Cachorro Negro". Ela se encostou na lateral do prédio e ficou observando as pessoas seguirem Gentry em direção à carruagem. Quando o apanhador de ladrões se aproximou, Sophia ficou surpresa ao ver que ele era jovem e bonito, com um nariz comprido, reto e elegante, feições marcadas e olhos azuis vívidos. Assim como os patrulheiros da Bow Street, o homem exalava confiança física. Estava claro que tinha em abundância aquilo que educadamente as pessoas chamavam de "exuberância natural". Seus cabelos eram de um castanho escuro e profundo, e a pele estava muito bronzeada, o que fazia com que os dentes parecessem surpreendentemente brancos quando Gentry sorria. No entanto, mesmo com todo o aparente bom humor, havia certa frieza nele. Uma selvageria tão mal contida que fez Sophia estremecer apesar do calor do dia.

O criado armado abriu a porta da carruagem e Gentry foi caminhando em direção a ela a passos largos. Mas, por algum motivo, parou antes de entrar e apoiou a mão levemente na laca preta do veículo. Gentry ficou imóvel, como se estivesse ouvindo um som que ninguém mais conseguia ouvir. Seus ombros se enrijeceram, ele se virou lentamente, e seu olhar encontrou Sophia. Assustada, ela o encarou de volta, completamente imóvel pela intensidade da expressão dele.

A multidão, a rua, o céu – tudo pareceu desaparecer, restando apenas os dois. Subitamente Sophia entendeu que Gentry era o estranho misterioso em Silverhill Park, aquele que lhe dera o colar de diamantes. Mas como aquilo era possível? O que um homem como Nick Gentry poderia querer com ela? Tensa, Sophia arquejou e deixou o embrulho cair.

Ficou paralisada, observando enquanto Nick Gentry caminhava em sua direção, com o rosto agora muito pálido apesar do bronzeado. Ele parou diante de Sophia e começou a estender a mão, mas hesitou, sem nunca tirar os olhos dela. Então, de repente, pareceu tomar uma decisão. Gentry envolveu o pulso acelerado de Sophia com a mão grande.

– Venha comigo – disse, e sua voz se sobrepôs ao barulho da multidão. – Não vou lhe fazer mal.

Surpresa por ele ter a ousadia de tocá-la, Sophia resistiu ao puxão gentil, o rosto agora muito pálido também. Ela tentou se desvencilhar.

– Me solte – disse, tensa. – Se alguma coisa acontecer comigo, sir Ross vai matar você.

Gentry chegou ainda mais perto e colou os lábios ao ouvido dela.

– Gostaria de saber o que aconteceu com John Sydney?

Sophia recuou rapidamente e quase bateu a cabeça contra a parede.

– O que você sabe sobre o meu irmão?

Um canto da boca de Gentry se curvou em um sorriso zombeteiro.

– Venha.

A imagem de Nick Gentry puxando uma mulher bonita para longe dos espectadores os divertiu tremendamente, e todos riram e bateram palmas, aglomerando-se ao redor da carruagem enquanto Gentry fazia com que Sophia entrasse. Assustada, mas profundamente curiosa, ela meio que caiu contra o assento de couro. A porta foi fechada e o veículo sacolejou quando os seis cavalos se colocaram em movimento. A carruagem dobrou a esquina e ganhou impulso, acelerando a uma velocidade imprudente pelas ruas.

– Aonde estamos indo? – perguntou Sophia, tensa. – E por que mencionou o nome do meu irmão? E porque me deu o vestido e o colar e...

Gentry levantou as mãos em um gesto defensivo e zombeteiro.

– Calma. Eu vou explicar tudo. Só... espere.

Ele estendeu a mão para um compartimento de madeira polida ao lado da porta e pegou um copo e uma pequena garrafa com um líquido âmbar. Gentry pareceu incapaz de servir a bebida, e Sophia não soube dizer se por causa do balanço da carruagem ou porque suas mãos estavam estranhamente trêmulas. Ele por fim desistiu, praguejou e bebeu direto da garrafa.

Com cuidado, devolveu tudo ao compartimento e pousou as mãos grandes em cima dos joelhos.

– Estamos indo para a minha casa, na West Street. Perto do Fleet Ditch.

Sophia não conseguiu evitar estremecer de horror. A localização era uma das mais repugnantes e perigosas de Londres, abrigo de ladrões e fugitivos, convenientemente localizada próximo às prisões de Newgate e Ludgate e ao rio Fleet. O enorme esgoto chamado Fleet Ditch espalhava seu fedor amplamente pelas ruas tortuosas e pelos becos das cercanias.

– Estará segura comigo – disse ele, rapidamente. – Só quero conversar com você com privacidade.

– Por que comigo? – perguntou Sophia. – O que eu fiz para chamar sua atenção? Não nos conhecemos e tenho certeza de que não temos conhecidos em comum.

– Você vai entender depois que eu explicar algumas coisas.

Encolhida no canto do assento, Sophia lançou um olhar frio para ele.

– Pode explicar, então. E depois me leve de volta em segurança para a Bow Street.

Os dentes brancos de Gentry brilharam e ele pareceu achar o destemor de Sophia divertido e digno de admiração.

– Combinado – disse ele calmamente. – Pois bem. Eu gostaria de falar com você sobre os últimos dias de John Sydney.

– Você conheceu meu irmão? – perguntou Sophia, desconfiada.

Gentry assentiu.

– Eu estava no navio prisional onde ele morreu.

– Por que eu deveria acreditar?

– Que razão eu teria para mentir sobre isso?

Algo nos olhos do homem obrigou Sophia a aceitar que ele falava a verdade. As palavras reabriram dolorosamente a ferida que a morte de John havia deixado em seu coração. Ninguém nunca havia relatado a ela o que seu amado irmão mais novo sofrera no navio prisional, nem como ele havia morrido. Sophia sempre desejara saber, mas agora que parecia prestes a descobrir, sentia-se apavorada.

– Continue – pediu ela, com voz rouca.

Gentry falou devagar, dando tempo a Sophia para digerir a informação.

– Estávamos no *Scarborough*, ancorados no Tâmisa. Havia seiscentos condenados alojados abaixo do convés, alguns em celas de ferro, outros acorrentados a ferros presos em tábuas de carvalho. A maioria de nós tinha uma bola de ferro e uma corrente ao redor de um dos tornozelos. Ladrões, assassinos, batedores de carteiras... não importava se o crime tinha sido pequeno ou grande, todos fomos submetidos ao mesmo tratamento. Os meninos mais novos, como John e eu, eram os mais maltratados.

Sophia se obrigou a perguntar:

– Maltratados como?

– Fomos acorrentados ao lado de homens que haviam sido privados de...

Gentry fez uma pausa, aparentemente procurando uma palavra apropriada, que a fizesse compreender.

– Homens que não tinham uma mulher há muito tempo. Entende o que eu quero dizer?

Sophia assentiu com cautela.

– Quando um homem chega a esse estado, acaba fazendo coisas que normalmente não faria. Como atacar criaturas mais vulneráveis... e submetê-las a...

Gentry se interrompeu, com a boca retorcida. Então seu olhar ficou muito distante, como se visse uma imagem desagradável através da janela. Parecia alheio às lembranças, distante e um tanto contemplativo.

– Coisas indizíveis – murmurou.

Sophia ficou em silêncio, em horror e em angústia enquanto uma parte de sua mente formulava a pergunta: por que Nick Gentry confessaria algo tão particular e angustiante a uma mulher que não conhecia?

Ele prosseguiu em um tom baixo e objetivo.

– Os prisioneiros estavam famintos, sujos, sufocando com o ar imundo, devastados pela febre da prisão. Eles nos mantinham todos juntos... os vivos, os moribundos, os mortos. Todas as manhãs os corpos dos que não tinham sobrevivido à noite eram levados ao convés superior, transportados para terra firme e enterrados.

– Me fale sobre o meu irmão – pediu Sophia, se esforçando para evitar que a voz tremesse.

O olhar de Gentry encontrou o dela, e Sophia ficou impressionada com quão vibrantes e absurdamente azuis eles eram.

– John fez amizade com um rapaz quase da idade dele. Eles tentavam se proteger, se ajudavam quando era possível, e conversavam sobre o dia em que seriam soltos. Embora fosse egoísmo, John temia o dia em que o amigo seria libertado e isso não demoraria a acontecer. E quando o amigo fosse solto, John sabia que voltaria a ficar sozinho.

Gentry fez uma pausa e passou a mão pelos cabelos castanhos cheios, bagunçando os fios brilhantes. Parecia ter cada vez mais dificuldade de continuar.

– Quis o destino que, duas semanas antes de o amigo de John ser libertado, houvesse um surto de cólera no navio. O amigo ficou doente e, apesar dos esforços de John para cuidar dele, o rapaz morreu. O que deixou John em uma posição bastante interessante. Ele achou razoável pensar que, como o amigo já estava morto, não haveria mal em tomar o seu lugar.

Sophia estava completamente confusa.

– O quê? – perguntou, com voz débil.

Gentry não olhou para ela.

– Se John assumisse a identidade do amigo, ganharia a liberdade em questão de dias em vez de passar mais um ano no navio prisional. E estava bem claro que ele não duraria todo esse tempo. Então, no meio da noite, ele trocou de roupa com o cadáver do outro rapaz e, quando a manhã chegou, entregou o corpo do amigo como sendo o de John Sydney.

A carruagem parou e o fedor pútrido do Fleet Ditch começou a penetrar no interior do veículo. O coração de Sophia batia, descompassado, parecendo arrancar todo o ar dos pulmões dela.

– Mas isso não faz sentido – disse, com voz rígida. – Se essa história for verdade, então...

Sophia se interrompeu de repente, ciente de um zumbido agudo nos ouvidos.

Gentry a encarou, e a expressão dele de repente pareceu menos fria. O queixo estava trêmulo, como se ele se esforçasse para controlar uma profunda emoção. O rapaz cerrou o maxilar e se forçou a dizer com calma:

– O nome do rapaz morto era Nick Gentry.

De repente, Sophia explodiu em um choro desesperado.

– Não – disse ela, soluçando. – Isso não é verdade. Por que você está fazendo isso comigo? Me leve de volta à Bow Street!

Através do borrão quente das lágrimas, ela viu o rosto dele se aproximar.

– Você não está me reconhecendo? – perguntou Gentry em um sussurro angustiado.

Então a chocou se jogando no chão e se agarrando à saia dela, a cabeça enfiada em seus joelhos.

Sophia ficou estupefata ao olhar para as mãos agarradas à sua saia. E um arquejo rouco escapou de sua garganta quando tocou o dorso da mão esquerda dele. Havia uma pequena cicatriz em forma de estrela no centro. A mesma cicatriz de infância que John obteve depois de esbarrar descuidadamente no ferro da lareira, ainda quente dos carvões em brasa. Lágrimas continuaram a escorrer pelo rosto dela quando cobriu a cicatriz com a própria mão.

Gentry levantou a cabeça e a encarou com olhos que Sophia, naquele momento, reconheceu que eram exatamente iguais aos dela.

– Por favor – sussurrou ele.

– Está tudo bem – disse Sophia, abalada. – Eu acredito em você, John. Conheço você. Eu deveria ter percebido isso imediatamente, mas você mudou muito.

Ele respondeu com um murmúrio triste, esforçando-se para conter os próprios sentimentos.

Sophia sentiu seu rosto se contorcer em uma expressão confusa, um misto de alegria e desespero.

– Por que você não me procurou anos atrás? Passei tanto tempo sozinha. Por que se manteve distante e me deixou sofrer pensando que você tinha morrido?

Gentry esfregou os olhos com a manga do paletó e deixou escapar um suspiro trêmulo.

– Vamos conversar lá dentro.

O criado abriu a porta da carruagem e Gentry – John – desceu com agilidade e estendeu a mão para ajudar Sophia a descer. Ela apoiou as mãos nos ombros dele, que a segurou pela cintura e colocou-a no chão com todo o cuidado. No entanto, seus joelhos tremiam como gelatina e Sophia se assustou ao sentir as pernas perdendo a força.

Gentry firmou-a na mesma hora, passando as mãos por baixo dos braços dela.

– Estou segurando você – disse ele, e então acrescentou: – Me desculpe... você sofreu um choque.

– Estou bem – disse Sophia, tentando debilmente afastá-lo.

Gentry manteve o braço nas costas da irmã e guiou-a em direção à casa. Era uma antiga taberna, convertida em residência. Sophia não conseguiu evitar um arquejo ao olhar ao redor. O lugar parecia saído de um pesadelo. Estavam em uma área de Londres que até os patrulheiros mais corajosos teriam evitado a todo custo. As pessoas que se escondiam naquelas ruas tortuosas mal pareciam humanas, tinham rostos acinzentados e imundos, eram quase fantasmagóricas em suas roupas esfarrapadas.

Insetos rastejavam sobre as pilhas de lixo na rua. O cheiro de valas e esgotos se misturava à fumaça de um matadouro próximo, um fedor tão horrível que fez os olhos de Sophia lacrimejarem. Havia barulho e tumulto por toda parte: gritos de mendigos e crianças maltrapilhas, sons de porcos e galinhas, de brigas de bêbados e até mesmo o estalo ocasional de uma pistola.

Gentry fitou Sophia e deu um sorrisinho ao ver a reação dela ao lugar.

– Não é exatamente Mayfair, não é mesmo? Mas não se preocupe, logo você se acostuma com o cheiro. Eu agora mal percebo.

– Por que escolheu morar aqui? – perguntou Sophia, quase engasgando com o ar fétido. – As pessoas dizem que você tem dinheiro. Deve poder se permitir algo melhor do que isso.

– Ah, eu tenho escritórios de primeira classe na cidade – garantiu ele –, onde me encontro com clientes ricos ou políticos e coisa assim. Mas nesta área estão todos os *flashes* e prisões, e preciso ter fácil acesso a isso.

Ao ver o rosto confuso de Sophia diante da expressão típica do dialeto do East End, Gentry explicou melhor enquanto a guiava por um precário lance de escada.

– *Flashes* são os melhores ladrões. São sujeitos que moram em tabernas de má reputação, onde de certo modo estão protegidos da lei e livres para jogar, beber e fazer seus planos.

– E você é o mais bem-sucedido *flash* de todos? – perguntou Sophia, acompanhando Gentry através de um surpreendente labirinto de corredores secretos, escadas e recessos escuros.

– Alguns diriam que sim – respondeu ele, sem qualquer constrangimento. – Mas na maioria das vezes desempenho o papel de apanhador de ladrões... Extremamente competente, por sinal.

– Não era assim que você deveria viver – murmurou Sophia, chocada com o destino do irmão.

– E você? Seu destino era se tornar criada? – argumentou ele em um tom irônico. – Não me julgue, Sophia. Eu e você fizemos o que era preciso para sobreviver.

Eles se aproximaram de uma porta pesada no final de um corredor estreito, e Gentry estendeu a mão para abri-la para a irmã. Quando entrou, Sophia ficou surpresa ao encontrar alguns cômodos elegantemente decorados. As paredes forradas de papel decorativo eram cobertas por espelhos barrocos de armação dourada e quadros elegantes. O mobiliário francês também tinha muito dourado e estofados em brocado, e as janelas eram protegidas por cortinas de veludo cinza-azulado.

Atordoada por se ver diante de espaços tão elegantes dentro de uma casa em ruínas, Sophia se voltou para o irmão com os olhos arregalados.

Ele apena sorriu.

– Não é porque eu tenho que morar na West Street que preciso viver mal.

Sentindo-se fraca depois de receber o que certamente fora o maior choque de sua vida, Sophia se dirigiu a uma cadeira bem acolchoada. Gentry foi até um aparador e serviu uma bebida em dois copos.

– Tome um pouco disto – disse ele, colocando um dos copos na mão dela.

Sophia obedeceu, grata pelo calor suave do conhaque deslizando pela garganta. O irmão sentou-se ao lado dela e virou a bebida como se fosse água. Com o olhar fixo em Sophia, ele balançou a cabeça, encantado.

– Não acredito que você está mesmo aqui. Passei anos pensando em você, no que havia acontecido.

– Você poderia ter me avisado que ainda estava vivo – disse Sophia, ríspida.

De repente, o rosto de Gentry ficou sem expressão.

– Sim, eu poderia.

– E por que não fez isso?

Ele ficou olhando para uma gota perdida de conhaque no copo vazio que rolava suavemente entre os dedos longos.

– O principal motivo foi que seria melhor para você não saber. Levo uma vida perigosa, para não mencionar desagradável, e eu não queria que você carregasse a vergonha de ter um irmão assim. Eu tinha certeza de que você já teria se casado há muito tempo, com algum homem decente do vilarejo. Pensei até que já teria filhos a esta altura – disse Gentry com um quê de raiva na voz, e então prosseguiu: – Em vez disso, você virou uma solteirona.

Gentry fez com que a última palavra parecesse uma maldição.

– Pelo amor de Deus, Sophia, por que você se tornou criada? E logo na Bow Street, entre tantos lugares!

– Quem iria querer se casar comigo, John? – perguntou Sophia com ironia. – Eu não tenho dote, nem família, nada que me recomende a não ser um rosto bonito que, posso lhe garantir, não tem grande valor para os fazendeiros e trabalhadores do nosso vilarejo. A única oferta de casamento que eu recebi por lá foi do padeiro, um velho gordo com quase o dobro da minha idade. Trabalhar para a prima Ernestine era uma perspectiva bem mais atraente. E quanto à Bow Street... Eu gosto de lá.

Sophia se sentiu tentada a contar ao irmão sobre seu breve *affair* com Anthony, sobre como tinha sido usada e traída. No entanto, à luz da reputação cruel de Gentry, decidiu manter o assunto para si. Até onde ela sabia, o irmão acabaria providenciando para que Anthony fosse morto ou torturado de alguma maneira.

Gentry deixou escapar um som de desdém à menção à Bow Street.

– Aquele lugar não é para você. Aqueles patrulheiros não são melhores do que os bandidos que trabalham para mim. E se aquele Cannon desgraçado, aquele coração de gelo, fez alguma coisa com você, eu vou...

– Não – apressou-se a interromper Sophia. – Ninguém fez nada comigo, John. E sir Ross é muito gentil.

– Ah, claro que é – falou Gentry com o mais puro sarcasmo.

A lembrança de que seu amante e seu irmão eram inimigos jurados provocou uma pontada de dor no peito de Sophia. Aquilo mudava tudo, pensou, abalada e nauseada. Ross havia passado por cima de muitas coisas para aceitá-la. Mas o fato de o irmão dela ser Nick Gentry, o homem que Ross tanto desprezava... Bem, isso era um fato que não podia ser descartado. A situação era tão horrível e tão estranha que Sophia se viu sorrindo sem querer.

– Em que você está pensando? – perguntou Gentry

Sophia balançou a cabeça e o sorriso desapareceu. Gentry não precisava saber do seu envolvimento com o magistrado-chefe. Não quando o relacionamento muito provavelmente estava terminado. Ela se esforçou para afastar os pensamentos desesperados e examinou o irmão com atenção.

A promessa de beleza que vislumbrara na infância fora mais do que cumprida. Aos 25 anos, Gentry possuía uma graça elegante e musculosa que lembrava um tigre. As feições de ângulos precisos eram dramáticas, o queixo, bem definido, e o nariz, traçado em uma linha reta e forte. Os arcos grossos das sobrancelhas destacavam olhos de um tom de azul tão escuro que as pupilas negras quase desapareciam na intensidade da cor da íris. No entanto, a beleza máscula e extravagante do rosto de Gentry não escondia uma crueldade que a perturbava profundamente. Ele parecia capaz de quase tudo, como se pudesse mentir, roubar ou até matar sem o menor sinal de remorso. Não havia suavidade em Gentry, e Sophia imaginou que qualquer emoção como piedade ou compaixão havia sido arrancada dele muito tempo atrás. Só que, mesmo assim, ele ainda era irmão dela.

Assombrada, Sophia levou a mão à face de Gentry. Ele permaneceu imóvel sob o toque.

– Ah, John... Eu nunca me permiti acreditar que você ainda estivesse vivo.

Ele afastou a mão dela com gentileza, como se achasse difícil tolerar o toque de outra pessoa.

– Fiquei chocado quando vi você na sala de detenção da Bow Street – disse ele. – Soube que era você na mesma hora, mesmo antes de ouvir seu nome. E quando aquele desgraçado do Cannon gritou com você, eu precisei me conter para não cortar a garganta dele.

– Pelo amor de Deus! Ele só estava preocupado comigo. Só tentava me proteger.

O brilho feroz permaneceu nos olhos de Gentry.

– Você nasceu para ser uma dama, Sophia. Ninguém tem o direito de tratar você como uma criada.

Um sorriso cansado e triste curvou os lábios dela.

– Sim, eu nasci para ser uma dama... e você, para ser um cavalheiro. Mas acho que ninguém nos confundiria com membros da alta sociedade agora, não é? – perguntou Sophia, e, como o irmão não respondeu, ela continuou. – Ouvi coisas horríveis sobre você. Ou melhor, sobre Nick Gentry.

– Me chame de Nick – disse ele categoricamente. – John Sydney não existe mais. Eu me lembro muito pouco da minha vida antes de ser enviado para o navio prisional. Nem *quero* lembrar – disse ele, e um sorriso frio surgiu em seus lábios. – Não sou culpado de metade das coisas das quais sou acusado, mas eu encorajo os rumores e nunca nego nem o pior deles. Me interessa ter uma má reputação. Quero que as pessoas pensem em mim com medo e respeito. É bom para os negócios.

– Você está dizendo que não roubou pessoas, não mentiu, traiu ou chantageou...

Gentry a interrompeu com um murmúrio de puro aborrecimento.

– Não sou um santo.

Apesar da aflição, Sophia quase riu do eufemismo.

– Eu só tiro vantagem de pessoas que são tão idiotas que *merecem* ser manipuladas. Além disso, nunca recebo crédito pelas coisas boas que faço.

– Tais como?

– Sou um excelente apanhador de ladrões. Meus homens e eu capturamos quase o dobro de criminosos que sir Ross e seus patrulheiros.

– Dizem que às vezes você fabrica as evidências. Que usa métodos cruéis para forçar confissões que podem não ser verdadeiras.

– Faço o que precisa ser feito – disse ele sem rodeios. – E se os criminosos que prendo não são culpados de um crime específico, geralmente são culpados de pelo menos uma dúzia de outros.

– Mas por que você não...

– Chega – disse Gentry bruscamente, ficando de pé e indo até o aparador. – Não quero falar sobre o meu trabalho.

Sophia viu o irmão se servir de outra dose de conhaque e beber tudo em poucos goles descuidados. Ela mal conseguia acreditar que aquele estranho truculento era seu irmão.

– Nick – chamou, testando o nome. – Por que você me deu aqueles presentes? Quase fiquei louca tentando imaginar quem os teria mandado. Morri de medo com a possibilidade de sir Ross pensar que eu mantinha um amante secreto.

– Desculpe – murmurou Gentry, com um sorriso contrito. – Eu queria ser um... um benfeitor. Queria dar as coisas que você merece ter. Nunca

tive a intenção de encontrá-la pessoalmente. Mas a necessidade de ver você se tornou tão forte que não consegui mais me conter.

– E foi por isso que você se aproximou de mim em Silverhill Park?

Ele sorriu para ela como um menino travesso.

– Gostei da ideia de fazer aquilo bem embaixo do nariz de Cannon. Eu sabia que poderia entrar e sair no meio da multidão sem ser pego. O baile de máscaras tornou a empreitada quase fácil demais.

– Era um colar roubado?

– É claro que não – retrucou ele, indignado. – Eu o comprei para você.

– Mas o que devo fazer com uma joia daquelas? Jamais poderia usá-la!

– Você vai usá-la – afirmou Gentry. – Eu tenho uma fortuna, Sophia. Vou comprar uma casa para você em algum lugar. Na França ou na Itália, onde você vai poder viver como uma dama. Vou abrir uma conta em seu nome para que nunca mais precise se preocupar com dinheiro.

Sophia ficou encarando o irmão, boquiaberta.

– John... *Nick*... Eu não quero morar em outro país! Tudo que tem valor para mim está aqui.

– Ah, é? – perguntou ele em um tom perigosamente suave. – O que, por exemplo?

CAPÍTULO 14

O clamor dos manifestantes furiosos penetrava pelas paredes da taberna Red Lion em Threadneedle. Uma multidão se aglomerava lá dentro, com os pescoços esticados para verem melhor a mesa onde Ross estava sentado com os alfaiates e os representantes dos empregadores. Durante a primeira hora de negociações para determinar novas estruturas salariais, Ross ouvira queixas de ambos os lados. Como os ânimos de todos estavam exaltados, ele deduziu que a discussão se estenderia até tarde da noite. Ao se lembrar de Sophia por um instante, e de como queria voltar para casa para estar com ela, Ross precisou se esforçar para conter a impaciência.

Uma garçonete de seios opulentos, encharcada de água de colônia para mascarar outros aromas mais pungentes, se aproximou de Ross com o bule de café que ele havia pedido.

– E o senhor, sir Ross – ronronou ela, roçando deliberadamente um seio enorme no ombro dele ao se inclinar para a frente. – O que lhe abre o apetite, senhor? Um coelho galês ou folheado de maçã? – perguntou, colando o rosto largo ao dele, então prosseguiu em um tom provocante: – Pode ter o que quiser, sir Ross.

Como já se acostumara a esse tipo de convite nos últimos anos, Ross dirigiu um sorriso educado, mas frio, à mulher.

– É muita gentileza da sua parte, mas não.

Ela fez uma careta e um biquinho de desapontamento.

– Mais tarde, talvez.

A mulher se afastou balançando os quadris como um pêndulo.

Um dos representantes dos alfaiates, um camarada chamado Brewer, fitou Ross com um sorriso malicioso.

– Estou entendendo a sua tática, sir Ross. O senhor finge que não quer uma mulher e assim ela vai se esforçar ainda mais para atraí-lo, não é? O senhor é esperto. Aposto que entende tudo sobre elas.

Ross sorriu subitamente.

– Há duas coisas que um homem nunca deve fazer, Brewer: manter uma mulher esperando e fingir entendê-la.

Quando o alfaiate riu, a atenção de Ross foi capturada por uma figura enorme que entrava na taberna. Era Grant Morgan; a cabeça de cabelos escuros se elevava bem acima da multidão, e o olhar atento percorreu a sala. Ao encontrar Ross, ele abriu caminho sem cerimônia, ao que os presentes se apressaram a se afastar, já que não desejavam ser pisoteadas pelo gigante de rosto sombrio. Ross percebeu na mesma hora que o assunto era desagradável e se levantou para encontrar o assistente que se aproximava.

– Morgan – disse sem rodeios –, o que faz aqui?

– O colar – foi a resposta sucinta do ex-patrulheiro, em um tom tão baixo que ninguém mais conseguiria ouvir. – Encontrei o joalheiro. Daniel Highmore, da Bond Street. Fiz com que me contasse quem comprou.

Ross experimentou um frêmito de expectativa ao saber que finalmente descobriria a identidade do homem que perseguia Sophia.

– Quem foi?

– Nick Gentry.

Ross encarou Morgan sem entender. Seu espanto inicial foi rapidamente substituído por uma urgência primitiva, puramente masculina, de matar.

– Gentry provavelmente viu Sophia na Bow Street, quando ela desceu até a sala de detenção. Por Deus, vou arrancar cada membro do corpo desse sujeito!

Ao se dar conta do grande número de olhares interessados, todos claramente especulando sobre o que os dois estariam falando, Ross se esforçou para manter a voz calma.

– Morgan, assuma as negociações aqui. Vou fazer uma visita a Gentry.

– Espere – protestou Morgan. – Eu nunca mediei uma disputa profissional antes.

– Bem, pois agora você vai aprender. Boa sorte.

E com isso, Ross atravessou a taberna e saiu em direção ao lugar onde deixara o cavalo amarrado.

Sophia não sabia o que fazer com o irmão. Enquanto conversavam ela tentava entender o homem que John tinha se tornado, mas Nick Gentry era uma figura complexa, parecia ter pouca consideração pela própria vida ou pela de qualquer outra pessoa. "Quanto maior o bandido, maior a sorte", era o que ela costumava ouvir na Bow Street. Isso explicava a ousadia de muitos criminosos que eram levados ao banco dos réus. E certamente descrevia Nick Gentry. Ele era definitivamente um bandido que alternava charme e insensibilidade, um homem ambicioso que herdara o sangue azul, mas não as terras, a educação, a riqueza e as conexões sociais que geralmente vêm junto. Em vez disso, Nick buscara poder por meios corruptos. O sucesso como criminoso parecia tê-lo tornado tão bárbaro quanto esperto, tão cruel quanto confiante.

Hesitante, Sophia contou a ele sobre os anos que passara em Shropshire, sobre o desejo de vingar a "morte" dele e sobre seu plano de ir para Londres e destruir sir Ross Cannon.

– E como diabos você planejava fazer isso? – perguntou Gentry suavemente, fixando o olhar afiado no rosto da irmã.

Sophia corou e respondeu com uma meia-verdade.

– Eu estava tentando vasculhar a sala de registros criminais em busca de algo que pudesse incriminá-lo.

Sophia teria preferido ser completamente honesta, mas seus instintos a alertaram que seria uma burrice contar a ele sobre seu *affair* com sir Ross. Os dois eram inimigos declarados.

– Minha irmã inteligente – murmurou Gentry. – Você tem acesso aos registros criminais da Bow Street?

– Tenho, mas...

– Excelente – disse Gentry, e se recostou na cadeira, examinando as pontas das botas. – Há algumas coisas que pode descobrir para mim. Posso fazer bom uso da sua presença na Bow Street.

A sugestão de que o irmão queria usá-la para seus propósitos, provavelmente criminosos, levou Sophia a balançar a cabeça decididamente.

– John, eu não vou espionar nada para você.

– Ora, só algumas coisinhas – murmurou ele, com um sorriso bajulador. – Você quer me ajudar, não é? E assim nós dois teremos a nossa vingança contra Cannon.

Sophia soltou uma risada incrédula.

– Eu só queria vingança porque pensei que ele tinha enviado você para a morte no navio prisional.

Gentry fez uma careta.

– Bem, Cannon *realmente* fez isso. Não foi graças a ele que eu sobrevivi!

– Qualquer outro teria enviado você para a forca sem pensar duas vezes –

argumentou Sophia. – Depois do que você fez... Roubar aquela carruagem, causar a morte daquele pobre senhor...

– Não fui eu quem acertou a cabeça dele – retrucou Gentry na defensiva. – Eu só estava ali para roubar o velho, não para matá-lo.

– Não importa quais eram as suas intenções, o resultado foi o mesmo. Você foi cúmplice de assassinato.

Ao ver o rosto rígido do irmão, Sophia suavizou o tom e continuou:

– Mas não se pode mudar o passado. Tudo o que podemos fazer é lidar com o futuro e não é possível que você queira continuar nesse caminho, John.

– E por que não?

– Porque você não é de ferro. Mais cedo ou mais tarde vai acabar cometendo um erro que o levará à forca. E eu não suportaria perder você uma segunda vez. Além disso, essa vida não é para você. Você não deveria...

– Essa é exatamente a vida para mim, Sophia – interrompeu Nick, bruscamente. – Entenda uma coisa, qualquer lembrança que você tenha de mim não se aplica mais.

– Não – disse ela teimosamente. – Eu não entendo como você consegue viver assim. Você é melhor, mais digno do que isso.

As palavras dela tiveram como resposta um sorriso peculiar, melancólico.

– Isso mostra que você não sabe de nada.

Gentry foi até a lareira e apoiou uma das mãos grandes no mármore branco da cornija. A luz do fogo brincava com suas feições jovens muito sérias, as tingindo de preto e dourado. Depois de um momento de contemplação, Gentry se virou para a irmã. Sua expressão era decidida, mas o tom de voz era enganosamente despreocupado.

– Vamos falar um pouco mais sobre a Bow Street. Você disse que tem acesso à sala de registros criminais. Eu preciso de algumas informações...

– Eu já disse que não. Não vou trair a confiança de sir Ross.

– Foi exatamente isso que você fez nos últimos dois meses – disse ele, irritado. – O que a impede agora?

Sophia percebeu que ele não ficaria satisfeito até que ela contasse a verdade.

– Nick – disse ela com todo o cuidado. – Eu e sir Ross... acabamos... nos envolvendo.

Gentry passou as mãos pelos cabelos, distraidamente.

– Meu Deus... você e ele...

As palavras pareceram lhe faltar.

Sophia entendeu a pergunta que pairava no ar e assentiu, cautelosa.

– A minha irmã e o Monge da Bow Street – murmurou Gentry em um tom enojado. – Que ótima vingança, Sophia! Pulando na cama do homem que quase me matou! Se essa é sua ideia de desforra, preciso explicar alguma coisas.

– Ele me pediu em casamento.

Os olhos de Gentry cintilaram em um misto de fúria e surpresa, e ele pareceu parar de respirar.

– Prefiro ver você morta.

– Ele é o melhor homem que eu já conheci.

– Ah, ele é um maldito modelo de perfeição, não é mesmo? – retrucou Nick, muito ácido. – Se você se casar com ele, Cannon nunca vai permitir que se esqueça disso. Ele vai convencê-la de que não é boa o suficiente para ele. Você vai ser esmagada pelas malditas honra e respeitabilidade dele. Tenho certeza de que ele vai fazer você pagar mil vezes por não ser perfeita.

– Você não o conhece – disse Sophia.

– Eu o conheço há muito mais tempo do que você. Maldição, Sophia! O sujeito não é humano!

– Sir Ross é compassivo e gentil, e sabe muito bem que não sou perfeita.

De repente, o irmão olhou para ela com uma expressão calculista que a deixou desconfortável, as sobrancelhas escuras se curvando nos cantos internos em uma feição diabólica.

– Estou vendo que você confia muito nele.

Sophia encarou o irmão com determinação apaixonada.

– Confio.

Nick apoiou o cotovelo casualmente no console da lareira.

– Então vamos colocar a sua fé à prova, Sophia. Você vai pegar essa informação que eu quero na sala de registros criminais. Caso contrário, eu... eu contarei... ao seu amante tão leal e compassivo que ele pediu em casamento a irmã de seu pior inimigo. Que Sophia e o desprezível Nick Gentry têm o mesmo sangue correndo nas veias.

Sophia quase caiu para trás, tamanho o choque.

– Você está me chantageando? – perguntou ela em um sussurro ofegante.

– Você decide. Pode me dar o que eu quero... ou correr o risco de perder sir Ross. E *agora*, quanto realmente acredita no perdão dele?

Sophia não conseguiu falar. Um pensamento passou por sua mente: *Meu Deus, será que o passado sempre vai voltar para me assombrar?*

– Quer que eu conte a ele que sou seu irmão? – provocou Gentry.

Ela simplesmente não tinha como ter certeza. Sabia que Ross era tudo o que ela alegara e muito mais. E depois que soubesse do parentesco dela com Nick Gentry, ele tentaria encontrar um modo de ignorar esse outro fato terrível sobre ela. Mas aquilo talvez fosse a gota d'água. Havia uma chance de Ross nunca mais conseguir olhar nos olhos dela sem se lembrar de que ela era irmã de seu odiado inimigo.

De repente, Sophia percebeu que morreria antes de permitir que aquilo acontecesse. Não conseguiria sobreviver à rejeição de Ross, não agora, depois de terem se tornado tão próximos. Ela não poderia arriscar. Tinha muito a perder.

– Não – respondeu ela, com voz rouca.

Estranhamente, Gentry pareceu desapontado, quase como se esperasse que ela o desafiasse.

– Foi o que pensei.

Sophia fitou atentamente o irmão, e se perguntou se ele estaria brincando.

– Você não teria coragem de me chantagear – disse ela, embora não conseguisse conter a incerteza no tom de voz.

Nick a encarou de volta com um sorriso frio.

– Só há um jeito de descobrir, certo?

Antes que Sophia pudesse responder, a porta vibrou com uma batida imperativa, e uma voz pediu para entrar. Obviamente irritado, Gentry foi atender e recebeu o visitante. O homem era uma das criaturas mais peculiares que Sophia já vira, corpulento, de feições inchadas e uma palidez arroxeada. A sombra escura, azulada, da barba por fazer contribuía para a aparência suja e sombria do rosto. Sophia se perguntou quantas figuras esquisitas do submundo trabalhariam para o irmão dela.

– Blueskin – disse Gentry, dirigindo-se ao capanga.

– Há uma pessoa procurando pelo senhor – murmurou o homem. – O Monge em pessoa.

– Cannon? – perguntou Gentry, incrédulo. – Maldito seja, ele fez uma batida policial aqui em fevereiro! Que diabos acha que vai encontrar agora?

– Não é uma batida policial – respondeu Blueskin. – E ele está sozinho.

Sophia ficou de pé, assustada.

– Sir Ross está aqui?

– Parece que sim – disse Gentry, enojado, e gesticulou para que Sophia o seguisse. – Preciso recebê-lo. Blueskin vai levar você para os fundos antes que Cannon a veja.

Blueskin voltou a falar.

– Quer que eu peça aos rapazes que o coloquem para fora, Gentry?

– Não, seu idiota. Isso só serviria para fazer o homem voltar com cem policiais e desmontar isto aqui tijolo por tijolo. Leve a senhorita de volta à Bow Street. Se alguma coisa acontecer a ela, eu decepo você de orelha a orelha – disse ele, e voltou sua atenção para Sophia: – Sobre os registros, descubra o que Cannon arrancou de um sujeito chamado George Fenton quando ele foi detido para interrogatório há duas semanas.

– Quem é Fenton?

– Um dos meus "ramos de abeto" – disse, e, ao ver a confusão no rosto dela, acrescentou com impaciência: – Um ladrão altamente treinado. Preciso saber o que Fenton disse a Cannon, se permaneceu leal a mim e ficou de boca fechada.

– Sim, mas o que vai acontecer com o Sr. Fenton se ele não tiver...

– Isso não é da sua conta – respondeu Nick, empurrando-a em direção à porta dos fundos. – Agora dê o fora daqui antes que Cannon nos encontre juntos. Blueskin vai cuidar de você.

Menos de um minuto depois que Sophia saiu, Cannon irrompeu no apartamento. Nick permaneceu sentado em sua cadeira ao lado da lareira, estendendo o corpo de modo atrevido e preguiçoso, como se não desse muita importância ao fato de o magistrado-chefe da Bow Street ter acabado de invadir sua casa. Cannon se aproximou dele e parou a poucos metros de distância; seus olhos pareciam estranhamente claros no rosto furioso.

Apesar de sua animosidade em relação a Ross Cannon, Nick teve que admitir com relutância que tinha certo respeito por ele. Cannon era inteligente, experiente e poderoso, um homem à vontade consigo mesmo. Era dono de uma moral inflexível que fascinava Nick. Um homem limitado pelos próprios princípios e ainda assim capaz de realizar tudo o que Cannon realizava era alguém digno de mérito. O ar na sala parecia estalar com violência e desafio, mas os dois homens conseguiram falar em um tom normal.

– Foi você quem deu o colar para a senhorita Sydney – disse Cannon sem preâmbulos.

Nick inclinou a cabeça em um elogio zombeteiro.

– Vejo que foi muito rápido em descobrir.

– Por quê?

O magistrado parecia querer desmembrá-lo pedaço por pedaço.

Nick deu de ombros e mentiu em um tom casual.

– Gostei da mocinha desde que a vi na Bow Street. Quero uma chance com ela depois que você se cansar.

– Fique longe dela – disse Cannon em voz baixa, mas carregada de uma sinceridade letal. – Ou eu vou matar você.

Nick lhe lançou um sorriso frio.

– Vejo que você ainda não terminou com ela, então.

– Eu nunca vou terminar com ela. E da próxima vez que mandar um presente para ela, eu mesmo vou enfiar o presente no seu...

– Tudo bem – interrompeu Nick, agora mais irritado. – Aviso recebido. Não vou incomodar sua coisinha elegante. Agora dê o fora da minha casa.

Cannon olhou para Nick com uma frieza letal que teria alarmado qualquer outro homem.

– É só uma questão de tempo até você errar a mão, Gentry – disse ele com muita calma. – Um dos seus esquemas vai fracassar. Alguma evidência vai apontar você. E eu vou estar lá para assistir ao seu enforcamento.

Nick deu um sorrisinho, pensando que Cannon não seria tão arrogante se soubesse que ele era irmão de Sophia.

– Tenho certeza disso – murmurou. – Mas não espere qualquer satisfação com a minha morte. Você pode até se arrepender.

Uma expressão desconfiada atravessou o rosto de Ross e ele fitou Nick com os olhos semicerrados.

– Antes que eu vá – começou o magistrado com voz inflexível –, quero que me explique algo. O vestido que você mandou entregar à senhorita Sydney... Ela afirma que é quase idêntico ao que a mãe dela possuía.

– É? – perguntou Nick em um tom preguiçoso. – Que coincidência interessante.

Ficou claro que, por trás da expressão indecifrável, a mente de Cannon estava ocupada analisando a questão

– Pois é – concordou o magistrado. – Muito interessante.

E, para o alívio de Nick, Cannon saiu de seus aposentos sem dizer nem mais uma palavra.

⁓

Assim que voltou à Bow Street, Sophia se aproveitou da ausência de Ross e foi até a sala de registros criminais. Era o momento ideal para procurar as informações que o irmão solicitara, já que Vickery e os outros funcionários tinham ido a uma taberna local para jantar e beber. O escritório permaneceria quase totalmente vazio até que um dos assistentes retornasse para se preparar para a sessão noturna no tribunal.

Os dedos finos de Sophia correram rapidamente pela gaveta do arquivo, em busca de anotações sobre o interrogatório de George Fenton. Uma única lâmpada iluminava a sala pequena, e certamente não era suficiente para que ela conseguisse ler direito. Finalmente a atenção de Sophia foi atraída para uma determinada página, e ela segurou-a mais perto dos olhos. Referências a Nick Gentry e a George Fenton. Ao perceber que encontrara o que procurava, Sophia dobrou a página e começou a enfiá-la dentro da manga.

De repente, ouviu passos e o som da maçaneta girando. Tinha sido pega. Com a sensação de estar com o coração preso na garganta, totalmente sem ar, Sophia devolveu a folha para onde estava e fechou a gaveta bem no momento em que a porta se abriu.

Ross ficou parado na soleira; seu rosto era impassível sob a luz fraca.

– O que você está fazendo aqui?

Muito apreensiva, Sophia umedeceu os lábios em um gesto de nervosismo. Certamente Ross era capaz de perceber como estava pálida e ela sabia que, naquele momento, ela era a personificação da culpa. Desesperada, Sophia se agarrou à primeira mentira que lhe ocorreu.

– Eu estava... tentando devolver as informações que tinha tirado dos arquivos, quando ainda pretendia desacreditar você e os patrulheiros.

– Ah, sim.

A expressão no rosto de Ross se suavizou quando ele se aproximou dela.

Ross segurou o queixo de Sophia e acariciou o espaço delicado sob o maxilar. Ela se forçou a encontrar o olhar dele, mas sentiu arrepios na alma por mentir para Ross. Ele abriu um sorriso carinhoso para ela.

– Não precisa se sentir tão culpada. Você não machucou ninguém.

Ele começou a espalhar beijos leves por toda a face dela.
– Sophia, Morgan descobriu quem enviou o colar.
Sophia recuou e tentou fingir que ainda não sabia a resposta.
– Quem foi? – perguntou ela, com voz instável.
– Nick Gentry.
O coração dela disparou de forma desconfortável.
– E por que ele faria isso?
– Hoje à tarde visitei Gentry, para fazer essa pergunta. Ao que parece, ele ficou interessado em você e quis se tornar seu protetor, para o caso de o nosso relacionamento terminar.

Incapaz de sustentar o olhar de Ross por mais tempo, Sophia pressionou o corpo contra o dele e enfiou o rosto em seu ombro.
– E você disse a ele que isso nunca aconteceria? – perguntou ela, abafando o rosto contra o paletó de Ross, que passou o braço ao redor de sua cintura.
– Gentry não vai incomodar você de novo. Eu me certificarei disso.

Se ao menos isso fosse verdade, pensou Sophia, arrasada, presa em uma violenta confusão de sentimentos. Estava furiosa com o irmão por colocá-la naquela situação horrível, mas ainda o amava e acreditava que havia bondade nele. Tinha muita esperança de que Nick pudesse mudar. Mas, por outro lado, não havia como falar bem de um homem que estava disposto a chantagear a própria irmã. A tentação de confiar em Ross era esmagadora, e Sophia precisou morder o lábio para conter as palavras que se debatiam freneticamente dentro dela. Apenas o medo desesperador de perdê-lo a manteve calada. Trêmula de angústia e frustração, Sophia colou mais o corpo ao de Ross.

Sentindo-a estremecer contra ele, Ross sussurrou baixinho para acalmá--la. O hálito quente roçava no ouvido dela.
– Você não está com medo, está? – perguntou ele, abraçando-a com mais força. – Meu bem, não há razão para ficar aflita. Você está segura.
– Eu sei – disse Sophia, chacoalhando os dentes. – É que os últimos dias foram um pouco tensos.
– Você está cansada – murmurou Ross. – Precisa de um conhaque quente, um banho relaxante e uma boa noite de sono.
– Eu preciso de *você*.

Sophia segurou-o pelo colarinho e puxou a cabeça dele para baixo, esforçando-se avidamente para alcançar seus lábios.

A princípio, Ross relutou e retribuiu o beijo de forma contida.

– Calma – sussurrou ele quando os lábios se separaram. – Você não está querendo... agora...

Sophia colou novamente os lábios aos dele, e deixou a língua penetrar na doçura de sua boca quente até a resistência dele desmoronar e ele começar a respirar com dificuldade.

– Eu *estou* – sussurrou ela, puxando a mão dele para o seu seio. – Por favor. Não me negue isso, Ross.

Com as objeções ainda prontas nos lábios, Ross envolveu o seio dela e inclinou a cabeça para beijar seu pescoço. Rapidamente suas preocupações foram substituídas pelo desejo. Ele deixou escapar um gemido de pura luxúria e esticou a mão para envolver as nádegas dela. Ross levantou Sophia e sentou-a sobre o móvel que guardava os arquivos, ainda devorando sua boca. Sophia se acomodou e abriu as pernas cobertas pelas meias em uma ânsia desavergonhada, esperando que Ross se posicionasse ali no meio.

– Não podemos fazer isso aqui, Sophia... – murmurou Ross, tateando em meio à massa farfalhante das saias dela. – Alguém pode entrar e...

– Eu não me importo.

Sophia puxou novamente a cabeça dele para perto.

As bocas se colaram em mais um beijo até estarem ambos sem fôlego. Sophia gemeu quando os dedos de Ross entraram por dentro do seu calção de baixo e ele começou a acariciar gentilmente sua carne úmida.

– Eu quero você – pediu ela, ofegante, descendo a mão para pressionar a dele.

– Sophia... – Ross grunhiu contra a lateral do pescoço dela. – Vamos para o meu quarto...

– Agora... – insistiu Sophia, tateando a frente da calça dele com pressa, para libertar o membro muito rígido.

Ross desistiu de todas as tentativas de dissuadi-la e ajudou-a com uma risada abafada.

– Que mulher insaciável...

Então ele puxou os quadris dela até a beirada do armário e a penetrou em um movimento suave e profundo que a fez suspirar.

– Pronto... Satisfeita?

– Sim. Assim...

Sophia se deixou cair, impotente, contra o braço dele.

Ross passou as mãos pelas costas e pelas nádegas de Sophia e ergueu-a de cima do armário, mantendo-a totalmente conectada à sua ereção. Ele a levou até a porta e apoiou-a ali, fazendo as pernas de Sophia balançarem ao lado dos quadris dele. Sophia gemeu quando ele a penetrou no ângulo exato, acariciando-a por dentro, esfregando-se contra a parte mais sensível do sexo dela.

– Sophia – gemeu Ross, arremetendo em um ritmo incessante –, quero uma resposta agora.

Arquejando, ela o encarou, perplexa.

– Uma resposta?

– Quero que diga que vai se casar comigo.

– Ah, Ross... agora não. Eu preciso pensar um pouco mais e...

– Agora – insistiu ele, e ficou subitamente imóvel dentro dela. – Você me quer? Um simples sim ou não é suficiente.

Sophia agarrou os ombros dele sentindo o corpo latejar de desejo.

– Não pare... não pare.

Os olhos cinza brilhantes de Ross encararam os dela e ele voltou a arremeter em um ritmo torturantemente lento, em movimentos profundos e prolongados que ele sabia que a deixariam louca.

– Sim ou não?

– Não vou responder a essa pergunta agora – disse Sophia, se contorcendo incontrolavelmente. – Você vai ter que esperar.

– Então você também vai.

A boca de Ross tomou a dela com força em um beijo úmido.

– Vamos esperar exatamente assim – sussurrou ele. – E eu juro, Sophia, que seus pés não vão tocar o chão até que eu tenha a minha resposta.

Ross aproximou o corpo do dela, seu sexo penetrando ainda mais fundo.

Um soluço subiu pela garganta de Sophia. Ela estava tão próxima do clímax, sentia o corpo todo preparado para o alívio, a tensão beirando o insuportável. Nada importava além de Ross. Em um momento imprudente, ganancioso, angustiado, ela escolheu o que mais desejava. Sua boca se moveu contra a de Ross, pressionando uma palavra silenciosa junto aos lábios dele.

– O quê? – perguntou Ross, em um tom urgente, erguendo a cabeça para encará-la. – O que você disse?

– Eu disse sim – disse Sophia em um gemido. – *Sim*. Ross, por favor me ajude, por favor...

– Eu vou ajudar... – sussurrou ele com ternura, abafando os gritos de prazer dela com a própria boca, dando a Sophia exatamente o que ela desejava.

CAPÍTULO 15

Após uma cerimônia de casamento simples, na capela particular da propriedade Silverhill Park, a mãe de Ross organizou um baile que contou com a presença de convidados vindos de pelo menos três condados. Sophia tentou não ficar impressionada com o excesso de atenção. Inúmeros jornais e revistas publicaram informações sobre a noiva de sir Ross Cannon, dizendo onde e quando o casamento aconteceria e até mesmo onde o casal moraria. As fofocas corriam soltas pelos salões, cafés e tabernas. A revelação de que a nova esposa de sir Ross era filha de um visconde acrescentou mais tempero à história, pois também foi divulgado que ela havia trabalhado para ele na Bow Street.

Sophia ficou satisfeita com a pronta aceitação dos Cannons e especialmente com o carinho da mãe dele.

– Meus amigos me pediram que a descrevesse – disse Catherine a ela na véspera do casamento.

Havia inúmeros convidados sentados na sala, alguns jogando cartas, outros passeando de braços dados pelo circuito de salas da mansão. Algumas mulheres se dedicavam a trabalhos com agulha, e cavalheiros conferiam os eventos do dia nos jornais.

– Naturalmente – prosseguiu Catherine – estão todos muitíssimo curiosos para saber que tipo de mulher conseguiu capturar o coração de Ross.

– Não foi *exatamente* o coração de Ross que ela capturou – murmurou Matthew, que estava por perto.

Catherine se virou para ele com uma expressão interrogativa.

– O que disse, querido?

Matthew conseguiu forçar um sorriso nada sincero.

– Eu disse que o meu irmão foi de fato capturado. Mal dá para reconhecê-lo, com aquele sorriso bobo no rosto.

Alguns convidados riram do comentário, já que todos haviam reparado na mudança de comportamento de Ross, sempre tão distante até conhecer Sophia. Muitos concordaram que fazia tempo que ele não parecia tão alegre e relaxado. Enquanto Matthew falava, Ross entrou na sala e foi até Sophia. Pegou a mão dela, que estava pousada nas costas curvas do sofá, levou aos lábios e sussurrou:

– Devo dizer a eles por que ando sorrindo?

O brilho travesso em seus olhos lembrou Sophia do interlúdio apaixonado que haviam tido na noite anterior, quando Ross entrara furtivamente no quarto dela e se juntara a ela na cama. Ela franziu a testa e corou. Ross riu do desconforto da noiva e se sentou ao lado dela no sofá.

– E como você descreveu minha noiva para os seus amigos, mamãe? – perguntou ele a Catherine, já que ouvira parte da conversa.

– Disse que Sophia é a jovem mais encantadora que já conheci. Sem mencionar que é linda.

Catherine olhou para o vestido cor de pêssego de Sophia com aprovação e acrescentou:

– Esse vestido é novo, querida? A cor é moderna.

Sophia não se atreveu a olhar para Ross. A roupa que usava tinha provocado uma discussão acalorada entre eles poucos dias antes. Como Ross insistira em se casar rapidamente, não houvera tempo para Sophia comprar vestidos novos. E como ele era homem, não havia parado para pensar que ela precisava de um enxoval. As únicas roupas que Sophia tinha eram os vestidos escuros que usava na Bow Street, todos de um tecido grosso e sem enfeites. Ela ficara horrorizada ao pensar em passar pela cerimônia e pelo baile em uma daquelas roupas sem graça. Apreensiva, fora até Ross e pedira a ele o vestido lilás.

– Como você não vai mais precisar dele para a investigação – dissera Sophia a ele, no escritório –, eu queria o vestido de volta, por favor.

Ross recebera o pedido com um misto de surpresa e mau humor.

– Por quê?

– Bem, é o único vestido adequado que tenho para me casar – respondera ela, calmamente.

Ele ficou carrancudo.

– Você não vai usar aquilo no nosso casamento.

– É um vestido lindo – insistira Sophia. – Não há motivo para não usar.

– Há, sim – respondera Ross, indignado. – Foi Nick Gentry quem mandou.

Sophia devolveu o olhar irritado.

– Ninguém vai saber disso.

– *Eu* vou saber disso. E de jeito nenhum vou permitir que você use aquele vestido.

– Muito bem, então. O que você vai arrumar para eu usar?

– Escolha uma modista. Hoje à tarde eu levo você onde quiser.

– Nenhuma modista vai conseguir fazer um vestido adequado em três dias. Na verdade, nem sequer existe tempo hábil para ajustar o vestido lilás. E eu não vou me casar com você, diante de todos os seus amigos e da sua família, parecendo uma pedinte!

– Você pode pegar um vestido emprestado com a minha mãe. Ou com Iona.

– A sua mãe tem quase um metro e oitenta de altura e é magra como um salgueiro – argumentou Sophia. – E não há a menor possibilidade de eu aceitar usar um vestido de Iona e ter que aguentar os comentários ferinos do seu irmão. Ross, onde você colocou o vestido lilás?

Irritado, Ross se recostou na cadeira e apoiou a bota contra a lateral da mesa.

– Na sala de provas – murmurou.

– O meu vestido está na sala de provas? – perguntou Sophia, indignada. – Sem dúvida deve estar enfiado em alguma prateleira empoeirada!

Enquanto descia o corredor, apressada, Sophia ouviu Ross praguejando dentro do escritório.

Em vez de permitir que Sophia usasse o vestido de seda lilás, Ross havia mandado três patrulheiros irem atrás de várias modistas. Sabe-se lá como, os homens conseguiram encontrar uma que estava disposta a vender um vestido que fora feito para outra encomenda. Custaria uma fortuna, alertou a modista, já que ela provavelmente perderia uma de suas melhores clientes por isso. Ross pagou a quantia exorbitante sem uma palavra de protesto.

Para o alívio secreto de Sophia, a costureira lhe entregou um vestido azul-pálido requintado com um corpete de decote quadrado que a favorecia e a cintura baixa que estava na moda. A saia ampla era enfeitada com flores de contas cintilantes, assim como as mangas à altura do cotovelo. Era uma criação magnífica, que exigiu poucos ajustes. Em uma demonstração de generosidade, a costureira também permitiu que Ross comprasse outros dois vestidos de uma encomenda de outra cliente, assim Sophia teria vestidos diurnos para usar em Silverhill Park.

No dia do casamento, Sophia prendeu os cachos no alto da cabeça, enfeitando o penteado com fitas prateadas. Um colar de pérolas e diamantes adornava seu pescoço, um presente que Ross havia mandado para ela naquela mesma manhã. Ela se sentia como uma princesa no vestido cintilante, apreciando o peso das pérolas ao redor do pescoço e os sapatos de cetim nos pés. A cerimônia de casamento foi como um sonho, e as únicas coisas que pareciam mantê-la no mundo real eram o aperto quente das mãos de Ross e a intensidade dos olhos prateados dele. Quando terminou de recitar seus votos, Ross se inclinou para marcá-la com o calor possessivo de seus lábios, uma breve carícia que continha a promessa de muito mais.

O champanhe foi servido livremente no banquete de casamento, um banquete de oito pratos seguido por um baile luxuoso. Sophia foi apresentada a centenas de pessoas e não demorou a ficar cansada de sorrir e sentir um zumbido nos ouvidos. Era impossível se lembrar de mais do que alguns poucos rostos entre tantas apresentações. Algumas pessoas se destacaram em sua memória e uma delas foi a esposa de Grant Morgan, lady Victoria. Como havia muito tempo já se sentia curiosa sobre que tipo de mulher se casaria com aquele gigante intimidador, Sophia ficou surpresa ao descobrir que lady Victoria era uma mulher pequenina. E que também era uma das mulheres mais espetacularmente belas que Sophia já vira, com um corpo voluptuoso, uma profusão de cabelos ruivos vívidos e um sorriso vivaz.

– Lady Sophia – disse a ruiva calorosamente –, nenhuma palavra é capaz de expressar como estamos emocionados por sir Ross finalmente ter se casado. Apenas uma mulher notável conseguiria tirá-lo da viuvez.

Sophia devolveu o sorriso.

– A vantagem nessa união é inteiramente minha, lady Victoria, eu lhe garanto.

Sir Grant intercedeu, e seus olhos verdes brilharam calorosamente. Parecia muito diferente de quando estava na Bow Street e Sophia percebeu que ele se deliciava com a presença da esposa, como um gato refastelado ao sol.

– Peço permissão para discordar, milady – disse ele a Sophia. – A união tem muitas vantagens para sir Ross e isso… é óbvio para todos que o conhecem.

– De fato – acrescentou lady Victoria, pensativa, voltando os olhos para Ross, que estava em uma fila de recepção separada. – Eu nunca o vi tão bem. Talvez seja a primeira vez que o vejo sorrindo.

– E o rosto dele nem quebrou – comentou Morgan.

– Grant – repreendeu Victoria, baixinho.

Sophia riu. Morgan piscou para ela e se afastou com a esposa.

Enquanto os músicos tocavam uma peça de Bach, Sophia procurou por Ross entre os convidados. Infelizmente, ele não estava à vista. A doce melodia das cordas e de uma flauta transversa fez com que se sentisse estranhamente melancólica. Sophia baixou os olhos para a saia cintilante do vestido e alisou-a com a mão enluvada. Imaginou o prazer que os pais teriam sentido se soubessem que ela se casaria com um homem como sir Ross. Também não tinha dúvida de como teriam sofrido se descobrissem o que havia acontecido ao único filho. Sentindo-se de repente muito só, Sophia desejou que o irmão pudesse ter comparecido ao casamento dela, embora isso fosse obviamente impossível. Nick e ela viviam em mundos diferentes, e jamais seria possível diminuir a distância entre eles.

– Lady Sophia.

Uma voz invadiu os pensamentos de Sophia e ela se viu diante do último rosto que esperaria ver.

– Anthony – devolveu ela em um sussurro, sentindo o coração afundar no peito.

Anthony Lyndhurst continuava exatamente como em sua memória: bonito, loiro e com um sorriso arrogante. Mas Sophia não conseguia acreditar que ele tivera a ousadia de se aproximar dela. Atordoada, não devolveu a cortesia que ele lhe fez.

– Meus parabéns pelo casamento – disse ele, em um tom suave.

Sophia precisou de toda a força de vontade que possuía para esconder sua perturbação. E se perguntou, nervosa, por que Anthony estava ali, quem o convidara. Ela não teria paz nem no dia do próprio casamento?

– Caminhe comigo – sugeriu ele, indicando a longa galeria de retratos que se ramificava a partir do salão de visitas.

– Não – respondeu Sophia, em voz baixa.

– Eu insisto.

Ele estendeu o braço, tornando impossível para ela recusar sem causar uma cena. Sophia colocou um sorriso forçado no rosto, pousou os dedos enluvados no paletó dele e o acompanhou até a galeria, muito mais vazia do que o salão de visitas.

– Você se saiu muito bem, Sophia – comentou Anthony. – Se casar com um Cannon lhe garantirá status e fortuna consideráveis. Parabéns.

Ela soltou o braço dele assim que eles pararam diante de um conjunto de retratos de família.

– Quem convidou você? – perguntou ela, friamente.

Anthony sorriu.

– Os Lyndhursts e os Cannons são parentes distantes por laços de casamento. Sou frequentemente convidado para a propriedade de Silverhill.

– Lamento ouvir isso.

Ele deu uma risadinha.

– Vejo que ainda está aborrecida comigo. Permita-me pedir desculpas por ter ido embora tão precipitadamente quando nos conhecemos. Recebi informações de alguns negócios urgentes que precisavam de atenção.

Sophia sentiu uma onda de desprezo.

– Negócios envolvendo sua esposa, presumo.

Anthony deu um sorriso ligeiramente envergonhado, como se tivesse sido pego em um pequeno lapso.

– Minha esposa não teve nada a ver conosco.

– Você me pediu em casamento mesmo já sendo casado. Um pouco desonesto da sua parte, não acha?

– Só fiz isso para convencer você a fazer o que você já queria fazer. Havia uma forte atração entre nós, Sophia. Na verdade, sinto que essa atração não desapareceu inteiramente.

Sophia ficou espantada com o olhar apreciativo que Anthony lhe lançou. Santo Deus, com que facilidade aquele homem trazia de volta toda a vergonha e o desprezo que sentira por si mesma e que tanto se esforçara para esquecer.

– Se você sente alguma coisa partindo de mim, saiba que é repulsa.

– Mulheres – retrucou Anthony, claramente achando graça. – Vocês sempre dizem o oposto do que sentem.

– Entenda como quiser. Mas fique longe de mim, senão vai ter que se ver com o meu marido.

– Acho que não – murmurou Anthony, com um sorriso insolente. – Cannon é um cavalheiro e um mosca-morta. Ele é do tipo que sempre olha para o outro lado.

Se Sophia não estivesse se sentindo tão ultrajada, teria soltado uma risada debochada diante da ideia de que Ross era cavalheiro demais para protestar por ser traído.

– Fique longe de mim – repetiu ela com voz trêmula, apesar de todo o seu autocontrole.

– Você me intriga, Sophia – comentou Anthony. – Está muito mais interessante e madura do que antes… uma mudança encantadora. Acho que merece uma investigação mais aprofundada.

– *Investigação?* – A voz dela saiu carregada de ultraje.

– Não agora, é claro, afinal você acabou de se casar. Mas em algum momento no futuro posso persuadi-la a retomar nossa... amizade – disse Anthony com um sorriso malicioso e arrogante. – Posso ser muito persuasivo, como você bem sabe.

Sophia respirou fundo.

– Não há poder de persuasão capaz de me fazer passar cinco minutos na sua companhia.

– Será mesmo? Eu detestaria que certos rumores sobre você passassem a circular. Como seria embaraçoso para o seu marido e para a família dele... Talvez deva considerar a possibilidade de ser agradável comigo, Sophia. Caso contrário, as consequências podem se provar bem desagradáveis.

Sophia ficou pálida de medo e raiva. Sem dúvida Anthony estava se divertindo com ela, brincando de gato e rato. Sinceras ou não, as ameaças conseguiram desequilibrá-la com sucesso. E ela mesma dera a ele esse poder ao ser estúpida o suficiente para confiar nele no passado. Se Anthony em algum momento resolvesse contar às pessoas que a conhecia intimamente, ela não seria capaz de refutar. O que seria, de fato, um constrangimento para a família Cannon. Arrasada, Sophia contemplou os retratos solenes diante dela, os rostos dos distintos ancestrais do marido. Ela não era nem um pouco adequada para se juntar àquela família.

– Muito bem – disse Anthony, parecendo se deleitar com o desespero silencioso de Sophia. – Vejo que chegamos a um acordo.

~

Quando Ross passava com um copo de ponche de champanhe que estava levando para a mãe, viu Sophia parada perto da entrada da galeria de retratos. Ela conversava com um homem jovem, que Ross não conhecia. Embora um observador desavisado não tivesse conseguido ler nada na expressão cuidadosamente neutra de Sophia, ele a conhecia muito bem.

– Mamãe – perguntou Ross casualmente –, quem é aquele?

Catherine seguiu o olhar dele.

– O cavalheiro loiro conversando com Sophia?

– Sim.

– Aquele rapaz encantador é o Sr. Anthony Lyndhurst, filho do barão

Lyndhurst. Fiquei muito próxima da família ao longo do último ano. São pessoas encantadoras. Você os teria conhecido no fim de semana do aniversário do seu avô, mas a irmã do barão estava muito doente e a família, logicamente, não quis deixá-la até que estivesse recuperada.

– Anthony – repetiu Ross.

Ele examinou o homem magro de cabelos dourados e não restou a menor dúvida de que era o mesmo Anthony que havia seduzido Sophia.

– Ele é o mais novo de três filhos – informou Catherine –, e talvez o mais talentoso de todos. Anthony canta como o mais adorável tenor... você ficaria arrepiado se o escutasse.

Ross estava muito mais interessado em *provocar* arrepios de medo em Anthony.

– Desgraçado atrevido – murmurou baixinho.

Não importava se Anthony estava se desculpando pelo passado ou, mais provavelmente, jogando esse passado na cara de Sophia, Ross estava prestes a deixar algumas coisas bem claras para ele.

– O que você disse? – perguntou Catherine. – Meu Deus, essa mania que você e Matthew pegaram de ficar murmurando para si mesmos ultimamente... Estou começando a me perguntar se estou com problemas de audição.

Ross desviou os olhos de Anthony por um momento.

– Perdão, mamãe. Estava me referindo a Lyndhurst como um desgraçado atrevido.

Catherine obviamente foi pega de surpresa pelo comentário direto.

– O Sr. Lyndhurst só está conversando com Sophia, querido. Não há necessidade de agir como se ele tivesse feito algo descortês. Não é seu estilo ser ciumento e possessivo assim. Espero que não pretenda fazer uma cena.

Na mesma hora, Ross deu um sorriso sem graça.

– Eu nunca faço cenas – disse, em um tom tranquilo.

Mais tranquila, Catherine sorriu para ele.

– Ainda bem, meu querido. Agora, se me permite, quero lhe apresentar lorde e lady Maddox. Eles compraram a antiga propriedade Everleigh e estão renovando toda a parte les...

Nesse momento, Catherine se interrompeu, perplexa, ao ver que o filho mais velho não estava mais ao lado dela.

– Essa mania de sumir misteriosamente! – exclamou para si mesma, aborrecida com o súbito desaparecimento de Ross. – Talvez tenha esquecido que não está na Bow Street esta noite.

Catherine balançou a cabeça, exasperada, tomou o resto do ponche de champanhe e se encaminhou na direção de um círculo de amigos.

Depois de deixar Sophia, Anthony Lyndhurst saiu do salão de visitas. Parou diante de um espelho maciço emoldurado em dourado. Quando ficou convencido de que a aparência permanecia imaculada, foi até a estufa aberta para fumar e aproveitar a brisa noturna. A noite estava escura e quente e o som do farfalhar das folhas preenchia o ar, assim como a música que saía de dentro da casa.

Ansioso, Anthony pensou nas mudanças inesperadas que observou em seu antigo *affair*. Ele nunca revisitava suas amantes depois que as deixava. Quando terminava o relacionamento, perdia o interesse na mulher. E Sophia não fora uma grande diversão sexual, a não ser por um afeto inocente que logo perdera a graça. No entanto, era óbvio que ela havia recebido algumas aulas particulares desde então. Sua aparência atual era a de uma mulher sexualmente satisfeita, de lábios maduros, rosto corado e uma sensualidade nos movimentos que definitivamente não existia quando Anthony a conhecera. Sophia estava elegante e parecia sexualmente consciente.

Certamente não era sir Ross o responsável por essa mudança. Todos sabiam que ele era um desgraçado frio e sem qualquer encanto, sem mencionar que era notoriamente celibatário. Talvez Sophia tivesse outro amante. Aquele mistério – de pequena importância, mas intrigante – distraía Anthony enquanto ele enfiava a mão no bolso para pegar um charuto.

De repente, uma sombra surgiu. Anthony não teve chance de emitir qualquer som antes de ser brutalmente empurrado contra a parede. Paralisado de medo, sentiu alguma coisa rígida ser pressionada contra a sua garganta: um braço musculoso e inflexível que ameaçava asfixiá-lo até a morte.

– O que... o que... – balbuciou Anthony, debatendo-se inutilmente.

O homem era grande e estava furioso como um animal faminto. Os olhos esbugalhados de Anthony encontraram um rosto sombrio que poderia pertencer ao próprio Satanás. Ele levou alguns segundos para reconhecer o agressor.

– Sir Ross...

— Seu covarde — grunhiu Cannon. — Eu conheço seu tipo. Escolhe as vítimas com cuidado. Sempre mulheres inocentes, que não têm ninguém para protegê-las de um lixo como você. Mas finalmente você mexeu com a mulher errada. Encontre uma desculpa para deixar Silverhill imediatamente ou vou arrastá-lo daqui até Londres. Se voltar a se dirigir à minha esposa, se sequer olhar na direção dela, vou matar você.

— Cannon... — disse Anthony em um chiado engasgado. — Seja... civilizado...

— Acho que não chego nem perto de civilizado quando minha esposa está envolvida.

— *Por favor* — disse Anthony, engasgando à medida que a pressão em sua garganta aumentava.

— Preciso esclarecer mais uma coisa — continuou Cannon, em um tom suave. — Se mencionar uma palavra a alguém sobre seu passado com Sophia, vou jogar você pessoalmente em Newgate. É claro que só vou poder manter você preso por três dias, mas esses três dias vão parecer uma vida inteira quando você estiver trancado em uma cela com criaturas que são mais animais do que humanas. E quando finalmente for solto, estará amaldiçoando sua própria mãe por ter lhe dado à luz.

— Não — implorou Anthony. — Eu não vou dizer nada... não vou mais incomodar...

— Isso mesmo — disse Ross, em um sussurro malévolo. — Você vai evitar minha esposa de tal forma que ela esqueça a sua existência. Qualquer relacionamento que você tinha com a minha família termina aqui.

Anthony deu um jeito de assentir, procurando transmitir sua aceitação da forma que podia. Quando já estava certo de que desmaiaria, foi solto abruptamente. Caiu no chão, ofegando e sufocando, e rolou para o lado. Quando finalmente conseguiu se recuperar, a fera havia desaparecido. Tremendo de terror, Anthony se levantou e correu em direção à fileira de carruagens na frente da casa, como se estivesse fugindo para salvar a própria vida.

Embora tenha conversado e rido com os convidados no baile, por dentro Sophia se sentia enjoada e zonza. O ponche de champanhe não a ajudou nem um pouco a relaxar. Ansiosa, ela se perguntava onde Ross estaria. Pensou em várias maneiras de contar a ele sobre seu encontro com Anthony. Certamente a notícia estragaria a noite dele, assim como estragara a dela. Nenhum homem desejava ser confrontado com o antigo amante da esposa na própria festa de casamento.

Enquanto pensamentos cada vez mais sombrios invadiam sua mente, Sophia viu o marido se aproximar. Ross continuava alinhado e elegante, com uma gravata muito branca que valorizava seu rosto moreno. Sophia supôs que ele estivera relaxando com os amigos na sala de bilhar ou na biblioteca, porque sem dúvida algo o deixara de bom humor.

Ross pegou a mão dela e levou-a aos lábios.

– Meu amor.

– Há quanto tempo – comentou Sophia. – Onde você estava?

– Precisei enxotar um rato – respondeu ele, em um tom leve.

– Um *rato*? – repetiu ela, perplexa. – Um dos criados não poderia ter cuidado disso?

Ross riu, e os dentes muito brancos cintilaram.

– Eu mesmo quis me certificar.

– Ah.

Sophia examinou o chão encerado do salão de visitas com a testa franzida.

– Acha que pode haver outros andando pela festa? Estou perguntando porque eles gostam de subir pelas pernas das damas, sabia?

Ainda sorrindo, Ross passou o braço ao redor da cintura dela.

– Milady, a única criatura que mordiscará seus tornozelos hoje sou eu.

Sophia olhou ao redor para se certificar de que não estavam sendo ouvidos.

– Ross, eu... eu preciso contar uma coisa...

– Que seu antigo amante está aqui? Sim, eu sei.

– Como você sabe? – perguntou ela, espantada. – Eu nunca lhe disse o nome todo dele.

– Eu vi quando ele estava falando com você, vi a expressão no seu rosto – disse Ross, dando um sorriso tranquilizador. – Está tudo bem. Lyndhurst não vai lhe fazer mal. Agora você é minha.

Sophia relaxou nos braços dele, profundamente aliviada por Ross não ter reagido com um ataque de ciúmes ou com acusações amargas. Que homem extraordinário ele era, pensou Sophia, sentindo uma onda de amor. Muitos outros homens a teriam desprezado por não ser mais virgem e olhado para ela como um bem já usado. Mas Ross sempre a tratara com respeito.

– Não se refira a Anthony como meu amante – repreendeu Sophia com gentileza. – Ele só me trouxe dor e vergonha. Você é o único amante que eu já tive.

Ross inclinou a cabeça e a beijou na têmpora.

– Não se preocupe, meu amor. Ele não voltará a incomodá-la. Na verdade, desconfio que tenha deixado o baile mais cedo.

Algo no tom de voz de Ross levou Sophia a se perguntar se ele teria abordado Anthony.

– Ross – disse Sophia, desconfiada. – Esse "rato" que você enxotou...

– A marcha de abertura está começando – interrompeu ele, puxando-a para que se juntassem aos casais que giravam na pista de dança.

– Tudo bem, mas você...

– Vamos. É nosso papel conduzir a dança.

Como Ross pretendia, Sophia foi distraída.

– Não sei se consigo – disse ela. – Já vi dançarem a marcha algumas vezes, mas nunca tive a oportunidade de experimentar.

– É muito simples – disse ele, dando o braço a ela. – Basta me seguir.

Embora estivesse com as mãos enluvadas, um arrepio de prazer a percorreu quando sentiu a pressão dos dedos do marido. Sophia levantou os olhos para o rosto moreno e, subitamente emocionada, disse:

– Eu seguiria você para qualquer lugar.

Os cílios densos de Ross cobriam seu olhar de desejo. Sophia entendeu o desejo súbito e intenso de Ross de estar a sós com ela.

– Três horas – disse ele, como se falasse consigo mesmo.

– O quê? – perguntou ela.

– Faltam três horas para a meia-noite. Nesse horário você vai subir para o quarto e eu irei logo depois.

– Mas... não é um pouco cedo para nos retirarmos de um baile como este? Desconfio que alguns casais vão dançar até o amanhecer.

– Bem, nós não seremos um deles – afirmou Ross com firmeza, acompanhando-a até o salão. – Consigo pensar em uma forma muito melhor de passarmos o resto da noite.

– Dormindo? – perguntou Sophia, com falsa inocência.

Ross se inclinou para sussurrar a alternativa que tinha em mente, e sorriu ao ver um forte rubor tomar o rosto da esposa.

CAPÍTULO 16

Ross mal conseguiu conter seu aborrecimento quando voltaram à Bow Street e todos os seis patrulheiros se reuniram para parabenizá-lo pelas núpcias. Os homens insistiram ruidosamente em exercer o direito de "beijar a noiva", e, um após outro, inclinaram-se para garantir esse direito de um modo muito mais fraterno do que amoroso. No entanto, Ross não estava achando a menor graça quando resgatou a esposa, que ria, tranquilamente, da situação. Então lançou um olhar de alerta aos patrulheiros.

— Agora vão cuidar dos seus deveres.

Resmungando com bom humor, os patrulheiros deixaram o número 4 da Bow Street, mas não sem antes Eddie Sayer implorar a Sophia:

— Faça o que puder para acalmar um pouco o temperamento do homem. A senhora é nossa única esperança, milady.

Rindo, Sophia passou os braços ao redor da nuca do marido e beijou sua boca cerrada.

— Pronto. Isso vai servir para acalmá-lo?

Um sorriso relutante curvou os lábios de Ross, que a beijou possessivamente.

— Temo que esteja surtindo o efeito contrário, mas não pare.

Sophia lhe lançou um olhar provocativo por sob os cílios cheios.

— Chega, agora só à noite. Você tem trabalho a fazer.

— Morgan vai cuidar de tudo. Só vou ficar aqui pelo tempo necessário para resolver alguns problemas menores e depois nós dois vamos sair para resolver um assunto.

— Que assunto?

Sophia suspirou quando Ross beijou a lateral de seu pescoço, subindo os lábios preguiçosamente até a orelha.

— Vamos procurar uma coisa.

— Uma coisa pequena ou grande?

— Grande — disse ele, mordiscando um ponto sensível no pescoço dela. — Bem grande.

— Que tipo de... — Sophia começou a perguntar, mas Ross a silenciou com um beijo profundo.

– Chega de perguntas. Esteja pronta para sair em uma hora.

Embora tenha achado que a quantidade de trabalho o atrasaria, Ross a encontrou em precisamente uma hora e os dois entraram na carruagem. Ela o importunou com perguntas, mas ele permaneceu irritantemente reticente, recusando-se a dar qualquer dica sobre a natureza da missão misteriosa. Enquanto a carruagem seguia para o lado oeste da cidade, Sophia ergueu um canto do painel transparente que cobria a janela e observou a paisagem. Passaram por fachadas espetaculares de lojas onde eram vendidos produtos de luxo, armarinhos, ourivesarias, fabricantes de botões, perfumistas, e até uma loja de penas com o intrigante nome de "Plumassier".

Como aquela era uma área de Londres que nunca visitara antes, Sophia ficou fascinada com a grande quantidade de pessoas lindamente vestidas que passavam por ela. Damas e cavalheiros muito distintos compravam sorvetes em confeitarias, tomavam chá ao ar livre ou paravam diante da vitrine de uma gráfica para ver prateleiras de cartões decorativos. Era um mundo distante da Bow Street, apesar de estar localizado a uma curta distância.

A carruagem os levou até Mayfair, a área mais elegante de Londres, onde grandes mansões residenciais haviam sido construídas lado a lado. Pararam na Berkeley Square, diante de uma casa em estilo clássico, com frontão triangular. As grandes janelas de vidro imprimiam uma sensação de leveza e grandiosidade à fachada de pedra. Um criado abriu a porta da carruagem e apoiou um degrau móvel para que Sophia descesse. Outro pegou um conjunto de chaves de Ross e subiu correndo os degraus da frente.

– Vamos visitar alguém? – perguntou Sophia, olhando a casa com admiração.

– Não exatamente.

Ross apoiou a mão nas costas dela e guiou-a até a entrada principal.

– Esta casa pertence a lorde Cobham, um contemporâneo do meu avô. Ele atualmente mora no campo e resolveu alugar a propriedade, já que ela passa a maior parte do tempo vazia.

– Certo, mas por que estamos aqui?

Sophia entrou no salão frio de mármore, desprovido de móveis e obras de arte. Ricas colunas e portais de lápis-lazúli contrastavam fortemente com as paredes de um branco reluzente.

Ross se juntou a ela, observando o trabalho de relevo dourado no teto que ficava a seis metros de altura.

– Pensei que, se o lugar a agradasse, poderíamos morar aqui até construirmos a nossa casa – explicou Ross, parecendo vagamente contrito quando acrescentou: – Está sem mobília, porque Cobham levou a maior parte das relíquias de família consigo. Se ficarmos com a casa, você terá que decorá-la.

Incapaz de responder, Sophia apenas ficou olhando ao redor, espantada.

Quando ficou claro que ela não faria qualquer comentário imediato, Ross falou, sem rodeios:

– Se não gostou, basta dizer. Temos outras opções a considerar.

– Não, não – disse Sophia, ofegante. – É claro que eu gostei. Como alguém poderia não gostar? Só que… você me pegou de surpresa. Eu… achei que moraríamos na Bow Street.

Ross pareceu chocado e, ao mesmo tempo, achou graça da ideia.

– Que Deus não permita. Minha esposa não vai morar em um prédio público. Aqui é mais adequado, sem mencionar que é mais confortável.

– É muito grandiosa.

Sophia pensava consigo mesma que a palavra "confortável" se aplicava melhor a um chalé ou a uma casa menor.

– Ross – retomou ela, com tato –, se você vai passar o tempo todo na Bow Street, acho que eu não gostaria de ficar sozinha em um lugar tão grande. Talvez pudéssemos encontrar uma casa mais modesta na King Street.

– Você não vai ficar sozinha – disse ele, e seus olhos se iluminaram de bom humor. – Já dediquei o suficiente da minha vida à Bow Street. Vou reorganizar a estrutura do escritório para que possa funcionar sem mim. Então vou recomendar Morgan como próximo magistrado-chefe e deixarei o cargo.

– Mas o que você faria?

A ideia preocupou Sophia. Ela sabia que Ross era ativo demais para se acomodar ao estilo de vida indolente dos cavalheiros que não trabalhavam.

– Tenho mais do que algumas poucas causas reformistas com as quais ocupar meu tempo, e preciso atuar com mais firmeza na administração de Silverhill. Também planejo comprar uma cota de participação de uma nova companhia ferroviária em Stockton, embora Deus saiba que a minha mãe terá um ataque apoplético diante desse tipo de investimento.

Ross estendeu a mão e puxou Sophia tão para junto de si que a saia dela girou ao redor das pernas e dos pés dele. Então baixou a cabeça até os narizes quase se tocarem.

– Mas, acima de tudo – murmurou –, eu quero ficar com você. Esperei demais por este momento e juro por Deus que vou aproveitar.

Sophia ficou na ponta dos pés e roçou os lábios nos dele. Antes que Ross pudesse tornar o beijo mais ardente, ela recuou e o encarou com um sorriso atrevido.

– Quero ver o restante da casa – pediu.

A casa era inesperadamente aconchegante. Muitos cômodos foram construídos com as bordas arredondadas e equipados com nichos e estantes embutidas. O tom pastel delicado das paredes contava com molduras brancas, e alguns painéis eram preenchidos com formas extravagantes de grifos alados e outros seres mitológicos. As lareiras eram de mármore entalhado, e o piso, coberto por grossos tapetes franceses. Alguns móveis haviam sido deixados aqui e ali: uma arca com a frente curva em uma sala, um biombo de laca em outra. Em uma sala nos fundos do segundo andar, Sophia descobriu uma peça intrigante, algo que lembrava uma cadeira, mas tinha uma forma muito estranha.

– O que é isso? – perguntou ela, contornando a peça.

Ross riu.

– É um "cavalo de molas". Há anos não vejo um desses. Na verdade, desde que eu era criança.

– Para que serve?

– Para fazer exercício. Meu avô tinha um. Ele dizia que ali fortalecia as pernas e afinava a cintura sempre que se permitia cometer extravagâncias.

Sophia o encarou, cética.

– Como é possível fazer exercício em uma cadeira?

– Você monta nela – disse Ross, sorrindo com a lembrança que lhe passou pela mente. – Em dias chuvosos, quando não tínhamos mais nada para fazer, Matthew e eu ficávamos pulando no cavalo de molas do vovô por horas e horas.

Ross pressionou o assento, que devia ter quase um metro de altura de estofamento.

– Esse assento é cheio de molas e dividido internamente por essas placas de madeira. O ar é expelido através dos buracos nas laterais.

Ross se sentou com cuidado, segurou nos braços de mogno e apoiou os pés no degrau da frente. Então sacudiu ligeiramente a cadeira e o assento se moveu para cima e para baixo com um rangido.

– Você está ridículo – disse Sophia, rindo da visão do magistrado tão austero montado naquela coisa esquisita. – Muito bem, concordo em morar nesta casa se você prometer se livrar dessa coisa.

Ross observou Sophia com olhos sorridentes e pensativos. Quando falou, seu tom saiu um pouco mais baixo.

– Não seja tão apressada. Talvez você possa querer usá-lo em algum momento...

– Acho que não – disse Sophia, com os olhos cintilando. – Se eu quiser me exercitar, farei uma caminhada.

– Você sabe montar a cavalo?

– Não, infelizmente, não. Nem em cavalos de verdade nem em cavalos de molas.

– Vou lhe ensinar.

Ross olhou para Sophia de cima a baixo com um olhar ardente. Então a pegou de surpresa ao sussurrar.

– Tire o vestido.

– O quê? – perguntou Sophia, perplexa e balançando a cabeça. – Aqui? Agora?

– Aqui e agora – afirmou ele, em voz baixa.

Ross relaxou o corpo na cadeira e apoiou um dos pés no degrau de madeira. O tom sensual e desafiador em seu olhar era inegável.

Sophia encarou o marido, insegura. Embora não fosse inibida de forma alguma, estava hesitante em tirar a roupa em uma casa estranha, no meio do dia, com o sol entrando pelas janelas sem cortinas. Com cautela, mas sentindo-se tentada, ela começou a abrir a gola do vestido.

– E se alguém aparecer?

– A casa está vazia.

– Sim, mas um dos criados pode entrar para perguntar alguma coisa.

– Eles sabem muito bem que não devem fazer isso.

Ross percebeu que Sophia estava com dificuldade para abrir o corpete do vestido.

– Precisa de ajuda com isso?

Sophia balançou a cabeça, extremamente constrangida, enquanto descalçava os sapatos. De repente, ela abriu o vestido e deixou que deslizasse até o chão. Então soltou os ganchos que fechavam o espartilho leve. Quando essa peça também foi descartada, Sophia ficou parada, com a camisa de baixo, que ia até os joelhos, o calção de baixo e as meias. Um rubor intenso cobriu seu rosto quando ela levou a mão à barra da camisa de baixo e ergueu-a até a cintura, fazendo uma pausa para olhar para o rosto atento de Ross.

– Continue – encorajou ele.

Sophia se sentiu devassa ali, parada diante dele, como uma daquelas mulheres que eram pagas para fazer poses sedutoras em alguns bordéis de primeira classe de Londres.

– Se você não fosse meu marido, eu não faria isso – avisou ela, e despiu a camisa em um movimento súbito e decidido.

Um sorriso curvou os lábios dele.

– Se você não fosse minha esposa, eu não lhe pediria que fizesse.

O olhar de Ross percorreu o corpo nu de Sophia até a cintura, demorando-se nas curvas dos seios e nos mamilos rosados. Sua respiração se alterou visivelmente e seus dedos ficaram inquietos no braço do cavalo de molas.

– Venha aqui... Não, não se cubra.

Sophia parou diante dele e sua pele se arrepiou quando sentiu a mão do marido no ombro, a carícia suave dos dedos. A mão quente de Ross tocou os seios dela, o polegar roçou um mamilo. Sophia sentiu que ele puxava os cadarços do calção de baixo dela, que escorregou pelos quadris até o chão. Ela saiu de dentro do calção e se abaixou para tirar as ligas e as meias, mas Ross a segurou pelo pulso.

– Não – disse, com voz ligeiramente rouca. – Gosto de ver você só de meias.

Sophia fixou os olhos no volume indisfarçável na calça dele.

– Estou vendo...

Ross sorriu e puxou-a pelo pulso.

– Monte no meu colo.

Com cuidado, Sophia pousou um dos pés ainda calçados com a meia no degrau de madeira e logo as mãos de Ross envolveram sua cintura e a ergueram. Ela caiu no colo dele, rindo, e passou os braços ao redor de seu pescoço. A cadeira rangeu alto e eles desceram alguns centímetros.

– Isso não vai dar certo – exclamou Sophia, rindo incontrolavelmente.

– Você precisa cooperar – disse ele, com voz séria e olhos risonhos.

– Sim, senhor.

Sophia fingiu obediência e deixou que Ross arrumasse as pernas dela, uma de cada lado do colo dele, até as coxas estarem bem abertas e seu sexo totalmente exposto.

Aos poucos, a risada morreu na garganta de Sophia.

– E você? Não vai tirar a *sua* roupa? – perguntou ela, levando um susto ao sentir as mãos dele deslizarem por baixo de suas nádegas.

Ross ergueu um pouco o corpo dela para cima.

– Não.

– Mas eu quero...

– Shhh...

Ele capturou o mamilo dela com a boca e começou a sugá-lo em movimentos deliciosos, quentes. Ao mesmo tempo, Ross deixou os dedos subirem pela coxa de Sophia até roçarem a trilha de pelos sobre seu sexo. Cada vez que ela se movia, o cavalo de molas oscilava suavemente, forçando-a a manter os braços ao redor do pescoço dele para se equilibrar.

Ross deslizou o dedo para dentro do corpo dela e acariciou-a até que ela estivesse úmida, latejando. Sophia fechou os olhos contra a luz forte do sol que entrava pela janela e descansou o rosto nos cabelos cheios de Ross, que continuava chupando seu mamilo e arranhando deliciosamente a pele delicada do seio com a barba.

Excitada demais para esperar, Sophia levou a mão ao fecho da calça de Ross, mas ele segurou seus dedos trêmulos e os afastou.

– Deixe que eu faço isso – disse ele, com uma risadinha –, antes que você arranque os botões.

Ofegante, Sophia pressionou mais o corpo ao de Ross enquanto ele abria a fileira de botões da calça e libertava a ereção poderosa. Murmurando para acalmá-la, Ross a posicionou sobre os quadris, inclinando-os no ângulo certo. Sophia deixou o corpo se encaixar ao dele, ansiosa, e soltou um arquejo quando ele a preencheu completamente. Ela agarrou com força o paletó de Ross, cravando as pontas dos dedos no tecido elegante.

– Segure-se em mim – sussurrou Ross.

Depois que Sophia o envolveu com as pernas, ele levantou os pés do apoio de madeira e deixou o assento do cavalo de molas cair vários centímetros de repente, provocando um sobressalto eletrizante. O movimento forçou o corpo de Sophia a receber o membro ereto ainda mais fundo e ela gemeu de prazer.

Ross sorriu enquanto fitava os olhos dela, arregalados e desfocados. O rosto de Sophia estava vermelho e o suor umedecia sua pele. As coxas dele ficaram tensas quando voltou a apoiar os pés no degrau, só para logo tirá--los novamente.

– Está tudo bem? – perguntou ele. – Ou é demais para você?

– Não – respondeu Sophia, sem fôlego. – Faça de novo.

Ross obedeceu e começou um movimento oscilante que provocou um rangido ritmado no cavalo de molas. O ar escapava com a contração e a expansão das almofadas, emitindo um som como o sussurro dos foles em uma lareira. Sophia se segurava com força em Ross, apertando-o intimamente. Cada descida do assento fazia com que o membro rígido dele a penetrasse mais fundo, até que o movimento estimulante a fez chegar a um clímax que parecia não ter fim.

Ao sentir os espasmos de alívio do corpo dela, Ross empalou-a uma última vez e gemeu de prazer. Quando ele finalmente se inclinou para trás, com o corpo de Sophia agarrado ao dele, ela se deixou cair para a frente, profundamente relaxada. Os corpos ainda estavam unidos e Sophia gemeu quando ele se mexeu mais uma vez dentro dela.

– Acho que vamos ficar com essa cadeira – murmurou Ross contra os cabelos dela. – Nunca se sabe quando você vai precisar de outra aula de equitação.

Até que a casa estivesse mobiliada e equipada para atender às necessidades básicas do casal, Sophia e Ross continuaram a morar no número 4 da Bow Street. Enquanto Sophia passava muito tempo comprando móveis e objetos necessários para a mudança, contratando criados e suportando incontáveis horas de provas de roupas, Ross cumpria a promessa de providenciar a própria aposentadoria. Sophia sabia que não seria fácil para ele renunciar ao poder considerável que havia acumulado. No entanto, Ross parecia bastante inabalado com a perspectiva. Por muitos anos, a vida do magistrado fora uma linha reta e estreita, mas agora ela se expandia com novas possibilidades. Ross, que sempre fora excepcionalmente sério, um homem que raramente sorria ou ria, agora estava muito mais disposto a sorrir e brincar, mostrando um lado divertido que Sophia achava absolutamente encantador. Além disso, era um amante sensual, que a possuía com intimidade absoluta, satisfazendo-a plenamente.

Sophia pensou que conhecia Ross muito bem, afinal tinham vivido sob o mesmo teto. Mas agora sentia ter uma compreensão muito mais profunda do marido. Ross confiava seus pensamentos e emoções mais íntimos a ela, e permitia que Sophia o visse como ele realmente era: não um modelo de perfeição, mas um homem com dúvidas e medos. Ele cometia erros e com frequência tinha a impressão de não ter atendido às próprias expectativas.

Os esforços de Ross para convencer o Ministério das Finanças a liberar a verba para estabelecer novas corregedorias e contratar magistrados para Middlesex, Westminster, Surrey, Hertfordshire e Kent ainda não haviam tido sucesso, para sua infelicidade. O governo não parecia convencido de que tais mudanças fossem justificadas e preferia pagar apenas um homem para lidar com aquele grande volume de responsabilidades.

– A culpa é minha – disse Ross a Sophia.

Sentado diante da lareira do quarto com um copo de conhaque na mão, ele bebia sem parecer saborear e estava claramente aborrecido.

– Eu estava determinado a provar que era capaz de fazer tudo isso sozinho, e agora o ministro das Finanças acha que basta apenas um homem para me substituir. Tenho certeza de que Morgan tem disposição para ocupar o posto de magistrado-chefe, mas não às custas da família e da vida pessoal dele.

– Ninguém além de você seria capaz de assumir tamanha responsabilidade.

Sophia pegou o copo vazio da mão dele, sentou-se no braço da cadeira em que o marido estava acomodado e acariciou seus cabelos escuros, correndo os dedos suavemente pelos fios prateados das têmporas.

– E, mesmo que seja teimoso demais para admitir, você mesmo estava sofrendo com o peso de todo esse trabalho.

Ross levantou os olhos para ela e pareceu relaxar um pouco.

– Até você aparecer – murmurou. – Então me dei conta do que estava perdendo.

– Coisas como comida e sono, por exemplo? – sugeriu Sophia, com um brilho travesso nos olhos.

– Entre outras – disse ele, envolvendo o tornozelo dela com as mãos e se aventurando por baixo de sua saia até o joelho. – E agora nada mais vai me separar de você.

Sophia continuou a acariciar os cabelos dele.

– Tudo bem se demorar algum tempo até você conseguir estabelecer tantas mudanças. Não há necessidade de urgência por minha causa. Embora eu queira você todo só para mim, posso esperar quanto for necessário.

Ross levantou os olhos para ela com uma expressão carinhosa.

– Mas *eu* não quero esperar – disse ele, sorrindo, traçando círculos com a mão sobre o joelho dela. – É irônico, não? Por anos as pessoas reclamaram da minha suposta usurpação de poder. Mas agora que quero deixar a Bow Street, ninguém me permite. As pessoas me acusam de estar abandonando as minhas responsabilidades e os ministros estão me oferecendo todo tipo de incentivos para permanecer no cargo.

– Isso é porque só há um sir Ross Cannon, e todos sabem disso.

Sophia deixou os dedos correrem pelos contornos firmes do maxilar dele e acrescentou, satisfeita:

– E esse único sir Ross Cannon é meu.

– Sou.

Ross virou o rosto e encostou a boca na palma da mão da esposa, de olhos fechados.

– Foi um dia longo e difícil. Preciso de algo que me ajude a esquecer as verbas parlamentares e a reforma judicial.

– Mais conhaque? – perguntou Sophia, prestativa, levantando-se da cadeira.

Aquilo arrancou uma risada súbita dele.

– Não, conhaque, não.

Ross se levantou e segurou-a pela cintura, puxando-a mais para perto.

– Eu tinha algo diferente em mente.

A expectativa do que estava por vir fez Sophia estremecer por dentro, e ela passou os braços ao redor do pescoço dele.

– O que desejar – falou. – Como sua esposa, quero ajudar.

Ross riu do tom formal e guiou-a em direção à cama.

– Ah, você vai ajudar muito – garantiu ele, bem atrás dela.

Como Sophia era alvo de muita curiosidade, ela e Ross eram convidados por políticos e profissionais liberais, e até alguns aristocratas, para todo tipo de evento. No entanto, aceitavam poucos convites, já que Sophia achava difícil se adaptar à nova vida. Tendo trabalhado por muitos anos como criada, ela não parecia confortável em círculos sociais elevados, não importava quão amáveis fossem seus novos conhecidos. Na maioria dos eventos sentia-se estranha e tensa, embora a mãe de Ross garantisse que isso melhoraria com o passar do tempo. Sophia achava um pouco mais fácil conviver com a "segunda camada social", pessoas como sir Grant e sua esposa, Victoria, e os profissionais de variados tipos que habitavam um mundo bem menos rarefeito do que o dos círculos mais altos. Eram pessoas muito menos pretensiosas e mais conscientes dos assuntos do dia a dia, como o preço do pão e as necessidades dos pobres.

Ross ajudava muito a aliviar as preocupações da esposa. Ele nunca menosprezava os medos de Sophia nem perdia a paciência com ela. Se Sophia desejasse falar com ele, Ross interromperia o que quer que estivesse fazendo, independentemente do quão importante fosse. Quando iam a uma festa ou ao teatro, Ross tratava Sophia com tanta atenção que as outras esposas eram levadas a observar, com certo mau humor, que seus maridos deveriam ter pelo menos metade dessa preocupação com o bem-estar *delas*. Era tema de muitas conversas a grande mudança no comportamento do magistrado-chefe, e discutia-se como um cavalheiro tão sério havia se transformado em um marido obviamente dedicado. Sophia achava que a razão por trás da devoção de Ross era bastante simples: como passara muito tempo sozinho, ele aprendera a dar valor aos prazeres do casamento. Ross não encarava a felicidade como algo garantido. E talvez, em algum canto do seu coração, temesse que tudo pudesse ser tirado dele em um piscar de olhos, como acontecera com Eleanor.

Com frequência, Ross levava Sophia para visitar Silverhill Park no fim de semana, onde davam festas à beira do lago, faziam piqueniques ou simplesmente passeavam pelo campo para aproveitar o ar fresco e apreciar o verde. Catherine Cannon adorava recebê-los e, nos meses de verão, a mansão vivia cheia de amigos e parentes. Sophia gostava dessas visitas, do relacionamento mais próximo com a sogra e até com Iona, sua cunhada. Agora que já haviam se familiarizado uma com a outra, Iona se tornara consideravelmente mais próxima, embora houvesse sempre um toque de tristeza em seus olhos de um azul-pálido. Era óbvio que essa melancolia era consequência da convivência com Matthew. Iona chegou ao ponto de confidenciar a Sophia que, depois de casados, ele se mostrara um homem completamente diferente do que era antes do matrimônio.

– Ele era muito encantador – disse Iona.

Sua expressão amarga destoava do semblante angelical. Ela e Sophia estavam sentadas em cadeiras dispostas perto de um muro de pedra coberto de rosas que haviam florescido com toda a força no calor do alto verão. Diante delas havia um pequeno jardim de arbustos que se cruzavam em belos desenhos e um arco coberto de hera que levava a uma grande extensão de um gramado muito verde.

A luz do sol banhava o perfil requintado de Iona, transformando seus cabelos em um redemoinho de ouro cintilante. Ela olhava ao longe, perdida em pensamentos.

– De todos os homens que me cortejaram, Matthew foi o que mais me impressionou. Eu adorava seu humor ferino e, é claro, sua aparência. Ele sempre foi muito encantador.

Um sorriso sem humor curvou seus lábios perfeitos. Iona fez uma pausa para tomar um longo gole de limonada e o amargor pareceu persistir em sua boca quando continuou:

– Infelizmente, acabei descobrindo que certos homens só estão interessados na conquista. Uma vez que o objeto de desejo é conquistado, eles se tornam indiferentes.

– Sim – disse Sophia, pensando em Anthony. – Já conheci esse tipo de homem.

O sorriso de Iona era resignado.

– É claro que dificilmente sou a única que já se decepcionou com o amor. Tenho uma vida confortável, agradável. E Matthew não é um homem mau, ele é apenas egocêntrico. Se eu conseguisse atraí-lo para a cama com a frequência necessária, talvez pudéssemos ter um filho. Seria um grande consolo para mim.

– Espero que isso aconteça – disse Sophia, com sinceridade. – Quem sabe assim ele melhore. Ross disse que ele tem se saído muito bem em suas novas responsabilidades.

Nas últimas semanas, Ross forçara o irmão mais novo se reunir regularmente com o agente de terras, para aprender sobre contabilidade, gestão, agricultura, impostos e todas as questões envolvidas na administração de Silverhill. Apesar dos muitos protestos, Matthew não teve escolha a não ser cumprir o que Ross determinava.

Iona usou uma unha longa e perfeitamente arredondada para remover um grão de poeira da borda do copo.

– Suponho que se você foi capaz de fazer sir Ross mudar tão completamente, talvez possa haver alguma esperança para Matthew.

– Ah, mas eu não mudei sir Ross – protestou Sophia.

– Certamente mudou! Nunca imaginei vê-lo tão apaixonado. Antes de se casar com você, mal se conseguia ouvir duas palavras dele. Agora sir Ross parece um homem completamente diferente. É estranho, porque até pouco tempo atrás eu sentia... um pouco de medo dele. O olhar de sir Ross parece ver através da pessoa. Tenho certeza de que você entende o que eu quero dizer.

– Sim, entendo – disse Sophia, com um sorriso irônico.

– E ele é tão reservado... Sir Ross nunca baixou a guarda para ninguém além de você – disse Iona, suspirando e recolocando uma mecha do cabelo lustroso atrás da orelha. – Eu costumava pensar que tinha ficado com o melhor dos irmãos. Mesmo com as falhas de Matthew, ao menos ele sempre foi caloroso, humano, enquanto sir Ross parecia tão despido de paixão. Agora está bem claro que seu marido não é o autômato frio que todos imaginávamos que fosse.

Sophia corou quando respondeu:

– Não, ele definitivamente não é.

– Eu a invejo por ser amada por um homem que não foge da sua cama.

As duas ficaram sentadas em silêncio por algum tempo, perdidas nos próprios pensamentos. Uma abelha zumbia preguiçosamente em meio às rosas, e o sino dos criados soou fracamente dentro da mansão. Sophia ficou impressionada ao se dar conta de como ela mesma mudara em tão pouco tempo. Pouco tempo antes, ela achava que o que mais queria no mundo era se casar com Anthony. Mas se tivesse se casado com ele, ou com um homem parecido, estaria se sentindo exatamente como Iona: amarga e traída, com poucas esperanças de um futuro melhor. *Obrigada, meu Deus*, pensou com ardor. *Obrigada, meu Deus, por não ter me concedido certos desejos e por ter me guiado rumo a um destino muito mais bonito.*

À medida que o calor do dia aumentou, os Cannons e seus convidados optaram por tirar um cochilo ou relaxar em um ambiente fechado. Ross, porém, nunca havia tirado um cochilo sequer na vida, e a própria ideia de dormir no meio do dia era inconcebível para ele.

– Vamos dar um passeio – sugeriu a Sophia.

– Um *passeio*? Mas estão todos descansando tão confortavelmente dentro de casa – protestou ela.

– Que bom – retrucou ele, satisfeito. – Assim teremos todo o espaço ao ar livre só para nós.

Sophia revirou os olhos e foi colocar um vestido leve. Partiram para o passeio no campo e foram caminhando em direção à cidade, até o campanário da igreja aparecer a distância. Ao se aproximarem de um bosque de nogueiras, Sophia decidiu que já havia se exercitado o suficiente. Disse que precisava descansar e puxou Ross para baixo da sombra da maior árvore que havia por ali.

De bom grado, Ross se sentou e abraçou a esposa, deixando o colarinho da camisa aberto para aproveitar o sopro de uma brisa ocasional. Os dois ficaram conversando relaxadamente, os assuntos indo do sério ao trivial. Sophia nunca imaginara que um homem fosse capaz de ouvir uma mulher da forma como Ross a ouvia. Ele era atento, interessado, e nunca zombava das opiniões dela, nem quando discordava delas.

– Sabe – disse ela, sonhadora, deitada no colo dele e observando as folhas escuras e enormes acima de sua cabeça –, acho que gosto de conversar com você ainda mais do que gosto de fazer amor com você.

Uma mecha de cabelo preto caiu sobre a testa de Ross quando ele baixou a cabeça para fitá-la.

– Isso é um elogio ao meu talento para a conversa ou uma reclamação sobre a minha performance sexual?

Sophia sorriu enquanto acariciava o peito do marido por cima da camisa.

– Você sabe que eu nunca reclamaria disso. Só que nunca imaginei ter esse tipo de relacionamento com meu marido.

– O que você esperava? – perguntou Ross, claramente achando o assunto divertido.

– Ah, o tipo de casamento que se vê por aí. Conversaríamos sobre coisas leves, nada impróprio, teríamos nossas áreas separadas na casa e passaríamos a maior parte dos dias separados. Você visitaria meu quarto certas noites e, é claro, eu o consultaria sobre certos assuntos.

Sophia fez uma pausa quando viu o olhar estranho que cruzou o rosto dele.

– Hum.

– O que foi? – perguntou ela, preocupada. – Eu disse alguma coisa que o aborreceu?

– Não, não – disse ele, com uma expressão contemplativa. – Só percebi que você acabou de descrever o tipo de casamento que tive com Eleanor.

Sophia se levantou do colo dele e passou as mãos por seu cabelo bagunçado. Ross mencionava a primeira esposa com tão pouca frequência que às vezes Sophia realmente se esquecia de que ele era viúvo. Ross parecia ser tão completamente dela que Sophia achava difícil imaginá-lo vivendo com outra mulher, amando outra mulher, tendo outra nos braços. Sophia se esforçou para parecer serena, apesar da pontada aguda de ciúme que sentiu.

– E para você era bom que as coisas fossem assim?

– Suponho que sim – disse ele, com os olhos cinza pensativos. – Mas duvido que achasse bom agora. Passei a querer algo diferente em um relacionamento.

Houve um longo momento de hesitação antes que ele completasse:

– Eleanor foi uma boa esposa, mas ela era tão delicada...

Sophia arrancou uma folha de grama e examinou-a com atenção, girando-a entre os dedos. Ela se perguntou o que teria atraído Ross para uma criatura tão frágil e delicada ao extremo. O tipo parecia não combinar com um homem tão vigoroso.

De algum modo, Ross conseguiu ler os pensamentos dela.

– Eleanor despertava meus instintos protetores – disse ele. – Era uma mulher encantadora, frágil e indefesa. Qualquer homem que a conhecia queria tomar conta dela.

As agulhas do ciúme espetaram Sophia outra vez, apesar de seus esforços para ignorá-las.

– E naturalmente você não foi capaz de resistir.

– Não.

Ross ergueu um dos joelhos e apoiou o braço sobre ele, observando enquanto Sophia preguiçosamente arrancava mais folhas de grama. A tensão dela devia ser visível, porque, depois de um instante, ele perguntou:

– Em que você está pensando?

Sophia balançou a cabeça, constrangida com a pergunta que lhe viera à mente, uma pergunta absurdamente sem propósito e invasiva, e obviamente fruto do ciúme.

– Ah, não é nada.

– Fale – insistiu Ross, pousando a mão sobre a dela. – Você ia perguntar sobre Eleanor.

Sophia levantou os olhos para ele, com o rosto muito ruborizado.

– Eu estava me perguntando se alguém tão frágil conseguia satisfazer você na cama.

Ele ficou muito quieto, e uma brisa suave soprou a mecha caída em sua testa. Era fácil ler a consternação em seu rosto. Ross era cavalheiro demais para responder àquela pergunta; jamais desonraria a memória da esposa. Mas quando seus olhos encontraram os de Sophia, ela leu a resposta tácita, e isso a acalmou.

Sentindo-se tranquilizada, Sophia virou a palma da mão para cima, entrelaçando os dedos aos dele. Ross se inclinou para a frente e seus lábios roçaram os dela em um beijo casto. Embora não tivesse a intenção de tornar o gesto um avanço sexual, o sabor daquele beijo era tão inebriante que Sophia deslizou a mão pelo pescoço dele e beijou-o com mais intensidade. Ross puxou-a para o colo e tirou plena vantagem do convite da esposa. Sophia passou os braços ao redor das costas dele, e seus dedos encontraram os músculos rígidos. Ela suspirou e se contorceu, satisfeita, ao sentir a ereção dele embaixo de seu corpo.

O som baixo da risada de Ross fez cócegas na orelha dela.

– Sophia... você vai me deixar aleijado.

Sophia amava o jeito como Ross olhava para ela, as chamas ardendo naqueles olhos prateados.

– Mal posso acreditar – disse ela em uma voz lenta e apaixonada – que um homem com seu apetite tenha conseguido permanecer celibatário por cinco anos.

– Eu não passei todo esse tempo celibatário – admitiu ele.

– Não? – perguntou ela, endireitando o corpo no colo dele. – Você nunca me contou isso. Com quem dormiu?

Ross tirou a presilha de tartaruga do cabelo dela e passou os dedos pelas mechas douradas onduladas.

– Com a viúva de um velho amigo. Durante o primeiro ano após a morte de Eleanor eu não conseguia nem pensar em fazer amor com outra mulher. Mas, por fim, tive necessidades...

Ele parou, parecendo desconfortável, e sua mão ficou imóvel nos cabelos da esposa.

– E? – encorajou Sophia. – Você manteve contato com essa viúva?

– Mantive. Ela também estava sozinha, também queria um relacionamento íntimo, então nos encontramos discretamente por cerca de quatro meses, até...

– Até...?

Um rubor de constrangimento coloriu o rosto dele.

– Até ela começar a chorar, um dia, depois de nós... E confessar que havia se apaixonado por mim. Então ela disse que se o sentimento não fosse recíproco, que nosso *affair* não poderia continuar, porque seria muito doloroso para ela.

– Pobre dama – disse Sophia, sentindo uma simpatia genuína pela viúva. – E assim o relacionamento terminou.

– Sim. Depois senti muita culpa pela dor que havia causado a ela. E também aprendi algo: que, por mais agradável que tenha sido, aquele *affair* não foi nem de longe gratificante sem amor. Então decidi que esperaria até encontrar a mulher certa. Isso foi há três anos. O tempo passou rápido, especialmente porque eu estive muito ocupado com o trabalho.

– Mas deve ter havido noites em que você achou impossível continuar celibatário – comentou Sophia. – Um homem com a sua natureza física...

Ross sorriu ironicamente, sem encontrar o olhar dela.

– Bem, existem maneiras pelas quais um homem pode resolver esse problema sozinho.

– Você quer dizer que...

Ainda um pouco vermelho, Ross olhou para ela e perguntou:

– Você não?

O dossel de folhas farfalhava acima deles e um pássaro solitário gorjeava inocentemente. Sophia se esforçou para responder, apesar do constrangimento:

– Sim, logo depois que você levou o tiro. Lembra aquela manhã em que você me beijou e me levou para a sua cama, e que nós quase...

Um rubor profundo se espalhou por Sophia.

– Depois daquilo eu não conseguia parar de pensar no jeito como você tinha me tocado, e certa noite eu estava tão desesperada que...

Mortificada, Sophia levou as mãos ao rosto com um gemido.

Ross enrolou a mão nos cabelos de Sophia e puxou sua cabeça para trás, sorrindo enquanto a beijava. Ainda vermelha, ela relaxou no colo dele e fechou os olhos contra os raios de sol que se esgueiravam por entre os galhos. Ross possuiu os lábios de Sophia com beijos lentos e tentadores, e ela não protestou quando sentiu que ele desabotoava sua roupa. As mãos de Ross deslizaram por dentro do vestido para acariciar os seios, os quadris e as coxas dela.

– Me mostra... – murmurou ele, os lábios no pescoço dela.

– Mostrar o quê?

– Como você se deu prazer.

– *Não* – protestou ela, dando risadinhas nervosas diante do pedido ultrajante.

No entanto, Ross insistiu, persuadindo, provocando, e exigindo até Sophia ceder com um suspiro de constrangimento. A mão dela tremia quando alcançou o lugar que ele havia exposto, o calção abaixado até os joelhos, a saia erguida até a cintura.

– Assim – disse, ofegante.

Os dedos de Ross cobriram os dela em um toque suave, seguindo o movimento sutil. Sophia tirou a mão e ele continuou a acariciá-la.

– Assim? – murmurou Ross.

Ela se contorceu no colo dele, com a respiração tão acelerada que não conseguia falar.

Um sorriso carinhoso curvou os lábios dele enquanto observava o rosto tenso da esposa.

– Agora me diga, isto não é melhor do que tirar um cochilo? – perguntou, movendo os dedos em círculos torturantes.

De repente, Sophia perdeu toda a vergonha. Gemeu e se contorceu no colo dele à medida que as sensações a invadiam em um fluxo interminável.

⁓

O único obstáculo para a felicidade de Sophia era sua crescente preocupação com o irmão. Nick abria seu caminho por Londres com a mesma empolgação violenta de sempre, alternando entre as personas de mestre do crime e "apanhador geral de ladrões". A opinião da sociedade se dividia. A maioria ainda o considerava um benfeitor público por sua capacidade de rastrear e prender ladrões e de persuadir membros de gangues a entregarem uns aos outros. No entanto, um número pequeno mas crescente de pessoas começava a condenar os métodos corruptos que ele usava. "Quando Gentry entra em um cômodo dá para sentir o cheiro de enxofre", dizia-se por aí.

Isso deixava claro que, apesar do poder que detinha no submundo, o trono de Gentry era instável.

Depois que Sophia enviou a Nick as informações exigidas, ele não pediu mais nenhum favor, e também não houve qualquer outra menção à chantagem. De tempos em tempos, mandava bilhetes a Sophia, expressando sua devoção como irmão. Sempre fazia com que um garoto de recados deslizasse os bilhetes para a mão dela sem ser notado. Partia o coração de Sophia ler esses recados, porque a falta de preparo do irmão ficava mais do que óbvia. As palavras eram mal empregadas e havia erros ortográficos, mas a inteligência fantasiosa e o amor cauteloso que sentia por ela ficavam claros. Os bilhetes davam a Sophia vislumbres do tipo de homem que Nick poderia ter se tornado. *Se ao menos sua ambição e sua mente aguçada tivessem se voltado para bons propósitos*, pensava ela com tristeza. No entanto, Nick estava ocupado montando uma ampla rede de espiões e informantes por toda Londres, sem mencionar sua verdadeira organização criminosa. Ele dirigia uma sofisticada operação de contrabando que importava grandes quantidades de artigos de luxo e os distribuía com eficiência impressionante. Nick era inteligente, ousado e implacável, uma combinação de características que o tornavam um gênio do crime. E, embora Ross não admitisse, estava perfeitamente claro para Sophia que ele queria capturar Gentry antes de se aposentar.

Em pouco tempo, a preocupação de Sophia com Nick foi temporariamente posta de lado em virtude de uma novidade que a deixou fora de si de empolgação. Antes de contá-la a Ross, Sophia pediu que Eliza preparasse um dos pratos favoritos dele – salmão grelhado com molho de limão e salsa – e escolheu um vestido verde-água, com renda branca enfeitando a gola e as mangas, para usar no jantar. No final do dia, quando voltou para o número 4 da Bow Street depois de ter saído para uma investigação, Ross ficou agradavelmente surpreso ao ver a mesinha posta perto da janela, com o jantar esperando sob redomas de prata. Sophia havia iluminado o quarto com velas, e o recebeu com um sorriso cintilante.

– É para isto que todo homem deveria voltar – disse Ross com um sorriso, pegando-a pela cintura e dando um beijo sensual em seus lábios. – Mas por que não estamos comendo no andar de baixo, como de costume?

– Porque hoje estamos comemorando.

Ross olhou para ela, tentando imaginar o que teria motivado essa comemoração. Aos poucos, uma expressão de compreensão surgiu em seus olhos, como se Ross desconfiasse do que ela estava prestes a lhe contar.

– Gostaria de tentar adivinhar? – perguntou Sophia.

O tom dele permaneceu relaxado.

– Acho que não consigo, meu amor. É melhor você me contar.

Ela pegou a mão dele e apertou com força.

– Daqui a nove meses, a família Cannon vai ter um novo membro.

Para a surpresa de Sophia, o rosto de Ross ficou paralisado por um instante. Ele mascarou rapidamente a reação com um sorriso e puxou-a mais para perto.

– Meu amor, mas essa é mesmo uma ótima notícia. Embora dificilmente seja inesperada depois do que andamos fazendo ao longo dos últimos três meses.

Ela riu e o abraçou com força.

– Estou tão feliz! Fui ver o Dr. Linley e ele disse que estou com ótima saúde e que não precisamos nos preocupar com nada.

– Tenho absoluta confiança na opinião dele – disse Ross, e beijou a testa dela com gentileza. – Está se sentindo bem?

– Sim.

Sophia recuou e sorriu para ele, sentindo que havia algo errado, mas não conseguiu identificar o problema. Ross certamente recebera bem a notícia. No entanto, ela esperava uma reação um pouco mais entusiasmada. *Bem*, pensou Sophia, *talvez fosse simplesmente a diferença entre homens e mulheres*. Afinal, para a maioria dos homens, assuntos relacionados ao parto e aos filhos eram território estritamente feminino.

Sophia deixou que o marido puxasse a cadeira para ela e a conversa passou da gravidez para a casa para onde logo se mudariam. Teriam que montar um quarto para o bebê, é claro, e precisariam contratar uma babá. Enquanto comiam e conversavam, Sophia continuou observando Ross, com a sensação de que ele estava escondendo alguma coisa. Os olhos não revelavam nada e, à luz das velas, as feições rígidas de seu rosto pareciam fundidas em bronze.

Quando terminaram de comer, Sophia se levantou e se espreguiçou.

– Já está tarde – disse, com um bocejo. – Você vai vir para a cama agora?

Ele balançou a cabeça.

– Ainda não estou com sono. Vou sair para caminhar um pouco.

– Tudo bem – respondeu Sophia, com um sorriso vacilante. – Vou esperar por você.

Ross saiu do cômodo como se estivesse fugindo da prisão. Sophia achou o comportamento do marido muito estranho, mas entrou no quarto e lavou o rosto com água fria. Quando já começava a abrir os botões do corpete para se preparar para um banho de esponja, seu instinto a fez ir até a janela. Ela afastou a cortina para o lado e observou o pátio que dava para os fundos dos dois prédios da corregedoria. Ross estava lá, com a silhueta escura iluminada pela luz da lua, o branco intenso da camisa contrastando com o brilho do colete.

Sophia ficou perplexa ao vê-lo segurando um charuto e o que parecia ser uma caixa de fósforos. Ross raramente fumava e, quando o fazia, era sempre um ritual social, realizado na companhia de outros homens. Ele acendeu um fósforo e tentou acender o charuto, mas as mãos estavam trêmulas, e a pequena chama oscilava violentamente.

Ora, ele está abalado, pensou Sophia com espanto. Ele na verdade estava realmente transtornado, como ela nunca o vira antes. Sophia voltou a fechar o corpete rapidamente e desceu a escada. Como havia sido tola ao não perceber o efeito que a notícia da gravidez teria nele! A vida de Ross tinha sido destruída porque sua primeira esposa morrera no parto. Ele devia estar com a impressão de que toda aquela experiência horrível estava prestes a recomeçar.

Como era um homem extremamente racional, Ross sabia que as chances de isso acontecer novamente eram muito pequenas. No entanto, como acontecia com qualquer um, às vezes as emoções eclipsavam o bom senso. Talvez ninguém acreditasse, mas o invencível magistrado-chefe também tinha medos, e talvez aquele fosse o maior deles.

Sophia passou pela cozinha e saiu para o pátio. Ross estava de costas para ela, e ficou rígido ao se dar conta da presença da esposa. Ele desistira da tentativa de fumar e estava apenas parado, com as mãos enfiadas nos bolsos, a cabeça inclinada.

Quando ela se aproximou, sua voz emergiu em um grunhido baixo.

– Quero ficar sozinho.

Sophia não parou até estar encostada nas costas dele, com as mãos ao redor da sua cintura. Embora pudesse tê-la afastado com facilidade, Ross permaneceu imóvel. O coração de Sophia se apertou de compaixão ao senti-

-lo tremer dos pés à cabeça, como um enorme lobo no cativeiro, em pânico pelo confinamento.

– Ross – disse ela, baixinho –, vai ficar tudo bem.

– Eu sei.

– Acho que não sabe, não.

Sophia apoiou o rosto nas costas dele e apertou mais os braços ao redor da cintura elegante enquanto murmurava palavras de conforto.

– Não sou frágil como Eleanor. Não vai acontecer de novo. Por favor, acredite em mim.

– Sim – concordou ele no mesmo instante. – Não há razão para preocupação.

Mas os tremores continuaram e a respiração dele parecia difícil.

– Me diga o que está pensando – pediu ela. – O que você *realmente* está pensando, não o que acha que eu quero ouvir.

Ross permaneceu tanto tempo em silêncio que Sophia achou que ele se recusaria a responder, até que ele finalmente forçou as palavras, com a respiração entrecortada.

– Eu sabia que isso aconteceria. Eu me preparei. Não há razão lógica para ter medo. Eu quero esse filho. Quero ter uma família com você. Mas não importa o que eu diga a mim mesmo, não consigo evitar lembrar... Meu Deus... Você não imagina como foi!

A voz dele falhou, e Sophia soube que lembranças horríveis ressurgiam mais rápido do que ele era capaz de afastá-las.

– Ross – chamou ela com voz firme –, olhe para mim. Por favor.

Ele parecia entorpecido quando fez o que ela pediu. Na mesma hora, Sophia passou os braços ao redor do marido, colando-se ao seu corpo grande e quente. Ross se agarrou à esposa como se fosse uma tábua de salvação, abraçando-a com desespero.

Sophia passou as mãos pelas costas dele e beijou sua orelha. Os dedos de Ross se enfiaram nos cabelos dela, desceram por sua roupa, apertando-a contra ele enquanto deixava escapar arquejos trêmulos. Sophia segurou o rosto quente e úmido do marido entre as mãos e o forçou a olhar para ela. Seus cílios fartos estavam cheios de lágrimas e ele parecia enxergá-la através dos portões do inferno. Sophia beijou os lábios rígidos.

– Você não vai ficar sozinho de novo – prometeu ela. – Vamos ter muitos filhos saudáveis, e netos, e vamos envelhecer juntos.

Ele assentiu, claramente tentando se obrigar a acreditar nela.

– Ross – continuou Sophia –, eu não sou nem um pouco parecida com Eleanor, sou?

– Não – respondeu ele, com voz rouca.

– Em todo o nosso relacionamento, desde o começo até agora... Em nenhum momento vivemos algo parecido com o que você viveu com Eleanor, vivemos?

– É claro que não.

– Então por que pensar que as coisas vão terminar do mesmo modo?

Ele não respondeu, apenas colou os lábios à têmpora da esposa e continuou a abraçá-la com força.

– Não sei por que Eleanor teve que morrer dessa maneira – voltou a falar Sophia. – Não foi culpa dela e certamente não foi sua. Era algo além do controle de ambos. Até que pare de se sentir responsável pelo que aconteceu, você vai continuar a ser assombrado pelo passado. E se punindo assim, você estará me punindo também.

– Não – sussurrou Ross, acariciando desajeitadamente os cabelos dela, o pescoço, as costas.

– A sua culpa não honra Eleanor – disse Sophia, recuando para encarar Ross, que tinha o rosto contorcido pela dor. – Ela teria odiado saber que você ficou pior por tê-la amado.

– Não fiquei!

– Então prove – desafiou ela, com os olhos úmidos de emoção. – Viva como ela teria desejado que você vivesse e não se culpe mais.

Ross se aconchegou a ela, e Sophia o abraçou com toda a força. O rosto com a barba do fim do dia arranhou o dela enquanto ele buscava seus lábios. Quando os encontrou, Ross a beijou com uma paixão que era quase fúria. Sophia aceitou aquele gesto agressivo. As mãos dele tateavam o corpo dela com desespero, e a emoção se transformava em uma necessidade física primitiva.

– Vamos subir – disse ela. – Por favor.

Com um gemido quase selvagem, Ross pegou a esposa no colo, entrou em casa e só parou quando chegaram ao quarto.

CAPÍTULO 17

Sophia acordou sozinha e nua sob a roupa de cama amassada. Dormira demais, pensou, grogue. Havia muito que fazer naquele dia – reuniões com um decorador de interiores e com um mestre jardineiro, além de um almoço beneficente. Mas, por algum motivo, pensar em tudo isso não a incomodou tanto quanto deveria.

Ao rolar de bruços, abriu um sorriso sonolento. Lembranças da noite de amor com Ross povoavam sua mente. Ele a procurara inúmeras vezes, lhe dedicando uma atenção apaixonada até ela finalmente implorar que ele parasse. Agora, Sophia se sentia dolorida por toda parte, estava ardida em lugares indecentes onde a barba do marido roçara e os lábios estavam rachados e inchados de tantos beijos. Sentia-se plena, com o corpo satisfeito.

Sophia pediu a Lucie que lhe preparasse um banho e se demorou escolhendo a roupa que usaria naquele dia: um vestido de seda cor de pêssego enfeitado com faixas estriadas na cintura e na bainha. Quando o banho ficou pronto, ela afundou na água escaldante com um suspiro e deixou o calor acalmar a pele irritada e os músculos doloridos. Depois, vestiu-se e arrumou os cabelos em um novo penteado, com a risca à direita e cachos presos do lado esquerdo.

Quando Sophia estava pegando um *bonnet* enfeitado com raminhos de hortênsia, Lucie entrou no quarto depois de batidas apressadas.

– Veio para esvaziar a banheira? – perguntou Sophia.

– Sim, milady, mas... Mandaram Ernest trazer uma mensagem. Sir Ross quer vê-la. Está pedindo que a senhora vá até o escritório.

O pedido era incomum, pois Ross raramente a chamava no meio do dia.

– Ah, sim – disse Sophia calmamente, embora sentisse certa inquietação. – A carruagem provavelmente está esperando na frente. Pode dizer ao cocheiro que ainda vou levar alguns minutos?

– Sim, milady – disse Lucie, depois se inclinou respeitosamente e saiu.

Ernest estava esperando no andar de baixo para acompanhá-la ao número 3 da Bow Street.

– Ernest – disse Sophia enquanto saíam pelos fundos e atravessavam o pátio, –, você tem alguma ideia de por que sir Ross me chamou?

– Não, milady... A não ser... Bem, houve uma grande agitação no escritório essa manhã. O Sr. Sayer já entrou e saiu duas vezes, e ouvi dizer que sir Grant chamou a guarda nacional para que fosse até Newgate, e chamou os dragões aqui!

– Aconteceu alguma coisa, estão esperando tumultos – murmurou Sophia enquanto uma desconfiança gélida apertava seu peito.

O rapaz mal cabia em si de empolgação.

– Parece que sim, milady!

Um número incomum de guardas e policiais tinha sido convocado para o número 3 da Bow Street. Grupos de homens uniformizados assentiram respeitosamente e tiraram o chapéu quando Sophia passou por eles. Ela deu bom-dia a todos distraidamente e seguiu com Ernest até o escritório de Ross. Então deixou o rapaz no corredor, abriu a porta e viu o marido de pé diante da escrivaninha. Sir Grant Morgan olhava pela janela com uma expressão severa no rosto. Os dois se viraram quando ela entrou e Ross encarou a esposa. Por um momento de tirar o fôlego, a intimidade da noite anterior pareceu estalar entre eles e Sophia sentiu a pulsação acelerar.

Ross se aproximou dela e segurou sua mão com força.

– Bom dia – disse calmamente.

Sophia se forçou a sorrir.

– Presumo que você vá me explicar o motivo de toda essa agitação.

Ele assentiu e respondeu, sem rodeios:

– Quero que você vá para Silverhill, apenas por alguns dias, até eu decidir que é seguro estar de volta a Londres.

Ela o encarou, assustada.

– Você está esperando algum tipo de problema, imagino.

– Nick Gentry foi preso, acusado de receptação e venda de bens roubados. Uma testemunha se apresentou com evidências sólidas. Encaminhei Gentry à Suprema Corte e pedi ao Ministro da Justiça que desse a ele um julgamento justo. Mas se o processo demorar demais, as pessoas vão começar a se revoltar de tal forma que os tumultos de Gordon vão parecer a festa do Dia do Trabalho. Não quero você nem perto de Londres até que o assunto esteja encerrado.

Embora a prisão de Nick fosse um objetivo que Ross perseguia havia muito tempo, não havia triunfo em seu tom. Sophia se sentiu como se tivesse levado um soco no estômago. Enjoada e sem fôlego, ela se perguntou por que o irmão tinha que ser um criminoso tão conhecido. Se fosse um pouco menos famoso, Nick poderia ter prosperado em relativo anonimato. Mas não, ele teve que alçar fama e se tornar a epítome da controvérsia, dividindo o povo e provocando a polícia. Nick tornou praticamente impossível que alguém o ajudasse. Sophia buscou cegamente a cadeira atrás dela. Ross percebeu a tontura da esposa e a ajudou a se sentar. Ele reclinou o corpo, encarando bem de perto o rosto pálido de Sophia, com ansiedade repentina.

– O que houve?

Ele segurou suas mãos frias, mas nem o calor de seus dedos conseguiu aquecer a pele dela, que parecia formigar.

– Está se sentindo mal? É alguma coisa com o bebê...

– Não.

Ela desviou os olhos dos dele, tentando reunir os pensamentos descontrolados em algum padrão coerente. Seus ossos pareciam ter congelado e o frio irradiava de dentro para fora, fazendo sua pele doer. Até o toque familiar e gentil das mãos de Ross doía. Sophia pensou em contar a verdade a respeito de Nick. O preço que teria de pagar por continuar em silêncio era quase insuportável. No entanto, a verdade provavelmente também custaria muito caro. Não importava a escolha que fizesse, sua vida nunca mais seria a mesma.

Lágrimas marejaram seus olhos até o rosto amado de Ross se tornar um borrão.

– O que houve? – repetiu Ross, com voz ansiosa. – Sophia, você está bem? Quer que eu chame um médico?

Ela balançou a cabeça e respirou fundo, com dificuldade.

– Estou bem.

– Então por que...

– Não há nada que você possa fazer para ajudá-lo? – perguntou ela, desesperada.

– Ajudar Gentry? Por que, em nome de Deus, você me pediria uma coisa dessas?

– Tem uma coisa que eu não contei.

Ela usou a manga do vestido para secar os olhos inchados até o rosto de Ross voltar ao foco.

– Algo que descobri pouco antes do nosso casamento.

Ross ficou em silêncio, ainda agachado, com as mãos nos braços da cadeira em que ela estava sentada.

– Continue – disse, com calma.

Pelo canto do olho, Sophia viu sir Grant seguir na direção da porta, em uma atitude diplomática, para deixá-los a sós.

– Espere – disse Sophia a ele, e Grant parou na porta. – Por favor, fique, sir Grant. Acho que o senhor também deve saber, em função da sua posição na Bow Street.

Morgan lançou um olhar de dúvida para Ross e voltou ao seu lugar na janela com uma expressão cautelosa, embora claramente não desejasse participar daquela conversa.

Sophia baixou os olhos para as mãos grandes do marido que a emolduravam na cadeira.

– Você se lembra de quando me contou que tinha sido o Sr. Gentry quem me dera o colar de diamantes?

Ross assentiu.

– Eu já sabia que tinha sido ele – confessou Sophia, com voz arrastada. – Mais cedo, naquele dia, encontrei o Sr. Gentry perto do Lannigan's. Ele... me levou para dentro da carruagem dele. E nós conversamos.

Ela parou e observou as mãos do marido apertarem com força os braços da cadeira até os nós de seus dedos ficarem brancos. O escritório estava silencioso como um túmulo, a não ser pelo som da respiração lenta de Ross. O único modo de Sophia conseguir continuar a falar era mantendo o tom inexpressivo, sem emoção.

– Gentry disse que, na juventude, estivera no mesmo navio prisional para onde o meu irmão havia sido mandado. Ele me contou como fora aquela experiência para John, as coisas que ele sofreu. E então ele me disse...

Sophia parou de falar. Quando conseguiu retomar a explicação, foi com voz embargada.

– Ele me disse que John não morreu. Disse que na verdade ele assumiu o nome de outro rapaz no navio para conseguir ser solto mais cedo.

– Sophia – disse Ross, interrompendo-a carinhosamente, como se achasse que ela havia enlouquecido –, seu irmão está morto.

Ela pousou as mãos tensas sobre as dele e o encarou.

– Não – disse ela em um tom carregado de urgência. – Nick Gentry é o meu irmão. Ele e John são a mesma pessoa. Eu soube que era verdade no momento em que ele me contou. John não conseguiria me enganar, Ross. Nós... nós crescemos juntos, ele sabe tudo o que eu sei sobre o nosso passado, e... basta olhar para ele que você vai ver a semelhança. Temos os mesmos olhos, as mesmas feições. O mesmo...

Ross se desvencilhou das mãos dela e se afastou, como se tivesse sido escaldado. Seu peito subia e descia com dificuldade, e sua respiração saía em arquejos.

– Meu Deus – disse ele baixinho.

Sophia afundou na cadeira, certa de que agora o havia perdido. Ross nunca a perdoaria por ter escondido algo que deveria ter contado antes de se casarem. Zonza, ela contou o resto da conversa com o irmão, assim como as informações que ele pedira a ela que pegasse na sala de registros criminais. Ross se manteve de costas, cerrando os punhos com força.

– Sinto muito – disse Sophia, tensa, quando terminou seu relato. – Eu queria poder voltar no tempo. Eu devia ter contado sobre Nick assim que soube que ele era meu irmão.

– E por que está me contando agora? – perguntou Ross, com voz rouca.

Não havia mais nada a perder. Sophia fixou os olhos em um ponto distante no chão e respondeu:

– Tive a esperança de que você pudesse encontrar um jeito de salvá-lo.

Uma risada cáustica escapou dos lábios de Ross.

– Mesmo se eu pudesse, não faria diferença. Em pouco tempo, Gentry cometeria outro crime e eu seria forçado a prendê-lo de novo. E nós provavelmente estaríamos nesta mesma situação daqui a um mês.

– Não me importo com o que vai acontecer no próximo mês. Só o agora me importa.

Ross jamais saberia quanto custou a ela dizer as palavras que se seguiram, mas Sophia se forçou a dizê-las:

– Não deixe que o enforquem – implorou. – Não posso perder John de novo. Faça alguma coisa, Ross.

– Fazer *o quê*? – grunhiu Ross.

– Não sei! Só encontre um modo de mantê-lo vivo. Eu vou conversar com ele e convencê-lo de que ele precisa mudar, quem sabe ele...

– Ele nunca vai mudar.

– Estou pedindo que você salve meu irmão apenas desta vez – insistiu Sophia. – Só uma vez e eu nunca mais vou voltar a pedir isso, não importa o que aconteça a partir de agora.

Com os ombros recurvados e tensos, Ross não se moveu nem falou.

– Lady Sophia – interferiu Morgan, com gentileza. – Eu sei que não deveria falar nada, mas preciso lembrar o risco que isso seria para sir Ross. Todos os olhos estão voltados para a Bow Street. Estão prestando muita atenção à forma como lidamos com essa questão. Se for descoberto que sir Ross interferiu no processo da lei, a reputação dele e tudo pelo que ele trabalhou serão arruinados. Além disso, as pessoas farão perguntas, e quando for revelado que Gentry é cunhado de sir Ross, toda a família Cannon sofrerá as consequências.

– Compreendo – disse Sophia.

Ela sentia uma pressão atrás dos olhos e precisou cravar as unhas nas palmas das mãos para se impedir de chorar. Então olhou para o marido, que ainda se recusava a encará-la.

Parecia não haver mais nada a dizer. Sophia saiu do escritório silenciosamente, ciente de que pedira o impossível a Ross. Mais do que isso, ciente de que o magoara além da capacidade dele de perdoar.

Os dois homens permaneceram a sós. Um longo tempo se passou antes que Morgan falasse.

– Ross...

Em todos os anos que os dois se conheciam, era a primeira vez que sir Grant Morgan o chamava pelo primeiro nome.

– Acha que existe alguma chance de ela estar dizendo a verdade?

– É claro que é verdade – retrucou Ross, em um tom amargo. – É tão desgraçadamente chocante que *tem* que ser verdade.

Depois que deixou o número 3 da Bow Street, Sophia não soube o que fazer. De repente, sentia-se exausta, como se tivesse passado dias em claro. Desolada, tentou imaginar o que Ross faria com ela. Com sua grande influência e suas conexões políticas, provavelmente seria fácil conseguir o divórcio. Ou talvez ele simplesmente a instalasse em algum lugar distante, fora da vista e da mente dele. Não importava o que o marido decidisse, Sophia não o culparia. E ainda assim ela não conseguia conceber a ideia de que ele a rejeitaria completamente. Talvez ainda restasse algum sentimento nele, alguma base frágil sobre a qual poderiam reconstruir o relacionamento. Mesmo que acabasse se mostrando uma imitação imperfeita do que já haviam tido.

Atordoada, ela entrou no quarto do casal e vestiu uma roupa leve. Era meio-dia ainda, mas Sophia sentia um cansaço avassalador. Ela se deitou na cama ampla e fechou os olhos, acolhendo o torpor da escuridão que a engolfou.

Mais tarde, foi despertada pelo som de alguém entrando no quarto. Ainda grogue, percebeu que havia dormido a tarde toda. O quarto estava muito mais frio e, além das cortinas parcialmente fechadas, ela podia ver o sol cedendo à noite que caía lentamente. Sophia se sentou ao ver o marido entrar e fechar a porta em um movimento decidido.

Eles se encararam como dois gladiadores que tivessem sido jogados em uma arena, mas estivessem relutantes em lutar.

Sophia foi a primeira a falar.

– Tenho certeza de que você... de que deve estar furioso comigo.

Um longo silêncio se seguiu. Como imaginara que teriam uma discussão civilizada, Sophia se assustou quando Ross a alcançou em dois passos rápidos, enfiou a mão em seus cabelos, puxou a cabeça dela para trás e colou a boca à dela. O beijo agressivo não tinha a intenção de dar prazer, mas de punir. Ofegando, Sophia cedeu completamente, abrindo a boca à pressão violenta da língua dele, reagindo à paixão furiosa com rendição absoluta. Ela disse ao marido com os lábios e com o corpo que não importava o que ele quisesse tomar, ela entregaria sem hesitar. No fim, a falta de resistência da parte de Sophia pareceu acalmar Ross, e ele suavizou o beijo, ainda explorando a boca da esposa, segurando-a pela cabeça com as duas mãos.

No entanto, o abraço durou pouco. Ross soltou Sophia tão abruptamente quanto a agarrara e colocou alguns metros de distância entre os dois. Ele lançou a ela um olhar perplexo, e os olhos claros e penetrantes se destacaram no rosto corado.

Então Sophia entendeu, tão claramente como se os pensamentos e sentimentos dele fossem os dela. Ela havia mentido para ele, mantido segredos, abusado de sua confiança. No entanto, ele ainda a queria. E a perdoaria por qualquer coisa, até assassinato. Ross a amava mais do que a honra, mais até do que o próprio orgulho. Para um homem que sempre fora tão completamente controlado, se dar conta disso sem dúvida era um choque desagradável.

Sophia desejou desesperadamente encontrar um modo de tranquilizá-lo, de fazê-lo acreditar que dali em diante ela seria digna da confiança dele.

– Por favor, me deixe explicar – disse ela com voz embargada. – Eu queria contar sobre Nick, mas não consegui. Eu tive tanto medo de que depois que soubesse, você...

– Eu virasse as costas para você?

Ela assentiu, com os olhos ardendo.

– Quantas vezes eu terei que me provar para você, Sophia? – perguntou ele, com o rosto contorcido de fúria. – Alguma vez a culpei por seus erros do passado? Já fui injusto com você?

– Não.

– Então quando você vai confiar em mim?

– Eu *confio* em você – retrucou Sophia, com voz rouca. – Mas o medo de perdê-lo é maior do que o que consigo suportar.

– O único modo de você me perder é mentindo novamente para mim.

Ela o encarou, confusa, com o coração batendo descompassadamente. Algo nas palavras dele sugeria...

– É tarde demais? Eu já o perdi?

A expressão de Ross era implacável, com os lábios torcidos.

– Estou aqui... – retrucou, irônico.

Os lábios de Sophia tremiam tanto que ela mal conseguiu formar as palavras.

– Se você ainda me quiser, eu prometo nunca mais mentir para você.

– Isso seria uma mudança agradável – disse ele, secamente.

– Não vou guardar nenhum... segredo.

– Outra boa ideia.

Uma esperança insana a dominou ao perceber que o marido estava disposto a lhe dar outra chance. Ross estava furioso, mas disposto a perdoar. E só poderia haver uma razão para ele se colocar em tamanho risco.

Com muito cuidado, Sophia se aproximou de Ross. O quarto ficava mais escuro à medida que os prédios e torres de Londres iam filtrando a luz do sol que já rareava. Ela pousou as mãos no peito dele e sentiu gentilmente o coração batendo. Ross se enrijeceu, mas não se afastou.

– Obrigada, Ross – sussurrou.

– Por quê? – perguntou ele, com o rosto impassível.

– Por me amar.

Sophia sentiu o coração dele saltar diante das palavras, e se deu conta de que até aquele momento Ross não havia admitido seus sentimentos por ela, nem para si mesmo. Ele não quisera dar nome ao sentimento. Quando sustentou o olhar dele, Sophia viu a sombra do ressentimento... e o desejo ardente que ele era incapaz de esconder.

Então só conseguiu pensar em uma maneira de aplacar a raiva dele, de tranquilizá-lo e acalmar seu orgulho ferido.

Os olhos cor de safira de Sophia estavam muito sérios quando ela estendeu a mão para o pescoço de Ross e começou a soltar o nó da gravata dele. Sophia se concentrou na tarefa como se fosse de suma importância. Afrouxado o nó, ela puxou a seda escura e quente. O corpo de Ross estava rígido como mármore, mas os pensamentos dele ferviam. Com certeza a esposa não achava que levá-lo para a cama resolveria tudo. No entanto, a determinação dos gestos de Sophia indicava que ela estava tentando demonstrar alguma coisa.

Sophia o despiu lentamente, tirando o casaco, o colete, a camisa, e se ajoelhou para descalçar seus sapatos.

– Sophia – disse Ross, tenso.

– Me deixe fazer isso – sussurrou ela.

Então se levantou, enfiou os dedos pelo emaranhado de pelos no peito dele e acariciou a pele quente. Os polegares de Sophia encontraram os mamilos de Ross, e ela os acariciou em movimentos circulares até ficarem rijos. Chegando mais perto, ela passou a língua sobre o círculo escuro até o mamilo ficar úmido e sensível. Ross não conseguiu conter um grunhido primitivo quando sentiu a mão da esposa deslizar até a protuberância firme de sua ereção e lentamente começar a traçar seu contorno.

Sophia olhou para o rosto dele.

– Você lamenta o amor que sente por mim? – perguntou ela em um sussurro.

– Não – respondeu ele, com voz rouca.

De alguma forma, Ross conseguiu se manter sob controle enquanto os dedos finos de Sophia se enfiavam pelo cós de sua calça.

– Quero que saiba de uma coisa – disse ela.

O primeiro botão se abriu, revelando o topo inchado do sexo dele. Os dedos dela passaram para o botão seguinte.

– Estou mais sob seu domínio, Ross, do que você jamais poderia estar sob o meu. Eu amo você.

Um tremor percorreu todo o corpo de Ross ao ouvir aquelas palavras.

– Eu amo você – repetiu Sophia, lentamente, abrindo o quarto botão.

Ela continuou dedicada à tarefa até a calça estar totalmente aberta e a ereção exposta, sem obstáculos. Sophia segurou o sexo intumescido com cuidado e, usando as duas mãos, acariciou-o para cima e para baixo em toda a extensão rígida. Então umedeceu um dedo na boca e passou a acariciá-lo em movimentos circulares, umedecendo também o topo arroxeado, a pele esticada. Ross sentiu os músculos das coxas se enrijecerem e sua respiração passou a sair em arquejos à medida que o desejo ardia e disparava por todo o seu corpo. Sophia baixou a cabeça até estar posicionada bem acima do sexo dele.

– Chega – pediu Ross, com voz engasgada. – Meu Deus, eu não aguento...

– Me diga o que fazer – pediu Sophia, o hálito roçando a pele dele.

Qualquer traço de razão que ainda restasse a Ross virou pó nesse momento. Segurando a cabeça dela com as mãos trêmulas, respirando com dificuldade, ele instruiu:

– Passe a língua na ponta... Isso, assim... Agora coloque-o na boca o máximo que... Ah, meu Deus...

A dedicação de Sophia mais do que compensou sua falta de experiência. Ela fez coisas que Eleanor nunca teria sequer tentado, sugando o membro latejante, envolvendo e lambendo com a língua aveludada toda a sua extensão. Ross caiu de joelhos e puxou a roupa da esposa, rasgando-a, e ela deixou escapar uma risada ofegante diante do gesto brusco. A boca de Ross capturou a dela com avidez enquanto Sophia se contorcia para tentar ajudá-lo a tirar o vestido rasgado.

Ele soltou um som primitivo de satisfação quando o corpo nu da esposa finalmente ficou exposto. Ross levou Sophia até a cama, parando apenas para tirar a calça antes de se juntar a ela. Sophia deslizou por entre as pernas dele e voltou a capturar seu sexo com a boca, resistindo aos esforços de Ross para levantar o rosto dela. Gemendo sem parar, ele acabou se rendendo e emaranhou os dedos em seus cabelos longos. Mas isso não o satisfez por muito tempo. Ross queria mais, ansiava pelo sabor de Sophia. Impaciente, agarrou-a pelos quadris e ajeitou seu corpo até que o sexo dela estivesse acima do rosto dele. Então, enterrou a boca entre seus pelos, afastando suas coxas com as mãos e fazendo Sophia estremecer de surpresa.

Ross a acariciou com a língua, lambendo profundamente a fenda entre as dobras úmidas. Procurou avidamente o ponto minúsculo e inchado onde se concentrava o prazer. Ao encontrá-lo, mordiscou, acariciou, arremeteu a língua contra ele até senti-lo enrijecer. Sophia já estava próxima do clímax. Ele então recuou gentilmente, fazendo Sophia soltar um gemido de súplica contra o sexo dele. Por mais duas vezes ele a levou ao limite, fazendo-a sofrer, atormentando até ela responder com movimentos mais acelerados da boca em seu pênis rígido.

Cada vez que Sophia sugava seu membro, Ross deixava a língua penetrá-la profundamente, combinando seu ritmo com o dela, até senti-la estremecer com força quando finalmente alcançou o clímax. Ela gritou com o membro dele ainda dentro da boca. Ross sentiu que seu próprio êxtase também se aproximava e levou as mãos à cabeça dela. Mas Sophia resistiu às tentativas dele de tirá-la dali e o toque quente da língua se tornou impossível de suportar. O clímax o atingiu com força, e ele arqueou o corpo e ofegou, como se consumido por uma explosão.

Depois de algum tempo, Sophia se virou, subiu em cima do marido e descansou a cabeça no peito dele. Ross a abraçou com força. Os lábios dele se moveram contra a têmpora latejante dela quando falou:

– Não me importa quem é o seu irmão. Ele poderia ser o diabo encarnado, e eu ainda assim iria querer você. Eu amo tudo em você. Jamais imaginei que poderia ser tão feliz. Eu te amo tanto que não suporto a ideia de algo se colocar entre nós.

O corpo esguio e relaxado de Sophia se moveu contra o dele.

– Não há nada entre nós agora – disse ela, emocionada.

Ross abriu as pernas para permitir que a esposa se acomodasse entre elas, e o pênis se agitou brevemente contra o abdômen dela. Então deixou escapar um suspiro relaxado, cruzou as mãos atrás da cabeça e a fitou, pensativo.

– Sophia – murmurou –, acho que não será possível salvar Gentry do carrasco. E também não estou particularmente inclinado a tentar. Não posso ignorar os crimes dele, mesmo que ele seja seu irmão. O fato é que Gentry está além da redenção. Ele provou isso em muitas ocasiões.

Sophia balançou a cabeça, discordando.

– A vida do meu irmão tem sido muito difícil...

– Eu sei – interrompeu ele, o mais gentilmente possível.

Estava claro que qualquer discussão em relação a Nick Gentry não resultaria em nada além de frustração para os dois. Sophia jamais deixaria de ter esperanças de que a alma arruinada do irmão ainda pudesse ser salva. Ross deu um sorrisinho e acariciou o maxilar delicado dela.

– Somente você continuaria a amar um irmão que a chantageou.

– Ninguém nunca deu a ele a oportunidade de mudar – disse Sophia. – Se ele tivesse ao menos uma oportunidade de tentar viver uma vida diferente... Pense no tipo de homem que ele poderia se tornar.

– Receio que minha imaginação falhe nesse ponto – foi a resposta irônica de Ross antes de rolar o corpo e prendê-la sob ele, posicionando as coxas musculosas por cima das dela. – Mas chega de falar de Gentry. Ele já ocupou os meus pensamentos o suficiente por um dia.

– Muito bem – concordou Sophia, embora fosse óbvio que quisesse falar mais a respeito. – Como devemos passar o resto da noite?

– Estou com fome – murmurou Ross, curvando-se sobre os seios dela –, quero jantar. E depois quero você novamente.

Ele abocanhou um mamilo rígido e o mordiscou suavemente.

– Parece bom?

~

Graças às precauções de Ross, até então não tinha havido manifestações violentas de arruaceiros em nome de Nick Gentry. No dia seguinte, porém, ele esperava ter que lidar com alguns conflitos. Por isso a Bow Street tinha sido bloqueada com tropas e com a guarda real, e um grupo de três patrulheiros e uma dúzia de policiais afastava curiosos que tentavam se aglomerar diante dos portões de Newgate. As famílias dos magistrados haviam sido orientadas a proteger suas casas com barricadas, enquanto funcionários de bancos, destilarias e outros negócios receberam armas para se defenderem de possíveis saques. Sophia recusou veementemente qualquer tentativa de Ross de mandá-la para o campo até que a situação fosse resolvida. Não queria ser levada para Silverhill Park para ficar sentada lá, impotente, com Catherine, Iona e o avô de Ross, enquanto decidiam o destino do irmão dela.

À medida que o dia avançava, Sophia permaneceu sentada na sala particular do número 4 da Bow Street, avaliando freneticamente o que poderia ser feito pelo irmão. Sua cabeça doía e latejava. Ross não almoçou, só pediu vários bules de café enquanto uma enxurrada de pessoas entrava e saía de sua sala. Aos poucos, a noite foi se aproximando e a cidade se encheu de patrulhas armadas, que mantinham sob vigilância os pontos de encontro dos bandidos da cidade. Ernest, que estava a caminho da Finsbury Square para entregar uma mensagem a um juiz, parou no número 4 para fazer um breve relatório da situação.

– Ouvi sir Ross e sir Grant comentarem quão surpresos estão com o fato de o povo estar encarando a prisão de Gentry de forma tão pacata. Sir Ross diz que isso é um sinal de que muitas opiniões se voltaram contra Gentry

– disse ele, balançando a cabeça diante da deslealdade das massas. – Pobre Black Dog. São uns malditos ingratos, todos eles.

Se Sophia não estivesse se sentindo tão infeliz, teria sorrido com a defesa que o rapaz fazia do herói maculado.

– Obrigada, Ernest – disse. – Tenha cuidado quando sair. Eu não gostaria que você se machucasse.

Ele corou e sorriu com a preocupação dela.

– Ah, ninguém vai encostar um dedo em mim, milady!

Ernest saiu às pressas e Sophia ficou sozinha mais uma vez com suas preocupações. O sol se pôs, deixando Londres coberta pela noite quente e escura. Pairava no ar um odor pungente, misto de carvão e o fedor trazido pelo vento que soprava do leste. No momento em que Sophia já considerava a possibilidade de vestir a camisola para se preparar para dormir, Ross entrou no quarto do casal. Ele tirou a camisa molhada de suor ao cruzar a porta.

– Alguma novidade? – perguntou Sophia, andando atrás dele. – Como está meu irmão? Alguma notícia? Houve algum tumulto perto da prisão? Estou ficando maluca aqui sem saber de nada!

– Tudo está relativamente calmo.

Ross despejou água em uma bacia no lavatório. Os longos músculos das costas se flexionaram quando ele jogou água no rosto, no peito e embaixo dos braços.

– Pode pegar uma camisa limpa para mim, por favor?

Ela se apressou a atendê-lo.

– Aonde você vai? Precisa comer alguma coisa primeiro. Pelo menos um sanduíche...

– Não tenho tempo.

Ross vestiu a camisa limpa e a enfiou dentro da calça, ajeitando habilidosamente o colarinho e dando um nó na gravata.

– Tive uma ideia há poucos minutos. Vou para Newgate. Espero estar de volta logo. Não fique acordada me esperando, está bem? Se eu tiver qualquer notícia importante, mandarei acordá-la.

– Você está indo vê-lo?

Sophia pegou rapidamente um colete cinza estampado no guarda-roupa e segurou para que o marido vestisse.

– Por quê? Que ideia é essa que você teve? Quero ir junto!

– Não para Newgate.

– Eu fico esperando do lado de fora, na carruagem – insistiu ela, desesperada. – Você pode deixar o criado e o cocheiro armados, tomando conta de mim. E há guardas ao redor de toda a prisão, certo? Estarei tão segura lá quanto estou aqui. Ah, Ross, eu vou ficar maluca se tiver que esperar aqui por mais tempo! Precisa me levar com você. Por favor. Ele é *meu* irmão, não é?

Perturbado com o bombardeio de palavras ansiosas, Ross a encarou com firmeza e um pequeno músculo saltou em seu rosto. Sophia sabia que o marido queria recusar o pedido. No entanto, ele também entendia o tamanho da aflição que Sophia estava sentindo.

– Você jura que vai ficar dentro da carruagem? – perguntou ele em um tom severo.

– Eu prometo!

Ross encarou Sophia e praguejou baixinho.

– Vista a capa.

Com medo de que ele mudasse de ideia, Sophia obedeceu rapidamente.

– Qual foi a ideia que você teve? – perguntou.

Ross balançou a cabeça, sem se dispor a explicar.

– Ainda estou avaliando. Não quero lhe dar esperanças, porque provavelmente não dará em nada.

Como alojamento temporário para aqueles que aguardam julgamento ou execução, Newgate costumava ser chamada de "jarro de pedra". Qualquer um que já tivesse visitado o lugar, ou que tivesse sido encarcerado ali, juraria que o próprio inferno não poderia ser pior. As paredes muito antigas ecoavam com uivos e zombarias constantes de prisioneiros, homens que viviam acorrentados como animais em suas celas. Não eram permitidos móveis ou luxos de qualquer tipo nas alas abertas nem nas solitárias. Os carcereiros, supostamente responsáveis por manter a ordem, eram muitas vezes corruptos, cruéis, desequilibrados, ou uma combinação das três coisas. Certa vez, depois de deixar um condenado em Newgate, Eddie Sayer voltou à Bow Street comentando que os carcereiros o haviam deixado mais assustado do que os prisioneiros.

Embora os detentos sofressem muito no frio do inverno, isso não era nada se comparado ao fedor hediondo que se acumulava lá dentro durante o verão. Exércitos de baratas corriam pelo chão quando Ross pediu ao carcereiro que o levasse até a cela de Nick Gentry. Localizada no coração da prisão, a cela tinha sido apelidada de "armário do diabo" e não oferecia qualquer escapatória.

Enquanto atravessavam um dos labirintos de corredores, Ross ouvia os insetos sendo esmagados por seus pés e o guincho dos ratos fugindo das botas pesadas que se aproximavam. Gritos distantes de sofrimento emergiam das celas nos andares inferiores. Ross ficou enervado ao pensar que havia permitido que a esposa esperasse na carruagem do lado de fora daquele lugar, e lamentou profundamente a decisão de levá-la até ali. Por outro lado, reconfortava-o saber que Sophia estava acompanhada por um criado armado, além de um cocheiro e dois patrulheiros com facas e pistolas.

– Gentry é do tipo quieto – comentou o chefe dos carcereiros.

Eldridge era um homem enorme e atarracado, com feições bulbosas, e cheirava quase tão mal quanto os prisioneiros. O topo de sua cabeça era calvo, mas longos fios oleosos desciam pelas laterais do couro cabeludo até as costas. Eldridge era um dos raros carcereiros que pareciam gostar do trabalho, talvez porque lucrasse bastante toda semana vendendo aos jornais de Londres seu depoimento sobre as experiências dos prisioneiros dentro de Newgate, inclusive as confissões finais de homens condenados à morte. Sem dúvida ganharia um bom dinheiro com as histórias sobre o famoso Nick Gentry.

– Não ouvi nem um pio dele o dia todo – resmungou Eldridge. – E aí eu pergunto, que tipo de história vou conseguir vender se o sujeito ficar de bico fechado?

– Que falta de consideração da parte dele – concordou Ross, com ironia.

Aparentemente satisfeito com a simpatia de Ross, o carcereiro levou-o até a entrada da cela solitária. Uma janela de quinze centímetros de largura fora aberta na pesada porta de ferro para permitir ao prisioneiro falar com os visitantes.

– Gentry! – grunhiu Eldridge através do buraco. – Visita!

Não houve resposta.

Ross franziu a testa.

– Onde está o guarda?

O rosto oleoso de Eldridge se virou para ele.

– Não há guarda, sir Ross. Não é necessário.

– Ordenei especificamente que um guarda ficasse o tempo todo diante dessa porta – disse Ross secamente. – Não só para impedir qualquer tentativa de fuga, mas também para a própria proteção de Gentry.

Uma risada profunda subiu da barriga flácida de Eldridge.

– *Fuga?* – zombou. – Ninguém consegue escapar do armário do diabo. Além do mais, Gentry está algemado, com as pernas acorrentadas e um peso de mais de cem quilos preso às correntes. Ele não vai conseguir se mexer nem para enfiar o dedo no nariz! Nenhum homem vivo poderia entrar ou sair dessa cela sem *isso*.

Eldridge brandiu uma chave e destrancou a porta.

A grossa placa de carvalho e ferro gemeu em protesto.

– Ali – disse Eldridge com satisfação, entrando na cela com uma lamparina balançando na mão. – Viu? Gentry está...

O corpanzil do carcereiro se sacudiu de susto.

– Maldito seja!

Ross balançou ligeiramente a cabeça quando viu que o armário do diabo estava vazio.

– Meu Deus – murmurou o magistrado-chefe, em um misto de admiração e fúria pela engenhosidade do cunhado.

Um prego de ferro torcido cintilava ao lado da enorme pilha de correntes no chão. Gentry tinha conseguido arrombar as fechaduras das algemas e das correntes nas pernas. E tudo isso no escuro. Faltava uma barra na janela interna, do outro lado da sala. Era inconcebível que o homem pudesse ter soltado a barra e espremido o corpo através de um espaço tão estreito, mas fora exatamente isso que ele fizera. Era muito possível que tivesse precisado deslocar um ombro para conseguir o feito.

– Quando foi a última vez que alguém o viu aqui? – bradou Ross para o carcereiro de expressão atordoada.

– Uma hora atrás, eu acho – murmurou Eldridge, com os olhos quase saltando do rosto lavado de suor.

Ross espiou pela janela interna e viu que Gentry havia arrebentado a parede mofada da cela contígua, provavelmente usando a barra. Ross se esforçou para tentar se lembrar dos detalhes da planta de Newgate que estava presa na parede de seu escritório.

– Essa chave funciona para todas as celas do andar? – perguntou ao carcereiro, lançando um olhar assassino ao sujeito.

– Acho que sim...

– Me dê aqui. Agora leve esse seu traseiro gordo até o térreo e diga a todos os patrulheiros que estão junto à minha carruagem que Gentry escapou. Eles saberão o que fazer.

– Sim, sir Ross!

Eldridge partiu em uma velocidade surpreendente para alguém de seu tamanho, levando a lamparina e deixando Ross no escuro.

Ross pegou a chave, saiu do armário do diabo e destrancou a cela ao lado. Suando muito, atravessou pelo buraco na parede, seguindo os rastros do cunhado.

– Maldito seja você, Gentry – murmurou enquanto guinchos e insetos desalojados reclamavam da intrusão. – Quando eu o pegar, vou enforcá-lo com minhas próprias mãos por me colocar nesta situação.

―

Ofegante, Nick Gentry afastou uma mecha úmida de cabelo dos olhos e emergiu no telhado de Newgate. Com cuidado, pousou um dos pés no muro que separava a construção vizinha. O muro tinha cerca de quinze centímetros de espessura e era tão antigo que estava desmoronando ao longo de todo o topo. No entanto, era o único caminho para a liberdade. Quando conseguisse chegar ao outro lado, entraria na casa, encontraria o caminho para a rua e ninguém mais poderia detê-lo. Nick Gentry conhecia Londres como ninguém; cada beco, cada canto, cada buraco e cada fresta. Ninguém conseguiria encontrá-lo se ele não quisesse ser encontrado.

Como um gato, Nick foi andando lentamente, com o corpo colado à parede, indiferente à possibilidade de sofrer uma queda que o esmagaria no chão. Ele estreitou os olhos com firmeza na escuridão, atenuada apenas por um discreto brilho do luar. Pé ante pé, ele tentou manter a mente clara e tranquila. Um pensamento, no entanto, quebrou sua concentração: Sophia. Depois que deixasse Londres, nunca mais voltaria a vê-la. Nick não identificava como amor o que sentia pela irmã, porque sabia que era incapaz dessa emoção. Mas estava consciente de um rasgo em sua alma, da sensação de que deixá-la para sempre significaria perder o último fragmento de decência que ainda tinha. Sophia era a única pessoa na face da terra que ainda se importava com ele, que continuaria a se importar independentemente do que ele fizesse.

Um passo, outro, pé direito, esquerdo... Nick afastou os pensamentos que rondavam a irmã e avaliou para onde iria quando estivesse livre. Poderia começar de novo em algum lugar, adotar um novo nome, uma nova vida. A ideia deveria ser animadora, mas em vez disso o deprimiu. Estava cansado de viver na corda bamba, sem nunca poder relaxar por um minuto sequer. Estava exausto, como se tivesse vivido 100 anos em vez de 25. A ideia de começar de novo o revoltava. No entanto, era sua única escolha. E ele nunca fora do tipo que ficava se lamentando pelo que não era capaz de mudar.

Parte do muro desmoronou sob o pé direito de Nick, provocando uma chuva de pedaços de argamassa. Ele se esforçou silenciosamente para manter o equilíbrio, com os braços abertos, a respiração sibilando entre os dentes. Quando se recuperou, prosseguiu com mais cautela, usando mais os instintos do que a visão para percorrer aquela distância no escuro. Havia pouco movimento lá embaixo, apenas alguns guardas a pé andando de um lado para o outro. Os grupos de manifestantes que tentaram se reunir ali tinham sido rapidamente dispersados. Além do mais, tinha sido uma mera fração da multidão que Nick esperava ver protestando em sua defesa. Ele sorriu com ironia, reconhecendo o óbvio declínio de sua popularidade.

– Desgraçados ingratos – murmurou.

Felizmente, ninguém percebeu a figura acima do muro da prisão. Por algum milagre de Deus (ou um capricho do diabo), Nick finalmente chegou à construção vizinha. Embora não conseguisse alcançar a janela mais próxima, encontrou a cabeça de um leão esculpida em cantaria. Ao pousar a mão no ornamento, deduziu que não era pedra, mas o que era conhecido como pedra de Coade, um material artificial usado para pilares e esculturas quando era caro demais usar pedra de verdade. Nick não tinha ideia se aquela coisa o sustentaria. Com uma careta, agarrou a manta esfarrapada que havia jogado por cima do ombro e amarrou-a na cabeça do leão. Então puxou com força para apertar o nó e se concentrou na janela um metro abaixo. Por sorte ela estava aberta, embora ele não se importasse muito com a perspectiva de atravessar o vidro.

Nick prendeu a respiração, agarrou a manta, hesitou por um instante e pulou do muro em um movimento decidido. Tendo se preparado para encontrar uma dificuldade maior, levou um susto com a facilidade com que entrou pela janela aberta. Embora tenha aterrissado de pé, o impulso fez com que seu corpo se inclinasse para a frente, derrubando-o com um grunhido de dor. Praguejando, Nick se levantou e se endireitou. A sala parecia ser uma espécie de escritório, e a janela devia ter sido deixada aberta por algum funcionário descuidado.

– Quase lá – murmurou Nick, atravessando o cômodo em busca da escada que o levaria ao térreo.

Dois minutos depois, ele saiu por uma porta na lateral do prédio, que descobrira ser uma fábrica de móveis. Armado com uma lâmina de corte da fábrica e com um pedaço pesado de madeira, Nick se manteve nas sombras enquanto seguia adiante.

Então ficou imóvel ao ouvir o clique de uma pistola sendo engatilhada.

– Parado – disse a voz baixa de uma mulher.

Nick arquejou, surpreso.

– Sophia?

A irmã estava parada ali, sozinha, com o brilho da pistola em suas mãos, o olhar firme cravado nele.

– Não corra – alertou ela, com o rosto tenso.

– Como diabos você chegou aqui? – perguntou ele, incrédulo. – É perigoso, e... Pelo amor de Deus, abaixe essa arma, Sophia, ou vai acabar se machucando.

Ela não se moveu.

– Não posso. Se eu fizer isso, você vai fugir.

– Você não atiraria em mim.

A resposta dela veio em um tom muito suave.

– Bem, só existe uma maneira de descobrir, certo?

Nick tentou controlar uma onda de puro desespero.

– Você não se importa comigo, Sophia? – perguntou ele, com voz rouca.

– É claro que me importo. Por isso preciso impedir você. Meu marido veio até aqui para ajudá-lo.

– O diabo que veio. Não seja tola! Me deixe ir, maldita!

– Vamos esperar Ross – disse Sophia, obstinadamente.

Pelo canto do olho, Nick viu guardas e uma dupla de patrulheiros correndo na direção deles. Era tarde demais. A irmã havia arruinado qualquer chance de fuga. Com uma aceitação fatalista, Nick se forçou a relaxar e deixou cair as armas improvisadas. Muito bem, ele esperaria por Cannon. E quando ele chegasse, Sophia descobriria que seu precioso marido havia mentido para ela. Quase valeria a pena se sacrificar para mostrar à irmã quem Cannon realmente era em vez de permitir que ela continuasse a idolatrá-lo.

– Muito bem – disse Nick, com voz serena. – Vamos deixar o seu marido me ajudar. Ajudar a chegar mais rápido à forca.

CAPÍTULO 18

Ross já estava imundo quando chegou ao telhado da prisão seguindo o rastro de Gentry.

Com a sensação de que nunca mais voltaria a ficar limpo, ele subiu até alcançar o espaço aberto, agradabilíssimo depois do fedor da prisão. Foi caminhando pela beira do telhado até o muro que se conectava a um prédio vizinho. A princípio, não havia sinal de Gentry, mas então Ross viu uma manta escura pendurada na cantaria e grunhiu de frustração. Não havia como saber até onde o homem teria chegado àquela altura.

Ross se debruçou sobre o muro, testou-o com o pé e descobriu que era instável como areia movediça. Naquele ponto, seguir o rastro de Gentry não era mais uma opção. De jeito nenhum Ross se arriscaria em um feito que até um artista de circo teria se recusado a tentar. No entanto, antes que pudesse recuar, ouviu uma mulher chamando lá de baixo.

– Ross?

Ele sentiu o coração parar ao ver a figura delicada da esposa daquele ponto de vista privilegiado, quatro andares acima dela.

– Sophia – bradou –, se essa voz for sua, vou escalpelar você!

– Nick está aqui comigo – voltou a falar a voz. – Nem tente atravessar esse muro!

– Não estava planejando fazer isso – retrucou ele.

Ross se esforçava para conter a fúria que sentia ao se dar conta de que a esposa havia desobedecido a exigência de que permanecesse em segurança.

– Fique aí.

Pareceu demorar uma eternidade até ele conseguir atravessar a prisão e chegar novamente à rua. Ross caminhava em um pânico contido, correndo sempre que possível, ignorando os gritos e xingamentos que enchiam o ar conforme descia andar após andar. Depois de um bom tempo, conseguiu deixar a prisão e deu a volta no prédio, correndo. Avistou a multidão de curiosos, guardas a pé e a cavalo, além de Sayer e Gee, todos esperando a uma distância respeitosa da esposa dele e do homem que ela capturara.

– Sir Ross – disse Sayer, ansioso –, ela o alcançou antes que qualquer um de nós o visse. E nos disse para ficarmos aqui, senão...

– Mantenha todos longe daqui enquanto eu resolvo isso – ordenou Ross, irritado.

Os patrulheiros obedeceram imediatamente e fizeram com que os curiosos recuassem mais alguns metros enquanto Ross seguia a passos largos na direção da esposa. A expressão de Sophia relaxou ao vê-lo e ela entregou a pistola a ele sem dar um pio.

– Onde você conseguiu isto? – perguntou Ross em um tom contido e a voz tensa com o esforço de não gritar.

– Peguei do criado que estava comigo na carruagem – confessou Sophia, contrita. – Não foi culpa dele, Ross. Desculpe, mas quando ouvi o carcereiro dizer ao Sr. Sayer que Gentry havia fugido... No momento em que eles saíram eu estava olhando pela janela da carruagem e, por acaso, vi meu irmão no telhado.

– Mais tarde – interrompeu Ross.

Naquele momento, o que ele mais queria era dar umas boas palmadas no traseiro da esposa até fazê-la gritar, mas se concentrou em resolver o problema que tinha diante de si.

Ele olhou para Gentry, que o observava com um olhar de desdém.

– Então é assim que você toma conta da minha irmã? – perguntou. – Estou vendo que ela está mesmo em boas mãos, hein? Perambulando por Newgate à noite com uma pistola na mão!

– John! – protestou Sophia. – Ele não...

Ross a silenciou pousando a mão firme em sua nuca.

– Você tem muita sorte por ela ter detido você.

Ross observou o rapaz com curiosidade, se perguntando se estaria prestes a cometer um erro grave, e sabendo que provavelmente sim. Ele havia concebido um plano que poderia salvar o pescoço do cunhado e até beneficiar a Bow Street, mas era um tiro no escuro. O caráter de Gentry era uma mistura de elementos explosivos: o ladrão corajoso, o sinistro senhor do submundo, o herói, o diabo. Curiosamente, Gentry parecia vacilar no meio de tudo isso, incapaz de decidir o que realmente seria. Mas se fosse entregue às mãos certas e moldado por uma força de vontade mais forte do que a dele...

"Ninguém nunca deu a ele a chance de mudar", dissera Sophia. "Se Nick tivesse apenas uma oportunidade de ter uma vida diferente... Pense no tipo de homem que ele poderia se tornar."

Ross daria essa chance a Gentry, pelo bem de Sophia. Se ele não tentasse ajudar o irmão dela, isso se tornaria um eterno ruído entre eles.

– Vou lhe fazer uma oferta – disse a Gentry. – E o aconselho a considerá-la com atenção.

Um sorriso cínico surgiu no rosto do rapaz.

– Isso vai ser interessante.

– Você tem consciência das provas que o incriminam. Mas, se eu quiser, posso fazê-las desaparecer.

Gentry o encarou em alerta, com um súbito interesse, já que estava totalmente familiarizado com o processo de acordos com a justiça.

– E quanto à testemunha que está pronta para ser ouvida?

– Posso lidar com isso.

– Como?

– Minha metodologia não é da sua conta.

Ross ouviu Sophia inspirar profundamente, mas não olhou para ela. Contudo, sentiu o espanto da esposa por ele estar disposto a comprometer seus princípios pelo bem do irmão dela. Em quase doze anos no judiciário, Ross nunca fizera nada que pudesse ser considerado corrupto. Manipulação de evidências e de testemunhas era completamente contra a sua natureza. No entanto, ele engoliu seus escrúpulos e continuou falando, muito sério.

– Mas quero algo em troca dos meus esforços.

– É claro – disse Gentry, em um tom irônico. – Não é difícil adivinhar. Você quer que eu saia do país e desapareça.

– Não. Quero que se torne patrulheiro.

– *O quê?* – perguntou Gentry.

– Ross? – falou Sophia ao mesmo tempo que o irmão.

Se Ross não estivesse tão concentrado, teria achado divertido ver a expressão estupefata nos dois pares de olhos idênticos diante dele.

– Não brinque comigo, Cannon – disse Gentry, irritado. – Me diga o que você quer, e eu...

– Você se denomina apanhador de ladrões, não é mesmo? Então vamos ver se é homem o bastante para fazer isso seguindo a lei. Sem brutalidade, sem mentiras, sem provas falsas.

Gentry pareceu horrorizado com a perspectiva de se tornar um servidor público.

– De onde, em nome de Deus, você tirou essa ideia tão insana?

– Eu pensei em algo que Morgan sempre diz: um patrulheiro e o criminoso que ele captura são duas faces da mesma moeda.

– E você acha que Morgan vai confiar em mim?

– A princípio, não. Caberá a você conquistar a confiança dele, dia após dia.

– Maldito seja se pensa que vou lamber as botas de um bando de tordos de peito vermelho! – desdenhou Gentry, usando o apelido inspirado pelos uniformes dos patrulheiros.

– Bem, você será enforcado se não fizer isso – declarou Ross. – Vou guardar as evidências contra você e vou usá-las ao primeiro sinal de que você não esteja atendendo às expectativas de Morgan.

– E como você vai me impedir de fugir?

– Se você fizer isso, eu vou caçar e matar você pessoalmente. A vida da sua irmã, para não mencionar a minha, seria muito mais agradável sem você.

O ar estalava de hostilidade. Ross viu que Gentry quase acreditara na ameaça. Ele esperou pacientemente, deixando o cunhado pensar nas opções que tinha diante de si.

O rapaz lançou um olhar sinistro para Ross.

– Você vai me usar – murmurou. – Serei uma espécie de medalha em seu peito. O que você quer é usar qualquer benevolência do povo que reste em relação a mim para alavancar seus planos para a Bow Street. Os jornais vão aclamar seu nome por converter Nick Gentry em um patrulheiro da Bow Street. Você vai me fazer trair todos que conheço, vai me fazer entregar provas contra todos os meus cúmplices. E depois de garantir que eu passei a ser desprezado por cada homem, mulher e criança desde o pátio do Dead Man até Gin Lane, vai me mandar prender ladrões e assassinos nos lugares onde sou mais odiado. E, por tudo isso, vai me pagar uma ninharia.

Ross considerou a acusação com uma expressão pensativa.

– Sim – falou. – Isso resume tudo razoavelmente bem.

– Meu Deus – disse Gentry, soltando uma risada sem humor. – Vá pro inferno, Cannon!

Ross arqueou uma sobrancelha.

– Vou aceitar isso como um sim.

Gentry respondeu com um breve aceno de cabeça.

– Sei que vou me arrepender disso – disse ele em um tom amargo. – O carrasco ao menos teria acabado com a minha vida rapidamente.

– Agora que chegamos a um acordo, vou levar você de volta a sua cela – disse Ross em um tom agradável. – Você será solto amanhã pela manhã. Nesse meio-tempo, tenho alguns arranjos a fazer.

– Ross – disse Sophia, ansiosa –, John precisa mesmo voltar para a prisão hoje?

– Sim – disse ele com um olhar que a desafiava a protestar.

Prudente, Sophia manteve a boca fechada, embora estivesse claro que estava morrendo de vontade de intervir pelo bem-estar do irmão.

– Está tudo bem, Sophia – murmurou Gentry. – Já fiquei em lugares piores.

Ele lançou um olhar cheio de raiva para Ross.

– Por cortesia do seu marido.

Ao longo dos dez anos de parceria profissional, Ross nunca conseguira chocar sir Grant Morgan como fizera naquele momento. Ao voltar para o número 3 da Bow Street, ele foi diretamente ao escritório do assistente e descreveu o acordo a que chegara com Gentry.

Morgan o encarou, totalmente perplexo.

– Como é? Gentry não pode ser um patrulheiro.

– E por que não?

– Porque ele é Nick Gentry, por isso!

– *Você* pode fazer dele um patrulheiro.

– Ah, não – reagiu Morgan com veemência, balançando a cabeça. – Meu Deus, não. Eu não reclamei do trabalho extra que você empurrou para mim, ou dos julgamentos difíceis que me passou. E se a designação de chefia realmente sair, farei o melhor possível para ocupar seu lugar. Mas maldito seja se pensa que vou permitir que se aposente e me deixe com a tarefa de treinar Nick Gentry! Se acha que ele pode ser um patrulheiro, então treine o sujeito você mesmo!

– Você tem mais capacidade do que eu para lidar com Gentry. Você foi patrulheiro, Morgan. Você... veio das ruas assim como ele. E tenha em mente que o rapaz tem só 25 anos, ainda é jovem o bastante para ser influenciado.

– O rapaz é calejado, Cannon. Só um tolo acreditaria no contrário!

– Com o tempo – continuou Ross, ignorando o protesto –, Gentry pode ser o melhor homem que você já teve. Ele vai realizar os piores trabalhos, os mais perigosos, sem pestanejar. Estou oferecendo uma arma, Grant. Uma arma que pode ser usada de forma muito efetiva.

– Mas que também pode explodir na minha cara – resmungou Morgan.

Ele se recostou na cadeira e olhou para o teto com um grunhido rabugento. Claramente visualizava a perspectiva de treinar Nick Gentry. De repente, Morgan deixou escapar uma risada irônica.

– É... Talvez valha a pena. Depois de todos os problemas que o pequeno desgraçado nos causou, eu até gostaria de levá-lo a passar por maus bocados.

Ross sorriu, lembrando-se de Nick Gentry e pensando que só alguém da estatura de Morgan poderia se referir ao rapaz como "pequeno".

– Você vai pensar a respeito, então?

– Eu tenho escolha?

Ross balançou brevemente a cabeça.

– É, eu suspeitei – murmurou Morgan. – Maldição, Cannon. Espero que você se aposente logo.

Sophia estava na cama quando Ross entrou no quarto escuro. Permaneceu imóvel e em silêncio, torcendo para que ele pensasse que ela estava dormindo. Ele se abstivera de dar vazão ao descontentamento em relação a ela durante o retorno de carruagem para a Bow Street. Sophia sabia que o marido pretendia esperar até que estivessem na privacidade de seus aposentos. Agora, no entanto, era hora do acerto de contas. Ela achou que se conseguisse atrasar esse momento até a manhã seguinte, a ira dele poderia estar mais aplacada.

Infelizmente, Ross não parecia inclinado a esperar. Ele acendeu o lampião e regulou a luz até que emitisse um brilho implacável.

Lentamente, Sophia se sentou e ofereceu um sorriso de trégua.

– O que sir Grant disse quando você contou a ele...

– Vamos falar sobre isso mais tarde – disse Ross, lacônico, recusando-se a ser distraído.

Ele se sentou na beira da cama e pousou as mãos grandes uma de cada lado da esposa, prendendo-a embaixo das cobertas.

– Quero falar sobre seu comportamento na noite de hoje. E você vai explicar como se permitiu assumir tamanho risco mesmo sabendo quanto me preocupo com a sua segurança!

Sophia se encolheu contra os travesseiros enquanto o marido dava início a um sermão ácido, que teria desanimado qualquer pessoa. No entanto, Sophia sabia que a fúria de Ross era fruto de seu amor por ela, e por isso recebeu cada palavra com humildade. Quando ele terminou – ou talvez tivesse apenas parado para respirar antes de continuar –, Sophia falou, arrependida:

– Você está absolutamente certo – disse. – Se estivesse na sua posição, me sentiria da mesma forma. Eu deveria ter ficado na carruagem, como você pediu.

– Exatamente – murmurou Ross, e sua fúria pareceu ceder quando ficou claro que ela não discutiria com ele.

– Com a sua experiência, você sabe qual é a melhor atitude a se tomar nessas situações. E eu não só me coloquei em perigo como também comprometi o bem-estar do bebê, e sinto muito por isso.

– É bom que sinta mesmo.

Sophia se inclinou para a frente e apoiou o rosto no ombro dele.

– Eu jamais causaria a menor preocupação de propósito.

– Eu sei – disse Ross, bruscamente. – Mas pelo amor de Deus, Sophia, me recuso a ser conhecido como um homem incapaz de controlar a própria esposa.

Sophia sorriu contra o ombro dele.

– Ninguém ousaria pensar uma coisa dessas – disse ela, deitando a cabeça no colo dele. – O que você fez pelo meu irmão foi tão maravilhoso...

– Eu não fiz isso por ele. Fiz por você.

– Eu sei, e adoro você por isso.

Ela puxou gentilmente o nó da gravata, afrouxando a seda escura.

– Só por isso? – perguntou ele, envolvendo o corpo esbelto nos braços.

– Por mil razões – disse ela, esfregando os seios deliberadamente no peito do marido. – Agora me deixe demonstrar quanto amo você. E quanto preciso de você, em todos os sentidos.

Ross deixou o sermão de lado, tirou a camisa pela cabeça e jogou-a no chão. Quando se voltou novamente na direção de Sophia, ela sorria em um misto delicioso de bom humor e excitação.

– O que é tão engraçado? – perguntou ele, erguendo a bainha da camisola dela até a cintura.

– Estava só pensando na expressão do dialeto do East End para esposa, que significa "problemas e conflitos" – disse ela, arquejando brevemente quando a mão dele pousou em sua barriga nua. – No meu caso, acabou sendo bem certeira, não acha?

Os olhos de Ross brilharam de alegria e ele se inclinou para beijá-la.

– Bem, não é um problema com o qual eu não consiga lidar – garantiu ele, e passou o resto da noite provando isso.

EPÍLOGO

Após o nascimento da filha deles, o Dr. Linley comentou que aquele havia sido o primeiro parto que o fizera temer mais pelo bem-estar do pai do que pelo da mãe. Ross permanecera em um canto do quarto apesar dos esforços de todos para que esperasse do lado de fora. Ficou sentado segurando as bordas do assento até a madeira quase quebrar entre seus dedos. Embora o marido mantivesse uma expressão neutra, Sophia entendeu o medo dele. Ela tentou tranquilizá-lo nos intervalos entre as contrações, dizendo que estava bem, que a dor era horrível, mas suportável, mas finalmente o esforço de dar à luz exigiu toda a sua atenção e ela quase se esqueceu da presença de Ross.

– Você está muito quieta – disse Linley, fitando-a com um sorriso encorajador. – Dê um grito quando a dor vier, se ajudar a aliviar. A esta altura já tive pacientes que amaldiçoaram a mim e toda a minha ancestralidade.

Sophia deu uma risadinha fraca e balançou a cabeça.

– Meu marido pode desmaiar se eu gritar.

– Ele vai sobreviver – garantiu Linley com ironia.

Mais para o final, quando finalmente foi vencida pela dor, Sophia soltou um grito angustiado. Linley sustentou o pescoço da parturiente no braço e segurou um lenço branco e úmido diante do rosto dela.

– Inale – murmurou.

Sophia obedeceu e inalou um aroma doce que a deixou zonza, aliviou a dor e provocou um momento de surpreendente euforia.

– Ah, obrigada – disse ela, sentindo-se grata. – O que é isso?

Nesse momento, Ross apareceu ao lado da cama, parecendo desconfiado.

– Isso é seguro? – perguntou.

– É óxido nitroso – respondeu Linley calmamente. – É usado em brincadeiras de inalação, quando as pessoas se divertem sentindo o cheiro de alguma substância. Mas um colega, Henry Hill Hickman, propôs usá-lo para aliviar a dor durante tratamentos dentários. A comunidade médica tem demonstrado pouco interesse, mas usei a substância para aliviar a dor de mulheres em trabalho de parto e ela parece inofensiva e eficaz.

– Não me agrada a ideia de você usar a minha esposa como cobaia – começou a dizer Ross.

Sophia interrompeu o marido quando outra onda de dor intensa a engolfou. Ela agarrou o pulso de Linley.

– Não dê ouvidos a ele – pediu, ofegante. – Onde está o lenço?

Depois de mais uma inalação de óxido nitroso, e de fazer força algumas vezes, Sophia deu à luz Amelia Elizabeth Cannon.

⁓

No dia seguinte, enquanto estava sentada com a filha mamando em seu seio, Sophia olhou para Ross com um sorriso vagamente contrito. Embora por dentro estivesse empolgada por ter tido uma menina, normalmente era considerado um fracasso para uma mulher dar ao marido uma filha em vez de um filho como primogênito. Como era de imaginar, Ross era muito cavalheiro para expressar a decepção, mas Sophia sabia que a maioria dos Cannons, especialmente o avô de Ross, havia torcido para que fosse um menino.

Com seus dedos longos, Ross acariciava suavemente os cabelos escuros que cobriam a cabecinha minúscula da filha. Sophia falou suavemente:

– Tenho certeza de que na próxima vez teremos um menino.

Ele levantou os olhos, com uma expressão confusa.

– Outra filha seria igualmente bem-vinda.

Sophia abriu um sorriso cético.

– Você é muito gentil em dizer isso, mas todo mundo sabe que...

– Amelia é exatamente o que eu queria – disse ele com firmeza. – O bebê mais lindo e mais perfeito que eu já vi. Me dê uma casa cheia de filhas assim e serei um homem plenamente feliz.

Sophia pegou a mão dele e a levou à boca.

– Eu amo você – disse ela, beijando os dedos do marido. – Como fico feliz por você não ter se casado com outra pessoa antes de me conhecer!

Ross se inclinou e passou o braço por trás de Sophia. Sua boca se colou à dela em um beijo longo e carinhoso que a fez estremecer de prazer.

– Isso teria sido impossível – disse ele, sorrindo.

– Por quê? – perguntou ela, recostando-se no braço dele enquanto a filha continuava mamando.

– Ah, meu amor... Porque eu estava esperando você.

CONHEÇA OUTRA SÉRIE DA AUTORA

Um sedutor sem coração

Os Ravenels

Devon Ravenel, o libertino mais maliciosamente charmoso de Londres, acabou de herdar um condado. Só que a nova posição de poder traz muitas responsabilidades indesejadas – e algumas surpresas.

A propriedade está afundada em dívidas e as três inocentes irmãs mais novas do antigo conde ainda estão ocupando a casa. Junto com elas vive Kathleen, a bela e jovem viúva, dona de uma inteligência e uma determinação que só se comparam às do próprio Devon.

Assim que o conhece, Kathleen percebe que não deve confiar em um cafajeste como ele. Mas a ardente atração que logo nasce entre os dois é impossível de negar.

Ao perceber que está sucumbindo à sedução habilmente orquestrada por Devon, ela se vê diante de um dilema: será que deve entregar o coração ao homem mais perigoso que já conheceu?

Um sedutor sem coração inaugura a coleção Os Ravenels com uma narrativa elegante, romântica e voluptuosa que fará você prender o fôlego até o final.

CONHEÇA OS LIVROS DE LISA KLEYPAS

De repente uma noite de paixão

Os Hathaways

Desejo à meia-noite
Sedução ao amanhecer
Tentação ao pôr do sol
Manhã de núpcias
Paixão ao entardecer
Casamento Hathaway (e-book)

As Quatro Estações do Amor

Segredos de uma noite de verão
Era uma vez no outono
Pecados no inverno
Escândalos na primavera
Uma noite inesquecível

Os Ravenels

Um sedutor sem coração
Uma noiva para Winterborne
Um acordo pecaminoso
Um estranho irresistível
Uma herdeira apaixonada
Pelo amor de Cassandra

Os mistérios de Bow Street

Cortesã por uma noite
Amante por uma tarde

editoraarqueiro.com.br